天上《てんじょう》の麒麟《きりん》 光秀《みつひで》に啼《な》く

誰が織田信長を殺したのか?

茶屋二郎

あえて呼ぶなら、これは歴史サスペンスだ！
老境を迎えんとする非凡な戦国武将・明智光秀。
その武人としてのジレンマ、経営者としての懊悩。
父として、夫として、深く内面を描く筆致は、私の眼裏に確かな光秀像を結実させた。
「光秀」「信長」「秀吉」「家康」「朝廷」「伊賀」「堺衆」……
それぞれの思惑は、複雑に絡み合い、運命の本能寺に向い流れ込んでいく。
ひとつの時代に幕を引き、新しき時代を呼び込んだ男の最後の４年間。
作品に浮き上がる光秀のリアルな想いが、
私の作画に強烈なエネルギーを与えたことは言うまでもない。

装丁デザイン　添田一平

目次

ミスト

　桜がちらほらと咲く季節になった日曜日はあいにくの雨模様で冬に戻ったような花冷えの日であった。しかし、その日は逗子の市民による子供たち向けのボランティア活動のイベントが市民交流センターで開かれていたので、私はハンチングをかぶりジャケットを着て出かけることにした。それにおもちゃ図書館のコーナーも出品されていたからでもある。おもちゃ図書館は障害児の子供たちにおもちゃを貸し出したり、一緒に遊んだりする財団活動で私は長年携わっていた。

　会場は雨降りにもかかわらず多くの家族が各教室で開かれている絵本、砂絵、おもちゃ、オルゴール、紙芝居、ハワイアンダンスなどの催しに参加して元気よく楽しんでいた。その中でひときわカラフルな織物財布やジュエリー小物を販売しているコーナーがあったのでふと足を止めた。

「あら、先生、茶屋先生」

　急に声が聞こえてきて奥から現われたのは葉山に住むアメリカ人二世のエミリーだっ

た。エミリーはハビタット協会という世界で恵まれない人たちの居住環境を良くするNPO活動の理事を務めていた。

「エミリーがここにいるとは知らなかった」

「タイの山岳民族が作ったグッズをチャリティーで売っているのよ。先生もどうかしら。まだ学校へ行けない貧しい子供たちも多いのですから。それに今年からアフリカのケニヤにトイレを作る運動もしているの」

「トイレを？　まだトイレがないのか、ということは野外で垂れ流しなの」

　エミリーは私のけげんそうな顔を面白そうに見ながら、

「そうなの、だからぜひチャリティーに協力してください。それはそうと久しぶりにお会いしたので先生の新作の話も聞きたいわ」

「そうだね、来週は暇だからいつでもどうぞ。トイレにちなんで猫のコーヒーで有名なコピ・ルアクを用意しておくよ」

「何だか面白そう。じゃあ、来週お伺いしますね」

　別れ際に私はタイシルクで織られた赤色の財布を千五百円で一つ購入した。この南国の色彩感覚あふれた財布を使いこなせる人は身近にはいそうもないなと品物を受け取りながら考えていた。

　エミリーが我が家へ来る時はいつも晴天だった。私は早速コピ・ルアクを焙煎して賞味してもらうことにした。

「それではインドネシアのジャコウ猫の糞から作ったコピ・ルアクをご賞味あれ」

「あら、すっきりしていて美味しいわ。でも猫ちゃんがコーヒーの実を食べるの」

「そうだね、しかも美味しい実だけを食べるそうだよ。それとジャコウ猫腸内の消化酵素の働きで独特の香味が加わるらしい」

「世界で最も高いコーヒーをごちそうさま、先生　サンキュー」

　その日はたわいないコーヒー談義から本題の本の話へ移った。

「それはそうと昨年の『大河ドラマ西郷どん』の最終回をテレビで見てくれたかな。西郷隆盛の銅像の除幕式で奥さんの糸さんが『こげなお人ではなか』と声を挙げたシーンは僕の本のタイトルと同じで感激したな」

「それは素晴らしい。それで茶屋先生はいま何を書かれているの」

「来年の大河ドラマ『麒麟がくる』の主人公明智光秀の話を書いているよ」

「すごいー。大河ドラマに採用されたの？」

「そうだと嬉しいけどね。茶屋二郎はまだ知る人しか知らない作家だから無理だよ」

「そうなのか、でも明智光秀は織田信長を殺した悪人でしょ。あまり格好良くはないのにどうして大河ドラマに採用されたのでしょう」

「それは僕も同感だよ。ドラマでは光秀の前半生を描くらしいけど視聴者としてはやはり本能寺の変を見たいよね。でも資料をいろいろ調べていたら面白いことがわかってきた。ひょっとすると光秀は信長を殺してはいなかったかもしれない」

　エミリーは少し驚いた顔をして、

「どういう意味？」

「それはね、光秀の家臣で本城惣右衛門という武士が本能寺を襲った時の様子を江戸時代になってから子孫に書き残した文書が残っているんだ。信じられないだろうが本城本人は攻め入った場所が本能寺であることも、誰の首を取るのかも知らなかったと、さらに驚くことに信長はもちろん家臣の侍もいなかったと書かれている。本人が『広間にも一人も人なく候、蚊帳ばかり吊り候、侍は一人もなく候、ねずみも居申さず候』と言っているから本当にネズミ一匹いなかったんだろうね」

「えっ、それって本当？　歴史の本にはそんなこと一言も書いてないわ」

「そう、だから歴史は面白い。現代においてもわずか五十年、百年前のことでも真実がわからなくなっている世界的事件がたくさんあるじゃないか」

「確かに、最近日本でも歴史認識の相違とかいうことで諸外国ともめているわね」

「日本人は歴史というと真実だと思いがちだけど、往々にして時の権力者によって歴史はゆがめられてしまう。だから本能寺の変は勝者の秀吉によって一方的に作られた歴史といっても過言ではないんだ」

　私は歴史本に残されている本能寺の変と、その後の明智光秀と羽柴秀吉の山崎の戦に関する一連の伝承記事に前々から多くの疑問を持っていた。それだけに歴史推理作家として明智光秀の真実に迫ってみようと思ってタイミングよくこの小説を書いていたところであった。今日は歴女のエミリーと対話ができるいい機会なので私の歴史観と仮説を話して反応をみようと思った。

「まず本能寺の変の中で一番理解できないのは秀吉が備中高松、いまの岡山市付近で毛利軍と戦っていたにもかかわらず信長の死を知ってからすぐに毛利と和睦して、二日間程で百キロもの道を姫路に帰っていることなんだ」

「当時まだ新幹線はなかったから歩くしかないのに早すぎるわね」

「そうだね。信長が六月二日の早朝に殺されたことを秀吉は翌日の三日の夜には知っていたとされている。そしてその翌日の四日に毛利家と和睦して、七日には居城である姫路城まで帰ってきたことになっている」

「ずいぶん手際がいいのね」

「大将だけが馬で走って帰るなら考えられるけど、一万人以上の軍勢が数日で戻ることは通常考えられない。それに退却する時に背後から毛利勢に攻められたら大敗する恐れがあったのにもかかわらず無事に戻ってきた。戦争経験の多い光秀も秀吉の軍勢がどうしてこんなに早く戻れて信長の弔い合戦ができたのか、死ぬ最後までわからなかったと思うよ」

「じゃあ、秀吉は事前に本能寺で何かが起きることを知っていたのかもしれないわね」

「エミリーの直感は鋭いね。僕もそう思うんだ。現に重臣の柴田勝家などは信長の死を知ったのが一週間後ともいうから」

エミリーがいみじくも言った感想を聞いて私の直感も間違っていないと思えた。事前に何らかの変事が京都で起きることを予測していない限り秀吉の大返しの行動は考えにくいのだ。

「ところで、エミリーは徳川家三代将軍の家光を知っているかな」

「それくらいは知っているわ」

「そうか、それなら話は早い。本能寺へ最初に討ち入りした斎藤利三という侍大将に福という娘がいた。その父は山崎の戦で戦死するけど、福は成人してからなんと徳川家二代将軍秀忠の長男の乳母春日局になった」

「その話は聞いたことがあるわ。家光の乳母でしょう」

「その通り、でもよく考えてみて。福の父は早くいえば信長を殺した張本人なわけ、その娘が従二位の位階を賜り、時の後水尾天皇や皇后にも拝謁する女性になって最高の大出世をすることになる」

「シンデレラ春日なわけね。でもたしかに奇妙だわ、どういういきさつがあったのかしら」

「将軍の乳母になるには厳しい選考テストがあったのが自然で、当然祖父になる家康が福を面接しなかったはずはない。つまり謀反人の娘の福が選ばれたのには大きな理由があった訳だ。それが本能寺の隠された秘話の解明につながると思う」

「茶屋先生、すごい。そんな歴史の秘密を解き明かしたわけね」

「まあ、その秘話の証明になるかどうかはわからないけど、二代将軍の名前は秀忠、三代将軍は家光だよね。何か気がつかないかな」

「えっ、わからないわ」

「明智光秀の名前にも光と秀の字が使われているね」

「そうか、秀忠と家光も同じね。そうすると家康と光秀とは何か深い関係があったのかな」

「もし敵だったら光秀を連想させる字は使わなかったと思うから家康と光秀の間には深い縁があったはずだ。一応今回書き上げた『天上の麒麟 光秀に啼く』の中でその秘密を説明してあるけど原稿を読んでみるかい」

「日本語は難しいから英語に翻訳してくれると読めるのだけど」

「時代が進んで電子書籍用の原稿にしてあるので、グーグルの電子翻訳で英語におおよそは自動変換できると思うよ。それにエミリーが読めるように漢字を総ルビにしておくよ」

「総ルビって」

「すべての漢字の横にひらがなを振って小学生でも読めるようにすることだけど、明治時代には誰でもが読めるように普通に使われていた」

「それじゃあ、頑張ってみようかな」

　こうしてエミリーとの明智談義は終わったのである。

　この明智光秀の話はいまから４４０年ほど前の天正時代にさかのぼることになる。

天上《てんじょう》の麒麟《きりん》　光秀《みつひで》に啼《な》く

米俵《こめだわら》

日《ひ》が暮《く》れてまだ月《つき》の上《あ》がらない夕闇《ゆうやみ》はすでに深《ふか》かった。淀川《よどがわ》の葦《あし》が秋風《あきかぜ》に吹《ふ》かれてさわさわとなびいている。

織田《おだ》家《け》の京都奉行代官《きょうとぶぎょうだいかん》である木村次郎兵衛《きむらじろべえ》は中間《ちゅうげん》を引《ひ》き連《つ》れて自宅《じたく》のある八幡《はちまん》へ帰《かえ》るところであった。高槻城主《たかつきじょうしゅ》の高山右近《たかやまうこん》を訪《おとず》れての帰路《かえりみち》である。思《おも》ったよりも談合《だんごう》に時間《じかん》がかかってしまい馬上《ばじょう》の木村《きむら》は気《き》が急《せ》いていた。明早朝《みょうそうちょう》には中国《ちゅうごく》攻《ぜ》めの号令《ごうれい》がかかるかもしれない。妻子《さいし》ともゆっくり別《わか》れを告《つ》げたい気持《きもち》が矢《や》も楯《たて》もたまらずに馬《うま》を早足《はやあし》で駆《か》けさせていた。

左側《ひだりがわ》に流《なが》れている川《かわ》を一瞬《いっしゅん》見《み》つめた木村《きむら》は川面《かわも》を下《くだ》っていく一艘《いっそう》の高瀬船《たかせぶね》に気《き》がついた。船上《せんじょう》の積荷《つみに》が異様《いよう》に膨《ふく》らんでいる。眼《め》を凝《こ》らすと米俵《こめだわら》であった。はて、今頃《いまごろ》百姓《ひゃくしょう》が米《こめ》を運《はこ》ぶとは奇妙《きみょう》だ。よく見《み》れば胴丸《どうまる》を着《つ》けている足軽《あしがる》のようだ。

近《ちか》づくために馬《うま》を葦原《あしはら》に乗《の》り入《い》れた。

「そこの船頭《せんどう》、舟《ふね》を止《と》めよ」

戦慣《いくさな》れした音声《おんじょう》は川面《かわも》に響《ひび》きわたる。彼方《かなた》で櫓《ろ》を漕《こ》いでいる船頭《せんどう》が声《こえ》のする方《ほう》に顔《かお》を振《ふ》り向《む》けた。

「いま時分《じぶん》、何《なに》を何処《どこ》へ運《はこ》んで行《い》くのか。そこの荷《に》は米俵《こめだわら》ではないのか」

船頭《せんどう》と見《み》えた男《おとこ》は近《ちか》づくとやはり足軽《あしがる》だった。舟《ふね》の喫水《きっすい》は積荷《つみに》の重《おも》さで水面《すいめん》まで下《さ》がっており舟足《ふなあし》はひどく遅《おそ》かった。俵《たわら》に隠《かく》れていたもう一人《ひとり》の足軽《あしがる》が顔《かお》を覗《のぞ》かせた。二人《ふたり》は互《たが》いに顔《かお》を見合《みあ》わせると慌《あわ》てて櫓《ろ》を強《つよ》く漕《こ》ぎ始《はじ》めた。

「待《ま》て、待《ま》て」

折《おり》よく月《つき》が上《あ》がって来《き》て光《ひかり》が差《さ》してきた。すぐに木村《きむら》は舟《ふね》を追《お》って馬《うま》を川岸《かわぎし》に向《む》けた。鐙《あぶみ》に力《ちから》を入《い》れて中腰《ちゅうごし》になると腰《こし》の後《うし》ろに差《さ》してある二尺《にしゃく》の手《て》投槍《なげやり》を渾身《こんしん》の力《ちから》で放《はな》つと、三枚羽根《さんまいばね》のついた槍《やり》は空中《くうちゅう》で大《おお》きく弧《こ》を描《えが》いてから足軽《あしがる》の太腿《ふともも》にうまく突《つ》き刺《さ》さった。足軽《あしがる》は悲鳴《ひめい》をあげると暫《しば》くして痛《いた》さのあまりか淀川《よどがわ》に落《お》ち込《こ》んだ。それを待《ま》ち望《のぞ》んでいた中間《ちゅうげん》たちが素早《すばや》く水《みず》の中《なか》でもがいている足軽《あしがる》を捕《とら》えた。いま一人《ひとり》の足軽《あしがる》はめったやたらに櫓《ろ》を漕《こ》いで去《さ》ろうとしていた。

「捨《す》ておけ、一人捕《ひとりとら》えれば充分《じゅうぶん》じゃ」

木村《きむら》の声《こえ》で傷《きず》を負《お》った足軽《あしがる》が馬前《ばぜん》に無情《むじょう》にも突《つ》き飛《と》ばされた。

「名《な》は何《なん》と申《もう》す」

その足軽《あしがる》は呻《うめ》きながらも話《はな》そうとはしなかった。木村《きむら》が目配《めくば》せをすると中間《ちゅうげん》の源蔵《げんぞう》が足軽《あしがる》の太腿《ふともも》を足《あし》で抑《おさ》えてから無慈悲《むじひ》に刺《さ》さっている槍《やり》の柄《え》を丸《まる》く動《うご》かした。太腿《ふともも》から流《なが》れる血《ち》が黒蛇《くろへび》のような模様《もよう》を描《えが》くと激痛《げきつう》による悲鳴《ひめい》が辺《あた》りに響《ひび》いた。

「やめてくれ、やめてくれや。わしは中川家《なかがわけ》の足軽《あしがる》だ」

「なに、中川《なかがわ》の者《もの》だと。怪《あや》しげな振舞《ふるまい》につき奉行所《ぶぎょうしょ》で詳《くわ》しく話《はなし》を聞《き》こう。引立《ひきた》てよ」

源蔵《げんぞう》は慣《な》れた手《て》つきで太腿《ふともも》を今一度《いまいちど》踏《ふ》みつけるやいなや一気《いっき》に穂先《ほさき》を引《ひ》き抜《ぬ》いた。足軽《あしがる》は一段《いちだん》と大《おお》きな声《こえ》で絶叫《ぜっきょう》した。

中川家《なかがわけ》は織田方《おだがた》の与力《よりき》なので兵糧《ひょうろう》を運《はこ》ぶことは珍《めずら》しくないが夜分《やぶん》に米俵《こめだわら》を足軽《あしがる》が運《はこ》ぶとは怪《あや》しげである。このまま淀川《よどがわ》を下《くだ》れば間違《まちが》いなく大坂本願寺勢《おおざかほんがんじぜい》に拿捕《だほ》されてしまうだろう。大坂本願寺《おおざかほんがんじ》と織田家《おだけ》はこの十年間《じゅうねんかん》も戦《たたか》い続《つづ》けている宿敵《しゅくてき》であった。

木村《きむら》は出陣《しゅつじん》の布令《ふれ》が明日《あす》はないことを祈《いの》りながら愛馬《あいば》の腹《はら》を蹴《け》った。

朝霧《あさぎり》が流《なが》れて陽《ひ》がのぞいてくると琵琶湖《びわこ》に聳《そび》え建《た》つ坂本《さかもと》の城《しろ》があった。城《しろ》を囲《かこ》む堀《ほり》には湖《みずうみ》からの水《みず》が引《ひ》き入《い》れてあり、白壁《しらかべ》と大黒柱《だいこくばしら》を組《く》み合《あ》わせた三層《さんそう》の天守《てんしゅ》からは比叡山《ひえいざん》の雄姿《ゆうし》が望《のぞ》めた。

城内《じょうない》の居間《いま》で明智惟任日向守光秀《あけちこれとうひゅうがのかみみつひで》はいつもより早《はや》い朝餉《あさげ》を取《と》っていた。居間《いま》は湖《みずうみ》が一望《いちぼう》できる二階《にかい》にあり、その対岸《たいがん》に三上山《みかみやま》と呼《よ》ばれる小山《こやま》が見《み》えた。人伝《ひとづた》えにまだ見《み》たことのない富士山《ふじさん》と同《おな》じ形《かたち》だと聞《き》かされてこの景色《けしき》には満足《まんぞく》していた。その日《ひ》の光秀《みつひで》は具足姿《ぐそくすがた》で播磨《はりま》の国境《くにざかい》に位置《いち》する上月城《こうづきじょう》攻《ぜ》めに出陣《しゅつじん》するところであった。

白髪《しらが》の混《ま》じった鬢《びん》をなでながら横《よこ》に控《ひか》えている妻《つま》の煕子《ひろこ》に話《はな》しかけた。

「範子《のりこ》と玉子《たまこ》も、今頃《いまごろ》はこうして朝粥《あさがゆ》を婿《むこ》たちに用意《ようい》していような」

「はい、ほんにうまくお世話《せわ》ができておるやら」

範子《のりこ》は長女《ちょうじょ》で一年前《いちねんまえ》に荒木摂津守村重《あらきせっつのかみむらしげ》の総領《そうりょう》である新五郎《しんごろう》に嫁《とつ》いで持城《もちじろ》の一《ひと》つである花隈城《はなくまじょう》にいた。四女《よんじょ》の玉子《たまこ》は一月前《ひとつきまえ》に山城国大名細川與一郎《やましろのくにだいみょうほそかわよいちろう》の嫡男忠興《ちゃくなんただおき》のもとに嫁《とつ》いだばかりで、その居城《きょじょう》である勝龍寺城《しょうりゅうじじょう》に住《す》んでいた。煕子《ひろこ》は時折娘《ときおりむすめ》たちから届《とど》けられる手紙《てがみ》が一日《いちにち》たらずで着《つ》くことから、近《ちか》くに住《す》んでいると思《おも》うとあまり不安《ふあん》を抱《いだ》くことはなかった。

そこへただしく取次《とりつぎ》の家臣《かしん》が鎧姿《よろいすがた》で現《あら》われた。光秀《みつひで》の前《まえ》に立《た》て膝《ひざ》をついて一礼《いちれい》をすると書状《しょじょう》を手渡《てわた》した。

「早馬《はやうま》にて京奉行《きょうぶぎょう》の代官《だいかん》木村次郎兵衛《きむらじろべえ》よりの書付《かきつけ》でござります」

光秀《みつひで》はその場《ば》で不安《ふあん》げに書付《かきつけ》の封《ふう》を破《やぶ》いた。

「所司代村井長門守《しょしだいむらいながとのかみ》は安土城《あづちじょう》に伺候中《しこうちゅう》につき惟任日向守《これとうひゅうがのかみ》の御判断《ごはんだん》を仰《あお》ぎたき事《こと》、昨夜高槻《さくやたかつき》の淀川《よどがわ》沿いにて中川瀬兵衛《なかがわせべえ》の足軽《あしがる》が米俵《こめだわら》を大坂本願寺門徒《おおざかほんがんじもんと》に売《う》り渡《わた》すところを捕縛《ほばく》せりついてはこの処置如何《しょちいかが》すべきなりや」

木村《きむら》の上役《うわやく》は京都所司代《きょうとしょしだい》の村井貞勝《むらいさだかつ》であったが安土城《あづちじょう》に出仕《しゅっし》していたために京都《きょうと》には不在《ふざい》であった。本来《ほんらい》この報告《ほうこく》は先《ま》ず所司代《しょしだい》に届《とど》けなければならないのが織田家《おだけ》の決《き》まりである。なぜ摂津国《せっつのくに》の総指揮官《そうしきかん》である自分《じぶん》にこの書状《しょじょう》を先《さき》に届《とど》けたのか、事《こと》は重大《じゅうだい》だけに光秀《みつひで》はその意味《いみ》を探《さぐ》っていた。

いつのまにか熙子《ひろこ》はその場《ば》から消《き》えていた。村井《むらい》がこの書付《かきつけ》を安土城《あづちじょう》で受《う》け取《と》れば、若《わか》き日《ひ》から上様《うえさま》の忠臣《ちゅうしん》である村井《むらい》は即刻注進《そっこくちゅうしん》するに違《ちが》いない。いま敵対《てきたい》している大坂《おおざか》本願寺勢《ほんがんじぜい》に兵糧《ひょうろう》を売《う》る行為《こうい》はまさに反逆《はんぎゃく》であり中川家《なかがわけ》への厳罰《げんばつ》は避《さ》けられない。さらには上役《うわやく》の荒木村重《あらきむらしげ》、しいてはこの光秀《みつひで》までその罰《ばつ》は及《およ》んでくる。木村《きむら》がそのことを懸念《けねん》してこの書付《かきつけ》を先《さき》に送《おく》ってきた意味《いみ》がわかるような気《き》がした。

「ご苦労《くろう》だった。いま返書《へんしょ》を渡《わた》す」

『その足軽《あしがる》を斬《き》れ　この件《けん》は光秀《みつひで》が取《と》り計《はか》らう故《ゆえ》に他言無用《たごんむよう》』と書《か》き記《しる》した。明日《あす》にも戦《いくさ》がまた始《はじ》まる。さすれば誰《だれ》もこの事《こと》には構《かま》わなくなるだろう。

天正六年五月十三日《てんしょうろくねんごがつじゅうさんにち》の早朝《そうちょう》に織田信長《おだのぶなが》は全軍団《ぜんぐんだん》に播磨国《はりまのくに》への侵攻《しんこう》を命《めい》じた。その総兵力《そうへいりょく》は尾張《おわり》、美濃《みの》、伊勢三ケ国《いせさんかこく》の兵《へい》も含《ふく》めた四万《よんまん》の大軍団《だいぐんだん》であった。嫡男《ちゃくなん》である信忠《のぶただ》、次男《じなん》の信雄《のぶかつ》、三男《さんなん》の信孝《のぶたか》らも参陣《さんじん》していた。

京暦《きょうごよみ》の五月《ごがつ》は梅雨《つゆ》である。軍団《ぐんだん》が東門《ひがしもん》を出《で》たころから大雨《おおあめ》が降《ふ》りだした。総大将《そうだいしょう》はお気《き》に入《い》りのポルトガル製《せい》の赤《あか》いビロードのコートを纏《まと》い、鉄製《てっせい》の丸《まる》い兜《かぶと》を被《かぶ》っていた。雨《あめ》は白《しろ》い滝《たき》となって馬上《ばじょう》の武将《ぶしょう》たちを容赦《ようしゃ》なく叩《たた》き続《つづ》けていたが歴戦練磨《れきせんれんま》の信長《のぶなが》は気《き》にすることなく進軍《しんぐん》を続《つづ》けた。

一刻《いっこく》ほどたってから泥濘道《ぬかるみみち》の前方《ぜんぽう》に野洲川《やすがわ》の濁流《だくりゅう》が見《み》えてきた。その泥流《でいりゅう》の勢《いきお》いはいかに勇猛《ゆうもう》な織田軍団《おだぐんだん》でも渡河《とか》を諦《あきら》めさせるほどであった。信長《のぶなが》の馬《うま》が止《と》まると周《まわ》りの将兵《しょうへい》が主君《しゅくん》の顔《かお》を注視《ちゅうし》した。全員《ぜんいん》が指示《しじ》を待《ま》っていることを知《し》ると珍《めずら》しく笑顔《えがお》を作《つく》りながら、

「村井《むらい》、そちが作《つく》った橋《はし》はもう流《なが》されておるだろう。戻《もど》るぞ」

近《ちか》くに付《つ》き添《そ》う風采《ふうさい》のあがらない老将《ろうしょう》に言葉《ことば》を投《な》げかけると馬首《ばしゅ》を安土城《あづちじょう》に返《かえ》した。

名指《なざ》しされた京都所司代《きょうとしょしだい》の村井貞勝《むらいさだかつ》は四条《しじょう》の橋《はし》を架《か》け直《なお》したばかりだった。

その日《ひ》から豪雨《ごうう》は三日間《みっかかん》も降《ふ》り続《つづ》いて京《きょう》の都《みやこ》は大洪水《だいこうずい》に見舞《みま》われた。予想通《よそうどお》り四条《しじょう》の橋《はし》も流《なが》されてしまった。対岸《たいがん》の木村《きむら》も逆巻《さかま》く激流《げきりゅう》を前《まえ》にして返書《へんしょ》を所司代《しょしだい》に渡《わた》せずに懐《ふところ》で握《にぎ》りしめるしかなかった。


同《おな》じ頃《ころ》、明智光秀《あけちみつひで》を軍団長《ぐんだんちょう》とする摂津勢一万二千名《せっつぜいいちまんにせんめい》の将兵《しょうへい》は神戸《こうべ》の浜《はま》まで進軍《しんぐん》していた。風雨《ふうう》が激《はげ》しく陣幕《じんまく》は煽《あお》られて雨《あめ》が幕間《まくま》から吹《ふ》き込《こ》んでくる。誰《だれ》もが甲冑《かっちゅう》を通《とお》して肌《はだ》に伝《つた》わってくる冷《つめ》たい雨水《あまみず》にへきえきして無言《むごん》であった。

仕方《しかた》なく光秀《みつひで》は近《ちか》くの寺《てら》を借《か》りて諸将《しょしょう》にはその夜《よ》の宿《やど》を取《と》らせることにした。重苦《おもくる》しい鎧兜《よろいかぶと》を外《はず》し、肌着《はだぎ》を着替《きか》えてから熱《あつ》い茶《ちゃ》を一気《いっき》に飲《の》み干《ほ》すとまるで生《い》き返《かえ》ったようなさわやかさを感《かん》じた。

それから腹心《ふくしん》の溝尾庄兵衛《みぞおしょうべえ》を呼《よ》んだ。美濃《みの》の明智城《あけちじょう》が守護《しゅご》の斎藤義龍《さいとうよしたつ》に攻《せ》め滅《ほろ》ぼされて以来浪人《いらいろうにん》になった光秀《みつひで》にも日夜《にちや》つき添《そ》い苦楽《くらく》を共《とも》にしてきてくれていた。

「ご苦労《くろう》だが、中川瀬兵衛《なかがわせべえ》を此処《ここ》へ呼《よ》んできてくれ」

溝尾《みぞお》の白《しろ》い髭《ひげ》から落《お》ちる水滴《すいてき》が庫裡《くり》の床《ゆか》を濡《ぬ》らした。

「軍議《ぐんぎ》でござるか」

「いや、中川《なかがわ》が米《こめ》を大坂本願寺《おおざかほんがんじ》に売《う》っておるという知《し》らせが京奉行《きょうぶぎょう》からあってな。ちと仔細《しさい》をこうと思《おも》っておる」

「それはまた、もしも真《まこと》なら一大事《いちだいじ》でござる」

「わかっておる。中川《なかがわ》には茶《ちゃ》でも振舞《ふるま》うと云《い》って連《つ》れてこい。気《き》づかれぬな」

溝尾《みぞお》は立《た》ち上《あ》がろうとしたが、何《なに》か気《き》になったようでまた腰《こし》を落《お》とした。

「殿《との》、その話《はなし》が真《まこと》なら大殿《おおとの》に御報告《ごほうこく》なさるのか」

「そうせざるを得《え》ないだろ」

「それならば先《さき》に荒木村重殿《あらきむらしげどの》に話《はな》された方《ほう》が無難《ぶなん》でござる。中川《なかがわ》と荒木《あらき》は姻戚同士《いんせきどうし》、もし中川《なかがわ》が逆心《ぎゃくしん》を企《くわだ》てるとすれば荒木殿《あらきどの》も無事《ぶじ》ではすみませぬ」

「うむ、村重《むらしげ》はわしの舅《しゅうと》でもあるしな」

光秀《みつひで》は献策《けんさく》を受《う》け入《い》れて中川《なかがわ》の代《か》わりに村重《むらしげ》を呼《よ》ぼうと考《かんが》えた。その時《とき》、使番《つかいばん》が庫裡《くり》を訪《おとず》れた。

「殿《との》、荒木村重《あらきむらしげ》さまよりの伝言《でんごん》でござります。今宵《こよい》の風雨《ふうう》での野宿《のじゅく》は望《のぞ》ましからず、我《わ》が花隈城《はなくまじょう》は目《め》の前《まえ》につき是非《ぜひ》お泊《とま》り下《くだ》されたいとのこと」

二人《ふたり》は期《き》せずして顔《かお》を見合《みあ》わせた。

その夜《よ》、光秀《みつひで》は明智左馬之助《あけちさまのすけ》、藤田伝五《ふじたでんご》らの重臣《じゅうしん》を引《ひ》き連《つ》れて馬首《ばしゅ》を花隈城《はなくまじょう》に向《む》けた。領主《りょうしゅ》は村重《むらしげ》の長男新五郎《ちょうなんしんごろう》で光秀《みつひで》の長女範子《ちょうじょのりこ》が嫁《とつ》いでいた。馬上《ばじょう》で娘《むすめ》に会《あ》えるかと思《おも》うと風雨《ふうう》にもかかわらず気分《きぶん》は軽《かろ》やかになっていた。花隈城《はなくまじょう》は神戸《こうべ》の海《うみ》が一望《いちぼう》できる高台《たかだい》にあったが今《いま》は漆黒《しっこく》の闇《やみ》の中《なか》に消《き》えていた。

城《しろ》に到着《とうちゃく》すると大手門《おおてもん》はすでに開《ひら》かれていて一行《いっこう》はすぐに城内《じょうない》に通《とお》された。宿舎《しゅくしゃ》となった奥座敷《おくざしき》にはすでに着替《きが》えが置《お》かれていた。羽織《はおり》に着替《きか》えてから一段《いちだん》と気楽《きらく》になった光秀《みつひで》が次《つぎ》に案内《あんない》されたのは多数《たすう》の百目蝋燭《ひゃくめろうそく》の燭台《しょくだい》が置《お》かれた大広間《おおひろま》で闇《やみ》に慣《な》れた眼《め》にはただ眩《まぶ》しいばかりであった。大柄《おおがら》で頑強《がんきょう》な体格《たいかく》の村重《むらしげ》が慇懃《いんぎん》に光秀《みつひで》を先導《せんどう》して上座《かみざ》に座《すわ》らせた。

「惟任日向守《これとうひゅうがのかみ》には花隈城《はなくまじょう》にお立《た》ち寄《よ》りくださり教悦至極《きょうえつしごく》でござります。ごゆるりとご逗留《とうりゅう》くだされ」

若《わか》い細身《ほそみ》の城主《じょうしゅ》新五郎《しんごろう》がかぼそい声《こえ》で歓迎《かんげい》した。

「新五郎《しんごろう》、光秀殿《みつひでどの》はこれから戦《いくさ》に出《で》かけるのだぞ。ゆるりとご逗留《とうりゅう》できる暇《ひま》などあるか。舅殿《しゅうとどの》、さっそく冷《ひ》えたお体《からだ》を酒《さけ》で暖《あたた》めてくだされ。鍋《なべ》に丹波《たんば》の猪《いのしし》を用意《ようい》してござる」

村重《むらしげ》の大声《おおごえ》と同時《どうじ》に着飾《きかざ》った侍女《じじょ》が入《はい》ってきて、瓶子《へいし》から光秀《みつひで》の盃《さかずき》に酒《さけ》が注《そそ》がれると宴《えん》が始《はじ》まった。

「かたじけない、生《い》き返《かえ》った思《おも》いだ」

光秀《みつひで》は軽《かる》く村重《むらしげ》に頭《あたま》を下《さ》げると新五郎《しんごろう》に声《こえ》をかけた。

「いろいろと気《き》づかい礼《れい》を申《もう》す。範子《のりこ》は息災《そくさい》かの」

「はい、明朝《みょうちょう》にはご挨拶《あいさつ》に伺《うかが》わせます」

なんとなく新五郎《しんごろう》の表情《ひょうじょう》が暗《くら》いのを見《み》て気《き》まずい思《おも》いが伝《つた》わってきた光秀《みつひで》は椀《わん》に手《て》をつけた。腹具合《はらぐあい》ができあがった頃合《ころあい》に隣席《りんせき》の村重《むらしげ》に小声《こごえ》で囁《ささ》やいた。

「ときに村重殿《むらしげどの》、中川瀬兵衛《なかがわせべえ》の足軽《あしがる》が本願寺《ほんがんじ》に米《こめ》を売《う》っている話《はなし》を御存《ごぞん》じかな」

村重《むらしげ》の表情《ひょうじょう》が急《きゅう》に変《か》わった。

「なに、瀬兵衛《せべえ》が本願寺《ほんがんじ》と通《つう》じていると」

「昨日《きのう》、京奉行《きょうぶぎょう》の代官《だいかん》より知《し》らせがまいった。そなたより真偽《しんぎ》を聞《き》いてもらえぬか」

村重《むらしげ》は憤《いきどお》りからか顔《かお》を赤《あか》くして、

「ところで大殿《おおとの》にこの話《はなし》は届《とど》いておりますか」

「いや、代官《だいかん》の木村《きむら》には口止《くちどめ》をさせてある。上様《うえさま》はまだ何《なに》も知《し》らぬはず」

村重《むらしげ》の顔《かお》から一瞬安堵《いっしゅんあんど》の表情《ひょうじょう》が見《み》えた。

「光秀殿《みつひでどの》、もう夜《よ》も遅《おそ》いゆえ明日《あす》の出陣《しゅつじん》に差支《さしつか》えましょう。寝所《しんじょ》を用意《ようい》してござるのでゆっくりお休《やす》みくだされ」

「それではこれで休《やす》ませてもらおうか」

光秀《みつひで》が立《た》ち上《あ》がると村重《むらしげ》はすぐに宴席《えんせき》を引《ひ》かせた。

翌早朝《よくそうちょう》、光秀《みつひで》の寝所《しんじょ》に範子《のりこ》が茶《ちゃ》を持《も》って現《あら》われた。範子《のりこ》はしばらく会《あ》わない内《うち》に娘《むすめ》から落《お》ち着《つ》いた女房《にょうぼう》の立《た》ち振舞《ふるまい》に変《か》わっていた。

「息災《そくさい》か、母《はは》が心配《しんぱい》しておるぞ」

「まだ至《いた》りませぬが、何《なん》とか努《つと》めておりまする」

その顔《かお》は父《ちち》に会《あ》った嬉《うれ》しさよりも何《なに》か憂《うれい》に満《み》ちているようであった。茶《ちゃ》を一飲《ひとの》みしてから、

「それでは出陣《しゅつじん》する」

範子《のりこ》は頭《こうべ》を垂《た》れたままなぜか父《ちち》の顔《かお》を二度《にど》と見《み》ようとはしなかった。

花隈城《はなくまじょう》を出立《しゅったつ》する時《とき》に村重《むらしげ》の姿《すがた》はどこにも見《み》えなかった。夜半《やはん》の内《うち》に城《しろ》を出《で》て中川《なかがわ》

瀬兵衛《せべえ》の陣屋《じんや》に向《む》かったに違《ちが》いないと思《おも》えた。いまは中川《なかがわ》のことよりも娘《むすめ》の範子《のりこ》の元気《げんき》の無《な》さが気《き》にかかった。この戦《いくさ》が終《お》わったら一度里帰《いちどさとがえ》りでもさせようと考《かんが》えた。

燭台《しょくだい》の灯《ひ》は細《ほそ》く弱々《よわよわ》しかった。光秀《みつひで》の予想《よそう》と違《ちが》って荒木村重《あらきむらしげ》は花隈城《はなくまじょう》の奥《おく》まった座敷《ざしき》で家中一《かちゅういち》の重臣《じゅうしん》であり従兄弟《いとこ》でもある中川瀬兵衛《なかがわせべえ》と向《む》かい合《あ》っていた。二人《ふたり》とも重苦《おもくる》しく言葉《ことば》がなかった。しばらく思案《しあん》していた村重《むらしげ》が思《おも》い切《き》ったように、

「やはり、わしが大殿《おおとの》の所《ところ》に詫《わび》に行《い》こう」

「村重殿《むらしげどの》、某《それがし》の手落《てお》ちであった。申《もう》し訳《わけ》ない。この通《とお》り御詫《おわ》びする」

中川《なかがわ》は村重《むらしげ》の前《まえ》で手《て》をついて頭《こうべ》を深《ふか》く垂《た》れた。それから若《わか》くして禿《は》げあがった頭《あたま》を上《あ》げると赤《あか》くなった眼《め》をさらに燃《も》やして、

「しかし大殿《おおとの》は我《われ》らをお許《ゆる》し下《くだ》さるだろうか」

「わからぬ。されど御詫《おわ》びに行《い》かねばならぬだろう」

「大殿《おおとの》は執念深《しゅうねんぶか》いお方《かた》につき此度《こたび》は許《ゆる》して下《くだ》さっても、これからの出世《しゅっせ》はおぼつかないだろか」

二人《ふたり》はまた深《ふか》く長《なが》い沈黙《ちんもく》に陥《おちい》った。

「ところで、村重殿《むらしげどの》は仏《ほとけ》を信《しん》じるか」

「仏《ほとけ》か」

「どう考《かんが》えても仏《ほとけ》に仕《つか》える大坂本願寺《おおざかほんがんじ》がなぜ悪《わる》いのかよくわからん。本願寺《ほんがんじ》に味方《みかた》する毛利《もうり》の方《ほう》が道理《どうり》ではないのか。もともと本願寺《ほんがんじ》との戦《いくさ》は大坂《おおざか》から退散《たいさん》せよと大殿《おおとの》が無理《むり》難題《なんだい》を吹《ふ》きかけたのがこの長《なが》い戦《いくさ》の始《はじ》まりじゃ」

村重《むらしげ》の妻《つま》の実家《じっか》は大坂本願寺《おおざかほんがんじ》の有力《ゆうりょく》な檀家《だんか》であった。そのことを考《かんが》えると村重《むらしげ》の顔《かお》はまた暗《くら》くなり日頃《ひごろ》の豪快《ごうかい》な面影《おもかげ》は消《き》えていた。

「安土《あづち》に頭《あたま》を下《さ》げても一文《いちもん》の得《とく》にもならぬ。この際《さい》、西《にし》に目《め》を向《む》けて播磨一国《はりまいっこく》でも貰《もら》う方《ほう》がよいのではないか」

中川《なかがわ》は村重《むらしげ》の腹《はら》の中《なか》を見透《みす》かすようにつぶやいた。

たしかに中川《なかがわ》の考《かんが》え方《かた》が道理《どうり》に思《おも》えた。しかし大殿《おおとの》は今回《こんかい》の米騒動《こめそうどう》を許《ゆる》してくれるだろうか。もし許《ゆる》してくれなければこの男《おとこ》は織田《おだ》家に楯突《たてつ》くに違《ちが》いない。戦《いくさ》にはめっぽう強《つよ》く重宝《ちょうほう》するのだが生来金《せいらいかね》には弱《よわ》く米《こめ》が高《たか》く売《う》れれば敵《てき》にでも平気《へいき》で売《う》る。中川《なかがわ》の言動《げんどう》を見《み》ていると、すでに毛利《もうり》からもかなりの金子《きんす》を貰《もら》っているように思《おも》えた。もし中川《なかがわ》が離反《りはん》すれば大殿《おおとの》はこの摂津国《せっつのくに》をわしには任《まか》せてくれないだろう。しかしまれ故郷《こきょう》の摂津《せっつ》は自分《じぶん》のすべてである。国替《くにがえ》などは夢《ゆめ》にも考《かんが》えられない。それにこのまま明智光秀《あけちみつひで》の部下《ぶか》として仕《つか》えていても領土《りょうど》が増《ふ》える保証《ほしょう》はなかった。自分《じぶん》が総大将《そうだいしょう》ならもっと早《はや》く播磨《はりま》や丹波《たんば》を切《き》り取《と》れる自信《じしん》があった。

村重《むらしげ》はいつしか心中信長公《しんちゅうのぶながこう》に不満《ふまん》を持《も》っている己《おのれ》を見《み》いだしていた。

中国攻《ちゅうごくぜ》め

明智光秀《あけちみつひで》が率《ひき》いる近江軍団《おうみぐんだん》は明石浜《あかしはま》の近《ちか》くまで進軍《しんぐん》していた。しかし織田家《おだけ》にとってこれまでの中国地方《ちゅうごくちほう》での戦《いくさ》は捗々《はかばか》しいものではなかった。この二月《にがつ》から播磨二十八万石《はりまにじゅうはちまんごく》を領《りょう》する別所長治《べっしょながはる》が謀反《むほん》して三木城《みきじょう》で抵抗《ていこう》を続《つづ》けていた。また丹波八上城主《たんばやかみじょうしゅ》の波多野秀治《はたのひではる》も反織田《はんおだ》への旗幟《きし》を鮮明《せんめい》にしていた。明石《あかし》の先《さき》の加古川《かこがわ》を越《こ》えると宇喜多《うきた》、吉川《きっかわ》、小早川《こばやかわ》、毛利《もうり》の敵対《てきたい》する中国勢《ちゅうごくぜい》が虎視眈々《こしたんたん》と待《ま》ち構《かま》えていた。また瀬戸内海《せとないかい》は毛利水軍《もうりすいぐん》が制海権《せいかいけん》を握《にぎ》っていた。

馬上《ばじょう》の光秀《みつひで》は先《さき》ほどから何度《なんど》も後方《こうほう》を気《き》にして振《ふ》り返《かえ》っていた。荒木村重《あらきむらしげ》が率《ひき》いる摂津《せっつ》の軍団《ぐんだん》がまだ追《お》いついてきていなかった。当然《とうぜん》、村重配下《むらしげはいか》の中川瀬兵衛《なかがわせべえ》や高山右近《たかやまうこん》の旗頭《はたがしら》も見《み》えなかった。逆《ぎゃく》に先遣隊《せんけんたい》である大和《やまと》の筒井順慶《つついじゅんけい》の軍団《ぐんだん》はすでに姫路《ひめじ》に到着《とうちゃく》していた。光秀《みつひで》は四年前《よねんまえ》に次男《じなん》の光慶《みつよし》を養子《ようし》として筒井家《つついけ》のもとに出《だ》していたので、初陣《ういじん》として光慶《みつよし》が来《き》ていれば姫路《ひめじ》で会《あ》えるかもしれないと期待《きたい》していた。明智家《あけちけ》と筒井家《つついけ》の関係《かんけい》は最近《さいきん》さらに親《した》しくなっていた。それは五女《ごじょ》のとも子《こ》を順慶《じゅんけい》の息子定次《むすこさだつぐ》に嫁《とつ》がせたからである。

その時《とき》、山陽道《さんようどう》のはるか前方《ぜんぽう》から白《しろ》い砂埃《すなぼこり》を立《た》てて数十騎《すうじゅっき》の騎馬団《きばだん》が全速《ぜんそく》で向《む》かってくるのに気《き》づいた。周《まわ》りの旗本《はたもと》たちの顔《かお》が緊張《きんちょう》するやいなや光秀《みつひで》の乗馬《じょうば》を防御《ぼうぎょ》のために取《と》り囲《かこ》んだ。近《ちか》くにいた明智左馬之助《あけちさまのすけ》が馬上《ばじょう》から叫《さけ》んだ。

「早《はや》く何者《なにもの》か確《たし》かめよ」

その声《こえ》で水色《みずいろ》の桔梗《ききょう》の旗《はた》を背《せ》に差《さ》した数騎《すうき》の母衣武者《ほろむしゃ》が前方《ぜんぽう》に向《む》かった。しばらくして戻《もど》ってくるなり光秀《みつひで》に報告《ほうこく》した。

「殿《との》、羽柴筑前守秀吉《はしばちくぜんのかみひでよし》でござります。火急《かきゅう》の用件《ようけん》で上様《うえさま》のところまで突《つ》っ走《ぱし》るゆえに挨拶《あいさつ》は無用《むよう》にとのことでござる」

話《はなし》が終《お》わるやいなや騎馬隊《きばたい》の一群《いちぐん》が大《おお》きな蹄《ひづめ》の音《おと》を立《た》てて近《ちか》づいてきた。地面《じめん》に響《ひび》くのは南蛮製《なんばんせい》の蹄鉄《ていてつ》の爪音《つまおと》である。明智軍《あけちぐん》の馬《うま》にはまだ藁編《わらあみ》の馬沓《うまぐつ》しか履《は》かせられないでいたので出《だ》し抜《ぬ》かれた気分《きぶん》になった。仕方《しかた》なく光秀《みつひで》は馬《うま》を道端《みちばた》に寄《よ》せて秀吉一行《ひでよしいっこう》を通《とお》り過《す》ぎさせた。黒《くろ》い馬団《ばだん》の中《なか》で秀吉《ひでよし》だけが河原毛《かわらげ》の白馬《はくば》に乗《の》っていた。

「光秀殿《みつひでどの》、大儀《たいぎ》でござる。安土《あづち》に急《いそ》ぐゆえ御免《ごめん》」

あっという間《ま》に騎馬隊《きばたい》の一団《いちだん》は通《とお》り過《す》ぎていく。光秀《みつひで》は詳《くわ》しい説明《せつめい》もなく走《はし》り去《さ》った秀《ひで》吉《よし》に不快《ふかい》な感情《かんじょう》を消《け》せなかった。中国《ちゅうごく》の前線《ぜんせん》で何《なに》か好《この》ましくないことが起《お》きたように思《おも》えて不安《ふあん》が増《ま》した。

数日後《すうじつご》にはその杞憂《きゆう》が的中《てきちゅう》した。播磨攻《はりまぜ》めを命《めい》じられていた秀吉軍《ひでよしぐん》が味方《みかた》の上月城《こうづきじょう》の山中鹿之助《やまなかしかのすけ》を見捨《みす》てて撤退《てったい》したことを知《し》った。毛利《もうり》、吉川《きっかわ》、小早川《こばやかわ》の三家連合軍《さんけれんごうぐん》はあまりにも戦力強大《せんりょくきょうだい》で秀吉《ひでよし》の二万《にまん》に満《み》たない軍勢《ぐんぜい》では敵《かな》わなかったのである。秀吉《ひでよし》の援軍《えんぐん》に向《む》かっていた光秀《みつひで》は代《か》わりに上様《うえさま》から丹波《たんば》と丹後攻《たんごぜ》めを命《めい》じられた。光秀《みつひで》は逆《ぎゃく》にこれを好機《こうき》と捉《とら》えて秀吉《ひでよし》を出《だ》し抜《ぬ》いて織田家《おだけ》の一番出世《いちばんしゅっせ》を目指《めざ》そうと思《おも》った。


光秀《みつひで》は丹波《たんば》と丹後《たんご》の国境《くにざかい》にある大江山《おおえやま》の山腹《さんぷく》から前方《ぜんぽう》の鬼ケ嶽城《おにがたけじょう》を見《み》つめていた。城主《じょうしゅ》は長年《ながねん》織田家《おだけ》に楯突《たてつ》いている赤井悪右衛門《あかいあくえもん》である。この城《しろ》を落《お》とせば丹波《たんば》から丹後《たんご》に侵入《しんにゅう》できる要衝《ようしょう》の城《しろ》であった。しかし鬼ケ嶽城《おにがたけじょう》は山《やま》の頂上《ちょうじょう》に本曲輪《ほんくるわ》を造《つく》り、その尾根《おね》の三ケ所《さんかしょ》に出城《でじろ》を築《きず》いていた。なおかつ前面《ぜんめん》には川《かわ》が流《なが》れており容易《たやす》く落《お》とせるとは思《おも》えなかった。石垣《いしがき》はなかったが土塁《どるい》の上《うえ》に高《たか》い柵《さく》と逆茂木《さかもぎ》が組《く》まれ城《しろ》の館《やかた》を防護《ぼうご》していた。光秀《みつひで》は前面《ぜんめん》の小山《こやま》からしばらく様子《ようす》を観察《かんさつ》した後《あと》に侍大将《さむらいだいしょう》の藤田伝五《ふじたでんご》を呼《よ》んだ。

「藤田《ふじた》、鬼ケ嶽城《おにがたけじょう》は幸《さいわ》いにも石垣《いしがき》がない。夕刻《ゆうこく》からは山風《やまかぜ》が吹《ふ》くはずなので火攻《ひぜ》めにするのがよいと思《おも》うが」

「いかにもよき戦法《せんぽう》に存《ぞん》ずる」

「うむ、火《ひ》がまわって敵《てき》が城《しろ》を出《で》たら鉄砲隊《てっぽうたい》に撃《う》ちかけさせよ。敵《てき》には名《な》だたる者《もの》はおらぬと聞《き》いた」

「早速手配《さっそくてはい》いたします」

小柄《こがら》な藤田《ふじた》は身軽《みがる》に山《やま》を下《くだ》っていった。

夕刻《ゆうこく》から光秀《みつひで》が予告《よこく》した通《とお》り強《つよ》い風《かぜ》が山頂《さんちょう》に向《む》かって吹《ふ》き始《はじ》めると、その時《とき》をうかがっていた明智勢《あけちぜい》は一斉《いっせい》に火矢《ひや》を放《はな》ち松明《たいまつ》を使《つか》って焼討《やきうち》を始《はじ》めた。出城《でじろ》には薪《たきぎ》を積《つ》み上《あ》げて火《か》勢《ぜい》を強《つよ》めた。明智《あけち》の家臣《かしん》たちにとって火攻《ひぜ》めは得意《とくい》の戦法《せんぽう》でもある。これまで比叡山《ひえいざん》や越前《えちぜん》の一向一揆《いっこういっき》などで数多《かずおお》くの火攻《ひぜ》めの経験《けいけん》があった。付火《つけび》は折《おり》からの風《かぜ》にあおられて館《やかた》を焼《や》き始《はじ》めた。

その時《とき》、煙《けむり》の中《なか》から数百名《すうひゃくめい》ほどの赤井《あかい》の将兵《しょうへい》が柵木《さくぎ》を押《お》し倒《たお》して喊声《かんせい》をあげながら明智軍《あけちぐん》に向《む》かってきた。火付《ひつけ》をしていた明智《あけち》の雑兵《ぞうひょう》たちは我先《われさき》にと逃《に》げ始《はじ》めた。赤井《あかい》の軍勢《ぐんぜい》が山《やま》を下《くだ》って勢《いきお》いをつけたまま明智軍《あけちぐん》の先鋒《せんぽう》に切《き》りかかる。その時《とき》、横手《よこて》の草蔭《くさかげ》から大《おお》きな砲声《ほうせい》が響《ひび》いた。明智鉄砲隊《あけちてっぽうたい》の五十匁筒《ごじゅうもんめづつ》からの発射音《はっしゃおん》であった。大筒《おおづつ》に込《こ》められた数十発《すうじゅっぱつ》の散弾《さんだん》は近《ちか》づいた敵兵《てきへい》を確実《かくじつ》に撃《う》ち倒《たお》していた。赤井勢《あかいぜい》の動《うご》きが止《と》まると次《つぎ》に硝煙《しょうえん》の中《なか》で乾《かわ》いた音《おと》が続《つづ》いた。明智《あけち》の鉄砲隊《てっぽうたい》が立《た》ち止《ど》まっている敵兵《てきへい》を狙《ねら》い撃《う》ち始《はじ》めたのである。その弾丸《だんがん》は恐《おそ》ろしく正確《せいかく》で百発百中《ひゃっぱつひゃくちゅう》の感《かん》があった。

一番後方《いちばんこうほう》にいた赤井《あかい》の一団《いちだん》が早足《はやあし》で逃《に》げ始《はじ》めたのにつれて敵《てき》は総崩《そうくず》れになって後退《こうたい》していく。明智軍《あけちぐん》の先鋒《せんぽう》の槍《やり》と刀《かたな》が火炎《かえん》に反射《はんしゃ》してきらめいていた。明智軍《あけちぐん》の追撃《ついげき》も見事《みごと》であったが、気《き》づくといつのまにか明智《あけち》の本隊《ほんたい》が本曲輪《ほんくるわ》に向《む》かって攻撃《こうげき》を始《はじ》めていた。光秀《みつひで》は緊張感《きんちょうかん》もなく平然《へいぜん》と味方《みかた》の攻撃《こうげき》を本陣《ほんじん》から眺《なが》めていた。あと半刻《はんこく》もすれば勝鬨《かちどき》をあげられるだろう。

夜《よ》が暮《く》れた頃《ころ》にはすべてが終《お》わっていた。あまりにも呆気《あっけ》ない勝利《しょうり》であった。敵将《てきしょう》の赤《あか》井《い》の姿《すがた》は戦場《せんじょう》から見《み》つからなかったが焼《や》けただれた城址《しろあと》で野営《やえい》をとることにした。幕僚《ばくりょう》たちは頂上《ちょうじょう》であれば敵《てき》の夜襲《やしゅう》を受《う》けることはないと高《たか》を括《くく》っていた。光秀《みつひで》は日中《にっちゅう》の疲《つか》れもあって夜食《やしょく》の握飯《にぎりめし》を食《た》べた後《あと》、いつのまにか深《ふか》い眠《ねむ》りに落《お》ち入《い》った。しばらくして周囲《しゅうい》の騒《さわ》がしい音《おと》に気《き》づき目《め》を覚《さ》ますと使番《つかいばん》が慌《あわ》てて駆《か》け寄《よ》ってくる。

「殿《との》、すぐにお立《た》ちくだされ、赤井勢《あかいぜい》の夜襲《やしゅう》でござる」

城主《じょうしゅ》の赤井《あかい》は明智勢《あけちぜい》が攻《せ》め込《こ》む前《まえ》に城《しろ》を抜《ぬ》け出《だ》して近《ちか》くの山林《さんりん》で待伏《まちぶせ》をしていたようで

ある。今度《こんど》は赤井《あかい》の精鋭《せいえい》が光秀《みつひで》の本陣《ほんじん》をめがけて攻《せ》めかかってきていた。不覚《ふかく》を取《と》ったと思《おも》った時《とき》、左馬之助《さまのすけ》が馬《うま》に乗《の》ったまま近寄《ちかよ》ってきた。

「殿《との》、某《それがし》の鞍《くら》にお乗《の》りください」

明智《あけち》の家中《かちゅう》で一二《いちに》を争《あらそ》う名騎手《めいきしゅ》であった。このような一大事《いちだいじ》の最中《さいちゅう》に暗《くら》い山上《さんじょう》で馬《うま》を乗《の》り回《まわ》すほどの自信《じしん》はなかったので、素直《すなお》に差《さ》し出《だ》された手《て》を取《と》ると鞍《くら》の背《せ》にまたがった。左馬之助《さまのすけ》は光秀《みつひで》を乗《の》せて軽々《かるがる》と愛馬《あいば》を駆《か》って細《ほそ》い山道《やまみち》を一気《いっき》に下《くだ》っていく。敵《てき》の夜襲《やしゅう》の不安《ふあん》よりもその手綱《たづな》さばきに見《み》とれていた。

夜《よ》が白々《しらじら》と明《あ》ける頃《ころ》に光秀《みつひで》は肌寒《はだざむ》い大気《たいき》を感《かん》じながら山頂《さんちょう》の鬼ケ嶽城《おにがたけじょう》の焼跡《やけあと》を麓《ふもと》から見《み》上《あ》げていた。まだ白《しろ》い煙《けむり》があちらこちらから立《た》ち上《あ》がっている。多数《たすう》の死傷者《ししょうしゃ》がなかったとはいえ赤井《あかい》の逆襲《ぎゃくしゅう》を許《ゆる》して逃《に》げざるを得《え》なかったことは後味《あとあじ》の悪《わる》い失態《しったい》であった。光秀《みつひで》は兵《へい》を纏《まと》めさせると丹後《たんご》の海《うみ》を見《み》ることなく五里《ごり》ほど手前《てまえ》の福知山城《ふくちやまじょう》へ戻《もど》ることにした。

ついていない一日《いちにち》を終《お》えようとしていた秀《ひで》のもとにいま一《ひと》つの凶報《きょうほう》が届《とど》いた。丹波《たんば》の居《きょ》城《じょう》である亀山城《かめやまじょう》の城番《しろばん》の四王天《しおうてん》からの早飛脚《はやひきゃく》であった。届《とど》いた書状《しょじょう》を細《ほそ》い蝋燭《ろうそく》の灯《ひ》の下《した》で読《よ》み始《はじ》めると自分《じぶん》の顔《かお》が青《あお》ざめていくのを感《かん》じた。書状《しょじょう》には上様《うえさま》からの指図書《さしずしょ》も同封《どうふう》されていた。祐筆《ゆうひつ》の達筆《たっぴつ》な文字《もじ》は何度《なんど》読《よ》んでも信《しん》じられなかった。

荒木《あらき》摂津守《せっつのかみ》村重《むらしげ》逆心《ぎゃくしん》の疑《うたが》いあり
事《こと》の真偽《しんぎ》を知《し》らせよ
真《まこと》なら思《おも》い止《とど》まらせよ

村重《むらしげ》が謀反《むほん》だと、あの米騒動《こめそうどう》は中川瀬兵衛《なかがわせべえ》の仕業《しわざ》ではなかったのか。何《なに》かの間違《まちが》いではないのか。人里離《ひとざとはな》れた場所《ばしょ》では調《しら》べようがなかった。光秀《みつひで》は福知山城《ふくちやまじょう》に二千名《にせんめい》の兵《へい》を残《のこ》すと残《のこ》りの三千《さんぜん》の兵《へい》には即刻亀山城《そっこくかめやまじょう》への帰還《きかん》を命《めい》じた。

水色《みずいろ》の桔梗紋《ききょうもん》の幟《のぼり》と旗指物《はたさしもの》が細《ほそ》い山道《やまみち》をうねりながら繋《つな》がっている。馬上《ばじょう》で眠気《ねむけ》を忘《わす》れて村重謀反《むらしげむほん》の理由《りゆう》を考《かんが》えていた。米騒動《こめそうどう》の顛末《てんまつ》を出陣《しゅつじん》の忙《いそが》しさに感《かま》けて確認《かくにん》し忘《わす》れたことは大失策《だいしっさく》であった。しかし上様自身《うえさまじしん》が村重《むらしげ》をまだ重用《ちょうよう》しようとしている文面《ぶんめん》が光秀《みつひで》の気持《きもち》を少《すこ》し軽《かる》くしていた。

亀山城《かめやまじょう》へ戻《もど》った光秀《みつひで》はしばらく休息《きゅうそく》しただけですぐに安土城《あづちじょう》を目指《めざ》した。途中身体《とちゅうからだ》は疲《つか》れていただけに馬《うま》の鞍《くら》から落《お》とされないようにするだけで精一杯《せいいっぱい》であった。揺《ゆ》られながら自然《しぜん》と前回安土城《ぜんかいあづちじょう》を訪《おとず》れた時《とき》の情景《じょうけい》を思《おも》い出《だ》していた。

あれはまだ今年《ことし》の正月《しょうがつ》のことだった。坂本城《さかもとじょう》から明智丸《あけちまる》と名《な》づけられた軍船《ぐんせん》で安土城《あづちじょう》へ向《む》かった。明智丸《あけちまる》は五十人《ごじゅうにん》の兵員《へいいん》を乗《の》せて、一刻《いっこく》あまりで琵琶湖《びわこ》を北上《ほくじょう》して陸路《りくろ》よりはるかに速《はや》く対岸《たいがん》の安土《あづち》まで行《い》くことができた。

元旦《がんたん》の朝日《あさひ》を甲板《かんぱん》で浴《あ》びながら身体《からだ》は爽快《そうかい》で軽《かる》かった。供《とも》には光秀《みつひで》の茶道《ちゃどう》の師匠《ししょう》であり堺《さかい》の商人《しょうにん》でもある津田宗及《つだそうぎゅう》が茶頭《さどう》として従《したが》っていた。あの時《とき》は上様《うえさま》に招《まね》かれた連客《れんきゃく》の一人《ひとり》として茶道《ちゃどう》の礼《れい》を失《しっ》しないように宗及《そうぎゅう》に色々《いろいろ》と質問《しつもん》をしていたことを思《おも》い出《だ》した。

茶会《ちゃかい》は五層《ごそう》からなる天守《てんしゅ》がようやく完成《かんせい》した祝《いわい》として催《もよお》された。安土城《あづちじょう》での最初《さいしょ》の朝《あさ》茶事《ちゃじ》に招《まね》かれた喜《よろこ》びは上様《うえさま》に仕《つか》えて日《ひ》が浅《あさ》いだけに誇《ほこ》らしく光栄《こうえい》だった。

安土山《あづちやま》の石垣《いしがき》の上《うえ》に聳《そび》える天守《てんしゅ》が見《み》えてきた。着《つ》いた船泊《ふなどまり》からは蓮池橋《はすいけばし》と呼《よ》ばれた堀橋《ほりばし》を渡《わた》り天守《てんしゅ》に通《つう》じる大手門《おおてもん》を目指《めざ》した。門《もん》を入《はい》るとまず天守《てんしゅ》の三階《さんがい》に設《もう》けられた梅《うめ》の花《はな》と呼《よ》ばれる狩野永徳《かのうえいとく》が描《か》いた墨絵《すみえ》の寄付《よりつき》に案内《あんない》された。次《つぎ》に茶室《ちゃしつ》に案内《あんない》されると畳《たたみ》の上《うえ》には黒《くろ》い布《ぬの》が一面《いちめん》に敷《し》かれてあり、床《とこ》の間《ま》には右《みぎ》に松島《まつしま》、左《ひだり》に三日月《みかづき》、中央《ちゅうおう》には玉澗筆《ぎょくかんひつ》の岸《きし》の絵《え》が掛《か》けられていた。道具《どうぐ》は海《うみ》を表《あらわ》す四角《しかく》の盆《ぼん》、万歳大海《ばんざいたいかい》と呼《よ》ばれる茶壺《ちゃつぼ》、帰花《かえりばな》と呼《よ》ばれる水指《みずさし》、それに花入《はないれ》は鎖《くさり》で吊《つ》るした花入筒《はないれづつ》が用意《ようい》されていた。お点前《てまえ》は上様《うえさま》の祐筆《ゆうひつ》である松井有閑《まついゆうかん》が務《つと》めている。部屋《へや》には織田家《おだけ》の宿老《しゅくろう》たちがすでに待機《たいき》しており、上座《かみざ》から嫡男《ちゃくなん》の中将《ちゅうじょう》織田信忠《おだのぶただ》、次男信雄《じなんのぶかつ》、三男信孝《さんなんのぶたか》に続《つづ》いて長老《ちょうろう》らが控《ひか》えていた。光秀《みつひで》の相客《あいきゃく》の右隣《みぎどなり》は細川與一郎《ほそかわよいちろう》、左側《ひだりがわ》は荒木村重《あらきむらしげ》であった。気《き》がおけない二人《ふたり》と隣同士《となりどうし》で安心《あんしん》した。二人《ふたり》とも茶道《ちゃどう》では先輩《せんぱい》であっただけに横目《よこめ》で手本《てほん》にすればよかったので泰然自若《たいぜんじじゃく》としていられた。対面《たいめん》する相客《あいきゃく》の中《なか》に秀吉《ひでよし》が小《ちい》さな身体《からだ》をことさら胸《むね》を張《は》って座《すわ》っているのが見《み》えた。前年《ぜんねん》の暮《くれ》に但馬《たじま》、播磨平定《はりまへいてい》の褒美《ほうび》として上様《うえさま》から乙御前《おとごぜ》の釜《かま》を与《あた》えられていた。またその折《おり》に正式《せいしき》に茶会《ちゃかい》を催《もよお》すことができる御茶湯御政道《おちゃのゆごせいどう》の免許《めんきょ》を早々《そうそう》に頂《いただ》いていた。

茶湯《ちゃのゆ》の点前《てまえ》が終《お》わると武将《ぶしょう》たちは上様《うえさま》に年賀《ねんが》の挨拶《あいさつ》をしなければならなかった。織田家《おだけ》の息子三人《むすこさんにん》に続《つづ》いて光秀《みつひで》は突然四番目《とつぜんよばんめ》に呼《よ》ばれた。慌《あわ》てて上様《うえさま》の前《まえ》へにじり寄《よ》った。他《ほか》の家臣《かしん》を差《さ》し置《お》いて最初《さいしょ》に呼《よ》ばれたのは最高《さいこう》の栄誉《えいよ》だった。上様《うえさま》のお顔《かお》は上機嫌《じょうきげん》で、生来《せいらい》自分《じぶん》の感情《かんじょう》を腹《はら》にとめておくことができないお方《かた》で分《わ》かりやすく仕《つか》えやすい主君《しゅくん》でもあった。

「光秀《みつひで》、松永久秀《まつながひさひで》の討伐《とうばつ》ではよう働《はたら》いたによって本年《ほんねん》より茶湯《ちゃのゆ》を許《ゆる》す。ついては八角釜《はっかくがま》と牧谿《もっけい》の椿絵《つばきえ》を褒美《ほうび》につかわす」

前年《ぜんねん》の八月《はちがつ》に織田家《おだけ》の重臣《じゅうしん》であった松永《まつなが》が上杉謙信《うえすぎけんしん》に呼応《こおう》して謀反《むほん》を起《お》こした。実《じつ》に三度目の裏切りであった。それ故に上様は殊更憎かった松永を討った事を評価してくれていた。

全員《ぜんいん》の目《め》が光秀《みつひで》に注《そそ》がれた。その中《なか》で秀吉《ひでよし》の目《め》が異様《いよう》に光《ひか》った。光秀《みつひで》は上様《うえさま》の好意《こうい》にしばらく顔《かお》を上《あ》げることができなかった。胸中《きょうちゅう》に熱《あつ》い思《おも》いが込《こ》み上《あ》げた。それは織田家《おだけ》に仕《つか》えてからわずか十年《じゅうねん》にして外様大名《とざまだいみょう》の中《なか》で誰《だれ》よりも早《はや》く茶道免許《ちゃどうめんきょ》を許《ゆる》されたからでもあった。

次《つぎ》に荒木村重《あらきむらしげ》が呼《よ》ばれた。二人《ふたり》の話《はな》し声《ごえ》はよく聞《き》こえなかったが、気《き》がつくと上様《うえさま》の顔《かお》には腹立《はらだ》ちの時《とき》にあらわれる青筋《あおすじ》が浮《う》かんでいた。

村重《むらしげ》が席《せき》に戻《もど》ってくるなり光秀《みつひで》は小声《こごえ》で話《はな》しかけた。

「摂津守《せっつのかみ》、如何《いかが》された」

「なーに、上様《うえさま》がわしの青磁《せいじ》の花入《はないれ》を見《み》たいと申《もう》されたので、田舎大名《いなかだいみょう》の花入《はないれ》など御気《おき》に召《め》すまいと答《こた》えたらえらく叱《しか》られてしもうた」

平然《へいぜん》とした村重《むらしげ》の表情《ひょうじょう》からは腹《はら》の内《うち》は読《よ》めなかった。

その日《ひ》は他《ほか》の織田家《おだけ》の各武将《かくぶしょう》にとっても感動《かんどう》の一日《いちにち》であった。上様《うえさま》から正月《しょうがつ》の盃《さかずき》を頂戴《ちょうだい》した後《あと》で天守《てんしゅ》に陳列《ちんれつ》された名品《めいひん》を見学《けんがく》した。各階《かくかい》とも狩野派《かのうは》に描《か》かせた金碧障壁画《きんぺきしょうへきが》の見事《みごと》さには感嘆《かんたん》させられた。また上様自《うえさまみずか》らが家臣《かしん》たちに懇切丁寧《こんせつていねい》に説明《せつめい》したことも驚《おどろ》きの一《ひと》つであった。この天守《てんしゅ》の普請奉行《ふしんぶぎょう》でもあった木村《きむら》から事前《じぜん》にそれとなく聞《き》いていたがこれほどまでに豪華《ごうか》なものとは想像《そうぞう》がつかなかった。その後四階《ごよんかい》の松《まつ》の間《ま》で正月料理《しょうがつりょうり》が馳走《ちそう》された。当然部屋《とうぜんへや》の襖《ふすま》はすべて赤松《あかまつ》と黒松《くろまつ》の絵《え》で描《か》かれていた。

「料理《りょうり》の雑煮《ぞうに》の汁《しる》は今《いま》しがた殺《ころ》した鶴《つる》で作《つく》った」

上様《うえさま》はまた自慢気《じまんげ》であった。光秀《みつひで》は鶴《つる》の一羽《いちわ》を光栄《こうえい》にも頂戴《ちょうだい》することになり、後日《ごじつ》坂本城《さかもとじょう》での茶会《ちゃかい》に鶴《つる》の汁《しる》を客人《きゃくじん》に振舞《ふるま》ったことを船上《せんじょう》で思《おも》い出《だ》していた。

しかし今日《きょう》の安土城《あづちじょう》は正月《しょうがつ》とは一転《いってん》して凛《りん》と張《は》りつめた空気《くうき》に包《つつ》まれ身体《からだ》が自然《しぜん》と引《ひ》き締《し》まった。先導《せんどう》する小姓《こしょう》の森乱丸《もりらんまる》が光秀《みつひで》を最上階《さいじょうかい》の楼閣《ろうかく》に案内《あんない》した。天守《てんしゅ》の中央《ちゅうおう》は大《おお》きな吹《ふ》き抜《ぬ》けになっており、地階《ちかい》ははるか下方《かほう》に暗《くら》く地《ち》の底《そこ》までつながっている感《かん》じであった。吹《ふ》き抜《ぬ》けを支《ささ》える回廊柱《かいろうばしら》は朱色《しゅいろ》で壁面《へきめん》にはすべて金箔《きんぱく》が貼《は》られている。最上階《さいじょうかい》の三間《さんげん》四方《しほう》の部屋《へや》には明《みん》の三皇五帝《さんこうごてい》の絵《え》が描《か》かれていた。上様《うえさま》はその中《なか》で仁王立《におうだ》ちのまま光秀《みつひで》の顔《かお》を見《み》るなり睨《にら》みつけた。

「光秀《みつひで》、村重《むらしげ》は何《なに》が不満《ふまん》だ」

「申《もう》し訳《わけ》ありませぬ。しかとわかりませぬが、が早速有岡城《さっそくありおかじょう》へ出向《でむ》き翻意《ほんい》させるつもりでございます」

「よし、必《かなら》ず翻意《ほんい》させて連《つ》れて参《まい》れ。荒木村重《あらきむらしげ》はわしのよき家臣《かしん》じゃ。見捨《みす》てておらんとよう伝《つた》えよ」

上様《うえさま》の苛立《いらだ》ちの中《なか》からは村重《むらしげ》を思《おも》う気持《きもち》が切々《せつせつ》と伝《つた》わってきた。

摂津国《せっつのくに》では荒木村重《あらきむらしげ》の謀反《むほん》により重臣《じゅうしん》の中川瀬兵衛《なかがわせべえ》と高山右近《たかやまうこん》も同時《どうじ》に裏切《うらぎ》っていた。

階段《かいだん》を下《お》りる窓《まど》から琵琶湖《びわこ》の沖島《おきしま》と比叡山《ひえいざん》がくっきりと見《み》えた。比叡山《ひえいざん》の麓《ふもと》が坂本城《さかもとじょう》だ、でも当分戻《とうぶんもど》れないと諦《あきら》めた。

有岡城《ありおかじょう》

　光秀《みつひで》と検分役《けんぶんやく》である松井有閑《まついゆうかん》と万見仙千代《まんみせんちょ》の三名《さんめい》が摂津《せっつ》の有岡城《ありおかじょう》へ入《はい》った。城内《じょうない》の大広間《おおひろま》では荒木村重《あらきむらしげ》と嗣子《しし》の新五郎《しんごろう》、一族《いちぞく》の長老《ちょうろう》など荒木家《あらきけ》の諸将《しょしょう》が綺羅星《きらぼし》のごとく列座《れつざ》していた。大広間《おおひろま》の雰囲気《ふんいき》は重《おも》く衣擦《きぬず》れの音《おと》一《ひと》つなく静《しず》まりかえっている。その座敷《ざしき》の中央《ちゅうおう》で光秀《みつひで》が村重《むらしげ》と対面《たいめん》した。先《ま》ず松井《まつい》が使者《ししゃ》の代表《だいひょう》として口上《こうじょう》を述《の》べた。

「荒木摂津守《あらきせっつのかみ》、近頃不穏《ちかごろふおん》な噂《うわさ》が安土《あづち》まで聞《き》こえてまいる。上様《うえさま》はいたくご心痛《しんつう》あそばされておる故《ゆえ》、荒木殿《あらきどの》には至急安土《しきゅうあづち》まで参上仕《さんじょうつかまつ》り事《こと》の次第《しだい》を明《あき》らかにされよとの仰《おお》せでござる」

　村重《むらしげ》は手《て》にした扇子《せんす》で額《ひたい》を叩《たた》きながら、

「これは、これは参《まい》り申《もう》した。光秀殿《みつひでどの》をはじめご重役《じゅうやく》がわざわざ参《まい》られ恐悦至極《きょうえつしごく》に存《ぞん》じる。じつはこの村重《むらしげ》も困《こま》っておる。何故《なにゆえ》そのような噂《うわさ》が広《ひろ》がっているのか、わしにもようわからん。毛利《もうり》が流《なが》しておるのかな」

　それを聞《き》いて光秀《みつひで》の頬《ほお》が少《すこ》しゆるんだ。

「荒木殿《あらきどの》は織田家《おだけ》の重鎮《じゅうちん》なのに浅慮《せんりょ》は困《こま》りますぞ。いずれにしろ一日《いちにち》も早《はや》く上様《うえさま》に事《こと》なきことを言上《ごんじょう》されたい」

松井《まつい》が詰問口調《きつもんくちょう》で発言《はつげん》した。

「相分《あいわ》かっておる。しかし、これまでのことで上様《うえさま》には御不審《ごふしん》があるかもしれぬ故《ゆえ》に、某《それがし》の母《はは》を安土《あづち》に早速遣《さっそくつか》わせる事《こと》としよう。松井殿《まついどの》、このこと大殿《おおとの》によしなに御取次願《おとりつぎねが》いたい」

「いかにも」

村重《むらしげ》が母親《ははおや》を人質《ひとじち》に出《だ》すと聞《き》いて噂《うわさ》は杞憂《きゆう》に終《お》わりそうで三人《さんにん》は少《すこ》し安堵《あんど》の顔《かお》を見《み》せた。

「光秀殿《みつひでどの》、御役目《おやくめ》ご苦労《くろう》でござった。我《われ》らが手《て》の者《もの》も顔《かお》を揃《そろ》えておる、早速一献《さっそくいっこん》かたむけようや。のう、舅殿《しゅうとどの》」

しかし光秀《みつひで》の顔《かお》は厳《きび》しいままで酒《さけ》をかたむける雰囲気《ふんいき》ではなかった。荒木家《あらきけ》の武将《ぶしょう》たちも動《うご》こうとしていなかった。

「荒木殿《あらきどの》、そなたが安土《あづち》から帰《かえ》られてからゆっくりいただこう。上様《うえさま》はそなたを見捨《みす》ててはおらぬ。よき家臣《かしん》じゃと申《もう》されておるぞ。それではこれで」

光秀《みつひで》は村重《むらしげ》の誘《さそ》いを断《ことわ》って立《た》ち上《あ》がった。

「光秀殿《みつひでどの》、それはそうと近々範子《ちかぢかのりこ》を里帰《さとがえ》りさせようと存《ぞん》じておる」

「くれぐれも早《はや》く上様《うえさま》のもとへ参《まい》られ」

光秀《みつひで》は大勢《おおぜい》の前《まえ》で不用意《ふようい》な親《した》しさを見《み》せるわけにはいかなかった。

「うむ、相分《あいわか》った」

村重《むらしげ》の声《こえ》には勢《いきお》いがなかった。顔《かお》にも精彩《せいさい》がなくやはり何《なに》か思《おも》い詰《つ》めているようである。三人《さんにん》は最後《さいご》に軽《かる》く会釈《えしゃく》すると有岡城《ありおかじょう》の大広間《おおひろま》を後《あと》にした。

光秀《みつひで》たちが立《た》ち去《さ》った後《あと》で村重《むらしげ》は一人床《ひとりとこ》の間《ま》に座《すわ》ったままでいた。いつしか灯《ひ》が必要《ひつよう》なほど暗《くら》くなっても動《うご》かなかった。心中《しんちゅう》では些細《ささい》な信長公《のぶながこう》とのやりとりを思《おも》い出《だ》していた。あの正月《しょうがつ》の茶会《ちゃかい》で自分《じぶん》の青磁《せいじ》の花入《はないれ》を欲《ほ》しがり、それを断《ことわ》ったときの恐《おそ》ろしい顔《かお》であった。家臣《かしん》の持《も》ち物《もの》を子供《こども》のように欲《ほ》しがる主君《しゅくん》に今《いま》は強《つよ》い嫌悪《けんお》を感《かん》じていた。

ようやく村重《むらしげ》は腹心《ふくしん》の荒木平太夫《あらきへいだゆう》を呼《よ》んだ。

「平太夫《へいだゆう》、京《きょう》の東福寺《とうふくじ》へ行《い》ってくれぬか」

「いかにも、して如何《いかが》すれば」

「東福寺《とうふくじ》の塔頭《たっちゅう》で恵瓊《えけい》という僧《そう》がいる。この村重《むらしげ》が少《すこ》し話《はなし》をしたいと、此処《ここ》へ連《つ》れて参《まい》れ」

平太夫《へいだゆう》は何《なに》も聞《き》かずに静《しず》かに席《せき》を立《た》った。恵瓊《えけい》は毛利家《もうりけ》の使僧《しそう》として京都《きょうと》の情報《じょうほう》を伝《つた》える役目《やくめ》をしていた。

菊月《きくづき》の満月《まんげつ》の宵《よい》であった。円《まる》く大《おお》きな黄色《きいろ》い月《つき》が東《ひがし》の空《そら》から上《あ》がり始《はじ》めていた。村重《むらしげ》は何年《なんねん》かぶりに重陽《ちょうよう》の宴《えん》を女房《にょうぼう》、子供《こども》たちと一緒《いっしょ》に催《もよお》した。女子《おなご》らの嬌声《きょうせい》を聞《き》きながら酒《さけ》を飲《の》み続《つづ》けていたが、急《きゅう》に中秋《ちゅうしゅう》の名月《めいげつ》を眺《なが》めたくなってふらつきながら縁側《えんがわ》に出《で》た。月《つき》はすでに巨大《きょだい》な円《えん》となってまぶしいほどに輝《かがや》いていた。

「殿《との》、盃《さかずき》に月《つき》が映《うつ》りますか」

化粧《けしょう》の匂《にお》いを感《かん》じるといつのまにか隣《となり》に新妻《にいづま》のダシがいた。村重《むらしげ》は黒塗《くろぬり》の大盃《たいはい》に酒《さけ》を満《み》たさせると、その酒《さけ》に満月《まんげつ》をうまく入《い》れ込《こ》んだ。

「ダシ、ここを見《み》よ。月《つき》が逆《さか》さに見《み》えるぞ」

ダシは盃《さかずき》を横目《よこめ》で見《み》ながら、

「きっと、これからも良《よ》いことがありますな。月《つき》がこんなにきれいに映《うつ》っておりますもの」

いつしかダシに産《う》ませた幼《おさな》い子《こ》らがまといついていた。

村重《むらしげ》は信長《のぶなが》に最初《さいしょ》に会《あ》った日《ひ》を思《おも》い出《だ》していた。あれは十年前《じゅうねんまえ》の永禄十二年《えいろくじゅうにねん》の正月《しょうがつ》の最《さい》中《ちゅう》で村重《むらしげ》は当時《とうじ》茨木《いばらき》の城主池田勝政《じょうしゅいけだかつまさ》の家臣《かしん》だった。あの大雪《おおゆき》の日《ひ》、突然三好三人衆《とつぜんみよしさんにんしゅう》の軍勢《ぐんぜい》が京都《きょうと》の六条《ろくじょう》の館《やかた》にいた足利義昭将軍《あしかがよしあきしょうぐん》を取《と》り囲《かこ》んだ。将軍《しょうぐん》を助《たす》けるために村重《むらしげ》は主君池田《しゅくんいけだ》と共《とも》に奮戦《ふんせん》した。この時《とき》、明智光秀《あけちみつひで》と細川與一郎《ほそかわよいちろう》も将軍《しょうぐん》を守護《しゅご》して三好勢《みよしぜい》と戦《たたか》っていた。この戦《いくさ》の最中《さいちゅう》に六条《ろくじょう》の館《やかた》まで美濃《みの》から駆《か》けつけた信長《のぶなが》が彼《かれ》らを退散《たいさん》させたのであった。そこで力戦《りきせん》して将軍《しょうぐん》を護《まも》っていた三人《さんにん》を知《し》って信長《のぶなが》は織田家《おだけ》にそれぞれ仕官《しかん》を勧《すす》めた。その縁《えん》で家臣《かしん》となった村重《むらしげ》だったが奇《く》しくも三人共《さんにんとも》いまでは城持《しろもち》の大名《だいみょう》に出世《しゅっせ》していた。

ふと庭先《にわさき》を見《み》ると黒《くろ》い影《かげ》が控《ひか》えていた。それは平太夫《へいだゆう》の姿《すがた》であった。

「おう、帰《かえ》ったか。早《はや》かったな」

「恵瓊《えけい》さまをお連《つ》れしました」

平太夫《へいだゆう》が庭《にわ》の築地《ついじ》を指《ゆび》さした。暗《くら》くてよく見《み》えなかったが身《み》の丈六尺《たけろくしゃく》を超《こ》す大柄《おおがら》な僧《そう》が立《た》っていた。村重《むらしげ》は平太夫《へいだゆう》に命《めい》じてすぐに別室《べっしつ》へ案内《あんない》させた。

蝋燭《ろうそく》の灯《ひ》が恵瓊《えけい》の人影《ひとかげ》をより大《おお》きく障子《しょうじ》に映《うつ》していた。鉢《はち》ひらきの頭《あたま》が異様《いよう》に大《おお》きく、眉《まゆ》は太《ふと》く、大《おお》きな黒眼《くろめ》からは眼光《がんこう》が鋭《するど》く放《はな》たれていた。確《たし》かに京都五山臨済宗東福寺《きょうとござんりんざいしゅうとうふくじ》の塔《たっ》頭《ちゅう》で退耕庵主《たいこうあんしゅ》の安国寺恵瓊《あんこくじえけい》であった。一度会《いちどあ》ったら忘《わす》れられない顔相《がんそう》をしていた。

「さっそくお越《こ》し頂《いただ》き恐縮至極《きょうしゅくしごく》でござる」

「摂津守《せっつのかみ》のお召《め》しとあってとりあえず参上《さんじょう》いたしました」

すぐに膳《ぜん》と酒《さけ》が運《はこ》ばれてきた。

「お疲《つか》れだろう。恵瓊殿《えけいどの》は酒《さけ》をたしなむのかな」

「かたじけないが、拙僧《せっそう》は不調法《ぶちょうほう》でしてな。代《か》わりにこの淀川大根《よどがわだいこん》をいただこう。なかなかうまそうだ」

恵瓊《えけい》が料理《りょうり》を食《た》べるのを村重《むらしげ》はしばらく黙《だま》って見《み》ていた。

「恵瓊殿《えけいどの》、毛利家《もうりけ》は上洛《じょうらく》する気持《きもち》があるかのう」

単刀直入《たんとうちょくにゅう》に問《と》いかけた。恵瓊《えけい》は箸《はし》をゆっくり置《お》くと、

「毛利家《もうりけ》では三道併進策《さんどうへいしんさく》と申《もう》しております。まず宗家毛利輝元様《そうけもうりてるもとさま》と小早川隆景様《こばやかわたかかげさま》が将軍《しょうぐん》足利義昭様《あしかがよしあきさま》を奉《ほう》じて備後《びんご》と播磨《はりま》から入洛《にゅうらく》します。そして吉川元春様《きっかわもとはるさま》の軍《ぐん》が但馬《たじま》と丹波《たんば》から京都《きょうと》の背後《はいご》に回《まわ》って越前《えちぜん》と美濃《みの》の織田軍《おだぐん》を分断《ぶんだん》する。すでに毛利《もうり》の水軍《すいぐん》は大坂《おおざか》の本願寺《ほんがんじ》を目指《めざ》して、この尼崎《あまがさき》の海《うみ》を進《すす》んでいるころと思《おも》われます」

恵瓊《えけい》がゆっくりと話《はな》した内容《ないよう》には知《し》らないことが多《おお》く、また戦略《せんりゃく》にも適《かな》っていた。村重《むらしげ》が毛利輝元《もうりてるもと》の立場《たちば》でも同《おな》じ作戦《さくせん》を取《と》ったと思《おも》えた。もともと村重《むらしげ》は主君《しゅくん》であった池田勝政《いけだかつまさ》を追放《ついほう》して摂津国《せっつのくに》を下剋上《げこくじょう》で我《わ》が物《もの》にしていたが、特段信長《とくだんのぶなが》に仕《つか》えてからはまだ大《おお》きな

恩賞《おんしょう》はもらっていなかった。それだけにこのまま織田家《おだけ》に仕《つか》えていて領国《りょうごく》が広《ひろ》がるのか疑問《ぎもん》だった。

恵瓊《えけい》はそんな村重《むらしげ》の気持《きもち》を巧《たく》みに汲《く》み取《と》ったかのように、

「輝元様《てるもとさま》からは荒木様《あらきさま》が毛利方《もうりがた》にご同心《どうしん》いただければ摂津《せっつ》は論《ろん》ずるまでもなく、播磨《はりま》、丹後《たんご》、丹波《たんば》や但馬《たじま》の五ケ国《ごかこく》を差《さ》し上《あ》げるとのご同意《どうい》を頂《いただ》いておりまする」

村重《むらしげ》は急《きゅう》に気持《きもち》が明《あか》るくなった。自分《じぶん》が織田家《おだけ》を裏切《うらぎ》れば中国《ちゅうごく》から京都《きょうと》までの道《みち》が一気《いっき》に通《つう》じてしまうではないか。優《ゆう》に百万石《ひゃくまんごく》を超《こ》す大領地《だいりょうち》が自国《じこく》のものになる。

「毛利輝元殿《もうりてるもとどの》は確《たし》かに五ケ国《ごかこく》をこの村重《むらしげ》に与《あた》えると言《い》われておるのか」

「いかにも、それでなければ拙僧《せっそう》がのこのこと命《いのち》を賭《か》けて此処《ここ》に参《まい》られようか」

村重《むらしげ》は盃《さかずき》を傾《かたむ》けながら沈黙《ちんもく》した。

確《たし》かに先月毛利軍《せんげつもうりぐん》は上月城《こうづきじょう》で羽柴秀吉《はしばひでよし》の軍勢《ぐんぜい》を打《う》ち破《やぶ》っている。自分《じぶん》も出陣《しゅつじん》していないながら毛利勢《もうりぜい》につけいる隙《すき》はなく手《て》も足《あし》も出《で》なかった。恵瓊《えけい》の言《い》うとおり毛利三家《もうりさんけ》と大坂《おおざか》本願寺《ほんがんじ》が本気《ほんき》で合従連衡《がっしょうれんこう》すればこの地《ち》から織田軍《おだぐん》を追《お》い払《はら》うことができるかもしれない。

村重《むらしげ》は手《て》にした盃《さかずき》に酒《さけ》を満《み》たすと急《きゅう》にそれを恵瓊《えけい》に突《つ》き出《だ》した。

「恵瓊《えけい》、固《かた》めの酒《さけ》だ。これだけは飲《の》め」

恵瓊《えけい》は村重《むらしげ》ににじり寄《よ》ると盃《さかずき》を受《う》け取《と》り鋭《するど》く村重《むらしげ》の眼《め》を見《み》つめた。そして何《なに》も言《い》わずに一気《いっき》に飲《の》み干《ほ》した。村重《むらしげ》は安堵《あんど》の笑《わら》いを浮《う》かべた。

「それでは貴僧《きそう》が考《かんが》える織田家中《おだかちゅう》の武将《ぶしょう》の評価《ひょうか》を聞《き》きたいものだ」

恵瓊《えけい》は初《はじ》めて軽《かる》い笑《え》みを浮《う》かべると、

「左様《さよう》でござりますな。まず信長殿《のぶながどの》はいずれ高転《たかころ》びされるでしょう」

「ほう、してその仔細《しさい》は」

「竹馬《たけうま》に乗《の》れば遠《とお》くは見《み》えますが、足元《あしもと》の石《いし》に蹴躓《けつまず》きます」

恵瓊《えけい》のわかりやすい例《たと》えが妙《みょう》に的《まと》を射《い》ているのに納得《なっとく》した。

「それでは次《つぎ》に織田家《おだけ》を継《つ》ぐのは誰《だれ》だ」

「多分《たぶん》、日向守《ひゅうがのかみ》か筑前守《ちくぜんのかみ》の争《あらそ》いになるでしょうな」

「わしは光秀殿《みつひでどの》の配下《はいか》じゃ、それは好都合《こうつごう》ではないか」

「いえ、殿《との》のご武運《ぶうん》は日向守《ひゅうがのかみ》とご一緒《いっしょ》では吸《す》い取《と》られて衰運《すいうん》となりまする」

「恵瓊《えけい》は占《うら》もするのか」

「少々《しょうしょう》、戯言《ざれごと》でござる」

村重《むらしげ》には恵瓊《えけい》の占《うらな》いが当《あ》たっているようで冗談《じょうだん》には思《おも》えなかった。これからは舅《しゅうと》の光秀《みつひで》も自分《じぶん》の味方《みかた》でいられないのかと不思議《ふしぎ》な気《き》がした。

その夜《よ》、村重《むらしげ》はダシと閨《ねや》を共《とも》にしていた。ダシの実家《じっか》は本願寺《ほんがんじ》の檀家《だんか》でありながら、なぜか最近《さいきん》流行《はや》っているキリシタン教徒《きょうと》になってダシという洗礼名《せんれいめい》をもらった。ダシは二十歳《はたち》を迎《むか》えたばかりで四十歳《よんじゅっさい》を超《こ》した村重《むらしげ》と年齢《ねんれい》は不釣合《ふつりあい》であったが、ぼんぼりの灯《ひ》にほのかに映《うつ》る白《しろ》く柔《やわ》らかな温《あたた》かい肌《はだ》を抱《だ》いていると何《なん》ともいえない幸《しあわ》せな気分《きぶん》に満《み》たされた。ダシはこれまでの女《おんな》とは違《ちが》っていた。バテレンの教《おしえ》を信《しん》じているせいか女《おんな》の業《ごう》や醜《みにく》さを少《すこ》しも見《み》せない女《おんな》であった。かといって奥《おく》では村重《むらしげ》を十分《じゅうぶん》に堪能《たんのう》させる不思議《ふしぎ》な魅力《みりょく》も持《も》っていたので年甲斐《としがい》もなく前妻《ぜんさい》と別《わか》れてダシを正室《せいしつ》とした。

ダシが好《す》きな芸事《げいごと》は歌《うた》を詠《よ》むことであった。戦《いくさ》の荒事《あらごと》に日々《ひび》を過《す》ごす村重《むらしげ》にとって歌《うた》など無縁《むえん》と思《おも》えたが、ダシが唯一夫《ゆいいつおっと》に望《のぞ》んだことは歌《うた》を詠《よ》むことであった。いつしか村重《むらしげ》も見習《みなら》って少《すこ》しずつ歌《うた》を創《つく》れるようになっていた。

仰向《あおむ》けに布団《ふとん》に寝転《ねころ》がるとダシが厚《あつ》い胸《むね》にもたれかかってくる。

「とのさま、信長《のぶなが》さまといくさをなされますか」

「うむ、わからぬ」

「信長《のぶなが》さまは無情《むじょう》なお方《かた》ゆえ、その時《とき》はわれらも殺《ころ》されますな」

「ダシ、そなたたちをそのような目《め》には遭《あ》わせはせぬ」

正直《しょうじき》いまだに反逆《はんぎゃく》をしている気持《きもち》はなかった。ただ信長公《のぶながこう》の天下布武《てんかふぶ》に一緒《いっしょ》について行《い》く気《き》は失《う》せていた。長年奉公《ながねんほうこう》していながら彼《かれ》の人柄《ひとがら》がまだわからなかった。何故《なぜ》あのように戦《いくさ》をしたがるのか、あれほど多《おお》くの民百姓《たみひゃくしょう》を殺《ころ》すことができるのか。百姓《ひゃくしょう》を皆殺《みなごろ》しにしたら誰《だれ》が米《こめ》や野菜《やさい》を作《つく》るのか、百姓《ひゃくしょう》は守《まも》る者《もの》で殺《ころ》す者《もの》ではないはずだ。よく考《かんが》えると信長公《のぶながこう》は仏《ほとけ》や神《かみ》が絡《から》むと普段《ふだん》と違《ちが》って前後《ぜんご》の見境《みさかい》がなくなる。本願寺門徒《ほんがんじもんと》との戦《いくさ》、長島《ながしま》と越前《えちぜん》での一向宗徒《いっこうしゅうと》との戦《いくさ》、どれも納得《なっとく》はいかなかった。

特《とく》に三年前《さんねんまえ》に大坂本願寺《おおざかほんがんじ》の一万五千人《いちまんごせんにん》もの門徒《もんと》を攻《せ》めた時《とき》は織田《おだ》の手勢《てぜい》はわずか三千《さんぜん》の兵《へい》にもかかわらず、雑賀衆《さいがしゅう》の鉄砲隊《てっぽうたい》が待《ま》ち構《かま》える所《ところ》へ無謀《むぼう》にも信長公自《のぶながこうみずか》ら突撃《とつげき》をして行《い》った。その時《とき》、この村重《むらしげ》が援護《えんご》して敵《てき》に討《う》ちかけていなければ一揆勢《いっきぜい》に包囲《ほうい》されて戦死《せんし》していた。わしの攻撃《こうげき》で敵《てき》の包囲《ほうい》が一瞬《いっしゅん》ゆるみ、その隙《すき》に素早《すばや》く馬《うま》を駆《か》って天王寺砦《てんのうじとりで》に逃《に》げ帰《かえ》れたが、それでも鉄砲玉《てっぽうだま》を太腿《ふともも》に受《う》けて大傷《おおきず》を負《お》っていた。もし玉《たま》の位置《いち》があと少《すこ》しずれていれば動脈《どうみゃく》を切《き》って死《し》んでいただろう。だから信長公《のぶながこう》は命拾《いのちびろ》いした恩賞《おんしょう》として播磨一国《はりまいっこく》を任《まか》せてくれたのである。

「村重《むらしげ》には先陣《せんじん》をさせなくてよかった」

皮肉《ひにく》な言《い》い回《まわ》しである褒美《ほうび》の言葉《ことば》を聞《き》いて感激《かんげき》したものだった。口《くち》には出《だ》せなかったが信長公《のぶながこう》はわしのことを好《す》いていると感《かん》じた。それにしても仏教徒《ぶっきょうと》にはより過酷《かこく》でキリシタン教徒《きょうと》には寛容《かんよう》に思《おも》えるが何故《なぜ》なのだろう。村重《むらしげ》はダシに背《せ》を向《む》けて寝返《ねがえ》りをうった。光《みつ》秀《ひで》とした約束《やくそく》を考《かんが》えると気《き》が重《おも》かったがいつしか眠《ねむ》りに落《お》ちていった。

対決《たいけつ》

冬《ふゆ》の訪《おとず》れが日一日《ひいちにち》と近《ちか》づいていた。枯葉《かれは》が風《かぜ》に乗《の》って湖面《こめん》の上《うえ》を飛《と》んでいく。光秀《みつひで》は久《ひさ》しぶりに坂本《さかもと》の居城《きょじょう》で茶《ちゃ》を点《た》てていた。

上様《うえさま》から拝領《はいりょう》した八角釜《はっかくがま》を鎖《くさり》で釣《つ》って薄茶《うすちゃ》を楽《たの》しもう。湯《ゆ》が煮《に》えたぎると釜《かま》の乾《かわ》いた鳴金《なりがね》の音《おと》が気持《きもち》を落《お》ち着《つ》かせてくれた。その時《とき》、重臣《じゅうしん》の伊勢《いせ》がにじり口《ぐち》から顔《かお》を出《だ》した。

「殿《との》、細川與一郎《ほそかわよいちろう》さまがお見《み》えになりました」

茶室《ちゃしつ》に腰《こし》をかがめて入《はい》ってきた與一郎《よいちろう》は無粋《ぶすい》にも具足姿《ぐそくすがた》のままであった。

「京都所司代《きょうとしょしだい》の村井様《むらいさま》よりの火急《かきゅう》の知《し》らせを持《も》ってまいった」

與一郎《よいちろう》の細《ほそ》い顔《かお》がとくに青白《あおじろ》く見《み》えた。何《なに》か悪《わる》い知《し》らせだと直感《ちょっかん》した。案《あん》の定《じょう》、その言葉《ことば》は衝撃《しょうげき》であった。

「荒木村重《あらきむらしげ》はいまだに安土城《あづちじょう》に伺候《しこう》をしていないという。母親《ははおや》も有岡城《ありおかじょう》にいるままだそうだ」

光秀《みつひで》の顔《かお》も青《あお》くなった。

「なんと、村重《むらしげ》はまこと逆心《ぎゃくしん》するのか、與一郎《よいちろう》」

「村重《むらしげ》は上様《うえさま》の目付《めつけ》を城《しろ》から追《お》い出《だ》したと聞《き》く」

今《いま》や荒木村重《あらきむらしげ》の謀反《むほん》は明白《めいはく》だった。しかし織田家《おだけ》の家臣《かしん》たちを殺《ころ》さなかっただけまだ救《すく》われると感《かん》じた。そこへ今度《こんど》は明智左馬之助《あけちさまのすけ》が入室《にゅうしつ》してきた。

「何事《なにごと》だ」

「殿《との》、範子《のりこ》さまが花隈城《はなくまじょう》より里帰《さとがえ》りなされました」

左馬之助《さまのすけ》の顔《かお》も暗《くら》く沈《しず》んでいた。

「範子《のりこ》になんぞあったのか」

「じつは嫁入《よめい》り道具《どうぐ》をすべてお持《も》ち帰《かえ》りになられました」

村重《むらしげ》は嫡男新五郎《ちゃくなんしんごろう》の嫁《よめ》の範子《のりこ》を離縁《りえん》させたことで、その反意《はんい》を自分に見《み》せようとしていることに気《き》がついた。光秀《みつひで》は黒茶碗《くろぢゃわん》に注《そそ》いだ白湯《さゆ》をそのまま水指《みずさし》に戻《もど》した。

誰《だれ》もが考《かんが》えたくないことが起《お》ころうとしていた。年《とし》の暮《くれ》ぐらいは家族《かぞく》と一緒《いっしょ》に過《す》ごしたいと思《おも》う気持《きもち》は織田家《おだけ》の武将《ぶしょう》も変《か》わりはなかった。しかし乱世《らんせい》はまた大《おお》きく動《うご》き始《はじ》め誰《だれ》にも止《と》められなかった。

数日《すうじつ》して光秀《みつひで》は荒木村重謀反《あらきむらしげむほん》の仔細《しさい》を書状《しょじょう》にまとめて安土城《あづちじょう》に差《さ》し出《だ》した。上様《うえさま》はその書付《かきつけ》を見《み》るやいなや安土《あづち》から馬《うま》を駆《か》って京都《きょうと》の二条家《にじょうけ》の館《やかた》に入《はい》って来《き》た。すぐさま光秀《みつひで》と秀吉《ひでよし》、それに小姓《こしょう》の松井《まつい》が呼《よ》ばれた。

二条家《にじょうけ》の館《やかた》は信長公《のぶながこう》の命《めい》ですでに一年間《いちねんかん》かけて新築《しんちく》されたばかりである。光秀《みつひで》にとっては京奉行《きょうぶぎょう》の木村《きむら》と共《とも》に工事《こうじ》を手掛《てが》けていたので馴染《なじみ》の館《やかた》であった。上様《うえさま》と対面《たいめん》すると、その顔《かお》は案《あん》じていたような怒《いか》りはなく既《すで》に冷静《れいせい》に対決《たいけつ》する普段《ふだん》の顔《かお》つきに戻《もど》っていた。それでも光秀《みつひで》は配下《はいか》である村重《むらしげ》の不始末《ふしまつ》の責任《せきにん》を取《と》るために今一度翻意《いまいちどほんい》させる猶予《ゆうよ》を求《もと》める他《ほか》なかった。

「上様《うえさま》、某《それがし》が今一度摂津《いまいちどせっつ》に赴《おもむ》いて荒木村重《あらきむらしげ》を翻意《ほんい》させてまいります」

「光秀《みつひで》、もうよい。村重《むらしげ》はこの信長《のぶなが》を見《み》くびっておる。力《ちから》を見《み》せてやらねばならぬ。信忠《のぶただ》に命《めい》じて織田《おだ》の全軍《ぜんぐん》に陣触《じんぶ》れをさせよ。明日《あす》、余《よ》は摂津表《せっつおもて》に先駆《さきが》けをする」

織田家《おだけ》の総力《そうりょく》をあげて謀反人《むほんにん》の荒木村重《あらきむらしげ》とそれに順《じゅん》じた配下《はいか》の中川《なかがわ》と高山《たかやま》を討《う》つ覚悟《かくご》をすでに示《しめ》していた。光秀《みつひで》は主君《しゅくん》の気持《きもち》を慮《おもんぱか》って素直《すなお》にその場《ば》を立《た》ち去《さ》った。

多《おお》くの親族《しんぞく》と家臣《かしん》がこれまで上様《うえさま》を裏切《うらぎ》ってきたのを見《み》てきた。自分《じぶん》の愛《あい》する者《もの》が反逆《はんぎゃく》するほど苦《くる》しく残酷《ざんこく》で悲《かな》しいことはなかったはずだ。いつもそれを一人《ひとり》で黙《だま》って耐《た》えられた半生《はんせい》でもあった。それ故《ゆえ》に愛《あい》する者《もの》から受《う》けた裏切《うらぎり》の屈辱《くつじょく》はそれが沸騰点《ふっとうてん》に達《たっ》すると恐《おそ》ろしいほどの憎悪《ぞうお》と復讐《ふくしゅう》に変化《へんか》した。憎《にく》しみの心《こころ》に変心《へんしん》した後《あと》は阿修羅《あしゅら》の如《ごと》くなり何人《なにびと》も彼《かれ》の暴虐《ぼうぎゃく》を止《と》めることはできなかった。

今《いま》でもあのおぞましい記憶《きおく》は消《き》えていない。上様《うえさま》の妹《いもうと》、お市《いち》の方《かた》を娶《めと》った浅井長政《あざいながまさ》が反逆《はんぎゃく》した四年前《よねんまえ》の正月《しょうがつ》には、討《う》ち取《と》った浅井長政親子《あざいながまさおやこ》と朝倉義景《あさくらよしかげ》の頭蓋骨《ずがいこつ》を漆《うるし》で固《かた》めてそれに金泥《きんでい》を塗《ぬ》りつけ薄濃《はくだみ》にしたのであった。上様《うえさま》が注《そそ》ぐ頭蓋骨《ずがいこつ》の盃《さかずき》の酒《さけ》を主《おも》だった武将《ぶしょう》が回《まわ》し飲《の》みすることになったが光秀《みつひで》も断《ことわ》るわけにはいかなかった。

上様《うえさま》の怨念《おんねん》が固《かた》まるまでに何《なん》とかこの怒《いか》りを和《やわ》らげたい。まだ時間《じかん》はある。

その時《とき》、上様《うえさま》が光秀《みつひで》に向《む》かって意外《いがい》なことを命《めい》じた。

「光秀《みつひで》、これより御所《ごしょ》に参内《さんだい》して、毛利《もうり》との和平勧告《わへいかんこく》の綸旨《りんじ》をもらってまいれ」

「和平《わへい》の綸旨《りんじ》でございますか」

「そうだ、すぐに毛利輝元《もうりてるもと》に勅使《ちょくし》を送《おく》るように御所《ごしょ》に手配《てはい》させよ」

光秀《みつひで》は驚《おどろ》くと同時《どうじ》に安堵《あんど》の気持《きもち》がわいた。上様《うえさま》が真剣《しんけん》に毛利《もうり》との和平《わへい》を望《のぞ》んで勅使《ちょくし》を仲介《ちゅうかい》に送《おく》ると知《し》ったからである。まだ村重《むらしげ》を救《すく》う機会《きかい》があるように思《おも》えた。

二条家《にじょうけ》の館《やかた》を出《で》ると秀吉《ひでよし》はすぐに播磨《はりま》の戦場《せんじょう》に戻《もど》って行《い》ったが、光秀《みつひで》はそのまま京《きょう》の町《まち》に残《のこ》った。美濃《みの》の田舎《いなか》で育《そだ》ったせいか京《きょう》の町《まち》が好《す》きだった。長《なが》い歴史《れきし》の文化《ぶんか》や風雅《ふうが》が京都《きょうと》には溢《あふ》れていた。自分《じぶん》の無知《むち》を知《し》らされる度《たび》に、それを上回《うわまわ》る向学心《こうがくしん》が沸《わ》き上《あ》がるのが常《つね》だった。

二十年《にじゅうねん》ほど前《まえ》になる。浪人《ろうにん》だった明智十兵衛光秀《あけちじゅうべえみつひで》が初《はじ》めて京都《きょうと》を訪《おとず》れた時《とき》、最初《さいしょ》に知《し》り合《あ》った人物《じんぶつ》が吉田神社《よしだじんじゃ》の神官吉田兼見《しんかんよしだかねみ》であった。その昔《むかし》、兼見《かねみ》の父《ちち》である兼右《かねみぎ》が吉田神道《よしだしんとう》の布教《ふきょう》で美濃《みの》の明智城《あけちじょう》に父《ちち》の光国《みつくに》を訪《たず》ねて以来《いらい》の縁《えん》であった。光秀《みつひで》と兼見《かねみ》は同世代《どうせだい》の好《よしみ》もあってすぐに親《した》しい友人《ゆうじん》になった。

代々京都《だいだいきょうと》の神社《じんじゃ》を司《つかさど》る神祇《じんぎ》の家柄《いえがら》の吉田家《よしだけ》は朝廷《ちょうてい》の公家衆《くげしゅう》とも親《した》しかった。兼見《かねみ》の紹介《しょうかい》で運《うん》よく光秀《みつひで》は将軍足利義昭《しょうぐんあしかがよしあき》のもとで仕官《しかん》することができた。それだけに友人以上《ゆうじんいじょう》に人生《じんせい》の恩人《おんじん》でもあった。

光秀《みつひで》は御所《ごしょ》の南側《みなみがわ》を通《とお》り賀茂川《かもがわ》を渡《わた》ってからその先《さき》の小高《こだか》い吉田山《よしだやま》を目指《めざ》して馬《うま》を進《すす》めた。吉田神社《よしだじんじゃ》はその吉田山《よしだやま》の麓《ふもと》にあった。入口《いりぐち》に松並木《まつなみき》の参道《さんどう》があり夕日《ゆうひ》に朱色《しゅいろ》の鳥居《とりい》が照《て》り返《かえ》って眩《まぶ》しかった。自宅《じたく》は背後《はいご》の広大《こうだい》な杉林《すぎばやし》の中《なか》にあった。

兼見《かねみ》は光秀《みつひで》の顔《かお》を見《み》るなり自慢《じまん》の鼻髭《はなひげ》に笑《え》みを浮《う》かべて奥《おく》の客間《きゃくま》に案内《あんない》した。

「十兵衛《じゅうべえ》、息災《そくさい》だったか。しばらくお顔《かお》が見《み》えなかったから心配《しんぱい》しておった」

「うむ、摂津《せっつ》の戦《いくさ》で忙《いそが》しくてな。兼見《かねみ》、今日《きょう》は頼《たの》みがあって参《まい》った」

「十兵衛《じゅうべえ》の頼《たの》みであれば何《なん》なりと。ひょっとすると摂津《せっつ》の話《はなし》かな」

兼見《かねみ》の感《かん》は鋭《するど》かった。光秀《みつひで》は今朝《けさ》起《お》きた二条家《にじょうけ》の館《やかた》での一連《いちれん》の話《はなし》を事細《ことこま》かに説明《せつめい》した。

聞《き》き終《お》わってから兼見《かねみ》は顔《かお》をしかめると、

「さてさて、信長《のぶなが》さまは先《さき》に室町《むろまち》の将軍《しょうぐん》さまとの和平《わへい》の綸旨《りんじ》をお受《う》けにならんで、御上《おかみ》はご機嫌斜《きげんなな》めと聞《き》いております。またまたそう身勝手《みがって》に申《もう》されても大納言《だいなごん》の勧修寺晴豊《かじゅうじはるとよ》さまが伝奏《でんそう》してくれますかな」

「いかにも、そなたの言《い》うとおりだ。しかし織田《おだ》と毛利《もうり》の和平《わへい》ができれば荒木村重《あらきむらしげ》を助《たす》けることができる。何《なん》とかならぬか」

「そうですな、荒木《あらき》の息子《むすこ》はそなたの婿《むこ》でもありましたな。それではまず近衛前久《このえさきひさ》さまにお話《はなし》をしてみましょうか」

「かたじけない、恩《おん》にきる。兼見《かねみ》」

「何《なに》をおっしゃります。十兵衛《じゅうべえ》さまはもっとご出世《しゅっせ》なさねばなりませぬ。手前《てまえ》のできることなど容易《たやす》いものです」

兼見《かねみ》は意外《いがい》にも最後《さいご》に光秀《みつひで》の依頼《いらい》を快《こころよ》く引《ひ》き受《う》けてくれた。しかし急《きゅう》に細《ほそ》い肩《かた》を落《お》としながら小声《こごえ》で、

「問題《もんだい》は綸旨《りんじ》がもらえても毛利《もうり》が応《おう》じるかどうかわかりませんな。そのためにも毛利家《もうりけ》の使僧《しそう》の恵瓊《えけい》さまと話《はなし》をしてみましょうか」

「助《たす》かる。恵瓊《えけい》が良《よ》いといえば、わしが直接出向《ちょくせつでむ》いて話《はなし》をしよう」

二人《ふたり》の密談《みつだん》が終《お》わると兼見《かねみ》は手《て》を叩《たた》いた。

しばらくしてから妙齢《みょうれい》な女性《にょしょう》が茶《ちゃ》を運《はこ》んできた。並《な》みの女中《じょちゅう》や巫女《みこ》とは違《ちが》う気品《きひん》と器量《きりょう》があった。光秀《みつひで》の前《まえ》に高麗《こうらい》の井戸茶碗《いどちゃわん》を差《さ》し出《だ》すと、

「吉田《よしだ》の妻《つま》になりました伊也《いや》でござります。よろしゅう、お見知《みし》りおきくださいませ」

兼見《かねみ》が三年《さんねん》ほど前《まえ》に妻《つま》を亡《な》くしてから独身《ひとりみ》でいたことは知《し》っていたが急《きゅう》に後添《のちぞい》を紹介《しょうかい》されて少《すこ》し驚《おどろ》いた。

「兼見《かねみ》、人《ひと》が悪《わる》いな。なぜ早《はや》く知《し》らせぬ。祝《いわい》の一《ひと》つでも持参《じさん》したのに」

兼見《かねみ》は年甲斐《としがい》もなく照《て》れて頭《あたま》を掻《か》いた。

「言《い》おうと思《おも》っていたのだが、ついつい言《い》いそびれてしもうてな。伊也《いや》は細川與一郎《ほそかわよいちろう》さまの娘子《むすめご》じゃ。祝言《しゅうげん》は戦《いくさ》が落《お》ち着《つ》いてからと思《おも》っていた」

光秀《みつひで》は改《あらた》めて伊也《いや》と向《む》かい合《あ》った。

「そうか、そなたは確《たし》か一色家《いっしきけ》に嫁《とつ》いで、娘玉子《むすめたまこ》の祝言《しゅうげん》の時《とき》に紹介《しょうかい》された娘子《むすめご》か。忙《いそが》しさに紛《まぎ》れてお顔《かお》を失念《しつねん》しておった。許《ゆる》され。そうすると兼見《かねみ》とわしはこれで親戚《しんせき》にもなるのだな」

「そうやな」

二人《ふたり》は期《き》せずして笑《わら》い声《ごえ》になった。

光秀《みつひで》は前年《ぜんねん》まで丹後守護職《たんごのしゅごしょく》である一色義定《いっしきよしさだ》を攻《せ》め倦《あぐ》んでいた。そこで一計《いっけい》を案《あん》じて、細川與一郎《ほそかわよいちろう》の娘《むすめ》を義定《よしさだ》に添《そ》わせて和睦《わぼく》を図《はか》ったことがあった。しかし、その後《ご》すぐに一色《いっしき》が寝返《ねがえ》ったために與一郎《よいちろう》は嫁入《よめい》り直後《ちょくご》の娘《むすめ》を実家《じっか》に連《つ》れ戻《もど》した。目《め》の前《まえ》の女性《にょしょう》がその細川《ほそかわ》の娘《むすめ》だったとは迂闊《うかつ》にも気《き》づかなかった。

光秀《みつひで》と兼見《かねみ》は運命《うんめい》のいたずらの面白《おもしろ》さを感《かん》じていた。これからは親戚《しんせき》として何事《なにごと》も隠《かく》さずに話《はな》せる。膳《ぜん》を囲《かこ》みながらいつしか共通《きょうつう》の趣味《しゅみ》である連歌《れんが》の話《はなし》になり、次《つぎ》の歌会《うたかい》に誰《だれ》を呼《よ》ぶかで盛《も》り上《あ》がっていった。光秀《みつひで》にとって連歌《れんが》は今《いま》の重苦《おもぐる》しい村重謀反《むらしげむほん》による圧迫《あっぱく》から逃《のが》れる唯一《ゆいいつ》の道《みち》であった。

数日後《すうじつご》、光秀《みつひで》は供《とも》に溝尾《みぞお》だけを連《つ》れて恵瓊《えけい》の住《す》む東福寺《とうふくじ》を訪《おとず》れた。二人《ふたり》の装束《しょうぞく》は目立《めだ》たぬように商店《しょうてん》の旦那《だんな》と手代《てだい》に変装《へんそう》していた。冬《ふゆ》の日《ひ》は早《はや》くも夕暮《ゆうぐれ》を思《おも》わせて広大《こうだい》な境内《けいだい》には寺《てら》の参拝客《さんぱいきゃく》も見当《みあ》たらず辺《あた》りは閑散《かんさん》としていた。ただ慢《まん》の紅葉《もみじ》が赤《あか》に黄色《きいろ》に咲《さ》き誇《ほこ》っており気持《きもち》を和《なご》ませてくれた。

事前《じぜん》に兼見《かねみ》から恵瓊《えけい》に話《はなし》が通《つう》じていたこともあり、すぐに僧房《そうぼう》の一室《いっしつ》に通《とお》された。お互《たが》いに名前《なまえ》は知《し》っていたものの初対面《しょたいめん》であった。

「これは、これは、惟任日向守《これとうひゅうがのかみ》さまともあろうお方《かた》が愚僧《ぐそう》ごときにお話《はなし》があるとは恐悦《きょうえつ》至極《しごく》でございます」

光秀《みつひで》も簡単《かんたん》に自己紹介《じこしょうかい》を済《す》ませると、すぐに上旨《じょうし》を伝《つた》え始《はじ》めた。

「早速《さっそく》でござるが、上様《うえさま》よりの申《もう》し出《で》を毛利輝元殿《もうりてるもとどの》に御伝《おつた》え頂《いただ》きたく参上仕《さんじょうつかまつ》った。織田《おだ》家《け》の家臣《かしん》の荒木村重《あらきむらしげ》が大義《たいぎ》なき謀反《むほん》で毛利家《もうりけ》に同心《どうしん》したとのことであるが、このような件《けん》で毛利《もうり》と織田《おだ》が相争《あいあらそ》うのは両家《りょうけ》にとって益《えき》なきことと存《ぞん》ずる。昨日《さくじつ》、上様《うえさま》は御上《おかみ》に和平《わへい》の綸旨《りんじ》を奏請《そうせい》されておりますゆえ、近々勅使《ちかぢかちょくし》が毛利輝元殿《もうりてるもとどの》のもとに遣《つか》わされるかと思《おも》われます。ぜひ事前《じぜん》にこの件《けん》よしなにお取《と》り継《つ》ぎくだされ」

「左様《さよう》なご趣旨《しゅし》なれば、早速国許《さっそくくにもと》の輝元《てるもと》さまには御知《おし》らせ仕《つかまつ》ろう」

「これは有難《ありがた》い、上様《うえさま》にもすぐお伝《つた》え申《もう》す」

恵瓊《えけい》は大《おお》きな黒眼《くろめ》をぎょろりとさせると急《きゅう》に厳《きび》しい顔《かお》つきになり、

「それはそうと我《わ》が殿《との》は信長《のぶなが》さまには少々《しょうしょう》ご不信《ふしん》の念《ねん》を御持《おも》ちでござる。輝元《てるもと》さまは本願寺《ほんがんじ》の熱心《ねっしん》な信徒《しんと》でもあります。まずもって毛利家《もうりけ》との和平《わへい》を奏上《そうじょう》する前《まえ》に大坂本願寺《おおざかほんがんじ》との手打《てう》ちを先《さき》になさるのが筋《すじ》ではござらぬか」

恵瓊《えけい》の言《い》い分《ぶん》はもっともであった。そもそも村重《むらしげ》が毛利《もうり》に寝返《ねがえ》った訳《わけ》も織田家《おだけ》と本願寺《ほんがんじ》との戦《いくさ》に端《たん》を発《はっ》していたからである。光秀《みつひで》が困惑《こんわく》した顔《かお》になると、

「それはそうと、信長《のぶなが》さまがこれ以上毛利《いじょうもうり》の領国《りょうごく》に攻《せ》めこまないとお約束《やくそく》できるのであれば、輝元《てるもと》さまは光秀《みつひで》さまの話《はなし》をお聞《き》きになられるかもしれません」

「どのような意味《いみ》だ」

恵瓊《えけい》は投《な》げた餌《えさ》に光秀《みつひで》が食《く》いついてきたと知《し》ると、

「信長《のぶなが》さまの中国攻《ちゅうごくぜ》めをせぬという誓紙《せいし》が頂戴《ちょうだい》できれば摂津国《せっつのくに》はお返《かえ》し申《もう》すという事《こと》でござる」

「うむ、その話であれば、輝元殿《てるもとどの》の誓紙《せいし》を先《さき》に戴《いただ》ければ上様《うえさま》にはお願《ねが》い申《もう》すが」

「それでは一案《いちあん》を講《こう》じて此処《ここ》で光秀《みつひで》さまの一筆《いっぴつ》が頂《いただ》ければ、それを持参《じさん》して拙僧《せっそう》が輝元《てるもと》さ

まの郡山城《こおりやまじょう》まで走《はし》りましょう」

光秀《みつひで》は一瞬《いっしゅん》その提案《ていあん》に怯《ひる》んだが、上様《うえさま》が毛利《もうり》との和平《わへい》を望《のぞ》むなら自分《じぶん》が代筆《だいひつ》してもさほど問題《もんだい》はないだろうと思《おも》った。恵瓊《えけい》がさらさらと書《か》き出《だ》した文《ふみ》を見《み》ると、

織田家《おだけ》は毛利家《もうりけ》の領国《りょうごく》に踏《ふ》み入《い》らずして
毛利家《もうりけ》は摂津国《せっつのくに》に係《かか》わりせぬことなり
天正六年十一月吉日《てんしょうろくねんじゅういちがつきちじつ》　明智惟任日向守光秀《あけちこれとうひゅうがのかみみつひで》

とあった。光秀《みつひで》は上様《うえさま》の印《いん》の代《か》わりに惟任《これとう》の花押《かおう》を書《か》き記《しる》した。しかし光秀《みつひで》の切《せつ》なる思《おも》いとは別《べつ》に摂津《せっつ》ではすでに血生臭《ちなまぐさ》い風《かぜ》が吹《ふ》き始《はじ》めていた。

摂津《せっつ》の戦《いくさ》

信長《のぶなが》は早朝《そうちょう》摂津《せっつ》へ出陣《しゅつじん》しようと馬廻《うままわり》に戦用意《いくさようい》をさせていた。そこに小姓《こしょう》の仙千代《せんちよ》が廊下《ろうか》を慌《あわ》ただしく駆《か》けてきた。

「上様《うえさま》、木津川沖《きづがわおき》で毛利《もうり》の水軍《すいぐん》と海戦《かいせん》に入《はい》ったと九鬼嘉隆《くきよしたか》よりの報告《ほうこく》がございました」

信長《のぶなが》は出陣《しゅつじん》を取《と》り止《や》めて居間《いま》に戻《もど》った。二年前《にねんまえ》織田《おだ》の水軍《すいぐん》は同《おな》じ大坂沖《おおざかおき》で毛利水軍《もうりすいぐん》と戦《たたか》って百隻以上《ひゃくせきいじょう》の軍船《ぐんせん》を失《うしな》う苦《にが》い経験《けいけん》があったので、その教訓《きょうくん》から信長《のぶなが》は大型《おおがた》の甲鉄船六隻《こうてつせんろくせき》の建造《けんぞう》を命《めい》じていた。旗艦《きかん》は鬼宿丸《きしゅくまる》と命名《めいめい》されて毛利水軍《もうりすいぐん》が使《つか》う海上火薬《かいじょうかやく》の焙烙《ほうらく》と火矢《ひや》を防《ふせ》ぐために舷側《げんそく》の盾板《たていた》はすべて鉄板《てっぱん》で覆《おお》った。船首《せんしゅ》と船尾《せんび》には大砲《おおづつ》が二門《にもん》ずつ配置《はいち》され、兵員百名《へいいんひゃくめい》を積《つ》んで百挺《ひゃくちょう》の櫓《ろ》で動《うご》く完全《かんぜん》な水城《みずき》の軍船《ぐんせん》が完成《かんせい》していた。

前夜《ぜんや》、毛利《もうり》の軍船六百余艘《ぐんせんろっぴゃくよそう》が大坂本願寺《おおざかほんがんじ》へ兵糧《ひょうろう》と武器《ぶき》を積《つ》んで向《む》かっているという知《し》らせを受《う》けて、堺《さかい》の港《みなと》から出航《しゅっこう》した織田《おだ》の水軍《すいぐん》が本願寺《ほんがんじ》につながる木津川《きづがわ》の河口《かこう》で毛利《もうり》の兵船《へいせん》を待《ま》ち受《う》けていた。

昼過《ひるす》ぎになって松井《まつい》が笑《え》みを浮《う》かべながら信長《のぶなが》に織田水軍《おだすいぐん》の大勝利《だいしょうり》を告《つ》げにきた。

「九鬼《くき》、でかした」

信長《のぶなが》は喜《よろこ》びのあまり松井《まつい》の前《まえ》で小躍《こおど》りした。

前《まえ》の戦《いくさ》で織田水軍《おだすいぐん》を壊滅《かいめつ》させた焙烙爆弾《ほうらくばくだん》は一寸以上《いっすんいじょう》もある甲鉄船《こうてつせん》の船体《せんたい》を破壊《はかい》できなかった。逆《ぎゃく》に甲鉄船《こうてつせん》は自由気《じゆうき》ままに毛利《もうり》の安宅船《あたかぶね》に近《ちか》づき大砲《おおづつ》で砲撃《ほうげき》できたので、兵糧《ひょうろう》を満《まん》載《さい》していた安宅船《あたかぶね》は船足《ふなあし》も遅《おく》く喫水《きっすい》を撃《う》ち破《やぶ》られ炎上《えんじょう》してことごとく沈没《ちんぼつ》していった。残《のこ》った兵船《へいせん》の多《おお》くはそのまま中国《ちゅうごく》へ戻《もど》ってしまい本願寺《ほんがんじ》にとって頼《たの》みの米《こめ》は一粒《ひとつぶ》も届《とど》かなかったのである。毛利家《もうりけ》にとっては取《と》り返《かえ》しのつかない大敗北《だいはいぼく》によって瀬戸内海《せとないかい》の制海権《せいかいけん》を失《うしな》った屈辱《くつじょく》の日《ひ》となった。


三日後《みっかご》、信長《のぶなが》は摂津山崎《せっつやまざき》に陣《じん》を張《は》った。そして荒木村重《あらきむらしげ》に同心《どうしん》した高山《たかやま》の高槻城《たかつきじょう》と中川《なかがわ》の茨木城《いばらきじょう》、それに村重《むらしげ》の有岡城《ありおかじょう》を織田全軍《おだぜんぐん》が包囲《ほうい》した。

陣《じん》を敷《し》いた主《おも》だった武将《ぶしょう》は織田信忠《おだのぶただ》、北畠信雄《きたばたけのぶかつ》、神戸信孝《かんべのぶたか》の三人《さんにん》の子息《しそく》と明智光秀《あけちみつひで》、丹羽長秀《にわながひで》、羽柴秀吉《はしばひでよし》、前田利家《まえだとしいえ》らの諸将約三万五千《しょしょうやくさんまんごせん》の大軍《たいぐん》であった。

各隊《かくたい》は割《わ》り当《あ》てられた場所《ばしょ》に付城《つけじろ》を造成《ぞうせい》し高槻城《たかつきじょう》と茨木城《いばらきじょう》を分断包囲《ぶんだんほうい》した。村重《むらしげ》の本《ほん》城《じょう》である有岡城《ありおかじょう》を囲《かこ》んでいた光秀《みつひで》は周囲《しゅうい》の民家《みんか》を焼《や》き払《はら》うように命《めい》じた。黒煙《こくえん》が野火《のび》のよ

うに広《ひろ》がっていく。光秀《みつひで》は城《しろ》に向《む》かって、

「今《いま》ならまだ間《ま》に合《あ》う。村重《むらしげ》よ、上様《うえさま》に頭《あたま》を下《さ》げろ」

と心《こころ》の中《なか》で念《ねん》じていた。

しかし皮肉《ひにく》にも最初《さいしょ》に寝返《ねがえ》ったのは信長造反《のぶながぞうはん》を村重《むらしげ》に勧《すす》めた中川瀬兵衛《なかがわせべえ》だった。降伏《こうふく》の使者《ししゃ》が向《む》かったのは羽柴秀吉《はしばひでよし》の陣所《じんしょ》である。このような場合《ばあい》、信長《のぶなが》への説得役《せっとくやく》には秀吉《ひでよし》が一番適役《いちばんてきやく》だと中川《なかがわ》は思《おも》った。案《あん》の定《じょう》、秀吉《ひでよし》は自分《じぶん》の手柄《てがら》になると踏《ふ》んで信長《のぶなが》への取《と》り成《な》しを城明《しろあ》け渡《わた》しの条件《じょうけん》で引《ひ》き受《う》けてきた。

深夜《しんや》、城兵《じょうへい》が寝静《ねしず》まった頃《ころ》に茨木城《いばらきじょう》の門《もん》が開《ひら》くと秀吉《ひでよし》の軍兵《ぐんぺい》が侵入《しんにゅう》して城《しろ》はあっけなく陥落《かんらく》した。

同《おな》じ頃《ころ》、織田方《おだがた》の陣所《じんしょ》に髷《まげ》を切《き》って紙衣《かみぎぬ》に身《み》を纏《まと》い、首《くび》からはロザリオを掛《か》けた異様《いよう》な武将《ぶしょう》が現《あら》われた。その男《おとこ》は高槻城主《たかつきじょうしゅ》でキリシタン大名《だいみょう》でもある高山右近《たかやまうこん》だった。右近《うこん》は家《か》族《ぞく》と城兵《じょうへい》を助《たす》けるために一人《ひとり》でその首《くび》を差《さ》し出《だ》しに来《き》たのであった。

信長《のぶなが》は中川《なかがわ》の帰参《きさん》を喜《よろこ》んで許《ゆる》すと同時《どうじ》に黄金三十枚《おうごんさんじゅうまい》を褒美《ほうび》として与《あた》えた。中川《なかがわ》は寸時《すんじ》のことで白刃《はくじん》の下《した》を潜《くぐ》り抜《ぬ》けることができた。そして高山《たかやま》も黄金二十枚《おうごんにじゅうまい》を頂戴《ちょうだい》することになり所領《しょりょう》は安堵《あんど》された。しかし信長《のぶなが》は二人《ふたり》に向《む》かって即座《そくざ》に命令《めいれい》した。

「中川瀬兵衛《なかがわせべえ》と高山右近《たかやまうこん》、本日《ほんじつ》より荒木村重征伐《あらきむらしげせいばつ》の先鋒《せんぽう》を命《めい》じる」
寝返《ねがえ》った者《もの》は陣頭《じんとう》で元《もと》の味方《みかた》を討《う》つのが戦国時代《せんごくじだい》のしきたりであった。

冬空《ふゆぞら》はどんよりと曇《くも》って、大気《たいき》の冷《ひ》え方《かた》はじきに雪《ゆき》が降《ふ》ることを意味《いみ》した。信長《のぶなが》の馬標《うまじるし》である金色《こんじき》の傘印《かさじるし》と永楽銭《えいらくせん》の軍旗《ぐんき》が遠《とお》く木立《こだち》の中《なか》に垣間《かいま》見《み》える。村重《むらしげ》は雪片《せっぺん》が空《そら》から降《ふ》ってくるのを有岡城《ありおかじょう》の天守《てんしゅ》から飽《あ》かずに見守《みまも》っていた。雪《ゆき》が積《つ》もれば救援《きゅうえん》の毛利軍《もうりぐん》は動《うご》けないが信長《のぶなが》は別《べつ》だ。あやつは雪《ゆき》の中《なか》でも平気《へいき》で自由《じゆう》に動《うご》く。細作《さいさく》を通《つう》じて中川《なかがわ》と高山《たかやま》の寝返《ねがえ》りは既《すで》に知《し》らされていた。中川《なかがわ》の裏切《うらぎ》りは当然《とうぜん》といえば当然《とうぜん》でそれほどの驚《おどろ》きはなかった。所詮金《しょせんかね》で動《うご》く野党《やとう》の類《たぐ》いだと見捨《みす》てた。しかし高山《たかやま》が自分《じぶん》を見限《みかぎ》って織田方《おだがた》についたことは大《おお》きな誤算《ごさん》だった。

高山《たかやま》が度々忠告《たびたびちゅうこく》をしてくれたことをいま思《おも》い出《だ》した。信長《のぶなが》に背《そむ》くことは恩義《おんぎ》を受《う》けている我《われ》らとして正当《せいとう》ではない。まして織田方《おだがた》の兵力《へいりょく》、武器《ぶき》、富《とみ》ははるかに強大《きょうだい》である故《ゆえ》に戦《たたか》っても勝《か》てる見込《みこ》みはない。もしこの戦《いくさ》に負《ま》ければ一族郎党《いちぞくろうとう》に降《ふ》りかかる災難《さいなん》は想像《そうぞう》を絶《ぜっ》するものになる。従《したが》って信長《のぶなが》を裏切《うらぎ》ることは得策《とくさく》ではない。毛利《もうり》が味方《みかた》してくれても中国《ちゅうごく》はこの摂津《せっつ》から遠《とお》すぎて間《ま》に合《あ》わないと看過《かんか》していた。

確《たし》かに高山《たかやま》の言《い》うことは少《すこ》しも間違《まちが》っていない。しかし村重《むらしげ》には信長《のぶなが》の旗指物《はたさしもの》が近《ちか》くで見《み》えるようになっても素直《すなお》に従《したが》う気持《きもち》は起《お》きなかった。その理由《りゆう》が何《なん》なのか今《いま》もってわからない。それがわかれば高山右近《たかやまうこん》を離《はな》すことはしなかった、またそれができないことが悔《くや》しかった。

雪《ゆき》が辺《あた》り一面《いちめん》を埋《う》めた十二月《じゅうにがつ》に入《はい》っても信長《のぶなが》は村重討伐《むらしげとうばつ》の兵《へい》を引《ひ》くことはなかった。旗本《はたもと》である馬廻衆《うままわりしゅう》と鉄砲隊《てっぽうたい》に有岡城《ありおかじょう》の撃《げき》を、それに弓衆《ゆみしゅう》には火矢《ひや》で城内《じょうない》の建物《たてもの》を焼《や》き払《はら》うように命《めい》じた。

寄手《よせて》の織田軍《おだぐん》は鉄砲《てっぽう》を射《い》かけながら大手門《おおてもん》の城壁近《じょうへきちか》くまで押《お》し寄《よ》せた。しかし城壁《じょうへき》の狭間《はざま》から黒煙《こくえん》があがると織田《おだ》の鉄砲隊《てっぽうたい》が竹盾《たけたて》ごと弾《はじ》き飛《と》ばされた。荒木方《あらきがた》の大鉄砲《おおでっぽう》だった。それと同時《どうじ》に南《みなみ》の城門《じょうもん》が開《ひら》くと騎馬武者《きばむしゃ》と足軽《あしがる》の一団《いちだん》が一斉《いっせい》に濠橋《ほりばし》を渡《わた》って織田兵《おだへい》に突進《とっしん》してきた。歴戦《れきせん》の強者《つわもの》が多《おお》い荒木軍《あらきぐん》はあっという間《ま》に正面《しょうめん》から織田軍《おだぐん》を突《つ》き崩《くず》した。その中《なか》に信長《のぶなが》の小姓《こしょう》である万見仙千代《まんみせんちよ》がいたが逃《に》げ遅《おく》れて騎馬武者《きばむしゃ》から背中《せなか》を槍《やり》で刺《さ》されてあえなく絶死《ぜっし》してしまった。いつしか城外《じょうがい》には数百《すうひゃく》の死体《したい》が打《う》ち捨《す》てられていた。信長《のぶなが》は寵《ちょう》愛《あい》していた仙千代《せんちよ》に手柄《てがら》を立《た》てさせようとしたことが仇《あだ》となり戦死《せんし》させたことをひどく悔《く》やんだ。そして力攻《ちからぜ》めでは有岡城《ありおかじょう》は簡単《かんたん》に落《お》とせないと知《し》って包囲作戦《ほういさくせん》を継続《けいぞく》することにした。

有岡城《ありおかじょう》は有岡《ありおか》の町《まち》そのものが城《しろ》となる総曲輪《そうくるわ》の構造《こうぞう》になっており、濠《ほり》と土塁《どるい》の砦《とりで》に囲《かこ》まれた一里四方《いちりしほう》の広《ひろ》さを誇《ほこ》っていた。そこで信長《のぶなが》は付城《つけじろ》を十三ヶ所《じゅうさんかしょ》も造《つく》らせ兵糧攻《ひょうろうぜ》めに切《き》り替《か》えた。その包囲軍《ほういぐん》には高山《たかやま》と中川《なかがわ》の軍団《ぐんだん》も当然参加《とうぜんさんか》していた。また毛利勢《もうりぜい》の反撃《はんげき》を警戒《けいかい》した信長《のぶなが》は先手《せんて》を打《う》って播磨《はりま》と丹波《たんば》に圧力《あつりょく》をかけることにした。つまり秀吉《ひでよし》に三木城《みきじょう》の別所長治《べっしょながはる》、光秀《みつひで》には八上城《やかみじょう》の波多野秀治《はたのひではる》を攻略《こうりゃく》させたのである。特《とく》に八上城《やかみじょう》を攻《せ》めることは丹波《たんば》から摂津《せっつ》への武器《ぶき》と兵糧《ひょうろう》の道《みち》を後方《こうほう》から断《た》つことになり軍事的《ぐんじてき》には有効《ゆうこう》な作戦《さくせん》だった。

光秀《みつひで》は丹波《たんば》の八上城攻《やかみじょうぜ》めを急《いそ》がなかった。力攻《ちからぜ》めの代《か》わりに手勢《てぜい》の三千名《さんぜんめい》で城《しろ》の周囲《しゅうい》三里四方《さんりしほう》に柵《さく》、塀《へい》、堀《ほり》を幾重《いくえ》にも造《つく》り犬一匹這《いぬいっぴきは》い出《だ》せぬ完全《かんぜん》な兵糧攻《ひょうろうぜ》めを実施《じっし》した。準備《じゅんび》が終《お》わった時《とき》、光秀《みつひで》は急《きゅう》に信長《のぶなが》の本陣《ほんじん》に出頭《しゅっとう》するように命《めい》じられた。

何《なに》か嫌《いや》な予感《よかん》がした。恵瓊《えけい》に会《あ》ってからもう一月近《ひとつきちか》くなるが毛利《もうり》からの返事《へんじ》はまだなかった。それに吉田兼見《よしだかねみ》からは大納言庭田《だいなごんにわだ》と中納言勧修寺《ちゅうなごんかじゅうじ》が勅使《ちょくし》に選《えら》ばれて近々毛利家《ちかぢかもうりけ》に出立《しゅったつ》すると知《し》らされていた。

光秀《みつひで》は具足姿《ぐそくすがた》で久《ひさ》しぶりに上様《うえさま》の前《まえ》にまかり出《で》た。

「光秀《みつひで》、朝廷《ちょうてい》の綸旨《りんじ》は要《い》らなくなった。毛利《もうり》は村重《むらしげ》を見捨《みす》てたようだ」

織田軍《おだぐん》の包囲作戦《ほういさくせん》が功《こう》を奏《そう》して毛利《もうり》からの救援《きゅうえん》の動《うご》きが鈍《にぶ》くなり兵糧《ひょうろう》などが荒木一族《あらきいちぞく》の各城《かくしろ》に届《とど》かなくなっていることが理由《りゆう》だった。しかし上様自《うえさまみずか》らが朝廷《ちょうてい》に奏請《そうせい》した綸旨《りんじ》を取《と》り消《け》すとは夢《ゆめ》にも思《おも》わなかった。

「されどこの月末《げつまつ》には勅使《ちょくし》が安芸《あき》へ出立《しゅったつ》すると聞《き》いておりますが」

「かまわぬ、取《と》り消《け》せ。それに仙千代《せんちよ》を討《う》った村重《むらしげ》は許《ゆる》さぬ」

光秀《みつひで》はかつて恵瓊《えけい》に渡《わた》した誓書《せいしょ》を思《おも》い出《だ》して冷《ひ》や汗《あせ》が全身《ぜんしん》に流《なが》れた。仙千代《せんちよ》を失《うしな》った上様《うえさま》の悲《かな》しみが村重《むらしげ》に対《たい》する怒《いか》りへと、そして復讐《ふくしゅう》の念《ねん》に変《か》わっているのを知《し》った。京都《きょうと》へ戻《もど》った光秀《みつひで》は仕方《しかた》なく兼見《かねみ》に詫《わ》びる前《まえ》に山科言継《やましなことつぐ》を訪《おとず》れることにした。彼《かれ》なら何《なに》か良《よ》い知恵《ちえ》を出《だ》してくれると思《おも》ったからである。唯一上様《ゆいいつうえさま》が心《こころ》を許《ゆる》している公卿《くぎょう》で数年前《すうねんまえ》まで朝廷《ちょうてい》との伝奏《でんそう》を一手《いって》に引《ひ》き受《う》けてくれていた。

御所東側《ごしょひがしがわ》の土居《どい》の一角《いっかく》にこぢんまりとした屋敷《やしき》があった。しかし塀《へい》は崩《くず》れて庭《にわ》には雑草《ざっそう》と樹木《じゅもく》が生《お》い茂《しげ》り、とても正二位前権大納言《しょうにいさきのごんだいなごん》の屋敷《やしき》の成《な》り合《あ》いには見《み》えなかった。

玄関《げんかん》の式台《しきだい》に現《あら》われた子息《しそく》の権中納言山科言経《ごんちゅうなごんやましなことつね》が、

「惟任殿《これとうどの》、父《ちち》は高齢《こうれい》で寝《ね》たきりでございますので代《か》わりに御用向《ごようむ》きをお伺《うかが》いします」

光秀《みつひで》がその場《ば》で相談事《そうだんごと》を話《はな》したところ内裏《だいり》の事情《じじょう》を知《し》っている言経《ことつね》はすぐさま、

「惟任殿《これとうどの》、お気持《きもち》はよくわかりますが、若《も》しも今回信長《こんかいのぶなが》さまが綸旨《りんじ》をお受《う》けにならない場合、御上《おかみ》はもう何《なに》もお聴《き》きにならないと存《ぞん》じます。なにせ信長《のぶなが》さまはすでに二度《にど》も和平《わへい》の綸旨《りんじ》を反故《ほご》にされておいでですから」

「そこをなんとか父君《ちちぎみ》から御上《おかみ》にお願《ねが》いできないかと御伺《おうかが》いしたのであるが」

「生憎《あいにく》ですが、父《ちち》はもう長《なが》くはないでしょう。信長《のぶなが》さまがもし父《ちち》を見舞《みま》ってくれれば、その折《おり》にお話《はなし》はできるかもしれませんが」

上様《うえさま》は最初《さいしょ》に入洛《にゅうらく》した時《とき》に一度山科邸《いちどやましなてい》を訪《おとず》れていた。その時《とき》も言継《ことつぐ》は上様《うえさま》を部屋《へや》へ上《あ》げずに玄関《げんかん》で応対《おうたい》したという。清貧《せいひん》で有名《ゆうめい》だった言継《ことつぐ》は客《きゃく》を通《とお》せるまともな座敷《ざしき》を持《も》っていなかった。

光秀《みつひで》の気持《きもち》がまた暗《くら》くなった。かりに上様《うえさま》が言継《ことつぐ》を見舞《みま》ったとしても毛利《もうり》や村重《むらしげ》に対《たい》する恨《うら》みは消《け》さないだろう。肩《かた》に雪《ゆき》が舞《ま》い落《お》ちてくる。笠《かさ》がみるみる内《うち》に白《しろ》くなっていった。

馬上《ばじょう》の光秀《みつひで》は暗《くら》い正月《しょうがつ》を迎《むか》えなければならないと覚悟《かくご》を決《き》めた。

正月《しょうがつ》にはの城《しろ》で心《こころ》おきなく連歌《れんが》や茶道《ちゃどう》を楽《たの》しみたかった。しかし現実《げんじつ》は丹波《たんば》の陣中《じんちゅう》にいて八上城《やかみじょう》の包囲戦《ほういせん》を続《つづ》けていた。兵糧攻《ひょうろうぜ》めは既《すで》に半年《はんとし》になろうとしていた。さすがに籠《ろう》城側《じょうがわ》も食料《しょくりょう》が尽《つ》きてきたようで、最近《さいきん》は城外《じょうがい》に食《た》べられる物《もの》を探《さが》しにやせ細《ほそ》った下郎《げろう》や足軽《あしがる》が現《あら》われるようになっていた。それでも光秀《みつひで》は見《み》つけ次第容赦《しだいようしゃ》なく切《き》り捨《す》てることを厳命《げんめい》した。

内心《ないしん》はまだ織田《おだ》と毛利《もうり》が直接戦火《ちょくせつせんか》を交《まじ》えていないことで安心《あんしん》していた。上様《うえさま》が朝廷《ちょうてい》との信義《しんぎ》を重《おも》んじてくれているのか、或《ある》いは毛利《もうり》との調停《ちょうてい》をつないだ自分《じぶん》の顔《かお》を立《た》てようとされているのか、その真意《しんい》は推《お》し量《はか》れなかったが残《のこ》された時間《じかん》はそう長《なが》くないことは知《し》っていた。

光秀《みつひで》は本陣《ほんじん》に明智家《あけちけ》の重臣全員《じゅうしんぜんいん》を集《あつ》めて軍議《ぐんぎ》を開《ひら》いた。明智左馬之助《あけちさまのすけ》、明智光忠《あけちみつただ》、伊勢《いせ》貞知《さだとも》、阿閉貞征《あつじさだゆき》、藤田伝五《ふじたでんご》、溝尾庄兵衛《みぞおしょうべえ》、四王天政孝《しおうてんまさたか》らの面々《めんめん》であった。

「そろそろ降伏《こうふく》を勧《すす》める潮時《しおどき》と存《ぞん》じるが、城中《じょうちゅう》の将兵《しょうへい》を助《たす》けるかわりに波多野兄弟《はたのきょうだい》に腹《はら》を切《き》らせるということではいかんかな」

「そう素直《すなお》に腹《はら》を切《き》りますかな。ここはひとつ策略《さくりゃく》を以《も》ってあたるのがよかろうと存《ぞん》じますが」

　略《りゃく》に強《つよ》い伊勢《いせ》が発言《はつげん》した。

「どのような手立《てだ》てを取《と》るのじゃ」

「もし城《しろ》を開《ひら》けば波多野兄弟《はたのきょうだい》に織田家《おだけ》への帰参《きさん》を許《ゆる》すという条件《じょうけん》はいかがでしょう」

　光秀《みつひで》はしばらく考《かんが》えながら、

「はたして、上様《うえさま》は許《ゆる》してくれるかな」

「そこが策略《さくりゃく》でござる。安土城《あづちじょう》へ彼《かれ》らを送《おく》ることができれば後《あと》は大殿《おおとの》が決《き》めて下《くだ》さる。許《ゆる》されればそれで良《よ》し、許《ゆる》されなければ仕方《しかた》あるまい。策略《さくりゃく》でござる」

　評定《ひょうじょう》はそれからしばらく続《つづ》いたが、結局伊勢《けっきょくいせ》の意見《いけん》を採用《さいよう》して溝尾《みぞお》が敵方《てきがた》との交渉《こうしょう》にあたることになった。話《はな》し合《あ》いの結果《けっか》は明智家《あけちけ》から人質《ひとじち》を出《だ》せば波多野兄弟《はたのきょうだい》が安土城《あづちじょう》に出向《でむ》くことに同意《どうい》した。光秀《みつひで》は苦慮《くりょ》したあげく妻熙子《つまひろこ》の母《はは》を八上城《やかみじょう》に送《おく》ることにした。辛《つら》い選択《せんたく》ではあったが戦国《せんごく》の習《なら》いとして家族《かぞく》も家《いえ》のために犠牲《ぎせい》になることはやむを得《え》ないことであった。

　年老《としお》いた義母《ぎぼ》が城《しろ》に入《はい》ると同時《どうじ》に波多野兄弟《はたのきょうだい》は安土城《あづちじょう》に伺候《しこう》するために明智《あけち》の陣営《じんえい》に出《で》向《む》いてきた。護送《ごそう》の役目《やくめ》は妻熙子《つまひろこ》の兄《あに》である妻木藤右衛門《つまきとうえもん》が引《ひ》き受《う》けた。数日後安土《すうじつごあづち》に到着《とうちゃく》した波多野兄弟《はたのきょうだい》は城《しろ》の外郭《がいかく》に位置《いち》する総見寺《そうけんじ》に留《と》め置《お》かれた。

数日後《すうじつご》、光秀《みつひで》は苛々《いらいら》しながら亀山城《かめやまじょう》で安土《あづち》からの知《し》らせを待《ま》っていた。ようやく溝尾《みぞお》が報告《ほうこく》するために静《しず》かに居間《いま》に入《はい》ってきた。溝尾《みぞお》は冷《つめ》たく無表情《むひょうじょう》のまま、

「大殿《おおとの》が昨日波多野兄弟《きのうはたのきょうだい》を磔《はりつけ》になされました」

光秀《みつひで》の顔《かお》が苦痛《くつう》で歪《ゆが》んだ。しばらくして、

「母上《ははうえ》が殺《ころ》されたら城兵《じょうへい》は一人残《ひとりのこ》らず切《き》り捨《す》てよ」

それ以上何《いじょうなに》も言《い》いたくなかった。妻《つま》の泣顔《なきがお》だけは見《み》たくないと念《ねん》じていたが無駄《むだ》だったようだ。できれば母親《ははおや》の牧《まき》が健在《けんざい》でいてくれて人質《ひとじち》に出《だ》せればどれだけ気《き》が楽《らく》だったか。

溝尾《みぞお》は主君《しゅくん》の気持《きもち》を察《さっ》して、

「殿《との》、城兵《じょうへい》はまだこのことを知《し》りませぬ。ここは何《なん》とか母上《ははうえ》をお助《たす》けするように手配《てはい》いたします」

「庄兵衛《しょうべえ》、頼《たの》む」

光秀《みつひで》の声《こえ》を背後《はいご》に溝尾《みぞお》はまた静《しず》かに部屋《へや》を立《た》ち去《さ》って行《い》った。本陣《ほんじん》に戻《もど》った溝尾《みぞお》はすぐに寄手《よせて》の大将《たいしょう》である明智光忠《あけちみつただ》に主君《しゅくん》の思《おも》いを伝《つた》えた。すぐに合点《がてん》とばかりに城内《じょうない》に入《はい》った

光忠《みつただ》は痩《や》せて骨《ほね》だらけの将兵《しょうへい》たちを前《まえ》に張《は》りのある声《こえ》で命令《めいれい》した。

「織田《おだ》の大殿《おおとの》さまの温《あたた》かいお計《はか》らいで波多野家《はたのけ》の所領《しょりょう》は安堵《あんど》された。全員城《ぜんいんしろ》から出《で》ることを許《ゆる》す」

波多野家《はたのけ》の長老《ちょうろう》が光忠《みつただ》に問《と》い質《ただ》した。

「我《われ》らが城主《じょうしゅ》は何処《いずこ》に」

「いま安土城《あづちじょう》で大殿《おおとの》とお会《あ》いなされているのでいずれ戻《もど》られる。城外《じょうがい》に食物《たべもの》が用意《ようい》してあるので全員城《ぜんいんしろ》から出《で》よ。それから明智《あけち》の母上《ははうえ》をすぐに連《つ》れてまいれ」

有無《うむ》を言《い》わさぬ光忠《みつただ》の恫喝《どうかつ》に一度命《いちどいのち》が助《たす》かると思《おも》った城兵《じょうへい》たちに抵抗《ていこう》できる力《ちから》はなくなっていた。光忠《みつただ》の機転《きてん》によって義母《ぎぼ》は城中《じょうちゅう》から助《たす》けられた。

八上城《やかみじょう》をようやっとの思《おも》いで降伏《こうふく》させた後《あと》で光秀《みつひで》は逆《ぎゃく》に狂《くる》ったように丹波攻《たんばぜ》めを急《いそ》がせた。理由《りゆう》は秀吉勢《ひでよしぜい》が播磨《はりま》から但馬《たじま》に侵入《しんにゅう》して一ヵ月《いっかげつ》も経《た》たぬ間《ま》に七《なな》つの城《しろ》を落《お》としたという知《し》らせがあったからである。そこで前年《ぜんねん》の夏《なつ》に鬼ケ嶽城《おにがたけじょう》で負《ま》けた赤井悪右衛門《あかいあくえもん》の居城《きょじょう》である黒井城《くろいじょう》を力攻《ちからぜ》めにすることにした。

総攻撃《そうこうげき》の前夜《ぜんや》に脇坂甚内《わきさかじんない》という明智《あけち》の家臣《かしん》が誰《だれ》にも告《つ》げずに単身黒井城内《たんしんくろいじょうない》に乗《の》り込《こ》ん

だ。栗《くり》に似《に》て赤黒《あかくろ》で丸顔《まるがお》の脇坂《わきさか》は大胆《だいたん》にも城主《じょうしゅ》の赤井《あかい》に降伏《こうふく》を勧《すす》めたのである。

「脇坂《わきさか》とやら、この赤井悪右衛門《あかいあくえもん》に降参《こうさん》という言葉《ことば》はないと光秀《みつひで》に伝《つた》えよ」

と即座《そくざ》に断《ことわ》られた。

「それでは仕方《しかた》ござらぬ。明日《あす》戦場《いくさば》でお手合《てあ》わせを願《ねが》おう」

脇坂《わきさか》の本心《ほんしん》は誠意《せいい》をもって調略《ちょうりゃく》をすることではなく、赤井《あかい》の顔《かお》を直接《ちょくせつ》見知《みし》っておいて戦《いくさ》の時《とき》に討《う》ち取《と》り手柄《てがら》を立《た》てる企《たくら》みからであった。

翌日《よくじつ》、赤井《あかい》は颯爽《さっそう》と雲竜《うんりゅう》を描《えが》いた白《しろ》い陣羽織《じんばおり》を着《き》て城《しろ》から五百人《ごひゃくにん》の兵《へい》を率《ひき》いて打《う》ち出《だ》してきた。開戦《かいせん》するなり脇坂《わきさか》は早々《そうそう》に赤井《あかい》を見《み》つけると鹿毛《かげ》を一気《いっき》に駆《か》けさせて一番槍《いちばんやり》を突《つ》けた。数合槍《すうごうやり》を合《あ》わせると二人《ふたり》は組《く》み合《あ》ったまま馬《うま》から一緒《いっしょ》に地面《ぢめん》に落《お》ちた。運悪《うんわる》く赤井《あかい》は背中《せなか》から落《お》ちて宿痾《しゅくあ》の疔《ちょう》が潰《つぶ》れてしまい大量《たいりょう》の膿《うみ》と血《ち》が飛《と》び散《ち》った。あまりの痛《いた》さに気《き》を失《うしな》いかけた赤井《あかい》を若《わか》い脇坂《わきさか》は難《なん》なく脇差《わきざし》でその首《くび》を掻《か》き切《き》った。大将《たいしょう》が討《う》たれたと知《し》った赤井軍《あかいぐん》は総崩《そうくず》れとなって逃《に》げ去《さ》った。

しかし大将首《たいしょうくび》を討《う》ちとった手柄一番《てがらいちばん》の脇坂《わきさか》に光秀《みつひで》はその邪心《じゃしん》を知《し》ってあえて恩賞《おんしょう》を与《あた》えなかった。それに軍律《ぐんりつ》に違反《いはん》して許《ゆる》しもなく敵城《てきじょう》に乗《の》り込《こ》んで抜《ぬ》け駆《が》けの調略《ちょうりゃく》を行《おこ》なったことは許《ゆる》せない所業《しょぎょう》であった。脇坂《わきさか》もつれない大将《たいしょう》に愛想《あいそ》をつかして勝手《かって》に赤井《あかい》が愛用《あいよう》していた貂《てん》の毛皮《けがわ》の旗指物《はたさしもの》を拝借《はいしゃく》するなり明智《あけち》の軍《ぐん》から去《さ》っていってしまった。

かくして丹波国《たんばのくに》は明智軍《あけちぐん》によって平定《へいてい》された。光秀《みつひで》は思《おも》いがけなく上様《うえさま》からすぐに感《かん》状《じょう》をもらった。

「永々丹波《ながながたんば》に在国有《ざいこくあ》りて　粉骨砕身《ふんこつさいしん》の度々《たびたび》につき高名名誉《こうみょうめいよ》なり」

光秀《みつひで》の母《はは》、牧《まき》の姉《あね》である小見《おみ》は美濃《みの》の斎藤道三《さいとうどうさん》に嫁《とつ》いで濃姫《のうひめ》をもうけていた。その濃姫《のうひめ》が信長《のぶなが》と結婚《けっこん》した関係《かんけい》で、姻戚《いんせき》になった光秀《みつひで》への信頼度《しんらいど》は織田家《おだけ》に仕官最初《しかんさいしょ》から高《たか》かった。それでも上様《うえさま》が常《つね》に自分《じぶん》の行動《こうどう》を見守《みまも》ってくれていたということを改《あらた》めて知《し》って感動《かんどう》した。早速御礼《さっそくおんれい》として駿馬《しゅんば》を左馬之助《さまのすけ》に選《えら》ばせて贈《おく》ろう。感状《かんじょう》をもらったことで義母《ぎぼ》を人質《ひとじち》にした罪滅《つみほろ》ぼしも少《すこ》しはできたかと思《おも》うと肩《かた》の凝《こ》りが軽《かる》くなっていた。それに丹波平定《たんばへいてい》がいち早《はや》くできたことで秀吉《ひでよし》との出世競争《しゅっせきょうそう》にも勝《か》てたような気《き》がした。以前《いぜん》はこれといって秀吉《ひでよし》の存在《そんざい》を感《かん》じたことはなかったのに最近《さいきん》は彼《かれ》との競争心《きょうそうしん》が芽生《めば》えていた。

長《なが》く冷《つめ》たい冬《ふゆ》が終《お》わろうとしていた。比叡《ひえい》の山颪《やまおろし》が止《や》み近江《おうみ》の野山《のやま》にも草木《くさき》が青《あお》く萌《も》え始《はじ》めていた。琵琶湖《びわこ》の水《みず》もぬるむ頃《ころ》、坂本城《さかもとじょう》の水門《すいもん》から一艘《いっそう》の屋形舟《やかたぶね》が湖面《こめん》に走《はし》り出《で》た。舟《ふね》が沖合《おきあい》に出《で》たころ障子《しょうじ》がゆっくりと開《ひら》いて一人《ひとり》の若《わか》い女性《にょしょう》が顔《かお》を出《だ》した。それは前年《ぜんねん》に花隈城《はなくまじょう》から離縁《りえん》されて戻《もど》ってきた範子《のりこ》であった。範子《のりこ》は後《うし》ろに控《ひか》えている左馬之助《さまのすけ》に話《はな》しかけた。顔《かお》は明《あか》るく以前《いぜん》の暗《くら》い面影《おもかげ》はなかった。

「まあ、桜《さくら》がきれい。ご覧《らん》になって」

左馬之助《さまのすけ》は何《なん》となく照《て》れながらやはり顔《かお》を出《だ》して城《しろ》の周《まわ》りに咲《さ》いている桜並木《さくらなみき》を眺《なが》めた。

「範子《のりこ》さまはいつも城中《じょうちゅう》におられたので退屈《たいくつ》されたでしょう」

「左馬之助《さまのすけ》さま、これからは折々外《おりおりそと》に連《つ》れ出《だ》してくだされ」

「いや、殿《との》に叱《しか》られます。万一《まんいち》のことがあると困《こま》ります」

左馬之助《さまのすけ》にとってみれば幼《おさな》い時《とき》から傍《かたわ》らで見《み》ていた範子《のりこ》が元気《げんき》であることが一番嬉《いちばんうれ》しかった。

「左馬之助《さまのすけ》さま、この次《つぎ》は馬《うま》に乗《の》せてください。明智《あけち》の家中《かちゅう》で一番乗馬《いちばんじょうば》がお上手《じょうず》と聞《き》いております。ぜひ、教《おし》えてくだされ」

「姫《ひめ》は馬《うま》に乗《の》ることなどは必要《ひつよう》ありませぬ」

「でも戦国《せんごく》の世《よ》は女子《おなご》でも馬《うま》ぐらい乗《の》れなければなりませぬ」

「花隈《はなくま》では馬《うま》に乗《の》られたのですか」

範子《のりこ》は花隈《はなくま》と聞《き》くと一瞬顔《いっしゅんかお》を暗《くら》くした。まだ織田軍《おだぐん》が荒木家《あらきけ》の城々《しろじろ》を包囲《ほうい》していたからである。範子《のりこ》は話題《わだい》を変《か》えるように、

「こので馬《うま》に乗《の》ることはできますか」

「夏《なつ》になったらお見《み》せしましょう。今《いま》は馬《うま》が風邪《かぜ》を引《ひ》きますので」

二人《ふたり》は期《き》せずして声《こえ》を出《だ》して笑《わら》った。範子《のりこ》は父光秀《ちちみつひで》に左馬之助《さまのすけ》との再婚《さいこん》を頼《たの》んでみようと内心決意《ないしんけつい》していた。


可憐《かれん》な卯《う》の花《はな》が散《ち》り去《さ》って有岡城《ありおかじょう》は蒸《む》し暑《あつ》い夏《なつ》を迎《むか》えていた。有岡城《ありおかじょう》からは何度《なんど》も安芸《あき》の毛利輝元《もうりてるもと》の居城《きょじょう》である郡山城《こおりやまじょう》に向《む》かって使者《ししゃ》と書状《しょじょう》が送《おく》られた。しかし村重《むらしげ》に届《とど》く返事《へんじ》の内容《ないよう》はいつも毛利《もうり》が兵馬《へいば》を動《うご》かせない理由《りゆう》がくどくどと述《の》べられたものでしかなかった。

いつしか夏《なつ》も過《す》ぎてまた葉《は》が色《いろ》づいて落《お》ちる季節《きせつ》となった。村重《むらしげ》はダシと一緒《いっしょ》にその散《ち》る木葉《このは》に思《おも》いを込《こ》めて見《み》つめていた。

「ダシ、わが城《しろ》の戦意《せんい》もこの落葉《おちば》のように日一日《ひいちにち》と失《う》せていく。詮《せん》なきことだ。わしは今宵《こよい》この城《しろ》を出《で》て尼崎《あまがさき》の城《しろ》に行《い》くことにする。そこから様子《ようす》をみて安芸《あき》まで行《い》こうと思《おも》う」

「毛利《もうり》さまの所《ところ》にござりますか」

「左様《さよう》、これ以上《いじょう》は毛利《もうり》の不実《ふじつ》を許《ゆる》すことはできぬ。必《かなら》ず援軍《えんぐん》を連《つ》れて帰《かえ》って参《まい》る故《ゆえ》、辛《つら》かろうが待《ま》っていてくれ」

ダシは何《なに》も答《こた》えずに近《ちか》くの手箱《てばこ》から筆《ふで》と短冊《たんざく》を取《と》り出《だ》して書《か》き始《はじ》めた。差《さ》し出《だ》した細字《ほそじ》が悲《かな》しく泣《な》いているように見《み》えた。

『消《き》ゆる身《み》は惜《お》しむべきにもなきものを　母《はは》の思《おも》いぞ障《さわ》りとはなる』

村重《むらしげ》は胸《むね》がつまった。若妻《わかづま》はすでに我《わ》が子《こ》を置《お》きざりにしても自《みずか》らの死《し》を覚悟《かくご》している。村重《むらしげ》も歌《うた》に自分《じぶん》の気持《きもち》を託《たく》して二首《にしゅ》を詠《よ》んだ。

『いくたびも毛利《もうり》を頼《たの》みにありをかや　けふ思《おも》い立《た》つ天《あま》の羽衣《はごろも》　百歳《ももとせ》に思《おも》いしことは夢《ゆめ》なれや　また後《のち》の代《よ》のまた後《のち》の世《よ》は』

ダシは軽《かる》く目《め》を通《とお》すと、その歌文《うたぶみ》を頬《ほお》にあてて夫《おっと》に別《わか》れを告《つ》げるのだった。

多分此処《たぶんここ》には戻《もど》れないだろうと感《かん》じながら村重《むらしげ》は妻子《さいし》を有岡城《ありおかじょう》に残《のこ》したまま姿《すがた》を消《け》した。

荒木村重《あらきむらしげ》が中国地方《ちゅうごくちほう》へ隠密裡《おんみつり》に旅立《たびだ》ってからまもなくして留守《るす》の摂津《せっつ》では裏切《うらぎ》りが続出《ぞくしゅつ》

した。まず足軽大将《あしがるだいしょう》の宮脇《みやわき》が城外《じょうがい》の砦《とりで》に織田兵《おだへい》を入《い》れて味方《みかた》の兵《へい》を討《う》たせた。すると侍《さむらい》大将《だいしょう》の野村丹後守《のむらたんごのかみ》も寝返《ねがえ》って織田方《おだがた》に投降《とうこう》した。有岡城《ありおかじょう》は本曲輪《ほんくるわ》を残《のこ》すだけで城外《じょうがい》の砦《とりで》はことごとく落《お》とされてしまった。もはや主《あるじ》のいなくなった荒木家《あらきけ》の崩壊《ほうかい》を誰《だれ》も止《と》めることはできなかった。一月《ひとつき》も経《た》たずにダシのいる有岡城《ありおかじょう》が降伏《こうふく》すると続《つづ》いて尼崎城《あまがさきじょう》も落《お》ちた。花隈城《はなくまじょう》を守《まも》っていた嫡男《ちゃくなん》の荒木新五郎《あらきしんごろう》と長老《ちょうろう》の荒木元清《あらきもときよ》も最早《もはや》これまでと城《しろ》を捨《す》てて逐電《ちくでん》してしまった。

　これを聞《き》いた信長《のぶなが》は村重《むらしげ》を始《はじ》めとして家中《かちゅう》の忠義心《ちゅうぎしん》がないことを嘆《なげ》いて心底《しんそこ》から激怒《げきど》した。織田家《おだけ》への降伏《こうふく》は恭順《きょうじゅん》ではなく意図的《いとてき》な見返《みかえ》しに思《おも》えたからである。信長《のぶなが》は投降《とうこう》した荒木家《あらきけ》の妻子一族《さいしいちぞく》と家臣《かしん》らを村重《むらしげ》への見《み》せしめとして厳罰《げんばつ》に処《しょ》することを命《めい》じた。

　暮《くれ》も迫《せま》った十二月十三日《じゅうにがつじゅうさんにち》の早朝《そうちょう》に荒木方《あらきがた》の武将《ぶしょう》の妻子百二十二人《さいしひゃくにじゅうににん》の処刑《しょけい》が執行《しっこう》された。どの武将《ぶしょう》の女房《にょうぼう》も今生《こんじょう》の別《わか》れの死化粧《しにげしょう》を施《ほどこ》して一番美《いちばんうつく》しい小袖《こそで》を纏《まと》い覚悟《かくご》の顔《かお》で処刑場《しょけいじょう》に現《あら》われた。しかし殺気立《さっきだ》った荒《あら》くれの織田《おだ》の兵士《へいし》は女《おんな》たちの遺志《いし》を無視《むし》して全員《ぜんいん》を磔《はりつけ》に架《か》けた。幼《おさな》い子供《こども》は女房《にょうぼう》に抱《だ》かせたままである。兵士《へいし》たちは闇雲《やみくも》に思《おも》いつくまま鉄砲《てっぽう》で撃《う》ち殺《ころ》し、槍《やり》、長刀《なぎなた》で刺《さ》し殺《ころ》した。百人以上《ひゃくにんいじょう》の女子供《おんなこども》が一同《いちどう》に殺《ころ》される悲鳴《ひめい》は天《てん》にも届《とど》く恐《おそ》ろしい音声《おんじょう》となり、磔台《はりつけだい》ではすぐに血《ち》の池《いけ》の地獄図《じごくず》が再現《さいげん》された。見物人《けんぶつにん》の脳裏《のうり》には正視《せいし》できない光景《こうけい》が焼《や》き付《つ》くこととなった。
地獄絵《ぢごくえ》はそれだけに終《お》わらずに殺《ころ》された女房《にょうぼう》たちの侍女三百八十八人《じじょさんびゃくはちじゅうはちにん》、それに男《おとこ》の付人《つけびと》の百二十四人《ひゃくにじゅうよにん》も処刑《しょけい》された。その方法《ほうほう》は四《よ》つの小屋《こや》に閉《と》じ込《こ》めてから兵士《へいし》たちが枯草《かれくさ》を積《つ》んで火《ひ》あぶりにした。最初《さいしょ》、人々《ひとびと》は煙《けむり》と火《ひ》を避《さ》けるために魚《さかな》の群《むれ》のように動《うご》いていたが、炎《ほのお》がまわるにつれ人々《ひとびと》は上《うえ》へ上《うえ》へと躍《おど》り飛《と》び上《あ》がった。その悲鳴《ひめい》は煙《けむり》とともに空《そら》に響《ひび》いたのである。見物人達《けんぶつにんたち》はまるで自分《じぶん》たちが焦熱地獄《しょうねつぢごく》で焼《や》き殺《ころ》されるかのようで肝《きも》をつぶして口《くち》にも出《だ》せない衝撃《しょうげき》を受《う》けた。大《おお》きく広《ひろ》がった黒煙《こくえん》は遠《とお》く淀川《よどがわ》の大坂本願寺《おおざかほんがんじ》からも見通《みとお》すことができた。本願寺勢《ほんがんじぜい》が荒木家《あらきけ》という大《おお》きな後《うし》ろ盾《だて》を失《うしな》った日《ひ》でもあった。

しかし信長《のぶなが》はその後《ご》も現世《げんせい》に地獄《ぢごく》を見《み》せつける鬼《おに》を演《えん》じ続《つづ》けた。女房《にょうぼう》たちの処刑《しょけい》から三日後《みっかご》にまた村重《むらしげ》の妻《つま》ダシと一族《いちぞく》の妻子十六名《さいしじゅうろくめい》を京都《きょうと》の六条河原《ろくじょうがわら》で成敗《せいばい》することを命《めい》じたのである。経帷子《きょうかたびら》をつけた妻子一党《さいしいっとう》は八両《はちりょう》の駕籠車《かごぐるま》に乗《の》せられ京市中《きょうしちゅう》を引廻《ひきまわ》された。

多《おお》くの見物人《けんぶつにん》に混《ま》じって、一人《ひとり》の無精髭《ぶしょうひげ》をはやして汚《よご》れた法衣《ほうい》を着《き》た大柄《おおがら》な僧《そう》がその行列《ぎょうれつ》を見《み》つめていた。僧《そう》は得度《とくど》して道糞《どうふん》と名乗《なの》った村重《むらしげ》の哀《あわ》れな姿《すがた》だった。隣《となり》には平太夫《へいだゆう》がいた。次々《つぎつぎ》と顔《かお》なじみの子女《しじょ》が通《とお》り過《す》ぎる度《たび》に大《おお》きな数珠《じゅず》を握《にぎ》りしめながら合掌《がっしょう》して見《み》送《おく》る道糞《どうふん》の眼《め》には熱《あつ》い涙《なみだ》がつたっていた。平太夫《へいだゆう》の手《て》にも熱《あつ》いものがこぼれ落《お》ちてくると僧《そう》の手《て》を固《かた》く握《にぎ》り返《かえ》した。人波《ひとなみ》の肩越《かたご》しに車《くるま》に乗《の》せられたダシと前妻《ぜんさい》の娘《むすめ》、はやの姿《すがた》が垣間見《かいまみ》えた。ダシは経帷子《きょうかたびら》の下《した》に好《す》きだった若草色《わかくさいろ》の小袖《こそで》を着《き》ていた。市中引廻《しちゅうひきまわ》しの駕籠車《かごぐるま》が通《とお》り去《さ》った後《あと》も僧《そう》は石《いし》になったように動《うご》かなかった。

仕方《しかた》なく平太夫《へいだゆう》は、

「皆《みな》を送《おく》りに六条河原《ろくじょうがわら》に行《い》きます」

と言付《ことづ》けて一人《ひとり》そこから走《はし》り去《さ》った。

六条河原《ろくじょうがわら》は既《すで》にあふれる見物人《けんぶつにん》で竹矢来《たけやらい》の周《まわ》りは少《すこ》しの隙間《すきま》もなくなっていた。ダシは車《くるま》から降《お》りると乱《みだ》れた髪《かみ》をもう一度高々《いちどたかだか》と結《ゆ》い直《なお》し、それから帯《おび》をゆっくりと締《し》め直《なお》した。警護《けいご》の侍《さむらい》も落《お》ち着《つ》き払《はら》ったダシの行動《こうどう》を咎《とが》めなかった。ダシは一度《いちど》まわりをゆっくりと見渡《みわた》してから筵《むしろ》の上《うえ》に座《すわ》ると小袖《こそで》の背《せ》をゆっくりと後《うし》ろに引《ひ》いた。そのまま静《しず》かに首《くび》を前《まえ》に垂《た》らすと白刃《はくじん》が青《あお》い空《そら》に光《ひか》った。

「奥方《おくがた》――」

平太夫《へいだゆう》は声《こえ》にならない声《こえ》を挙《あ》げた。もうそれ以上《いじょう》その場《ば》にいられなかった。見物人《けんぶつにん》の悲鳴《ひめい》を肩《かた》で聞《き》きながら六条河原《ろくじょうがわら》を後《あと》にした。

後日《ごじつ》、光秀《みつひで》は村重一族《むらしげいちぞく》の処刑方法《しょけいほうほう》を逐一上様自身《ちくいちうえさまじしん》が命令《めいれい》したと聞《き》いて驚《おどろ》いた。一歩間違《いっぽまちが》えば愛娘《まなむすめ》の範子《のりこ》も六条河原《ろくじょうがわら》で殺《ころ》されていたかと思《おも》うと離縁《りえん》してくれた村重《むらしげ》の好意《こうい》が今《いま》さらながら身《み》にしみた。

馬揃《うまぞろえ》

霜月《しもつき》に入《はい》って光秀《みつひで》は信長御殿《のぶながごてん》と呼《よ》ばれる京都《きょうと》の二条家《にじょうけ》の館《やかた》に呼《よ》ばれた。三ヵ月前《さんかげつまえ》大規模《だいきぼ》な改築《かいちく》がおこなわれた屋敷《やしき》はまるで御所《ごしょ》のような仕上《しあ》がりになっていた。

「光秀《みつひで》、此処《ここ》を新御所《しんごしょ》とする。今月《こんげつ》の良《よ》き日《ひ》に誠仁親王《さねひとしんのう》にはこちらに御成《おな》り頂《いただ》く。日取《ひど》りを決《き》めてまいれ。朝廷《ちょうてい》には摂津国荒木村重《せっつのくにあらきむらしげ》の謀反《むほん》を無事征伐《ぶじせいばつ》した御礼《おんれい》と申《もう》しあげよ」

誠仁親王《さねひとしんのう》は正親町天皇《おおぎまちてんのう》の皇嗣《こうし》で在《あ》られた。上様《うえさま》の傍若無人《ぼうじゃくぶじん》の対応《たいおう》に御上《おかみ》や堂上《どうじょう》たちが露骨《ろこつ》に嫌《いや》な顔《かお》をするだろう。しかし丹波国《たんばのくに》を上様《うえさま》から拝領《はいりょう》したばかりであり、うまく親王《しんのう》をこの新御所《しんごしょ》に御移《おうつ》りさせねばならないと覚悟《かくご》を決《き》めた。

そこで光秀《みつひで》は兼見《かねみ》に紹介《しょうかい》された前関白近衛前久《さきのかんぱくこのえさきひさ》に依頼《いらい》した結果《けっか》、吉日《きちじつ》に誠仁親王《さねひとしんのう》は新《しん》御所《ごしょ》に御移《おうつ》りなさることを了承《りょうしょう》された。上様《うえさま》は黄金二十枚《おうごんにじゅうまい》と貢物《みつぎもの》を朝廷《ちょうてい》に贈《おく》り、光秀《みつひで》としては大役《たいやく》を無事《ぶじ》に果《は》たすことができた。来年《らいねん》は久《ひさ》しぶりに良《よ》い正月《しょうがつ》を迎《むか》えられると気分《きぶん》が高《たか》ぶった。

天正八年《てんしょうはちねん》の元旦《がんたん》は終日雪《しゅうじつゆき》が降《ふ》っていた。信長《のぶなが》は諸将《しょしょう》による恒例《こうれい》の安土城参賀《あづちじょうさんが》を中止《ちゅうし》にした。一昨年《いっさくねん》の正月《しょうがつ》の茶会《ちゃかい》の後《あと》で荒木村重《あらきむらしげ》の謀反《むほん》を招いたことで初釜《はつがま》は鬼門《きもん》になったようだ。しかし光秀《みつひで》にとってはそのお蔭《かげ》で新年早々還暦《しんねんそうそうかんれき》の祝《いわい》として全国《ぜんこく》からすべての家族《かぞく》、親戚《しんせき》を坂本城《さかもとじょう》に集《あつ》めて摂津《せっつ》、丹波《たんば》、丹後《たんご》の大大名《だいだいみょう》として盛大《せいだい》な祝宴《しゅくえん》を催《もよお》すことができた。

坂本城《さかもとじょう》に集合《しゅうごう》したのは丹波《たんば》の亀山城《かめやまじょう》から明智左馬之助《あけちさまのすけ》と再婚《さいこん》した長女範子《ちょうじょのりこ》、明智光忠《あけちみつただ》と次女咲子《じじょさきこ》、大坂城《おおざかじょう》から津田信澄《つだのぶずみ》と三女芳子《さんじょよしこ》、丹後《たんご》の宮津城《みやづじょう》からは細川與一郎《ほそかわよいちろう》と四女玉子《よんじょたまこ》、大和郡山城《やまとこおりやまじょう》から筒井定次《つついさだつぐ》と五女《ごじょ》とも子《こ》、それに長男明智光重《ちょうなんあけちみつしげ》、次男光慶《じなんみつよし》、三男乙寿丸《さんなんおつじゅまる》ら全員《ぜんいん》が集合《しゅうごう》した。荒木新五郎《あらきしんごろう》に嫁《とつ》いだ長女範子《ちょうじょのりこ》が村重《むらしげ》の謀反《むほん》によって離縁《りえん》されたことで頭《あたま》を痛《いた》めていたが、一番若手《いちばんわかて》の家臣《かしん》の中《なか》で才《さい》を買《か》っている左馬之助《さまのすけ》と再婚《さいこん》してくれたことが何《なに》よりの喜《よろこ》びであった。

その吉日《きちじつ》に何《なに》よりも嬉《うれ》しかったことは光秀《みつひで》の妹《いもうと》きよしの甥《おい》になる斎藤内蔵助利三《さいとうくらのすけとしみつ》が二人《ふたり》の息子《むすこ》を引《ひ》き連《つ》れて四国土佐《しこくとさ》から年賀《ねんが》の挨拶《あいさつ》に訪《おとず》れたことであった。利三《としみつ》は光秀《みつひで》よりも丁度一回《ちょうどひとまわ》り年下《としした》で実《じつ》に二十五年《にじゅうごねん》ぶりの再会《さいかい》であった。

明智家代々《あけちけだいだい》の居城《きょじょう》であった美濃《みの》の明智城《あけちじょう》が斎藤義龍《さいとうよしたつ》に攻《せ》められて落城《らくじょう》してから明智一族《あけちいちぞく》は散《ち》り散《ぢ》りとなり、光秀《みつひで》を始《はじ》め多《おお》くの宿老《しゅくろう》たちも浪人《ろうにん》となった。斎藤家《さいとうけ》は美濃守護代《みののしゅごだい》の名《めい》家《け》であったが一族《いちぞく》は四国《しこく》に逃《のが》れた。そこで利三《としみつ》は土佐《とさ》の大名長宗我部元親《だいみょうちょうそかべもとちか》の家臣《かしん》となり腹心《ふくしん》となっていた。主君元親《しゅくんもとちか》の妹《いもうと》のお万《まん》を利三《としみつ》が娶《めと》り、利三《としみつ》の妹《いもうと》の志乃《しの》を元親《もとちか》が正室《せいしつ》としたほどの親《した》しい関係《かんけい》が築《きず》かれていた。

　坂本城《さかもとじょう》の大広間《おおひろま》には明智家《あけちけ》の家族《かぞく》がすでに全員集合《ぜんいんしゅうごう》しており、宴席《えんせき》の下座《しもざ》には斎藤利三《さいとうとしみつ》と息子《むすこ》の存三《よしみつ》、利光兄弟《としみつきょうだい》も同席《どうせき》して光秀《みつひで》の出座《しゅつざ》を待《ま》っていた。そこに萌黄色《もえぎいろ》の羽織《はおり》を纏《まと》った光秀《みつひで》が上座《かみざ》に現《あら》われた。光秀《みつひで》は床《とこ》の間《ま》から降《お》りるとすたすたと近《ちか》づき腰《こし》をかがめると利三《としみつ》の手《て》を取《と》った。

「利三《としみつ》、久《ひさ》しぶりだ。立派《りっぱ》な武将《ぶしょう》になったではないか」

「長年《ながねん》の御無沙汰申《ごぶさたもう》し訳《わけ》ありませぬ。叔父上《おじうえ》にもご壮健《そうけん》で祝着至極《しゅうちゃくしごく》でございます。此処《ここ》に控《ひか》えますのが長男《ちょうなん》の存三《よしみつ》と次男《じなん》の利光《としみつ》です」

　二人《ふたり》は土佐《とさ》の強《つよ》い日光《にっこう》を浴《あ》びて真黒《まっくろ》に日焼《ひや》けをしておりいかにも屈強《くっきょう》な若侍《わかざむらい》に見《み》えた。

「いま明智《あけち》の城《しろ》は叔父御《おじご》の稲葉一鉄殿《いなばいってつどの》が治《おさ》めている。妹《いもうと》のきよしが越前《えちぜん》で亡《な》くなった折《おり》に一鉄殿《いってつどの》は快《こころよ》く明智《あけち》の里《さと》に納骨《のうこつ》させてくれた。一度《いちど》そなたらの母《はは》の墓参《はかまい》りに美濃《みの》へ行《い》くがよい」

「稲葉《いなば》さまには昔会《むかしあ》ったこともありますので、父《ちち》が育《そだ》った美濃《みの》を息子《むすこ》たちにも見《み》せてやりたいと思《おも》っております。なにせ息子《むすこ》らは土佐《とさ》しか知《し》らぬ田舎者《いなかもの》ですき」

利三《としみつ》はそう言《い》って明《あか》るく笑《わら》った。

「つきましては信長公《のぶながこう》への献上品《けんじょうひん》として、主君長宗我部元親《しゅくんちょうそがべもとちか》より鷹十六羽《たかじゅうろくわ》と砂糖三千斤《さとうさんぜんきん》を預《あず》かってまいりました」

「それは大儀《たいぎ》だった。長旅《ながたび》で鷹《たか》の世話《せわ》は大変《たいへん》だったろう。上様《うえさま》は鷹《たか》には目《め》がないので喜《よろこ》ばれるだろう」

元親《もとちか》は信長《のぶなが》の放鷹好《ほうようず》きをよく知《し》っていたので、手元《てもと》に飼《か》っている百羽近《ひゃくわちか》い鷹《たか》の中《なか》から選《えら》んだ秀鷹《ほったか》であった。

「鷹《たか》に何《なに》かあっては一大事《いちだいじ》と息子《むすこ》どもがだいぶ気《き》を使《つか》ったようで」

「父上《ちちうえ》、某《それがし》はもう二度《にど》と鷹《たか》の世話《せわ》は御免《ごめん》でございます」

弟《おとうと》の利光《としみつ》が顔《かお》を赤《あか》くして不平《ふへい》を言《い》うと光秀《みつひで》と熙子《ひろこ》は顔《かお》を見合《みあ》わせて笑《わら》いこけた。

「明日《あす》、長宗我部殿《ちょうそかべどの》の思《おも》いは上様《うえさま》にお伝《つた》えしよう。悪《わる》くはされまいぞ」

翌日《よくじつ》、光秀《みつひで》は利三《としみつ》を連《つ》れて安土城《あづちじょう》へ伺候《しこう》した。本丸《ほんまる》の黒書院《くろしょいん》で待《ま》つうちに上様《うえさま》が入室《にゅうしつ》してきたので利三《としみつ》は慌《あわ》てて平伏《へいふく》した。

「こちらに控《ひか》えます者《もの》は甥《おい》の斎藤内蔵助利三《さいとうくらのすけとしみつ》でござります。ただいまは長宗我部元親《ちょうそかべもとちか》の家臣《かしん》として一万石《いちまんごく》の所領《しょりょう》を戴《いただ》いております」

「面《おもて》を上《あ》げよ。斎藤利三《さいとうとしみつ》は光秀《みつひで》の甥《おい》となるのか」

「某《それがし》の妹《いもうと》、きよしの息子《むすこ》になります」

「なるほど斎藤利三《さいとうとしみつ》は明智《あけち》の一族《いちぞく》だったか。斎藤、美濃《みの》には戻《もど》らぬのか」

上様《うえさま》は床《とこ》の間《ま》で立《た》ったままであった。

「某《それがし》は長宗我部元親《ちょうそかべもとちか》の家臣《かしん》でありますので、美濃《みの》にはもはや戻《もど》りませぬ」

その時《とき》、光秀《みつひで》が急《きゅう》に話《はなし》をさえぎった。

「上様《うえさま》、斎藤利三《さいとうとしみつ》をこの光秀《みつひで》の家臣《かしん》として一万石《いちまんごく》で召《め》し抱《かか》えたいと存《ぞん》じますが」

唐突《とうとつ》な光秀《みつひで》の言上《ごんじょう》にもかかわらず信長《のぶなが》はすぐさま答《こた》えた。

「利三《としみつ》、これより光秀《みつひで》の配下《はいか》に入《はい》れ。元親《もとちか》にはこの信長《のぶなが》より許《ゆる》しを得《え》ておく」

利三《としみつ》は驚《おどろ》いて信長公《のぶながこう》の鋭《するど》い眼差《まなざし》を無言《むごん》のまま見《み》つめた。その真意《しんい》を測《はか》りかねたからである。

「光秀《みつひで》、元親《もとちか》には手柄次第《てがらしだい》、四国《しこく》の切《き》り取《と》り御免《ごめん》を与《あた》えると伝《つた》えよ」

四国《しこく》はまだ各地《かくち》で大名《だいみょう》が群雄割拠《ぐんゆうかっきょ》している地域《ちいき》で織田家《おだけ》の影響力《えいきょうりょく》は弱《よわ》かった。従《したが》って信《のぶ》長《なが》にとっては土佐《とさ》の大名《だいみょう》である長宗我部《ちょうそかべ》が織田《おだ》の支配下《しはいか》に入《はい》ることは戦略的《せんりゃくてき》には大《おお》きな意味《いみ》があった。その対価《たいか》として四国統一《しこくとういつ》の朱印状《しゅいんじょう》を与《あた》えた訳《わけ》である。また光秀《みつひで》は長宗我部家《ちょうそかべけ》を自軍《じぐん》の指揮下《しきか》におけることで四国統一《しこくとういつ》のが与《あた》えられたと喜《よろこ》んだ。

安土訪問《あづちほうもん》によって利三《としみつ》の人生《じんせい》は思《おも》いもかけなかった方向《ほうこう》に展開《てんかい》した。明智家《あけちけ》に息子《むすこ》たちと一緒《いっしょ》に再仕官《さいしかん》できる喜《よろこ》びはあったが、国許《くにもと》にいる妻《つま》のお万《まん》と娘《むすめ》のお福《ふく》は元親《もとちか》への義理《ぎり》からも土佐《とさ》に残《のこ》すことにした。

正月《しょうがつ》の八日《ようか》は安土《あづち》の城下《じょうか》ではどんどん焼《や》き祭《まつり》の日《ひ》であった。安土城《あづちじょう》の天守《てんしゅ》や城壁《じょうへき》のいたる所《ところ》に提灯《ちょうちん》が吊《つ》るされている。城《しろ》の北側《きたがわ》に新《あたら》しく造《つく》られた馬場《ばば》には着飾《きかざ》った武将《ぶしょう》たちが思《おも》い思《おも》いの頭巾《ずきん》をかぶって駿馬《しゅんめ》に乗《の》って入《はい》ってきた。どんどん焼《や》き祭《まつり》の一大行事《いちだいぎょうじ》は爆竹《ばくちく》を鳴《な》らしながら馬《うま》を競《きそ》い合《あ》わせるのである。多《おお》くの見物人《けんぶつにん》がすでに馬場《ばば》を取《と》りまいていた。

最初《さいしょ》に小姓《こしょう》たちが十騎《じゅっき》ほどの集団《しゅうだん》になって入場《にゅうじょう》してくる。その後《あと》を信長自身《のぶながじしん》が黒《くろ》の南蛮《なんばん》笠《がさ》をかぶり唐織《からおり》の錦《にしき》の袖《そで》なし陣羽織《じんばおり》を着《き》て、虎《とら》の革《かわ》の腰巻《こしまき》を下《さ》げて葦毛《あしげ》の駿馬《しゅんめ》を軽《かろ》やかに駆《か》って走《はし》り去《さ》っていく。信長《のぶなが》は眉《まゆ》を剃《そ》り赤《あか》の頬《ほお》あてをつけていた。次《つぎ》に織田家一門《おだけいちもん》の信《のぶ》忠《ただ》、信孝《のぶたか》、信澄《のぶずみ》らが煌《きら》びやかに続《つづ》いた。有力《ゆうりょく》な武将《ぶしょう》が十騎《じゅっき》、二十騎《にじゅっき》の一団《いちだん》となって全速《ぜんそく》で囃子声《はやしごえ》をあげながら馬場《ばば》を駆《か》け抜《ぬ》けるので、あたかも戦場《せんじょう》にいるかのような雰囲気《ふんいき》に包《つつ》まれた。よく見《み》れば馬《うま》の尻《しり》につけられた爆竹《ばくちく》が鳴《な》る度《たび》に馬《うま》は驚《おどろ》いて必死《ひっし》になって泡《あわ》を吹《ふ》いて走《はし》り続《つづ》ける。誰《だれ》しもが競馬《けいば》の面白《おもしろ》さを堪能《たんのう》していた。その中《なか》でも信長《のぶなが》の葦毛《あしげ》は飛《と》ぶ鳥《とり》のような俊足《しゅんそく》で見物人《けんぶつにん》の度肝《どぎも》を抜《ぬ》いた。

正月《しょうがつ》の二十三日《にじゅうさんにち》、光秀《みつひで》は上様《うえさま》からの呼《よ》び出《だ》しを受《う》けた。上機嫌《じょうきげん》のようであり早口《はやくち》でまくしたてられた。

「光秀《みつひで》、来月《らいげつ》御上《おかみ》を御呼《およ》びして馬揃《うまぞろえ》をおこなう。全国《ぜんこく》の大名《だいみょう》に朱印状《しゅいんじょう》を送《おく》って用意《ようい》をさせよ」

「はあー、馬揃《うまぞろえ》に全国《ぜんこく》から呼《よ》ぶのでござりますか」

「左様《さよう》。誰《だれ》もが一番《いちばん》に着飾《きかざ》って良《よ》い馬《うま》に乗《の》って参《まい》れと伝《つた》えよ」

「して、いかほどの人数《にんずう》を集《あつ》めればよろしいので」

「一組五十騎《ひとくみごじゅっき》として十組《じゅっくみ》ほどでよい。すぐにとりかかれ」

安土城《あづちじょう》からの帰《かえ》り道《みち》で光秀《みつひで》は思案《しあん》にくれていた。大役《たいやく》を仰《おお》せつかったのは光栄《こうえい》ではあったが、わずか一ヵ月《いっかげつ》で新《あたら》しい馬場《ばば》を洛内《らくない》に造《つく》り全国《ぜんこく》から五百名《ごひゃくめい》の主《おも》だった武将《ぶしょう》と駿馬《しゅんめ》を集《あつ》めるのは容易《ようい》なことではなかった。多《おお》くの織田家《おだけ》の武将《ぶしょう》にとっても物入《ものい》りと同時《どうじ》に戦《いくさ》の持場《もちば》を離《はな》れるのは難《むずか》しかったからである。

しかし光秀《みつひで》の不安《ふあん》に相違《そうい》して織田家《おだけ》の武将《ぶしょう》たちは我《われ》も我《われ》もと参加《さんか》を希望《きぼう》してきた。

結果《けっか》として二月二十八日《にがつにじゅうはちにち》にされることになった馬揃《うまぞろえ》には実《じつ》に千頭《せんとう》を越《こ》す名馬《めいば》が全国《ぜんこく》から集《あつ》まることになった。ただ織田家《おだけ》の武将《ぶしょう》の中《なか》で二人《ふたり》の有力大名《ゆうりょくだいみょう》だけが欠席《けっせき》した。一人《ひとり》は長年《ながねん》の同盟者《どうめいしゃ》である三河《みかわ》の徳川家康《とくがわいえやす》、それに羽柴秀吉《はしばひでよし》であった。家康《いえやす》は遠江《とおとうみ》の高天神城《たかてんじんじょう》で勝頼《かつより》の軍勢《ぐんぜい》と対峙《たいじ》していてとても京都《きょうと》に来《く》ることはできなかった。譜代《ふだい》の秀吉《ひでよし》の欠席《けっせき》は不自然《ふしぜん》であったがその理由《りゆう》を問《と》い質《ただ》す暇《ひま》は光秀《みつひで》にはなかった。

秀吉《ひでよし》は不参加《ふさんか》の理由《りゆう》を備前岡山城《びぜんおかやまじょう》の宇喜多直家《うきたなおいえ》が危篤《きとく》ということで認《みと》めてもらう。運《うん》よく秀吉《ひでよし》の言《い》い訳《わけ》は二月十四日《にがつじゅうよっか》に直家《なおいえ》が五十三歳《ごじゅうさんさい》で病死《びょうし》したために事実《じじつ》となる。

光秀《みつひで》は宮中東門《きゅうちゅうひがしもん》の築地《ついじ》の外《そと》に天皇《てんのう》と殿上人《でんじょうびと》の仮御所《かりごしょ》を造営《ぞうえい》した。また公家《くげ》、摂家《せっけ》、大臣《だいじん》ら堂上《どうじょう》たちの邸宅《ていたく》も仮御所《かりごしょ》の周《まわ》りに仮普請《かりぶしん》した。観覧《かんらん》の桟敷《さじき》も大名《だいみょう》、小名《しょうみょう》と御家人《ごけにん》に分《わ》けて設《もう》けた。それらはすべて仮《かり》とはいえ金銀《きんぎん》の飾《かざ》りと煌《きら》びやかな織物《おりもの》で装飾《そうしょく》されて本式《ほんしき》の造営《ぞうえい》といってもいいほどの出来栄《できば》えであった。そして内裏《だいり》の東側《ひがしがわ》に南北八町《なんぼくはっちょう》、東西《とうざい》に一町《いっちょう》の新馬場《しんばば》が造《つく》られた。馬場《ばば》の入口《いりぐち》と出口《でぐち》には鮮《あざ》やかな紅白《こうはく》の布《ぬの》で巻《ま》かれた八尺《はっしゃく》の柱《はしら》が立《た》てられた。

当日《とうじつ》は快晴《かいせい》の青空《あおぞら》が朝《あさ》から広《ひろ》がった。辰《たつ》の刻《こく》になると正親町天皇《おおぎまちてんのう》、誠仁親王《さねひとしんのう》、女房《にょうぼう》ら宮中《きゅうちゅう》の一団《いちだん》が清涼殿《せいりょうでん》から静々《しずしず》とお出《で》ましになり、色《いろ》とりどりの衣装《いしょう》にたき込《こ》めた香《こう》の匂《にお》いが辺《あた》り一面《いちめん》に漂《ただよ》った。すでに多《おお》くの見物人《けんぶつにん》が詰《つ》めかけていてまるで京都《きょうと》に住《す》むすべての人《ひと》がこの馬揃《うまぞろえ》を見《み》にきたかと思《おも》われるほどの盛況《せいきょう》であった。桟敷《さじき》にはキリシタンの司祭《しさい》たちの顔《かお》も見《み》えた。

式《しき》が始《はじ》まった。馬場《ばば》に一番乗《いちばんの》りの栄誉《えいよ》を担《にな》ったのは若狭国小浜城主《わかさのくにのおばまじょうしゅ》の丹羽長秀《にわながひで》以下《いか》の五十騎《ごじゅっき》である。二番手《にばんて》は近江肥田城主《おうみひだじょうしゅ》の蜂屋頼隆《はちやよりたか》が得意満面《とくいまんめん》で入場《にゅうじょう》してきた。三番目《さんばんめ》は今日《きょう》の段取《だんど》りを仕切《しき》った明智光秀《あけちみつひで》の一団《いちだん》であった。一族郎党《いちぞくろうとう》にこの晴《は》れがましい思《おも》いを感《かん》じさせようと主《おも》だった宿将《しゅくしょう》を引《ひ》き連《つ》れて入場《にゅうじょう》した。光秀《みつひで》は金蘭《きんらん》で編《あ》んだ唐織物《からおりもの》の小袖《こそで》に肩衣《かたぎぬ》を着《き》て、袴《はかま》には紫《むらさき》の桔梗《ききょう》が描《えが》いてある。特《とく》に左馬之助《さまのすけ》が選《えら》んだ鹿毛《かげ》の馬《うま》の胸《むな》がいと尻《しり》がいは五色《ごしき》の糸《いと》で組《く》んだ豪華《ごうか》な物《もの》であった。明智《あけち》の騎馬軍十五騎《きばぐんじゅうごき》はそれぞれ明智家《あけちけ》の紋様《もんよう》である水色《みずいろ》の桔梗《ききょう》の旗指物《はたさしもの》を背中《せなか》につけて行進《こうしん》した。馬揃《うまぞろえ》に参加《さんか》した斎藤利三《さいとうとしみつ》も織田全軍《おだぜんぐん》の威容《いよう》を目《ま》の当《あ》たりにして長宗我部軍《ちょうそかべぐん》ではとても真似《まね》ができないだけに感慨深《かんがいぶか》いものがあった。

いよいよ織田家一門《おだけいちもん》の順番《じゅんばん》となった。葦毛《あしげ》の悍馬《かんば》に乗《の》った中将信忠《ちゅうじょうのぶただ》の率《ひき》いる美濃《みの》と尾《お》張衆《わりしゅう》の八十騎《はちじゅっき》がひときわ大《おお》きな歓声《かんせい》とともに馬場《ばば》に入場《にゅうじょう》してきた。続《つづ》いて信雄《のぶかつ》率《ひき》いる伊勢《いせ》衆《しゅう》の三十騎《さんじゅっき》、信包《のぶかね》、信孝《のぶたか》、信澄《のぶずみ》らが各十騎《かくじゅっき》と織田連枝衆《おだれんししゅう》の華麗《かれい》な行列《ぎょうれつ》が続《つづ》いた。それから公家衆《くげしゅう》、馬廻衆《うままわりしゅう》と小姓衆《こしょうしゅう》らが十五騎《じゅうごき》ずつ一組《ひとくみ》になって御上《おかみ》が見守《みまも》る仮御所《かりごしょ》を通《とお》り過《す》ぎて行《い》く。続《つづ》いて越前《えちぜん》から駆《か》けつけた柴田勝家《しばたかついえ》をはじめとする越前衆《えちぜんしゅう》、そして二集団《にしゅうだん》に分《わ》かれて百騎《ひゃっき》の弓衆《ゆみしゅう》が入場《にゅうじょう》した。

いよいよ次《つぎ》は信長《のぶなが》の登場《とうじょう》であった。信長所有《のぶながしょゆう》の名馬六頭《めいばろくとう》が厩奉行《うまやぶぎょう》の青地与右衛門《あおちよえもん》に先導《せんどう》されて入《はい》ってきた。日本全国《にほんぜんこく》から選《えら》ばれた名馬《めいば》で非《ひ》の打《う》ち所《どころ》のない馬《うま》たちである。それぞれ鬼葦毛《おにあしげ》、小鹿毛《こかげ》、大葦毛《おおあしげ》、遠江鹿毛《とおとうみかげ》、こひばり、かわらげと呼《よ》ばれていた。馬《うま》たちの周《まわ》りには草桶《くさおけ》や水桶《みずおけ》を持《も》った中間《ちゅうげん》たちが立烏帽子《たてえぼし》、黄色《きいろ》の水干《すいかん》、白《しろ》い袴《はかま》の衣装《いしょう》を纏《まと》って素足《すあし》に草履《ぞうり》を履《は》いて続《つづ》いてくる。その後《うし》ろに四人《よにん》の屈強《くっきょう》な男《おとこ》たちが金《きん》の装飾《そうしょく》を施《ほどこ》した濃紅色《のうこうしょく》のビロードの椅子《いす》を肩《かた》に担《かつ》いで行進《こうしん》してきた。それはポルトガルのマカオの宣教師《せんきょうし》から信長《のぶなが》に贈《おく》られた椅子《いす》であった。しかし誰《だれ》も座《すわ》らない奇妙《きみょう》な椅子《いす》は観客《かんきゃく》には理解《りかい》できない光景《こうけい》に映《うつ》った。

すでに一刻《いっこく》ほどの時間《じかん》が経過《けいか》していたが見物人《けんぶつにん》は信長《のぶなが》が登場《とうじょう》すると、時《とき》を忘《わす》れてその衣装《いしょう》に見惚《みと》れた。それは馬揃《うまぞろえ》の衣装《いしょう》というよりまるで神《かみ》の降臨《こうりん》のごとき厳粛《げんしゅく》さと華麗《かれい》さに包《つつ》まれていた。馬場《ばば》は一瞬静寂《いっしゅんせいじゃく》となった。唐冠《からかん》の頭巾《ずきん》をかぶり後《うし》ろに梅《うめ》の花《はな》を挿《さ》している。顔立《かおだ》ちは眉《まゆ》を長《なが》く描《か》き金紗《きんしゃ》の頬《ほお》あてをつけて、頬《ほお》あての真中《まんなか》には人形《にんぎょう》が見事《みごと》に織《お》り出《だ》されていた。着《き》ている小袖《こそで》は白地《しろぢ》に紅梅《こうばい》と桐《きり》に唐草《からくさ》の段模様《だんもよう》で、袖口《そでぐち》は金糸《きんし》の縁取《ふちど》りがしてあった。腰《こし》には牡丹《ぼたん》の造花《ぞうか》を挿《さ》して太刀《たち》の鞘《さや》は金《きん》の延板飾《のべいたかざ》りで装飾《そうしょく》されていた。乗馬用《じょうばよう》の腰《こし》蓑《みの》は白熊《しろくま》の革《かわ》で白《しろ》の革手袋《かわてぶくろ》には桐《きり》の紋《もん》が摺《す》られている。沓《くつ》は猩々《しょうじょう》の革《かわ》で上部《じょうぶ》には唐錦《からにしき》を用《もち》いてあり、誰《だれ》もがこれほど華麗《かれい》な武将《ぶしょう》をこれまで見《み》たことがなかった。馬場《ばば》の場内外《じょうないがい》から期《き》せずして拍手《はくしゅ》が起《お》こり鳴《な》り止《や》まなかった。仮御所《かりごしょ》の中《なか》からも拍手《はくしゅ》が上《あ》がっていた。

信長《のぶなが》が馬場《ばば》をゆっくり抜《ぬ》け出《で》てから午前《ごぜん》の部《ぶ》が終《お》わった。午後《ごご》はそれぞれの腕《うで》の立《た》つ武《ぶ》将《しょう》たちが早駆《はやか》けで馬術《ばじゅつ》を見《み》せる時間《じかん》であった。信長《のぶなが》も再度登場《さいどとうじょう》して用意《ようい》した六頭《ろくとう》でそれぞれ見事《みごと》に駆《か》け抜《ぬ》けて万雷《ばんらい》の拍手《はくしゅ》を得《え》た。明智勢《あけちぜい》では光忠《みつただ》と左馬之助《さまのすけ》の二人《ふたり》が供駆《ともが》けの馬《ば》術《じゅつ》を披露《ひろう》して同《おな》じく大《おお》きな拍手《はくしゅ》を受《う》けた。

一段落《いちだんらく》したところで御上《おかみ》と親王《しんのう》は帰《かえ》られたが、その他《ほか》の公家《くげ》たちは馬揃《うまぞろえ》が終《お》わる夕方《ゆうがた》まで仮御所《かりごしょ》の桟敷《さじき》を動《うご》くことはできなかった。日《ひ》が暮《く》れる頃《ころ》になって信長《のぶなが》は満足気《まんぞくげ》に馬《うま》たちを厩《うまや》に入《い》れさせてから宿舎《しゅくしゃ》の本能寺《ほんのうじ》に帰宅《きたく》した。光秀《みつひで》は上様《うえさま》の姿《すがた》が見《み》えなくなってから大《おお》きく息《いき》を吐《は》いた。無事大役《ぶじたいやく》を終《お》えた安堵感《あんどかん》からであった。

翌日《よくじつ》、上様《うえさま》から本能寺《ほんのうじ》に呼《よ》びつけられた。てっきり慰労《いろう》の言葉《ことば》でも頂戴《ちょうだい》できるのではないかと期待《きたい》していたが発《はっ》せられた言葉《ことば》は意外《いがい》なものであった。

「光秀《みつひで》、内裏《だいり》より昨日《きのう》の礼《れい》があった。また馬揃《うまぞろえ》を見《み》たいとの所望《しょもう》じゃ。次回《じかい》は御上《おかみ》もこの信長《のぶなが》と一緒《いっしょ》に馬《うま》に乗《の》られよと勧修寺大納言《かじゅうじだいなごん》に伝《つた》えてまいれ」

関白《かんぱく》だった近衛前久《このえさきひさ》が大坂本願寺《おおざかほんがんじ》の大火事《おおかじ》で罷免《ひめん》されてから織田家《おだけ》と朝廷《ちょうてい》の伝奏《でんそう》は新《あた》しく大納言《だいなごん》になった勧修寺晴豊《かじゅうじはるとよ》が司《つかさど》っていた。

光秀《みつひで》は上様《うえさま》の言葉《ことば》が信《しん》じられなかった。内裏《だいり》からの御礼《おんれい》は単《たん》なる公家社会《くげしゃかい》の世辞《せじ》ではないのか。しかし主君《しゅくん》の思惑《おもわく》は何《なに》か他《ほか》にありそうであった。御上《おかみ》を馬《うま》にお乗《の》せしようとする魂胆《こんたん》が気《き》になったが敢《あ》えて聞《き》くことはしなかった。

光秀《みつひで》は上様《うえさま》の命《めい》によって素直《すなお》に御所《ごしょ》にいた勧修寺大納言《かじゅうじだいなごん》を訪《おとず》れた。薄暗《うすぐら》い御所《ごしょ》の一室《いっしつ》で晴豊《はるとよ》は光秀《みつひで》の申《もう》し入《い》れを聞《き》くなり顔《かお》をしかめた。

「えらいお話《はなし》でおわすな。御上《おかみ》が御馬《おうま》に乗《の》るとは前代未聞《ぜんだいみもん》のことでござりますな」

「とは存《ぞん》じておりますが、上様《うえさま》の御意向《ごいこう》をとりあえず御上《おかみ》にお伝《つた》え願《ねが》えませぬか」

「惟任殿《これとうどの》、それではお話《はな》ししましょう。御上《おかみ》は昨日《きのう》の馬揃《うまぞろえ》ではお楽《たの》しみいただけなかったことを御存《ごぞん》じか。信長殿《のぶながどの》は正式《せいしき》には無官《むかん》でござる。二年前《にねんまえ》に権大納言右近衛大将《ごんだいなごんうこんえのたいしょう》の官位《かんい》を勝手《かって》に辞退《じたい》されておられる身分《みぶん》。武家《ぶけ》の棟梁《とうりょう》には征夷大将軍《せいいたいしょうぐん》という官位《かんい》がござる。信長《のぶなが》殿《どの》は天下布武《てんかふぶ》と言《い》っておられるがまだ征夷大将軍《せいいたいしょうぐん》でもありませんしな」

晴豊《はるとよ》は光秀《みつひで》よりも若《わか》くまだ四十歳《よんじゅっさい》であったが、上様《うえさま》に対《たい》しても歯《は》に衣着《きぬき》せずに発言《はつげん》した。

確《たし》かに晴豊《はるとよ》の言《い》い分《ぶん》はもっともであった。無官《むかん》の帝王《ていおう》が御上《おかみ》と並《なら》んで馬《うま》に乗《の》ることなど正《しょう》気《き》の沙汰《さた》ではない。全国《ぜんこく》を見渡《みわた》せば中国《ちゅうごく》の毛利《もうり》、関東《かんとう》の北条《ほうじょう》、北陸《ほくりく》の上杉《うえすぎ》、甲斐《かい》の武田《たけだ》など織田家《おだけ》に敵対《てきたい》する大名《だいみょう》がまだ数多《かずおお》く残《のこ》っている。上様《うえさま》はまだ決《けっ》して武家《ぶけ》の棟梁《とうりょう》ではないのだ。晴豊《はるとよ》が話《はなし》を続《つづ》けた。

「それに昨日《きのう》の信長殿《のぶながどの》の桐《きり》の御紋入《ごもんい》りの衣装《いしょう》は何事《なにごと》でござるか。五三《ごさん》の桐《きり》は天皇家《てんのうけ》の御紋《ごもん》、いつから御上《おかみ》の姻戚《いんせき》になられたのかな。もともと桐《きり》の御紋《ごもん》は足利尊氏《あしかがたかうじ》が征夷大将軍《せいいたいしょうぐん》になられた折《おり》、朝廷《ちょうてい》より拝領《はいりょう》したもので武家《ぶけ》のものではない。それに織田家《おだけ》の祖《そ》は平氏《へいし》であって源氏《げんじ》ではあらぬ。そうそう、金紗《きんしゃ》の頬《ほお》あても天皇《てんのう》の御衣裳《おいしょう》であって臣下《しんか》のものではないことを惟任殿《これとうどの》はご存《ぞん》じであったかな」

晴豊《はるとよ》はさすがに公家《くげ》の大納言《だいなごん》にふさわしい有職故実《ゆうそくこじつ》の知識《ちしき》を持《も》っていた。そう指摘《してき》されると上様《うえさま》が何《なに》を考《かんが》えて馬揃《うまぞろえ》をしようとしているのかわからなくなった。

三日後《みっかご》の三月一日《さんがつついたち》になって京都《きょうと》の奉行所《ぶぎょうしょ》で待機《たいき》していた光秀《みつひで》の所《ところ》に勧修寺晴豊《かじゅうじはるとよ》の使者《ししゃ》として日野中納言照資《ひのちゅうなごんてるすけ》が訪《おとず》れた。中納言《ちゅうなごん》の返事《へんじ》は次回《じかい》の馬揃《うまぞろえ》には御上《おかみ》は欠席《けっせき》するという正《せい》式《しき》な返答《へんとう》であった。内心恐《ないしんおそ》れていた返答《へんとう》であった。

上様《うえさま》は案《あん》の定《じょう》、内裏《だいり》からの返事《へんじ》を知《し》ると激怒《げきど》した。

「よきゃ、構《かま》わぬ。明後日《あさって》、二条御所《にじょうごしょ》で馬揃《うまぞろえ》をおこなう。光秀《みつひで》、至急騎手《しきゅうきしゅ》たちを呼《よ》び戻《もど》せ」

興奮《こうふん》した上様《うえさま》から尾張弁《おわりべん》が飛《と》び出《だ》した。その目《め》は捉《とら》えようのない狂気《きょうき》に満《み》ちていた。すぐにその目《め》つきは消《き》えたが御上《おかみ》に完全《かんぜん》に敵対《てきたい》した顔《かお》つきであった。まだ京都周辺《きょうとしゅうへん》に滞在《たいざい》していた武将《ぶしょう》たちは怪訝《けげん》気《げ》に戻《もど》ってきたが半数以上《はんすういじょう》は既《すで》に帰国《きこく》してしまっていた。

しかしながら三月五日《さんがついつか》は御上《おかみ》が不在《ふざい》にもかかわらず禁中《きんちゅう》からの御所望《ごしょもう》という口実《こうじつ》で同《おな》じ馬場《ばば》で馬揃《うまぞろえ》が行《おこな》われたのである。尚且《なおか》つこの時参加《ときさんか》した五百騎《ごひゃっき》の乗《の》り手《て》の衣装《いしょう》はすべて黒色《くろいろ》を纏《まと》うことを命《めい》じられた。そして上様《うえさま》の衣装《いしょう》も黒塗《くろぬ》りの笠《かさ》に黒《くろ》の頰《ほお》あてをして、小袖《こそで》も袴《はかま》もすべて黒色《くろいろ》に統一《とういつ》されてまるで葬列《そうれつ》のようであった。前回《ぜんかい》の華麗《かれい》な馬揃《うまぞろえ》とは一変《いっぺん》して織田家《おだけ》の軍事的威嚇《ぐんじてきいかく》と反抗《はんこう》を内裏《だいり》に示《しめ》した行進《こうしん》でもあった。御上《おかみ》の御気色《みけしき》は御所《ごしょ》の奥深《おくぶか》

く伺《うかが》い知《し》ることはできなかった。

遂《つい》に上様《うえさま》と正親町天皇《おおぎまちてんのう》との確執《かくしつ》は抜《ぬ》き差《さ》しならぬものとなっていった。光秀《みつひで》にも勧修寺《かじゅうじ》晴豊《はるとよ》にも手《て》の打《う》ちようがなかった。上様《うえさま》は天下布武《てんかふぶ》の名《な》のもとに敵対《てきたい》する者《もの》を容赦《ようしゃ》なく踏《ふ》みにじっていく様子《ようす》であり、室町将軍《むろまちしょうぐん》の足利義昭《あしかがよしあき》を追放《ついほう》したように今度《こんど》は意向《いこう》に沿《そ》わない天皇《てんのう》までも排除《はいじょ》していくように思《おも》えた。しかし相手《あいて》は老練《ろうれん》な朝廷《ちょうてい》である、単純《たんじゅん》で感情的《かんじょうてき》な義昭《よしあき》とは格《かく》が違《ちが》う。主君《しゅくん》の行動《こうどう》に光秀《みつひで》は危惧《きぐ》を抱《いだ》き始《はじ》めた。

いま一《ひと》つの懸念《けねん》と焦《あせ》りが光秀《みつひで》に生《う》まれていた。それはこの半年間《はんとしかん》、御所《ごしょ》との伝奏役《でんそうやく》として京都《きょうと》から離《はな》れられなかった為《ため》に秀吉《ひでよし》が備前国岡山城《びぜんのくにおかやまじょう》まで進出《しんしゅつ》して中国攻《ちゅうごくぜ》めの主導権《しゅどうけん》を握《にぎ》ってしまっていた。そして次《つぎ》に因幡《いなば》の鳥取城《とっとりじょう》を兵糧攻《ひょうろうぜ》めで囲《かこ》んでいた。

上様《うえさま》からは毛利本軍《もうりほんぐん》が鳥取城救援《とっとりじょうきゅうえん》に来《き》た時《とき》の備《そな》えとして後詰《ごづめ》の命令《めいれい》を受《う》けたものの、真剣《しんけん》に働《はたら》いて秀吉《ひでよし》に功《こう》を挙《あ》げさせることなどは気《き》が進《すす》まなかった。そこで光秀《みつひで》は一番危険《いちばんきけん》の少《すく》ない海上封鎖《かいじょうふうさ》にまわったが一月経《ひとつきた》っても毛利軍《もうりぐん》は救援《きゅうえん》に現《あら》われなかった。毛利輝元《もうりてるもと》は身内《みうち》の鳥取城《とっとりじょう》を見捨《みす》てるようであった。光秀《みつひで》は海上《かいじょう》の軍船《ぐんせん》から鳥取《とっとり》の砂丘《さきゅう》を眺《なが》めつつ内心《ないしん》では毛利勢《もうりぜい》が見《み》えないことを喜《よろこ》んだ。

御幸《みゆき》の間《ま》

織田信長《おだのぶなが》は天文三年五月十二日《てんぶんさんねんごがつじゅうににち》に生《せい》を受《う》けた。天正九年《てんしょうくねん》に四十八歳《しじゅうはっさい》の誕生日《たんじょうび》を迎《むか》えるにあたり奇妙《きみょう》な朱印状《しゅいんじょう》を全国《ぜんこく》に発布《はっぷ》した。それは五月十二日《ごがつじゅうににち》を聖日《せいじつ》とする。この日《ひ》に全国《ぜんこく》の民《たみ》は安土城内《あづちじょうない》の総見寺《そうけんじ》に参詣《さんけい》することを命《めい》じると書《か》かれてあった。その御利益《ごりやく》として人《ひと》は八十歳《はちじゅっさい》まで長寿《ちょうじゅ》ができて、貧《まず》しき者《もの》も卑《いや》しき者《もの》も富裕《ふゆう》の身上《しんじょう》になれる。朱印状《しゅいんじょう》は小姓乱《こしょうらん》丸《まる》によって発布《はっぷ》されたが誕生日間近《たんじょうびまぢか》だったために参詣者《さんけいしゃ》は安土近在《あづちきんざい》の者《もの》だけに限《かぎ》られた。

誕生日《たんじょうび》のその日《ひ》、信長《のぶなが》はいたく上機嫌《じょうきげん》だった。折《おり》しもフロイスをはじめとするキリシタンの宣教師三人《せんきょうしさんにん》が誕生日祝《たんじょうびいわ》いに安土城《あづちじょう》を訪問《ほうもん》してくれたからでもあった。そして彼《かれ》らは土産《みやげ》として一人《ひとり》のアフリカ生《う》まれの二十代《にじゅうだい》の黒人奴隷《こくじんどれい》を進呈《しんてい》した。信長《のぶなが》はこの牛《うし》のごとく六尺《ろくしゃく》を超《こ》す体格《たいかく》と剛力《ごうりき》を持《も》つ黒人《こくじん》をえらく気《き》に入《い》って、早速弥介《さっそくやすけ》と名付《なづ》けて自分《じぶん》の召使《めしつかい》とした。そのためにキリシタンの一団《いちだん》は下《した》にもおかぬ接待《せったい》を受《う》けたのである。

数日後《すうじつご》、歓待《かんたい》を受《う》けたキリシタンたちが信長《のぶなが》に別《わか》れの挨拶《あいさつ》に行《い》くと、一行《いっこう》は天守内《てんしゅない》の大《おお》広間《ひろま》に案内《あんない》された。その中央《ちゅうおう》には唐風《からふう》の異人《いじん》たちと安土城付近《あづちじょうふきん》の街並《まちな》み全体《ぜんたい》が俯瞰《ふかん》できる巨大《きょだい》な六曲一双《ろっきょくいっそう》の燦然《さんぜん》と光《ひか》る金屏風《きんびょうぶ》が置《お》かれていた。

「オダノトノサマ　タイヘンオセワサマデシタ　コレカラカエリマス　キョウトノテンシサマニ　オアイデキルヨウニ　ハナシテクダサイ」

「天子《てんし》に何《なん》の用《よう》か」

「キリストキョウヲ　キョウカイデ　オシエタイデス」

「その必要《ひつよう》はない。余《よ》がこの国《くに》の王《おう》である。キリシタンには全国《ぜんこく》の布教《ふきょう》を許《ゆる》すなり」

キリシタンの三人《さんにん》は怪訝《けげん》な顔《かお》をして見合《みあ》った。そこで通訳《つうやく》の小姓《こしょう》が事情《じじょう》を詳《くわ》しく説明《せつめい》すると今度《こんど》は深々《ふかぶか》と頭《あたま》を下《さ》げた。信長《のぶなが》の威厳《いげん》は自然《しぜん》にキリシタンたちを跪《ひざまず》かせたのである。

「そなたらに土産《みやげ》を遣《つか》わす。この屏風《びょうぶ》をその教会《きょうかい》とやらに飾《かざ》るがよい。天子《てんし》も欲《ほ》しがった屏風《びょうぶ》じゃ。すべての日本人《にほんじん》がこの前《まえ》にひれ伏《ふ》すことを約束《やくそく》しよう」

よく見《み》れば金屏風《きんびょうぶ》には安土城《あづちじょう》を取《と》り巻《ま》く山《やま》、湖《みずうみ》、橋《はし》、屋敷《やしき》、街路《がいろ》などの景色《けしき》が詳細《しょうさい》に描《えが》かれていた。この屏風《びょうぶ》を見《み》れば誰《だれ》でも日本国《にほんこく》の王《おう》から拝領《はいりょう》した物《もの》とわかり、その効果《こうか》は絶大《ぜつだい》であるとポルトガル人《じん》のフロイスも理解《りかい》した。

「この信長《のぶなが》は天下《てんか》を統一《とういつ》したら一大艦隊《いちだいかんたい》を編成《へんせい》して明《みん》を征服《せいふく》する。それに先立《さきだ》って大型《おおがた》の軍船《ぐんせん》二隻《にせき》と水夫《すいふ》をイエズス会《かい》から寄贈《きぞう》させよ。礼《れい》としていずれ日本人《にほんじん》の半分《はんぶん》をキリシタンにさせよう」

三人《さんにん》の宣教師《せんきょうし》は信長《のぶなが》の壮大《そうだい》な野望《やぼう》に驚《おどろ》くと同時《どうじ》に感激《かんげき》して改《あらた》めて深々《ふかぶか》と頭《あたま》を下《さ》げた。日本《にほん》と明《みん》で布教《ふきょう》ができるならば軍船《ぐんせん》二隻《にせき》を送《おく》ることなど容易《たやす》いものだと考《かんが》えていた。

夕陽《ゆうひ》が落《お》ちる頃《ころ》、帰路《きろ》にあった三人《さんにん》のキリシタンが安土城《あづちじょう》を振《ふ》り返《かえ》ると、その五層《ごそう》の天守《てんしゅ》の各階《かくかい》の軒先《のきさき》に色《いろ》とりどりの提灯《ちょうちん》が飾《かざ》られていた。そして金箔瓦《きんぱくがわら》に光《ひか》る天守《てんしゅ》の輪郭《りんかく》がはっきりと群青《ぐんじょう》の空《そら》に浮《う》かび上《あ》がっていた。このような華麗《かれい》な城《しろ》と街並《まちなみ》を彼《かれ》らの故郷《こきょう》であるポルトガルのリスボンはもちろんインドのゴアでも見《み》たことがなかった。

光秀《みつひで》の本城《ほんじょう》は坂本城《さかもとじょう》である、その中《なか》で一番良《いちばんよ》い部屋《へや》は「御成《おなり》の間《ま》」と呼《よ》ばれていた。主君信長《しゅくんのぶなが》がこの城《しろ》に来臨《らいりん》した時《とき》のみに使《つか》う部屋《へや》として造《つく》られていた。城持《しろもち》の大名《だいみょう》にしてくれた上様《うえさま》の恩義《おんぎ》に報《むく》いるためにも当然《とうぜん》のことと光秀《みつひで》は考《かんが》えていた。しかし御成《おなり》の間《ま》を造《つく》ってからかれこれ十年近《じゅうねんちか》く経《た》ったが一度《いちど》もこの部屋《へや》は使《つか》われていなかった。

天正九年《てんしょうくねん》の暮《くれ》も迫《せま》った十一月七日《じゅういちがつなのか》、その日《ひ》も当然上様《とうぜんうえさま》は見《み》えていなかったが今年《ことし》の口切《くちきり》の茶会《ちゃかい》に御成《おなり》の間《ま》を使《つか》おうと思《おも》った。正式《せいしき》な茶事《ちゃじ》というよりも妻《つま》の熙子《ひろこ》が疫痢《えきり》で死《し》んでからの三回忌《さんかいき》の追善供養《ついぜんくよう》の会《かい》でもあった。そこに生前妻《せいぜんつま》とも親《した》しかった友人《ゆうじん》らを呼《よ》んだ。吉《よし》田兼見《だかねみ》、津田宗及《つだそうぎゅう》、細川與一郎《ほそかわよいちろう》と連歌師《れんがし》の里村紹巴《さとむらじょうは》の四人《よにん》である。床《とこ》の間《ま》には上様自筆《うえさまじひつ》の書《しょ》を飾《かざ》り、釜《かま》はやはり拝領《はいりょう》した風炉平釜《ふろひらがま》を初《はじ》めて使用《しよう》した。

一人《ひとり》で客人《きゃくじん》を待《ま》つ間《あいだ》に光秀《みつひで》は暗《くら》い気持《きもち》で今《いま》はない妻《つま》のことを自然《しぜん》と偲《しの》んでいた。

突然《とつぜん》ひっきりなしに続《つづ》く下痢《げり》と嘔吐《おうと》が明智夫妻《あけちふさい》を同時《どうじ》に襲《おそ》った。光秀《みつひで》と熙子《ひろこ》が布団《ふとん》を並《なら》べて腹痛《ふくつう》と吐《は》きたくなる気持《きも》ち悪《わる》さに同《おな》じように耐《た》えていたものの、食事《しょくじ》を取《と》れないために四五日《しごにち》たった後《あと》で急激《きゅうげき》に熙子《ひろこ》の体力《たいりょく》が落《お》ちて衰弱《すいじゃく》が始《はじ》まった。

「光秀《みつひで》さま、わたしはもう長《なが》くはないかもしれません。あなたはまだまだ生《い》きてくださらなければならないお方《かた》。わたしがあの世《よ》からあなたを支《ささ》えますから元《もと》のように元気《げんき》になってください」

「熙子《ひろこ》、何《なに》をいうか。すぐに治《なお》るから気《き》を確《たし》かに持《も》て」

そう言《い》う光秀《みつひで》も布団《ふとん》から片手《かたて》を出《だ》して妻《つま》の手《て》を握《にぎ》りしめることしかできない状態《じょうたい》だった。暫《しばら》くしてから熙子《ひろこ》がひどく苦《くる》しみ始《はじ》めた。

「水《みず》を」

ようやく光秀《みつひで》が起《お》き上《あ》がって水差《みずさ》しを口《くち》にあてがうと、熙子《ひろこ》は一口飲《ひとくちの》んでから満足《まんぞく》したように眼《め》を閉《と》じた。そして、いつの間《ま》に妻《つま》の息《いき》は止《と》まっていた。

その晩《ばん》、光秀《みつひで》はそのまま熙子《ひろこ》と共《とも》に寝床《ねどこ》に居続《いつづ》けた。いつしか眠《ねむ》りに落《お》ちて気《き》づいた時《とき》には夜《よ》が明《あ》けていた。

「ひろこ、ひろこ」

熙子《ひろこ》は胸《むね》に両手《りょうて》を固《かた》く合《あ》わせたまま目覚《めざ》めなかった。その時《とき》、光秀《みつひで》は不思議《ふしぎ》なことにこれまでの腹痛《ふくつう》と嘔吐《おうと》が治《おさ》まって気分《きぶん》が正常《せいじょう》に戻《もど》っていることを知《し》った。身代《みが》わりになった妻《つま》が自分《じぶん》を助《たす》けてくれたのかと思《おも》えて涙《なみだ》が自然《しぜん》とこぼれ落《お》ちた。

あれから随分年月《ずいぶんねんげつ》が経《た》ったような気《き》がしたが、いまだもって熙子《ひろこ》がこの場《ば》にいないことが信《しん》じられなかった。この心《こころ》の中《なか》に空《あ》いた虚無感《きょむかん》はいつになったら埋《う》められるのだろうか。

結婚直後《けっこんちょくご》に明智《あけち》の城《しろ》が落城《らくじょう》して諸国《しょこく》を流浪中《るろうちゅう》、妻《つま》は母《はは》の牧《まき》や幼《おさな》い子供《こども》たちの面倒《めんどう》を一手《いって》に引《ひ》き受《う》けてくれていた。特《とく》に越前《えちぜん》の朝倉家《あさくらけ》に仕官《しかん》しようとして家臣《かしん》を汁事《しるごと》に招《まね》いた時《とき》には、自分《じぶん》の髪《かみ》を切《き》って質《しち》にまで出《だ》して酒肴《しゅこう》の席《せき》を用立《ようだ》てしてくれたほどの糟糠《そうこう》の妻《つま》であった。正直苦労《しょうじきくろう》ばかりをさせて、これから二人《ふたり》で余生《よせい》を安穏《あんのん》に送《おく》りたいと思《おも》っていただけに愛妻《あいさい》に先立《さきだ》たれたことは大《おお》きな失望《しつぼう》だった。

しかし親《した》しい友人《ゆうじん》たちが集《あつ》まり始《はじ》めると、いつしか悲《かな》しみも茶葉《ちゃば》が湯《ゆ》に解《ほど》けるように柔《やわ》らかくなって消《き》えていった。

その日《ひ》は珍《めずら》しく兼見《かねみ》の気分《きぶん》が高《たか》ぶっていた。

「光秀《みつひで》、他言《たごん》は無用《むよう》ぞ。信長《のぶなが》さまは最近御幸《さいきんみゆき》の間《ま》を安土《あづち》に新築《しんちく》なされた。御存《ごぞん》じかな」

「それは聞《き》いておらぬが」

「御幸《みゆき》の間《ま》は渡《わた》り廊下《ろうか》で安土城《あづちじょう》の本丸《ほんまる》と繋《つな》がっておるそうじゃ。屋根《やね》は総檜皮葺《そうひわだぶき》で殿中《でんちゅう》はすべて金《きん》の延板《のべいた》でできておる」

「兼見《かねみ》、それがどうした。天子《てんし》さまが使《つか》われる部屋《へや》を黄金《おうごん》で造《つく》って何《なに》が悪《わる》い」

「それはそうじゃ。されど臣下《しんか》の分際《ぶんざい》で御幸《みゆき》の間《ま》を使《つか》われたらどう思《おも》われる」

聞《き》いていた友人達《ゆうじんたち》の顔《かお》が変《か》わった。全員《ぜんいん》の不安《ふあん》が的中《てきちゅう》したからである。

「それは真《まこと》か」

兼見《かねみ》は無言《むごん》で頷《うなず》いた。ならばこの話《はなし》はすでに御上《おかみ》や公卿《くぎょう》たちも知《し》っているのだろう。

「光秀《みつひで》、それと総見寺《そうけんじ》の御神体《ごしんたい》を知《し》っているか」

「御神体《ごしんたい》とは」

「バテレンたちが本堂《ほんどう》の中《なか》の御神体《ごしんたい》を見《み》た時《とき》の話《はなし》では、信長公自身《のぶながこうじしん》の木像《もくぞう》であったそうだ」

「なんだと、上様《うえさま》が御神体《ごしんたい》ということか」

「左様《さよう》じゃ」

兼見《かねみ》の告白《こくはく》に光秀《みつひで》は正直動転《しょうじきどうてん》した。自分自身《じぶんじしん》を神《かみ》として臣下《しんか》や領民《りょうみん》に拝《おが》ませるとはどのような心理《しんり》なのか全《まった》く理解《りかい》できなかった。主君《しゅくん》の思《おも》いは何《なに》か危険《きけん》な兆候《ちょうこう》であると感《かん》じた。

茶事《ちゃじ》は無言《むごん》で始《はじ》まった。亭主《ていしゅ》の光秀《みつひで》は茶筅《ちゃせん》で濃茶《こいちゃ》を練《ね》りながら一《ひと》つの答《こた》えに辿《たど》り着《つ》いた。ひょっとすると上様《うえさま》は天皇《てんのう》を無視《むし》されている、或《ある》いはもはやその存在《そんざい》を必要《ひつよう》としていない。恐《おそ》ろしい考《かんが》えではあったがそれ以外《いがい》に上様《うえさま》の行為《こうい》に思《おも》い当《あ》たる節《ふし》はなかった。

今回《こんかい》の御幸《みゆき》の間《ま》の騒動《そうどう》では上様《うえさま》に味方《みかた》する気持《きもち》は失《う》せていた。武士《ぶし》の棟梁《とうりょう》は征夷大将軍《せいいたいしょうぐん》であり、その官位《かんい》を与《あた》えてくれるのは天皇《てんのう》ではないのか。その朝廷《ちょうてい》を飛《と》び越《こ》える発想《はっそう》は思《おも》いもつかなかった。安土城《あづちじょう》には御幸《みゆき》の間《ま》も御簾《みす》も必要《ひつよう》がないはずだ。

師走《しわす》に入《はい》ってもまだ冬《ふゆ》の寒《さむ》さは安土《あづち》の都《みやこ》に訪《おとず》れていなかった。各地《かくち》の織田家《おだけ》の武将《ぶしょう》はまた安土《あづち》からの奇妙《きみょう》な話《はなし》を聞《き》いて戸惑《とまど》っていた。年末《ねんまつ》に全国《ぜんこく》の大名《だいみょう》と小名《しょうみょう》が歳暮《せいぼ》の祝儀《しゅうぎ》を信長公《のぶながこう》に贈《おく》ることは当《あ》たり前《まえ》であったが、その献上《けんじょう》された銭《ぜに》を白洲《しらす》にばらまかせて家臣《かしん》や訪問者《ほうもんしゃ》に拾《ひろ》わせているという話《はなし》であった。

光秀《みつひで》は若《わか》き日《ひ》にうつけと言《い》われた上様《うえさま》を思《おも》い出《だ》した。当時《とうじ》のうつけは芝居《しばい》であったが、今《いま》の上様《うえさま》もやはりある目的《もくてき》を持《も》ってうつけの芝居《しばい》をしているに違《ちが》いない。戸惑《とまど》いながらも歳暮《せいぼ》として丹波《たんば》の名馬三頭《めいばさんとう》に鞍《くら》、鐙《あぶみ》、轡《くつわ》をそれぞれつけて進呈《しんてい》することにした。

ところが年末《ねんまつ》に播磨《はりま》から安土城《あづちじょう》に戻《もど》ってきた秀吉《ひでよし》は剛毅《ごうき》にも小袖二百献《こそでにひゃくこん》も女房衆《にょうぼうしゅう》に差《さ》し上《あ》げて驚喜《きょうき》させたことを聞いた。そして誰《だれ》もが驚《おどろ》いたことは但馬《たじま》と因幡《いなば》の銀山《ぎんざん》から取《と》れた銀千枚《ぎんせんまい》を献上《けんじょう》したことであった。上様《うえさま》は秀吉《ひでよし》の忠義心《ちゅうぎしん》を喜《よろこ》んで茶湯《ちゃのゆ》の道具十二種《どうぐじゅうにしゅ》を贈《おく》った。そのことを知《し》った光秀《みつひで》は平然《へいぜん》と豪華《ごうか》な歳暮《せいぼ》を贈《おく》る秀吉《ひでよし》に嫉妬《しっと》の苛立《いらだ》ちを覚《おぼ》えた。

出世競争《しゅっせきょうそう》が光秀《みつひで》と秀吉《ひでよし》の間《あいだ》で激《はげ》しくなっていた。中国地方《ちゅうごくちほう》が秀吉《ひでよし》の地盤《じばん》となった結果《けっか》、次《つぎ》の二人《ふたり》の覇権競争《はけんきょうそう》は四国《しこく》へと移《うつ》っていた。

同《おな》じ頃《ころ》、坂本城《さかもとじょう》に斎藤利三《さいとうとしみつ》が四国《しこく》から戻《もど》ってきた。利三《としみつ》は元《もと》の主君《しゅくん》である長宗我部元親《ちょうそかべもとちか》に呼《よ》ばれて阿波《あわ》の白地城《はくちじょう》を訪《たず》ねていた。白地城《はくちじょう》は土佐《とさ》、讃岐《さぬき》、阿波《あわ》の三国《さんごく》の接点《せってん》に位置《いち》しており、数年前《すうねんまえ》から元親《もとちか》が阿波《あわ》と讃岐《さぬき》に侵攻《しんこう》するための戦略拠点《せんりゃくきょてん》としていた。利三《としみつ》は旅《りょ》装《そう》を解《と》く暇《ひま》もなく光秀《みつひで》の居間《いま》に伺候《しこう》した。

「ただいま戻《もど》りました。元親殿《もとちかどの》は筑前守《ちくぜんのかみ》の淡路島攻《あわじしまぜ》めにいたくお怒《いか》りでした。それに織田《おだ》家中《かちゅう》の三好康長《みよしやすなが》が岩倉城《いわくらじょう》に立《た》てこもり長宗我部家《ちょうそかべけ》に歯向《はむ》かうとは合点《がてん》がいかぬ。早速殿《さっそくとの》より大殿《おおとの》のご意見《いけん》をお聴《き》きして頂《いただ》きたいとのこと。もともと四国《しこく》はこの元親《もとちか》に切《き》り取《と》り御免《ごめん》を許《ゆる》されておる故《ゆえ》に信長公《のぶながこう》のご意向《いこう》に拘《かか》わらず、近々三好《ちかぢかみよし》らは打《う》ち取《と》るとえらく立腹《りっぷく》されておりました」

光秀《みつひで》は黙《だま》って利三《としみつ》の言葉《ことば》を聞《き》いていた。今《いま》ははっきりと秀吉《ひでよし》の意図《いと》が見《み》えてきていた。あやつは配下《はいか》の三好《みよし》を使《つか》って、このわしを牽制《けんせい》しようとしている。但馬《たじま》、因幡国《いなばのくに》を自領《じりょう》にした次《つぎ》には四国《しこく》攻めを狙《ねら》っているに違《ちが》いない。

その時《とき》、使番《つかいばん》が信長《のぶなが》からの回状《かいじょう》を持《も》って部屋《へや》に入《はい》ってきた。早速《さっそく》その書状《しょじょう》の封《ふう》を切《き》ると、

「正月元旦安土城《しょうがつがんたんあづちじょう》にての年賀《ねんが》を許《ゆる》す　ただし各人祝銭百文《かくじんしゅくせんひゃくもん》を持参《じさん》せよ」

天正六年《てんしょうろくねん》の年賀以来《ねんがいらい》、五年《ごねん》ぶりの安土城年賀会《あづちじょうねんがかい》の開催《かいさい》であった。光秀《みつひで》にあの時《とき》の茶会《ちゃかい》の感激《かんげき》がよみがえってきた。全国《ぜんこく》の大名《だいみょう》、小名《しょうみょう》、土民《どみん》にも年賀《ねんが》を許《ゆる》すというお布令《ふれ》が通達《つうたつ》されているようであった。しかし百文《ひゃくもん》の祝銭《しゅくせん》の文字《もじ》に不吉《ふきつ》な予感《よかん》がした。またあの方《かた》は何《なに》かわからぬことを考《かんが》えておられる。いつしか上様《うえさま》がはるかな存在《そんざい》として遠《とお》ざかっていくことが寂然《せきぜん》として残《のこ》った。

明《あ》けて天正十年《てんしょうじゅうねん》の元旦《がんたん》は快晴《かいせい》の天気《てんき》であった。まだ日《ひ》が明《あ》ける前《まえ》から安土《あづち》に通《つう》じる道《みち》には人《ひと》が溢《あふ》れていた。手《て》に十疋《じゅっぴき》の長目《ちょうもく》或《ある》いは百文《ひゃくもん》の銭《ぜに》を握《にぎ》りしめた人々《ひとびと》が安土城目《あづちじょうめ》がけて押《お》し寄《よ》せていた。百姓《ひゃくしょう》や町人《ちょうにん》たちにとって天下人《てんかびと》織田信長《おだのぶなが》の居城《きょじょう》に入《はい》り、金銀《きんぎん》で飾《かざ》られた絢爛豪華《けんらんごうか》な品々《しなじな》が見《み》られることは大《おお》きな憧《あこが》れであった。

集団《しゅうだん》に混《ま》じって堺《さかい》の会合衆《えごうしゅう》である津田宗及《つだそうぎゅう》と千宗易《せんのそうえき》らの駕籠《かご》も進《すす》んでいた。群衆《ぐんしゅう》に邪魔《じゃま》されながらも光秀《みつひで》があらかじめ派遣《はけん》した警備《けいび》の兵《へい》がその人混《ひとご》みを追《お》い払《はら》った。

一方《いっぽう》、光秀《みつひで》は左馬之助《さまのすけ》らを率《ひき》いて坂本城《さかもとじょう》から明智丸《あけちまる》で出発《しゅっぱつ》した。静《しず》まり返《かえ》った湖面《こめん》を五十挺《ごじゅっちょう》の櫓《ろ》で漕《こ》ぐ明智丸《あけちまる》は一刻《いっこく》も経《た》たずに琵琶湖《びわこ》を渡《わた》り切《き》り安土城《あづちじょう》の船着場《ふなつきば》に到着《とうちゃく》した。城《しろ》の周《まわ》りはまだ朝霧《あさぎり》に煙《けむ》っており見物人《けんぶつにん》は警護《けいご》の者《もの》を除《のぞ》いてまだ少《すく》なかった。

大手門《おおてもん》を潜《くぐ》りぬけて本丸《ほんまる》の控《ひか》えの間《ま》に入《はい》ると暗《くら》がりの中《なか》にはすでに先客《せんきゃく》が一人《ひとり》いた。

「惟任《これとう》さま、おめでとうございます」

「これは松井《まつい》さま、早々《そうそう》にお成《な》りですな」

「久々《ひさびさ》の年賀《ねんが》ゆえ気《き》が急《せ》きまして」

「某《それがし》も遅《おく》れてはいかんと思《おも》うてな」

元小姓《もとこしょう》の松井有閑《まついゆうかん》だった。今《いま》は堺《さかい》の町奉行代官《まちぶぎょうだいかん》を命《めい》じられていたので昨日《きのう》の内《うち》に堺《さかい》を出立《しゅったつ》してきたようだった。堺《さかい》の状況《じょうきょう》を知《し》るいい機会《きかい》と思《おも》ったので雑談《ざつだん》を始《はじ》めた。

「つかぬことを聞《き》くが、高野山《こうやさん》から逃《に》げたという荒木村重《あらきむらしげ》の残党《ざんとう》は見《み》つかったのか」

年末《ねんまつ》に荒木村重《あらきむらしげ》の残党狩《ざんとうがり》に出《で》た代官所《だいかんしょ》の役人多数《やくにんたすう》が返《かえ》り討《う》ちにあって惨殺《ざんさつ》された話《はなし》が最近話題《さいきんわだい》になっていた。

「面目《めんぼく》ございません。一味《いちみ》は伊賀方面《いがほうめん》に逃《に》げたようですが、その後《ご》の足取《あしど》りはまだつかめておりませぬ」

「ところで村重《むらしげ》の行方《ゆくえ》はわからぬか」

いまでも光秀《みつひで》は有岡城《ありおかじょう》から逐電《ちくでん》した村重《むらしげ》や婿《むこ》の新五郎《しんごろう》の行方《ゆくえ》が気《き》がかりだった。

「しかとは存《ぞん》じませぬが、毛利家《もうりけ》に身《み》を寄《よ》せているようなことを聞《き》いております。たしか得度《とくど》して道糞《どうふん》と名《な》を変《か》えたとか」

「どうふんー」

「道《みち》の糞《ふん》と書《か》くそうでござる」

それを聞《き》いて胸《むね》が痛《いた》んだ。村重《むらしげ》を助《たす》けることができなかった心《こころ》の疼《うず》きであった。そこに次々《つぎつぎ》と織田家《おだけ》の武将《ぶしょう》たちが入《はい》ってきた。いつしか村重《むらしげ》の話《はなし》は立《た》ち消《ぎ》えになった。

安土城内《あづちじょうない》の一郭《いっかく》にある総見寺《そうけんじ》に通《つう》じる道《みち》は群衆《ぐんしゅう》で溢《あふ》れ、その参賀《さんが》の行列《ぎょうれつ》は一里《いちり》も二里《にり》も続《つづ》いているようであった。しかも多《おお》くの参詣者《さんけいしゃ》は城《しろ》の西側《にしがわ》にある百々橋《どどばし》を渡《わた》って急《きゅう》な石段《いしだん》を総見寺《そうけんじ》まで登《のぼ》らなければならなかった。待《ま》ち過《す》ぎた群衆《ぐんしゅう》は橋《はし》を渡《わた》るやいなや我先《われさき》と駆《か》け出《だ》して石段《いしだん》に突入《とつにゅう》した。先行者《せんこうしゃ》が後方《こうほう》から追《お》いかけてきた者《もの》たちに蹴倒《けたお》された。倒《たお》れた者《もの》たちの悲鳴《ひめい》でも次々《つぎつぎ》と押《お》しかける参詣者《さんけいしゃ》たちを止《と》める力《ちから》はなかった。また側道《そくどう》の石垣《いしがき》が人《ひと》の重《おも》さに耐《た》えかねて崩《くず》れ落《お》ちた。一緒《いっしょ》に転《ころ》げ落《お》ちた群衆《ぐんしゅう》の多《おお》くは落石《らくせき》で潰《つぶ》されて死者《ししゃ》まで出《で》る騒《さわ》ぎになっていた。ようやく本堂《ほんどう》に辿《たど》り着《つ》いた参詣者《さんけいしゃ》は賽銭箱《さいせんばこ》に次々《つぎつぎ》と百文《ひゃくもん》を投《な》げ入《い》れた。皆《みな》、本堂《ほんどう》の中《なか》に信長自身《のぶながじしん》を模《も》して造《つく》られた人物像《じんぶつぞう》が安置《あんち》されているとは知《し》らずに御《ご》利益《りやく》があると信《しん》じていた。

総見寺《そうけんじ》の喧騒《けんそう》をよそに織田家一門《おだけいちもん》の年賀《ねんが》の挨拶《あいさつ》が天守前《てんしゅまえ》の白洲《しらす》で厳粛《げんしゅく》に始《はじ》まった。最前《さいぜん》列《れつ》の中央《ちゅうおう》に織田信忠《おだのぶただ》をはじめとする織田家《おだけ》の一門衆《いちもんしゅう》が並《なら》び、その左右《さゆう》に大名《だいみょう》たちが控《ひか》えた。待《ま》つ場所《ばしょ》は到着順《とうちゃくじゅん》ということで光秀《みつひで》は最前列《さいぜんれつ》で松井《まつい》と共《とも》に上様《うえさま》の出《で》を待《ま》った。周《まわ》りの織《お》田一党《だいっとう》の顔《かお》を見《み》ている内《うち》に見慣《みな》れない一人《ひとり》の若武者《わかむしゃ》の顔《かお》に出会《であ》った。面立《おもだ》ちは娘婿《じょせい》の織田《おだ》信澄《のぶずみ》によく似《に》ていた。確《たし》か前年《ぜんねん》の暮《くれ》に甲斐《かい》の武田家《たけだけ》から戻《もど》った信長公《のぶながこう》の五男《ごなん》の勝長《かつなが》と思《おも》われた。じつに二十年《にじゅうねん》ぶりの帰郷《ききょう》だった。現頭領《げんとうりょう》の武田勝頼《たけだかつより》が勝長《かつなが》を返《かえ》した理由《りゆう》は近々《ちかぢか》武田《たけだ》家《け》の存亡《そんぼう》をかけて織田家《おだけ》と戦《たた》かう意志《いし》をしめしたからに違《ちが》いなかった。光秀《みつひで》は今春《こんしゅん》にも武田攻《たけだぜ》めがあると感《かん》じた。

主《おも》だった武将《ぶしょう》の中《なか》では柴田勝家《しばたかついえ》と羽柴秀吉《はしばひでよし》が領国《りょうごく》の経営《けいえい》で忙《いそが》しいらしく顔《かお》が見《み》えなかった。左側後方《ひだりがわこうほう》には安土《あづち》の町衆《まちしゅう》に混《ま》じって堺《さかい》の商人《しょうにん》の顔《かお》も見《み》えた。津田宗及《つだそうぎゅう》と目《め》が合《あ》って笑《え》顔《がお》で挨拶《あいさつ》を返《かえ》すと、隣《となり》に同《おな》じ年頃《としごろ》の厳《きび》しい顔《かお》つきをした大柄《おおがら》な町人《ちょうにん》が立《た》っていた。初対面《しょたいめん》であったがいま茶道《ちゃどう》の新《あたら》しい作法《さほう》を考《かんが》えて京都《きょうと》で有名《ゆうめい》になっている千宗易《せんのそうえき》らしかった。上様《うえさま》が評判《ひょうばん》を聞《き》いて年賀《ねんが》の茶会《ちゃかい》に呼《よ》んだようだ。

最後《さいご》に天守《てんしゅ》の高床《たかどこ》の玄関口《げんかんぐち》に上様《うえさま》が京染《きょうぞ》めの金色《こんじき》の小袖《こそで》を着《き》て現《あら》われた。肩衣《かたぎぬ》には黒地《くろぢ》に金刺繍《きんししゅう》の桐《きり》の紋《もん》が染《そ》められている。高《たか》い透《す》き通《とお》る声《こえ》で新年《しんねん》の賀詞《がし》を述《の》べた。

「本年《ほんねん》こそ天下《てんか》の諸侯《しょこう》に織田家《おだけ》の勢威《せいい》を見《み》せつけ天下統一《てんかとういつ》を果《は》たす。それぞれ精励奉公《せいれいほうこう》すれば切《き》り取《と》り御免《ごめん》を許《ゆる》すなり」

簡単《かんたん》な祝辞《しゅくじ》の後《あと》、上様《うえさま》はまるで仏像《ぶつぞう》の如《ごと》く突《つ》っ立《た》ったまま動《うご》かなくなった。

「皆々様《みなみなさま》の年賀《ねんが》の挨拶《あいさつ》は御幸《みゆき》の間《ま》でお受《う》けなされる。その前《まえ》に上様《うえさま》の御前《ごぜん》に百文《ひゃくもん》の銭《ぜに》を寄《き》進《しん》してから御行《おゆ》きくだされ」

小姓《こしょう》の乱丸《らんまる》が大声《おおごえ》で伝《つた》えた。そこで白洲《しらす》に集《あつ》まっていた年賀者《ねんがしゃ》たちは信長公《のぶながこう》の足元《あしもと》に持《じ》参《さん》した百文《ひゃくもん》の銭《ぜに》を置《お》く奇妙《きみょう》な行事《ぎょうじ》が始《はじ》まった。それは上様《うえさま》を生《い》き神《がみ》として拝《おが》み奉《たてまつ》る行事《ぎょうじ》のように光秀《みつひで》には思《おも》えた。

織田家一族《おだけいちぞく》の年賀《ねんが》が終《お》わってから松井《まつい》と光秀《みつひで》が最初《さいしょ》に御幸《みゆき》の間《ま》に通《とお》された。話《はなし》に聞《き》いた通《とお》り全室《ぜんしつ》が金色《こんじき》の部屋《へや》であった。周囲《しゅうい》の金箔《きんぱく》の壁《かべ》に絵《え》が描《か》かれ、天井《てんじょう》は格天井《ごうてんじょう》でやはり金箔《きんぱく》が貼《は》られていた。驚《おどろ》くことに障子《しょうじ》の骨《ほね》、腰板《こしいた》にも金《きん》の延《の》べ板《いた》が貼《は》られてあった。金具《かなぐ》もすべて金《きん》の彫金《ちょうきんぼ》彫りで敷《し》かれた桃色《ももいろ》の毛氈《もうせん》と奇妙《きみょう》な対比《たいひ》を見《み》せていた。正面《しょうめん》の入口《いりぐち》から二間奥《ふたまおく》に一段高《いちだんたか》くなった御座《ござ》があり、その雁木棚《がんぎだな》もすべて金色《こんじき》に光《ひか》っている。御簾《みす》は巻《ま》かれており御座《ござ》の中央《ちゅうおう》に置《お》かれたポルトガル製《せい》の椅子《いす》には上様《うえさま》が悠然《ゆうぜん》と座《ざ》していた。

二人《ふたり》が同時《どうじ》に賀詞《がし》を述《の》べると、

「光秀《みつひで》、長宗我部元親《ちょうそかべもとちか》に伝《つた》えよ。本年《ほんねん》より阿波《あわ》と讃岐《さぬき》の仕置《しお》きは三好康長《みよしやすなが》に任《まか》せる。したがって元親《もとちか》には土佐《とさ》と伊予《いよ》を任《まか》せると伝《つた》えよ」

光秀《みつひで》は平伏《ひれふ》しながら我《わ》が耳《みみ》を疑《うたが》った。

「有閑《ゆうかん》、賀詞《がし》の後《あと》で千宗易《せんのそうえき》とやらの作法《さほう》を見《み》たい。用意《ようい》させておけ」

四国《しこく》の新《あたら》しい差配《さはい》に同意《どうい》できなかったが年始《ねんし》の客《きゃく》が待《ま》っている時《とき》に長居《ながい》はできなかっ

た。光秀《みつひで》は黙《だま》ったまま退出《たいしゅつ》した。利三《としみつ》に四国《しこく》の話《はなし》をしなければならないことを考《かんが》えると気《き》が重《おも》くなった。

「惟任殿《これとうどの》、御顔色《おかおいろ》が悪《わる》いようだが、何《なに》かお加減《かげん》でも」

光秀《みつひで》は首《くび》を振《ふ》ってとぼけた。松井《まつい》はそのままあたふたと茶会《ちゃかい》の準備《じゅんび》に本丸《ほんまる》に通《つう》じる廊下《ろうか》を駆《か》けだして行《い》った。その後姿《うしろすがた》を追《お》いながら悄然《しょうぜん》と一人思《ひとりおも》いに耽《ふけ》った。

伊予《いよ》と土佐《とさ》を元親《もとちか》に任《まか》せると言《い》っても伊予国《いよのくに》はまだ河野氏《こうのし》などの豪族《ごうぞく》が敵対《てきたい》している状況《じょうきょう》なので、上様《うえさま》の言葉《ことば》はもとの土佐《とさ》だけを治《おさ》めよというのに等《ひと》しかった。到底《とうてい》血《ち》の気《け》の強《つよ》い元親《もとちか》が納得《なっとく》するはずがない。

その日《ひ》は上様《うえさま》の言動《げんどう》のすべてが気《き》になり不愉快《ふゆかい》であった。このような孤独《こどく》な気持《きもち》になったのは仕官《しかん》してから初《はじ》めてで急《きゅう》に死《し》んだ煕子《ひろこ》に無性《むしょう》に会《あ》いたいと思《おも》った。それに妹《いもうと》のきよしが既《すで》に他界《たかい》していたこともあり輪《わ》をかけて光秀《みつひで》の侘《わび》しさを募《つの》らせた。誰《だれ》にも悩《なや》みを吐露《とろ》できないことがこれほど辛《つら》いとは思《おも》いもよらなかった。

同《おな》じ頃《ころ》、京都《きょうと》の正月《しょうがつ》は静《しず》かに始《はじ》まっていた。年《ねん》に一度《いちど》くらい戦乱《せんらん》を忘《わす》れてのんびりと過《す》ごしたいと思《おも》うのは武士《ぶし》だけでなく庶民《しょみん》も同《おな》じであった。京都《きょうと》の住民《じゅうみん》にとって有難《ありがた》いことは最近戦《さいきんいくさ》の匂《にお》いがあまり感《かん》じられなくなったことだった。

近衛前久《このえさきひさ》の自宅《じたく》に大納言《だいなごん》の勧修寺晴豊《かじゅうじはるとよ》と吉田兼見《よしだかねみ》が集《つど》っていた。座敷《ざしき》に正月《しょうがつ》の和《なご》んだ雰囲気《ふんいき》はなく何《なに》やら真剣《しんけん》な討議《とうぎ》がなされていた。

「御上《おかみ》はもう堪忍《かんにん》ならぬと仰《おお》せである。このままでは朝廷《ちょうてい》の存亡《そんぼう》に関《かか》わるとも申《もう》している」

前久《さきひさ》は御上《おかみ》の信任《しんにん》がいまだに厚《あつ》く御心《みこころ》を普段《ふだん》より承《うけたまわ》る機会《きかい》が多《おお》かった。

「されど今《いま》の信長《のぶなが》に対抗《たいこう》できる者《もの》と言《い》っても、毛利《もうり》か上杉《うえすぎ》、あるいは北条《ほうじょう》か」

晴豊《はるとよ》が力《ちから》なく腕《うで》を組《く》んだまま発言《はつげん》した。

「信長《のぶなが》はこの春《はる》の武田攻《たけだぜ》めの準備《じゅんび》を織田全軍《おだぜんぐん》に命《めい》じておると光秀《みつひで》から聞《き》いております。多《た》分《ぶん》、武田《たけだ》も今度《こんど》ばかりは勝《か》ち目《め》はありますまい。すでに武田攻《たけだぜ》めの総大将《そうだいしょう》は織田中将信忠《おだちゅうじょうのぶただ》に決《き》まったとか」

兼見《かねみ》の発言《はつげん》は光秀《みつひで》から直接聞《ちょくせつき》いているだけに正確《せいかく》であった。

「さすれば、頼《たよ》るはまた毛利《もうり》かの。他《ほか》に手立《てだ》てはないかのう」

前久得意《さきひさとくい》の口説《くど》き文句《もんく》が出《で》ていた。

「奇手《きしゅ》かもしれませぬが、荒木《あらき》の残党《ざんとう》なり伊賀《いが》の鉄砲撃《てっぽうう》ちを使《つか》って闇討《やみう》ちにするのはいかがかな」

晴豊《はるとよ》が公家《くげ》らしからぬ案《あん》を披露《ひろう》すると、

「なるほど、以前《いぜん》に伊賀者《いがもの》が鉄砲《てっぽう》で信長《のぶなが》に大傷《おおきず》を負《お》わせたことがあったな。して荒木《あらき》の残《ざん》党《とう》にはまだ信長《のぶなが》を討《う》つほどの力《ちから》が残《のこ》っているのか」

前久《さきひさ》の質問《しつもん》に、

「昨年《さくねん》の暮《くれ》に堺《さかい》の町奉行《まちぶぎょう》の役人《やくにん》たちが荒木家《あらきけ》の残党《ざんとう》を高野山《こうやさん》が匿《かくま》った科《とが》で探索《たんさく》に行《い》ったところ、逆《ぎゃく》に三十人以上《さんじゅうにんいじょう》が残党《ざんとう》の一味《いちみ》によって惨殺《ざんさつ》されたのでござる。信長《のぶなが》は激怒《げきど》して無実《むじつ》の高野聖千三百人《こうやひじりせんさんびゃくにん》をも見《み》せしめに斬《き》り殺《ころ》してしまいました。そこで御上《おかみ》は驚《おどろ》かれて勅使《ちょくし》を下向《げこう》され高野山《こうやさん》への宥免《ゆうめん》を信長《のぶなが》に願《ねが》いでたにも拘《かか》わらず、宿坊《しゅくぼう》までも焼《や》き払《はら》わせたのであります」

晴豊《はるとよ》が思《おも》い出《だ》したくもないように内裏《だいり》の内情《ないじょう》を打《う》ち明《あ》けた。

「しかし今《いま》の信長《のぶなが》に闇討《やみう》ちは難《むずか》しかろう」

兼見《かねみ》のもっともな発言《はつげん》にしばらく思案《しあん》していた晴豊《はるとよ》が、

「左様《さよう》ならば織田家《おだけ》の重役《じゅうやく》の一人《ひとり》を寝返《ねがえ》らせて毛利《もうり》と組《く》ませる手《て》は如何《いかが》でしょう」

「面白《おもしろ》し。さりとて、そのような者《もの》はおるか」

前久《さきひさ》は膝《ひざ》を晴豊《はるとよ》ににじり寄《よ》せてきた。勧修寺家《かじゅうじけ》は代々毛利家《だいだいもうりけ》とは特別《とくべつ》に懇意《こんい》な関係《かんけい》でもあった。

「思《おも》いつくはただ一人《ひとり》」

「うむ、麿《まろ》にも相分《あいわ》かった」

前久《さきひさ》は手《て》で膝上《ひざうえ》を打《う》った。兼見《かねみ》もその人物《じんぶつ》は推測《すいそく》できた。たしかに奇抜《きばつ》ではあったが名《めい》案《あん》だった。三人《さんにん》はその者《もの》の名《な》を出《だ》さずに謀議《ぼうぎ》を続《つづ》けた。それから高《たか》らかに酒《さけ》を飲《の》みかわしながら正月《しょうがつ》を夜遅《よるおそ》くまで祝《いわ》うのであった。


朝霧《あさぎり》が静《しず》かに名張《なばり》の里《さと》に広《ひろ》がっている。その白《しろ》い霧《きり》の中《なか》に黒《くろ》い合掌造《がっしょうづく》りの大屋根《おおやね》だけが見《み》えていた。その屋敷《やしき》は伊賀惣国《いがそうこく》を治《おさ》める上忍《じょうにん》の服部本家《はっとりほんけ》の屋敷《やしき》であった。時代《じだい》を経《へ》た床板《とこいた》の大広間《おおひろま》に国中《くにじゅう》の豪族《ごうぞく》たちが集《あつ》まっていた。上座《かみざ》に座《すわ》っていた頭領《とうりょう》の服部半蔵《はっとりはんぞう》が口《くち》を開《ひら》いた。座《ざ》に列《れっ》している人間《にんげん》はすべて黒色《くろいろ》の着物《きもの》を全身《ぜんしん》に纏《まと》っており年恰好《としかっこう》の分別《ふんべつ》はつかない。

「織田信雄《おだのぶかつ》をはじめとする四万《よんまん》の軍勢《ぐんぜい》が我《わ》が伊賀国《いがのくに》を蹂躙《じゅうりん》し民《たみ》を殺戮《さつりく》しておる。一刻《いっこく》の猶予《ゆうよ》もならん。各々方《おのおのがた》、いかがしたらよいか」

落《お》ち着《つ》いた服部《はっとり》の声《こえ》が低《ひく》く室内《しつない》に響《ひび》いた。その時太《ときふと》い声《こえ》が聞《き》こえた。上忍《じょうにん》の一人《ひとり》である百地丹波《ももちたんば》であった。

「織田《おだ》の軍勢《ぐんぜい》がいかに多《おお》いとはいえ伊賀《いが》の山中《さんちゅう》では動《うご》きのとれぬ案山子《かかし》だて。地形《ちけい》を利用《りよう》して敵《てき》の薄《うす》い所《ところ》を突《つ》けば負《ま》けはせぬ」

丹波《たんば》は二年前《にねんまえ》に織田家《おだけ》の大将《たいしょう》である柘植三郎左衛門《つげさぶろうざえもん》を自《みずか》ら討《う》ち取《と》った勇将《ゆうしょう》であった。しかし最長老《さいちょうろう》である白髪頭《しらがあたま》の城戸弥左衛門《きどやざえもん》が反対《はんたい》した。

「丹波《たんば》、今回《こんかい》はちと違《ちが》うような気《き》がする。四万《よんまん》を超《こ》す軍勢《ぐんぜい》とはこの伊賀《いが》の国人《くにびと》よりも多《おお》いのだぞ。そう簡単《かんたん》に倒《たお》せるとは思《おも》えん」

「城戸《きど》の爺《じい》にわしも賛成《さんせい》じゃ。無理《むり》に戦《たたか》って命《いのち》をあたら無駄《むだ》にすれば伊賀者《いがもの》がいなくなることになる。我《われ》らは長年天子《ながねんてんし》さまに陰《かげ》ながら御仕《おつか》え申《もう》しているのに、それでは不忠《ふちゅう》というもんだ」

服部《はっとり》が全員《ぜんいん》を説《と》き伏《ふ》せるようにゆっくりと話《はなし》をまとめた。伊賀者《いがもの》は確《たし》かに金《かね》で動《うご》く集団《しゅうだん》ではあったが昔《むかし》より朝廷《ちょうてい》を陰《かげ》ながら護持《ごじ》することが真《しん》の使命《しめい》でもあった。評定《ひょうじょう》の結論《けつろん》はひとまず他国《たこく》に逃《に》げることであった。誰《だれ》もそれ以上話《いじょうはなし》を続《つづ》ける者《もの》はいなかった。服部《はっとり》は去《さ》れと全員《ぜんいん》に命《めい》じた。黒《くろ》い集団《しゅうだん》が音《おと》もなく風《かぜ》のようにその場《ば》から消《き》え去《さ》った。

織田信雄《おだのぶかつ》を大将《たいしょう》とする四万《よんまん》の大軍《たいぐん》は伊賀国《いがのくに》に侵入《しんにゅう》するや、あらゆる民家《みんか》や田畑《たはた》を焼《や》き払《はら》い老若男女《ろうにゃくなんにょ》を問《と》わずに惨殺《ざんさつ》した。信長《のぶなが》の目的《もくてき》は伊賀国《いがのくに》の征伐《せいばつ》というより住民《じゅうみん》の皆殺《みなごろ》しであった。一方《いっぽう》で抵抗《ていこう》する伊賀《いが》の地侍《ぢざむらい》は少《すく》なく参戦《さんせん》した織田軍《おだぐん》は奇妙《きみょう》に思《おも》いながらもそれほど気《き》にかけなかった。伊賀国《いがのくに》は山奥《やまおく》の辺境《へんきょう》の地《ち》であり、どの織田家《おだけ》の武将《ぶしょう》にとっても命《いのち》を賭《か》けてまで欲《ほ》しい領土《りょうど》ではなかったのである。

武田攻《たけだぜ》め

一月《いちがつ》の二十日《はつか》になって吉田兼見《よしだかねみ》は勇躍坂本城《ゆうやくさかもとじょう》に明智光秀《あけちみつひで》を訪《たず》ねた。それまで落《お》ち込《こ》んだ気持《きもち》を茶事《ちゃじ》で紛《まぎら》わしていただけに気《き》を許《ゆる》せる友人《ゆうじん》の訪問《ほうもん》を心《こころ》から喜《よろこ》んだ。二人《ふたり》は膳《ぜん》を囲《かこ》んで親《した》しく夜《よ》が更《ふ》けるまで歓談《かんだん》を続《つづ》けた。

「光秀《みつひで》、一《ひと》つ願《ねが》いごとがある。これから話《はな》すことは必《かなら》ず内聞《ないぶん》にしてくれぬか」

寝《ね》る頃《ころ》になってから冷《ひ》えた酒《さけ》を一気《いっき》に飲《の》み干《ほ》すと真顔《まがお》になった兼見《かねみ》が言《い》った。

「あらたまって何事《なにごと》だ。わしが信《しん》じられぬか、兼見《かねみ》」

「滅相《めっそう》もないが実《じつ》はこの元旦《がんたん》に近衛前久《このえさきひさ》さまに呼《よ》ばれての。朝廷《ちょうてい》は信長《のぶなが》さまの御上《おかみ》に対《たい》する傍若無人《ぼうじゃくぶじん》の振舞《ふるまい》に頭《あたま》を痛《いた》めておられる。ついては何《なに》か良《よ》い知恵《ちえ》をそなたに聞《き》いてまいれと言《い》われてな」

兼見《かねみ》の話《はなし》を聞《き》きながら光秀《みつひで》も不満《ふまん》をおぼえていることには同感《どうかん》だった。光秀《みつひで》はしばらく思慮《しりょ》していたが、

「兼見《かねみ》、わしは上様《うえさま》の家臣《かしん》だ。殿《との》の不忠《ふちゅう》になることはできぬ。しかし、このままでは内裏《だいり》

も困《こま》りだろう」

「いかにも」

「そこで、これは考《かんが》えられぬか。御上《おかみ》と上様《うえさま》はどうも相性《あいしょう》が悪《わる》いようだ。そこで上様《うえさま》を征夷大将軍《せいいたいしょうぐん》に任《にん》じていただいて、御上《おかみ》は誠仁親王《さねひとしんのう》に譲位《じょうい》される」

「どういう意味《いみ》だ」

「上様《うえさま》は誠仁親王《さねひとしんのう》を好《す》いておられるので、親王《しんのう》が天皇《てんのう》になられれば征夷大将軍《せいいたいしょうぐん》として守護《しゅご》なされるに違《ちが》いない」

「なるほど、さすれば両者《りょうしゃ》の面目《めんぼく》が立《た》つという訳《わけ》か。さすが光秀《みつひで》は考《かんが》えることが違《ちが》う」

光秀《みつひで》は兼見《かねみ》の誉言葉《ほめことば》に悪《わる》い気分《きぶん》ではなかった。自分《じぶん》なりにいい思案《しあん》だと思《おも》えた。

「ところで博多《はかた》の商人《しょうにん》の島井宗室《しまいそうしつ》を御存《ごぞん》じか」

「名前《なまえ》は聞《き》いたことがあるが、まだ面識《めんしき》はない」

「この春《はる》にはまた秀吉《ひでよし》の中国攻《ちゅうごくぜ》めがあると聞《き》いている。毛利方《もうりがた》の兵糧《ひょうろう》、武具一切《ぶぐいっさい》はその島《しま》井宗室《いそうしつ》が仕切《しき》っておる。そなたが宗室《そうしつ》と知《し》り合《あ》えば何《なに》かと役《やく》に立《た》つのではないかと思《おも》おてな」

兼見《かねみ》が何気《なにげ》なく持《も》ち出《だ》した話《はなし》は光秀《みつひで》にとっては意外《いがい》であったが意味《いみ》の深《ふか》い話《はなし》であった。

もし宗室《そうしつ》と通《つう》じることができれば毛利方《もうりがた》の情勢《じょうせい》がわかることになり秀吉《ひでよし》に先《さき》んずることができるかもしれない。また長宗我部親《ちょうそかべちか》にも四国《しこく》切《き》り取《と》りの不義理《ふぎり》を返《かえ》すこともできるのではないかと先《さき》を読《よ》んだ。兼見《かねみ》は光秀《みつひで》のまんざらでもない顔《かお》を見《み》ると、したり顔《がお》で勝手《かって》にうなずいた。

その五日後《いつかご》に早《はや》くも兼見《かねみ》は島井宗室《しまいそうしつ》を連《つ》れて坂本城《さかもとじょう》にまた顔《かお》を出《だ》した。宗室《そうしつ》は婆娑羅《ばさら》な羽織《はおり》が肉付《にくづ》きのよい身体《からだ》に似合《にあ》う貫禄《かんろく》のある商人《しょうにん》であった。宗室《そうしつ》はそつなく殊更《ことさら》に頭《あたま》を低《ひく》くして光秀《みつひで》に挨拶《あいさつ》をした。光秀《みつひで》は斎藤利三《さいとうとしみつ》をその場《ば》に同席《どうせき》させていた。

「手前《てまえ》は毛利家《もうりけ》の御用商人《ごようしょうにん》で島井宗室《しまいそうしつ》と申《もう》します。よろしくお見知《みし》りおきくださいませ」

「うむ、惟任日向守光秀《これとうひゅうがのかみみつひで》だ。宗室《そうしつ》、そなたは毛利家《もうりけ》の商人《しょうにん》ゆえに内情《ないじょう》に詳《くわ》しいと聞《き》く。使僧《しそう》の安国寺恵瓊《あんこくじえけい》は知《し》っておろう。しばらく会《あ》っていないが息災《そくさい》か」

「恵瓊《えけい》さまはいま郡山城《こおりやまじょう》におられると思《おも》います。秀吉《ひでよし》さまの備中《びっちゅう》攻《ぜ》めに備《そな》えて御三家《ごさんけ》との打合《うちあ》わせに御忙《おいそが》しいとか」

宗室《そうしつ》は平然《へいぜん》として毛利家《もうりけ》の実情《じつじょう》を吐露《とろ》した。

「聞《き》きにくいことだが、毛利家《もうりけ》は秀吉《ひでよし》と戦《たたか》う所存《しょぞん》か」

光秀《みつひで》は秀吉《ひでよし》が一月二十一日《いちがつにじゅういちにち》、織田方《おだがた》への調略《ちょうりゃく》に成功《せいこう》した宇喜多家《うきたけ》の嫡男《ちゃくなん》と重臣《じゅうしん》を引《ひ》き連《つ》れて安土城《あづちじょう》を訪問《ほうもん》したことを知《し》っていた。宇喜多家《うきたけ》の宗主《そうしゅ》の直家《なおいえ》が前年《ぜんねん》亡《な》くなり、その息子《むすこ》の八郎《はちろう》を後継者《こうけいしゃ》にするために上様《うえさま》の許《ゆる》しを得《え》に来《き》たのであった。そのため重臣《じゅうしん》たちは黄金百枚《おうごんひゃくまい》を持参《じさん》した。上様《うえさま》は宇喜多家中《うきたかちゅう》の願《ねが》いを入《い》れて八郎《はちろう》の相続《そうぞく》と秀家《ひでいえ》を名乗《なの》ることを許《ゆる》した。

しかし事前《じぜん》に秀吉《ひでよし》は宇喜多家《うきたけ》四十万石《よんじゅうまんごく》を己《おの》が手中《しゅちゅう》に収《おさ》めるために八郎《はちろう》を自分《じぶん》の養子《ようし》としていた。それ故《ゆえ》に秀吉《ひでよし》の抜《ぬ》け目《め》のない最近《さいきん》の活躍《かつやく》にまた焦《あせ》りと嫉妬《しっと》を感《かん》じていたところであった。

「宗主毛利輝元《そうしゅもうりてるもと》さまは本来戦《ほんらいいくさ》が嫌《きら》いなお方《かた》でござります。しかし御子様《おこさま》の吉川元春《きっかわもとはる》さまと小早川隆景《こばやかわたかかげ》さまは戦上手《いくさじょうず》なお方《かた》ゆえ、今度《こんど》ばかりは秀吉《ひでよし》さまも鳥取攻《とっとりぜ》めと同《おな》じわけにはいきませんかも」

「さようか、そなたは商人《しょうにん》ゆえ敵味方《てきみかた》の分別《ふんべつ》は商売次第《しょうばいしだい》と思《おも》われる。従《したが》って此処《ここ》にいる斎藤利三《さいとうとしみつ》の身内《みうち》である長宗我部家《ちょうそかべけ》に少《すこ》し肩入《かたい》れしてくれぬか」

博多《はかた》の商人《しょうにん》も商売《しょうばい》になれば敵味方《てきみかた》を問《と》わず鉄砲《てっぽう》でも米《こめ》でも売《う》る時世《じせい》であった。

「お易《やす》い御用《ごよう》で、何《なに》を御求《おもと》めで」

利三《としみつ》が厳《きび》しい声《こえ》でそれに答《こた》えた。

「新式《しんしき》の鉄砲《てっぽう》を百挺《ひゃくちょう》ほど長宗我部家《ちょうそかべけ》に売《う》って欲《ほ》しい」

「百挺《ひゃくちょう》でよろしいのか。千挺《せんちょう》でもようがす」

宗室《そうしつ》は煙草《たばこ》で汚《よご》れた黄色《きいろ》い歯《は》を見《み》せて卑猥《ひわい》な笑《え》みを浮《う》かべた。光秀《みつひで》は毛利《もうり》の敵《てき》である長宗我部《ちょうそかべ》とも平然《へいぜん》と商売《しょうばい》ができる性根《しょうこん》をつくづく卑《いや》しいと思《おも》ったが、お互《たが》いの腹《はら》の内《うち》は見《み》せずに明智家《あけちけ》と商人島井《あきんどしまい》との取引《とりひき》は成立《せいりつ》した。光秀《みつひで》は上様《うえさま》の約束違反《やくそくいはん》の詫《わび》として鉄砲《てっぽう》百挺《ひゃくちょう》を長宗我部家《ちょうそかべけ》に贈《おく》ったものの、元親《もとちか》は光秀《みつひで》の好意《こうい》を多《た》としたが切《き》り取《と》った阿波国《あわのくに》を信長《のぶなが》には返《かえ》さなかった。結果《けっか》として光秀《みつひで》の行為《こうい》は織田《おだ》と長宗我部《ちょうそかべ》の対立《たいりつ》をよけい深《ふか》めた羽《は》目《め》になった。


数日後《すうじつご》、光秀《みつひで》は兼見《かねみ》の提言《ていげん》にしたがって思《おも》い切《き》って上様《うえさま》に拝謁《はいえつ》を申《もう》し入《い》れた。風《かぜ》が強《つよ》く時折小雪《ときおりこゆき》がちらつく寒《さむ》い朝《あさ》であった。上様《うえさま》は安土城内《あづちじょうない》の馬場《ばば》で奥州《おうしゅう》から贈《おく》られた数頭《すうとう》の二《に》歳馬《さいば》の調教《ちょうきょう》に余念《よねん》がなかった。寒《さむ》さを堪《こら》えながら鹿毛《かげ》の新馬《しんば》攻《ぜ》めが一段落《いちだんらく》するまで厩《うまや》のそばで待《ま》っていた。馬《うま》が白《しろ》い息《いき》を吹《ふ》きながら中間《ちゅうげん》に連《つ》れられて帰《かえ》ってくると、白熊《しろくま》の腰蓑《こしみの》を付《つ》けた上様《うえさま》が近寄《ちかよ》ってきた。

「何用《なによう》か」

光秀《みつひで》は立《た》て膝《ひざ》のままかしこまると、

「内々《ないない》、大納言晴豊《だいなごんはるとよ》さまよりお話《はなし》がありました。御上《おかみ》が誠仁親王《さねひとしんのう》に譲位《じょうい》なされた折《おり》には、上様《うえさま》は征夷大将軍《せいいたいしょうぐん》の官位《かんい》をお受《う》けに成《な》るかとお伺《うかが》いがございました」

沈黙《ちんもく》したままであった。しばらくしてから、

「居間《いま》に参《まい》れ」

上様《うえさま》はそのまますたすたと歩《ある》き去《さ》った。

呼《よ》ばれた光秀《みつひで》が居間《いま》に入《はい》ると上様《うえさま》はまだ着替《きか》えずに立《た》ったまま考《かんが》えていた。

「光秀《みつひで》、武田攻《たけだぜ》めの後《あと》で御所《ごしょ》に参《まい》ると大納言《だいなごん》に申《もう》せ」

「ははー」

光秀《みつひで》は平伏《へいふく》しながら嬉《うれ》しかった。自分《じぶん》の思《おも》いついた策略《さくりゃく》が朝廷《ちょうてい》と上様《うえさま》にも受《う》け入《い》れられた。間違《まちが》いなく御上《おかみ》が譲位《じょうい》されることは意味《いみ》があるのだ。兼見《かねみ》にすぐ連絡《れんらく》しようと思《おも》った。

京《きょう》の都《みやこ》に桜《さくら》の花《はな》が咲《さ》き始《はじ》める季節《きせつ》になった。兼見《かねみ》は御所近《ごしょちか》くのしだれ桜《ざくら》の下《した》を通《とお》りながらも浮《う》かぬ顔《かお》をしていた。光秀《みつひで》が献策《けんさく》した御上《おかみ》の譲位《じょうい》との引換《ひきかえ》に信長《のぶなが》に官位《かんい》を与《あた》え臣下《しんか》に

させるという案《あん》は名案《めいあん》だった。しかし肝心《かんじん》の御上《おかみ》に誰《だれ》がその話《はなし》をするかを迂闊《うかつ》にも忘《わす》れていた。前久《さきひさ》も晴豊《はるとよ》も御上《おかみ》に譲位《じょうい》の話《はなし》をすることは嫌《いや》がるに違《ちが》いなかった。それに御上《おかみ》や親《しん》王《のう》を素直《すなお》に納得《なっとく》させるにはより具体的《ぐたいてき》な仕掛《しかけ》が必要《ひつよう》だと思《おも》えた。桜《さくら》の花《はな》びらが柔《やわ》らかく頬《ほお》を撫《な》でながら路上《ろじょう》に落《お》ちた。兼見《かねみ》は征夷大将軍任官《せいいたいしょうぐんにんかん》のことよりも散《ち》る花《はな》びらを眺《なが》めながら内心信長《ないしんのぶなが》に黒《くろ》い敵意《てきい》を抱《いだ》いている自分《じぶん》を見出《みいだ》していた。

最近《さいきん》の信長《のぶなが》の言動《げんどう》は御上《おかみ》を蔑《ないがし》ろにするだけでなく自身《じしん》が神《かみ》としてこの日本《にほん》を統治《とうち》するようにも思《おも》えた。信長《のぶなが》が神《かみ》になったらこの吉田神道《よしだしんとう》はどうなるのだ。祖先吉田兼倶《そせんよしだかねとも》以来《いらい》の百《ひゃく》年《ねん》にわたる日本神道《にほんしんとう》の大本《おおもと》としての神祇伯《じんぎはく》の地位《ちい》が水泡《すいほう》に帰《き》してしまう。何《なに》よりも吉田《よしだ》家《け》の財源《ざいげん》である全国神社《ぜんこくじんじゃ》への神位《しんい》と神号《しんごう》の授与《じゅよ》の権利《けんり》がなくなることが恐怖《きょうふ》であった。また仏教界《ぶっきょうかい》においても信長《のぶなが》は法華宗《ほっけしゅう》と浄土宗《じょうどしゅう》の宗論争《しゅうろんあらそい》において、負《ま》けた法華宗《ほっけしゅう》の僧《そう》たちを斬首《ざんしゅ》したばかりか、不満《ふまん》を持《も》った法華僧《ほっけそう》や信者千人《しんじゃせんにん》を京都《きょうと》から追放《ついほう》していた。現世利益《げんぜりやく》を求《もと》める法華宗徒《ほっけしゅうと》を反対勢力《はんたいせいりょく》とみなして意図的《いとてき》に弾圧《だんあつ》したに違《ちが》いない。

深夜近《しんやちか》く兼見《かねみ》は内裏《だいり》と誠仁親王《さねひとしんのう》がおられる二条御所《にじょうごしょ》との中間《ちゅうかん》にある近衛前久《このえさきひさ》の屋敷《やしき》の門《もん》を叩《たた》いた。辺《あた》りに誰《だれ》もいないことを見越《みこ》して素早《すばや》く小柄《こがら》な身《み》を邸内《ていない》に隠《かく》した。前久《さきひさ》はまだ寝《ね》ないで兼見《かねみ》を待《ま》っていたが、そこには意外《いがい》な若《わか》い人物《じんぶつ》が一人《ひとり》控《ひか》えていた。公家山科言継《くげやましなときつぐ》の息子《むすこ》の言経《ときつね》であった。言継《ときつぐ》は十年以上《じゅうねんいじょう》にわたって信長《のぶなが》と内裏《だいり》の伝奏役《でんそうやく》を務《つと》めていたが病《びょう》気療養中《きりょうようちゅう》のために代理《だいり》として言経《ときつね》が呼《よ》ばれたようであった。

「山科言継《やましなときつぐ》にも話《はなし》を聞《き》いてもらおうと思《おも》って代《か》わりに言経《ときつね》を呼《よ》んでおいた。兼見《かねみ》、何《なに》かうまい考《かんが》えを思《おも》いついたのか」

深夜《しんや》にもかかわらず前久《さきひさ》の声《こえ》は相変《あいか》わらず甘《あま》たるく高《たか》かった。

「これまでの信長《のぶなが》の振舞《ふるまい》からみましても、御上《おかみ》は信長《のぶなが》をこれからも信任《しんにん》されることはないものと考《かんが》えます」

「あい、そうや」

「そこで一計《いっけい》を案《あん》じました。御上《おかみ》に背《そむ》いたので勅命《ちょくめい》を以《も》って信長《のぶなが》を誅《ちゅう》する案《あん》は如何《いかが》かと、つまり忠臣《ちゅうしん》である明智光秀《あけちみつひで》に信長《のぶなが》を討《う》てと申《もう》せばどうでしょう」

兼見《かねみ》の腹《はら》を割《わ》った言上《ごんじょう》に前久《さきひさ》は細《ほそ》い目《め》を一段《いちだん》とつりあげて驚《おどろ》いた。言経《ときつね》の目《め》も燭台《しょくだい》の灯《ひ》に反応《はんのう》して鋭《するど》く光《ひか》った。

「なんとな、光秀《みつひで》に信長《のぶなが》を討《う》たせるというか」

「はい、勅命《ちょくめい》を宣下《せんげ》すれば光秀《みつひで》は自然《しぜん》と天下取《てんかと》りになれます。主殺《しゅごろ》しも嫌《いや》とは言《い》いますまい」

兼見《かねみ》は神事《しんじ》でも司《つかさど》るように平然《へいぜん》と言《い》い切《き》った。

「恐《おそ》ろしいことや」

「されどこのまま放置《ほうち》すれば、信長《のぶなが》は武田《たけだ》を平定《へいてい》した後《あと》は朝廷《ちょうてい》を益々蔑《ますますないがし》ろにするでしょう」

その晩《ばん》、三人《さんにん》は大胆《だいたん》な計略《けいりゃく》についての密謀《みつぼう》を続《つづ》けた。前久《さきひさ》が御上《おかみ》に信長《のぶなが》の謀殺《ぼうさつ》を前提《ぜんてい》に誠仁親王《さねひとしんのう》への譲位《じょうい》を献策《けんさく》する。そして勅命《ちょくめい》により光秀《みつひで》を征夷大将軍《せいいたいしょうぐん》に任《にん》じて信長征討《のぶながせいとう》を命《めい》じる。それは命《いのち》がけの謀議《ぼうぎ》であった。全員《ぜんいん》の顔《かお》からはゆとりが全《まった》く消《き》えていた。

兼見《かねみ》はその晩《ばん》は前久《さきひさ》の屋敷《やしき》に泊《と》まった。帰《かえ》り道《みち》に誰《だれ》かから襲《おそ》われるような気《き》がしたからである。冷《つめ》たい布団《ふとん》に身体《からだ》を入《い》れて横《よこ》たわると最初《さいしょ》に信長《のぶなが》に会《あ》った時《とき》を克明《こくめい》に思《おも》いだした。

あれは忘《わす》れようにも忘《わす》れられない恐怖《きょうふ》の出会《であ》いだった。


十年前《じゅうねんまえ》の天正元年三月《てんしょうがんねんさんがつ》、甲斐《かい》の武田信玄《たけだしんげん》は上洛《じょうらく》を目指《めざ》してまず三河《みかわ》の野田城《のだじょう》を落《お》として家康《いえやす》の居城《きょじょう》である岡崎城《おかざきじょう》に迫《せま》ろうとしていた。その頃《ころ》、室町将軍足利義昭《むろまちしょうぐんあしかがよしあき》は信長《のぶなが》と完全《かんぜん》に敵対関係《てきたいかんけい》になっていた。それに呼応《こおう》した朝倉《あさくら》、浅井《あざい》、三好《みよし》、松永《まつなが》らの大名《だいみょう》が同盟《どうめい》して信長《のぶなが》を裏切《うらぎ》った。京都《きょうと》を維持《いじ》しようとしていた信長《のぶなが》にとっては四面楚歌《しめんそか》の状況《じょうきょう》であった。そんな時《とき》に信長《のぶなが》から吉田兼見《よしだかねみ》は知恩院《ちおんいん》に突然呼《とつぜんよ》ばれた。

「足下《そっか》の父兼右《ちちかねみぎ》は南都北嶺《なんとほくれい》が滅《ほろ》びるとき王城《おうじょう》に祟《たた》りがあると言《い》われたそうだが、さよう真《まこと》かどうか承《うけたまわ》りたい」

　長身《ちょうしん》で厳《きび》しい眼《め》をした痩《や》せぎすな武将《ぶしょう》に唐突《とうとつ》に質問《しつもん》されて恐《おそ》れを抱《いだ》いた。その眼《め》は常人《じょうにん》と違《ちが》って何《なに》をするかわからない緑《みどり》がかった眼《め》であった。まして二年前《にねんまえ》には北嶺《ほくれい》の比叡山《ひえいざん》を焼《や》き討《う》ちしている人物《じんぶつ》だけになおさら恐怖《きょうふ》を感《かん》じた。そのため兼見《かねみ》は真実《しんじつ》を述《の》べることを躊躇《ちゅうちょ》した。万一南都《まんいちなんと》の興福寺《こうふくじ》と北都《ほくと》の延暦寺《えんりゃくじ》が消滅《しょうめつ》した時《とき》に、信長《のぶなが》への祟《たた》りが起《お》きなかった暁《あかつき》には自分《じぶん》の首《くび》が飛《と》ぶのではないかと瞬間的《しゅんかんてき》に思《おも》った。

「父《ちち》が申《もう》したのは南都北嶺《なんとほくれい》が共《とも》に相果《あいは》てるときには、王城《おうじょう》にもその災《わざわ》いが及《およ》ぶと申《もう》したまでで祟《たた》りがあるとは言《い》っておりませぬ」

「もっとも至極《しごく》である」

　兼見《かねみ》の意見《いけん》を聞《き》くと納得《なっとく》したように立《た》ち去《さ》った。だがその訳《わけ》はすぐに判明《はんめい》した。信長《のぶなが》は室町将軍義昭《むろまちしょうぐんよしあき》を京都《きょうと》から追《お》い払《はら》うためになんと上京九十余町《かみぎょうくじゅうよちょう》を焼《や》き払《はら》う暴挙《ぼうきょ》をおこなったのである。もし御所《ごしょ》が類焼《るいしょう》した時《とき》には吉田山《よしだやま》の自邸《じてい》に御上《おかみ》たちを遷幸奉《せんこうたてまつ》ることまで考《かんが》えて青《あお》くなった。しかしながら多《おお》くの公家《くげ》と町衆《まちしゅう》は吉田神道《よしだしんとう》の卜占《ぼくせん》で町《まち》を焼《や》かれたと誤解《ごかい》して兼見《かねみ》を恨《うら》んだ。そのため神官《しんかん》としての信用《しんよう》を失《うしな》うことになり吉田神道《よしだしんとう》にとっても大痛手《おおいたで》だった。それ以来《いらい》、信長《のぶなが》に対《たい》しては深《ふか》い恨《うら》みと恐《おそ》れを抱《いだ》いたのであった。十年経過《じゅうねんけいか》した今《いま》でもその思《おも》いは少《すこ》しも変《か》わらなかった。頼《たの》みの相談相手《そうだんあいて》である光秀《みつひで》は既《すで》に武田攻《たけだぜ》めの最《さい》中《ちゅう》にあった。

天正十年二月三日《てんしょうじゅうねんにがつみっか》、全織田軍《ぜんおだぐん》に武田攻《たけだぜ》めの出陣《しゅつじん》の布令《ふれ》が出《だ》された。総大将《そうだいしょう》の織田信忠《おだのぶただ》は信濃口《しなのぐち》から二万五千《にまんごせん》の兵《へい》を引《ひ》き連《つ》れて侵入《しんにゅう》した。信長《のぶなが》は同時《どうじ》に遠国《えんごく》の大名《だいみょう》にも合力《ごうりき》を約束《やくそく》させていた。関東口《かんとうぐち》からは北条氏政《ほうじょううじまさ》、駿河口《するがぐち》は徳川家康《とくがわいえやす》の軍勢《ぐんぜい》が武田家《たけだけ》の領内《りょうない》へ進軍《しんぐん》した。すでに織田《おだ》、徳川《とくがわ》、北条《ほうじょう》の三家《さんけ》で武田家《たけだけ》の領地《りょうち》を分割《ぶんかつ》する謀議《ぼうぎ》が成立《せいりつ》していたのである。光秀率《みつひでひき》いる摂津《せっつ》の軍団《ぐんだん》にも条書《じょうがき》の指示《しじ》がなされた。筒井順慶《つついじゅんけい》は大和《やまと》の軍勢《ぐんぜい》を率《ひき》いて出陣《しゅつじん》、中川瀬兵衛《なかがわせべえ》は出陣《しゅつじん》、細川與一郎《ほそかわよいちろう》は丹後国《たんごのくに》の警護《けいご》、息子忠興《むすこただおき》は出陣《しゅつじん》、光秀《みつひで》には出陣《しゅつじん》の準備並《じゅんびなら》びに京都守護《きょうとしゅご》を命《めい》じるものであった。

織田軍団《おだぐんだん》の総攻撃《そうこうげき》によって武田家《たけだけ》の家臣団《かしんだん》は次々《つぎつぎ》に降参《こうさん》、逃亡《とうぼう》、寝返《ねがえ》りする者《もの》が相次《あいつ》いだ。そして重臣《じゅうしん》である信濃《しなの》の木曽義政《きそよしまさ》と駿河《するが》の穴山梅雪《あなやまばいせつ》が織田方《おだがた》に通《つう》じたことによってあっけなく武田家《たけだけ》は崩壊《ほうかい》した。三月十一日《さんがつじゅういちにち》には武田勝頼《たけだかつより》は駒飼山中《こまがいさんちゅう》で妻子《さいし》と共《とも》に自決《じけつ》して甲斐《かい》の名門武田家《めいもんたけだけ》は滅亡《めつぼう》することになる。

光秀《みつひで》は旗下《きか》の軍団《ぐんだん》を京都周辺《きょうとしゅうへん》で待機《たいき》させていたが、三月《さんがつ》の初《はじ》めになって上様《うえさま》の武田攻《たけだぜ》めに同行《どうこう》する命令《めいれい》を受《う》けて安土城《あづちじょう》に向《む》かった。ただその命令書《めいれいしょ》にはなぜか遠路《えんろ》のため軍勢《ぐんぜい》は百名《ひゃくめい》でよいと書《か》かれていた。すでに勝敗《しょうはい》の大勢《たいせい》は決《けっ》していたのでそれほどの大軍勢《だいぐんぜい》が必《ひつ》要《よう》はないとわかっていたものの、この人数《にんずう》では戦《いくさ》はできず物見遊山《ものみゆさん》の旅《たび》にしかならないと主君《しゅくん》の心中《しんちゅう》が不可解《ふかかい》であった。

上様《うえさま》に同行《どうこう》した光秀《みつひで》は三月二十九日《さんがつにじゅうくにち》諏訪《すわ》に入《はい》る。諏訪《すわ》の陣中《じんちゅう》で武田《たけだ》攻《ぜ》めに功労《こうろう》のあった武将《ぶしょう》への恩賞《おんしょう》が発表《はっぴょう》された。甲斐《かい》、信濃《しなの》、上野《こうずけ》の国々《くにぐに》は総大将《そうだいしょう》の織田信忠《おだのぶただ》に、そして甲斐《かい》の運営《うんえい》は川尻秀隆《かわじりひでたか》が、信濃《しなの》は森長可《もりながよし》、上野《こうずけ》は滝川一益《たきがわかずます》らが知行大名《ちぎょうだいみょう》となった。駿河国《するがのくに》は事《じ》前《ぜん》の約束《やくそくどお》通り徳川家康《とくがわいえやす》に与《あた》えられた。

総大将《そうだいしょう》の織田信忠《おだのぶただ》は得意満面《とくいまんめん》として古府《こふ》の元武田信玄《もとたけだしんげん》の館《やかた》で父信長《ちちのぶなが》の到着《とうちゃく》を待《ま》っていた。古《ふる》い信玄《しんげん》の館《やかた》はほとんど壊《こわ》されてしまい新《あたら》しい白木《しらき》で再普請《さいぶしん》されていた。そこに信長《のぶなが》の小姓《こしょう》であり、今回《こんかい》は信忠《のぶただ》の旗本《はたもと》として参陣《さんじん》している長谷川竹《はせがわたけ》が報告《ほうこく》に現《あら》われた。

「武田《たけだ》の落人《おちうど》を恵林寺《えりんじ》の和尚《おしょう》が匿《かくま》っておりますが、いかがいたしますか」

「落人《おちうど》を渡《わた》さなければ寺《てら》を焼《や》いても構《かま》わぬ」

信忠《のぶただ》は父《ちち》を見習《みなら》ってか殊更冷酷《ことさられいこく》に言《い》い放《はな》った。長谷川《はせがわ》は少《すこ》し驚《おどろ》きながら、

「ご指示《しじ》ながら恵林寺《えりんじ》の快川老師《かいせんろうし》は昨年天皇《さくねんてんのう》から円常国師《えんじょうこくし》という称号《しょうごう》を受《う》けておりますが」

「国師《こくし》でも応《おう》じなければ焼《や》き殺《ころ》してしまえ」

信忠《のぶただ》は焼《や》いても構《かま》わぬと追討《ついとう》の奉行《ぶぎょう》たちに命《めい》じた。結果《けっか》として十一人《じゅういちにん》の長老《ちょうろう》と檀家《だんか》の老若男女百五十人《ろうにゃくなんにょひゃくごじゅうにん》が炎《ほのお》の中《なか》に命《いのち》を落《お》とした。

信長《のぶなが》は四月二日《しがつふつか》に諏訪《すわ》から甲州《こうしゅう》に入《はい》った。恵林寺《えりんじ》の国師《こくし》を焼《や》き殺《ころ》したことを信忠《のぶただ》から聞《き》いても全《まった》く意《い》に介《かい》しなかった。武田家《たけだけ》の縁者《えんじゃ》が何人殺《なんにんころ》されようともはや意味《いみ》のないことだった。信長《のぶなが》にとっての武田征伐《たけだせいばつ》は長篠《ながしの》の戦《いくさ》の勝利《しょうり》にも拘《かか》わらず七年《ななねん》もの間《あいだ》、武田家《たけだけ》を残《のこ》しておいてしまったという自分《じぶん》の甘《あま》さの憂《う》さを晴《は》らす戦《いくさ》でしかなかった。

古府《こふ》に着《つ》いた信長《のぶなが》はそこで武田攻《たけだぜ》めに出陣《しゅつじん》した諸将《しょしょう》に帰国《きこく》を命《めい》じた。そして自《みずか》らは甲州《こうしゅう》から駿河《するが》、遠江《とおとうみ》、三河《みかわ》を経由《けいゆ》して帰国《きこく》することを発表《はっぴょう》した。馬廻《うままわり》の大名《だいみょう》は光秀《みつひで》のみであった。

四月十日《しがつとおか》に信長《のぶなが》は光秀以下《みつひでいか》の護衛兵《ごえいへい》と小姓《こしょう》、馬廻《うままわり》を連《つ》れて古府《こふ》を出発《しゅっぱつ》した。信長《のぶなが》は終始《しゅうし》上機嫌《じょうきげん》で雪《ゆき》をかぶった富士《ふじ》の霊峰《れいほう》を見学《けんがく》しながら馬《うま》を進《すす》めた。それは軍旅《ぐんりょ》というよりすでに物見遊山《ものみゆさん》の旅《たび》であった。

一足先《ひとあしさき》に領国《りょうごく》へ戻《もど》っていた家康《いえやす》は一行《いっこう》のために道《みち》を広《ひろ》げ、左右《さゆう》に隙間《すきま》なく警護《けいご》の兵《へい》を配《はい》置《ち》し、宿泊《しゅくはく》する陣屋《じんや》は新築《しんちく》させ、諸卒《しょそつ》の小屋《こや》も十分《じゅうぶん》に造《つく》り信長《のぶなが》の気分《きぶん》を良《よ》くさせた。駿河国《するがのくに》に入《はい》ってから十三日《じゅうさんにち》に富士川《ふじがわ》を渡《わた》り三保《みほ》の松原《まつばら》などの名所《めいしょ》を見物《けんぶつ》して江尻城《えじりじょう》に泊《と》まった。十五日《じゅうごにち》に大井川《おおいがわ》を渡《わた》り掛川《かけがわ》で宿泊《しゅくはく》、十六日《じゅうろくにち》には天竜川《てんりゅうがわ》を船橋《せんきょう》で渡《わた》り浜松城《はままつじょう》に着《つ》いた。待《ま》ち兼《か》ねた家康《いえやす》は居城《きょじょう》で自《みずか》ら信長《のぶなが》を大《おお》いに接待《せったい》した。その晩《ばん》、徳川《とくがわ》の宿将《しゅくしょう》の居並《いなら》ぶ宴席《えんせき》の最中《さいちゅう》に光秀《みつひで》は上様《うえさま》から大声《おおごえ》で指示《しじ》を受《う》けた。

「光秀《みつひで》、此度《こたび》は武田《たけだ》攻《ぜ》めからの帰国《きこく》にあたり家康殿《いえやすどの》には一方《ひとかた》ならぬ馳走《ちそう》に相成《あいな》った。次《つぎ》はわしが来月《らいげつ》安土城《あづちじょう》で徳川一門《とくがわいちもん》を接待《せったい》する。即刻《そっこく》此処《ここ》から帰国《きこく》して準備《じゅんび》をいたせ」

光秀《みつひで》はその場《ば》で護衛《ごえい》を解《と》かれ一足先《ひとあしさき》に京都《きょうと》へ戻《もど》ることを指示《しじ》された。徳川家《とくがわけ》の武将《ぶしょう》の前《まえ》での接待役拝命《せったいやくはいめい》は光栄《こうえい》であったが、上様《うえさま》の相《あい》も変《か》わらぬ拙速《せっそく》な命令《めいれい》に内心《ないしん》では戸惑《とまど》っていた。徳川家臣《とくがわかしん》との諸事《しょじ》打《う》ち合《あ》わせのために斎藤利三《さいとうとしみつ》を現地《げんち》に残《のこ》すことにした。


浜松《はままつ》から一足先《ひとあしさき》に戻《もど》った光秀《みつひで》は坂本城《さかもとじょう》の二階《にかい》の居間《いま》から白《しろ》く咲《さ》いている枳殻《からたち》の花《はな》を見《み》つめていた。この僅《わず》かな間《あいだ》しか咲《さ》かない地味《じみ》な花《はな》がなぜか好《す》きだった。自分《じぶん》の性格《せいかく》によく似《に》ているからかもしれない。

今日《きょう》も兼見《かねみ》が来《き》ていた。最近頻繁《さいきんひんぱん》に訪《おとず》れてくる。一《ひと》つは毛利方《もうりがた》の情勢《じょうせい》、それに朝廷《ちょうてい》との内情《ないじょう》についての報告《ほうこく》であった。

「兼見《かねみ》、徳川家康殿《とくがわいえやすどの》が来月《らいげつ》の十五日《じゅうごにち》に駿河国拝領《するがのくにはいりょう》の御礼《おんれい》に安土《あづち》へ参《まい》ることになった。上様《うえさま》はわしにその接待役《せったいやく》を仰《おお》せられたので、これから暫《しばら》くは安土城《あづちじょう》に滞在《たいざい》することになる」

「それは大仕事《おおしごと》でござるな。前久《さきひさ》さまは御上《おかみ》から信長《のぶなが》さまへの征夷大将軍宣下《せいいたいしょうぐんせんげ》の御許《おゆる》しは頂《いただ》いているようですが、まだ誠仁親王《さねひとしんのう》への譲位《じょうい》の御話《おはなし》はされてないようです」

「困《こま》ったな。しかし譲位《じょうい》の話《はなし》がなければ上様《うえさま》は宣下《せんげ》を受《う》けぬぞ」

兼見《かねみ》はまだ前久《さきひさ》との密談《みつだん》の真相《しんそう》を切《き》り出《だ》す時期《じき》ではないと感《かん》じて話題《わだい》をずらした。

「それはそうと秀吉《ひでよし》が備中高松城《びっちゅうたかまつじょう》を取《と》り囲《かこ》んだので、毛利方《もうりがた》は小早川《こばやかわ》の軍勢一万三千《ぐんぜいいちまんさんぜん》が先鋒《せんぽう》で出発《しゅっぱつ》したと島井宗室《しまいそうしつ》が知《し》らせて参《まい》った。おっつけ本家《ほんけ》の毛利輝元《もうりてるもと》と吉川家《きっかわけ》も加勢《かせい》にくるそうじゃ」

「はたして秀吉勢《ひでよしぜい》だけで受《う》けきれるかな」

「それは無理《むり》かもな。信長《のぶなが》さまは武田《たけだ》と同《おな》じように総攻《そうぜ》めをなさるであろうな。ところで恵瓊《えけい》から耳《みみ》よりな話《はなし》があってな、そなたが織田方《おだがた》の加勢《かせい》を止《と》めてくれれば毛利《もうり》は味方《みかた》になっても良《よ》いと言《い》っているそうじゃ」

「兼見《かねみ》、それはどういうことだ」

「毛利《もうり》は織田《おだ》に頭《あたま》を下げても良《よ》いと思《おも》っているが、秀吉《ひでよし》だけは許《ゆる》せぬということだわ」

光秀《みつひで》は恵瓊《えけい》の真意《しんい》を探《さぐ》りながら沈黙《ちんもく》した。茶《ちゃ》を一口《ひとくち》飲《の》んでから、

「島井宗室《しまいそうしつ》はたしか有名《ゆうめい》な楢柴《ならしば》の茶入《ちゃいれ》を持《も》っておったな」

「いかにも、それがどうした」

「その茶入《ちゃいれ》を毛利家《もうりけ》からということで上様《うえさま》に献上《けんじょう》できんかな」

今度《こんど》は兼見《かねみ》が光秀《みつひで》の真意《しんい》がよくわからなかった。

「さすれば上様《うえさま》のご出馬《しゅつば》を遅《おく》らすことができるかもしれん」

「なるほど」

楢柴《ならしば》は日本三大茶器《にほんさんだいちゃき》の一《ひと》つである。それを上様《うえさま》に献上《けんじょう》するといえば間違《まちが》いなく戦《いくさ》よりも楢柴《ならしば》を優先《ゆうせん》するに違《ちが》いなかった。

「兼見《かねみ》、それでは楢柴《ならしば》が献上《けんじょう》できるように宗室《そうしつ》を口説《くど》いてみてくれ」

「信長《のぶなが》さまの上洛《じょうらく》はいつ頃《ごろ》になるのかな」

「来月《らいげつ》は徳川殿《とくがわどの》が安土城《あづちじょう》に来《こ》られるので、多分六月《たぶんろくがつ》の初《はじ》めになるだろう」

今日《きょう》の兼見《かねみ》の話《はなし》は光秀《みつひで》にとって願《ねが》ってもない話《はなし》であった。島井《しまい》を口説《くど》いて楢柴《ならしば》を献上《けんじょう》させられれば上様《うえさま》は中国出陣《ちゅうごくしゅつじん》を延《の》ばすに違《ちが》いない。織田本軍《おだほんぐん》の加勢《かせい》を遅《おく》らせる間《あいだ》に、毛利軍《もうりぐん》

が秀吉《ひでよし》を討《う》ってくれれば間違《まちが》いなく自分《じぶん》が織田家中《おだかちゅう》の頂点《ちょうてん》に立《た》つことができる。そう思《おも》うと昔自《むかしみずか》ら剣《けん》を取《と》って戦《たたか》った時《とき》の血《ち》の高《たか》ぶりをまた感《かん》じていた。

坂本城《さかもとじょう》の帰《かえ》り道《みち》、兼見《かねみ》の顔《かお》は光秀《みつひで》に比《くら》べて冴《さ》えなかった。輿《こし》に揺《ゆ》られながら島井宗室《しまいそうしつ》にどう言《い》おうかと案《あん》じていた。宗室《そうしつ》が持《も》ち込《こ》んだ話《はなし》は織田方《おだがた》の後詰《ごづめ》を遅《おく》らせられないかと相談《そうだん》にきただけで、まだ毛利《もうり》が織田《おだ》に頭《あたま》を下《さ》げるなどという話《はなし》ではなかったからである。思《おも》いつきで光秀《みつひで》に口《くち》を滑《すべ》らしてしまったことを悔《くや》んでいた。それに商売人《しょうばいにん》の宗室《そうしつ》が何《なん》の見《み》返《かえ》りもなく大切《たいせつ》な楢柴《ならしば》を信長《のぶなが》に差《さ》し出《だ》すはずがなかった。それにしても前久殿《さきひさどの》の話《はなし》も歯切《はぎ》れが悪《わる》かった。御上《おかみ》に譲位《じょうい》の話《はなし》をしたのかどうかもよくわからない。万一譲位《まんいちじょうい》の話《はなし》が天《てん》皇派《のうは》の公家《くげ》に流《なが》れると光秀《みつひで》が窮地《きゅうち》に追《お》い込《こ》まれる。それに光秀《みつひで》の態度《たいど》を見《み》ていると恩義《おんぎ》ある主君《しゅくん》を討《う》てとはどうしても口《くち》にだせなかった。兼見《かねみ》は頭《あたま》の中《なか》が混乱《こんらん》し始《はじ》めて自分《じぶん》だけでは処理《しょり》ができなくなっていた。輿《こし》の揺《ゆ》れはいつのまにか船酔《ふなよ》いのような気持《きも》ち悪《わる》さと重《かさ》なっていた。

上洛《じょうらく》

　京《きょう》の都《みやこ》は梅雨《つゆ》に入《はい》っていた。例年《れいねん》よりも雨《あめ》が降《ふ》る日《ひ》が多《おお》く道《みち》は常《つね》に泥濘《ぬかる》んでいて、人々《ひとびと》は表《おもて》に出《で》る度《たび》に履物《はきもの》がひどく汚《よご》れた。

　今日《きょう》も兼見《かねみ》は雨《あめ》が降《ふ》る中《なか》を前久《さきひさ》の自宅《じたく》を訪《おとず》れた。二人《ふたり》は最近頻繁《さいきんひんぱん》に密談《みつだん》を重《かさ》ねていた。日中《にっちゅう》とはいえ部屋《へや》の中《なか》はえらく暗《くら》かった。

「関白《かんぱく》さま、その後御上《ごおかみ》は何《なん》と仰《おお》せられておりますか」

　兼見《かねみ》は前久《さきひさ》をまだ関白《かんぱく》と呼《よ》んでいた。吉田家《よしだけ》と近衛家《このえけ》は家礼《かれい》を結《むす》んでおり、その関係《かんけい》で二人《ふたり》は主従《しゅじゅう》でもあった。

「一昨日《いっさくじつ》、信長《のぶなが》の武田征伐戦勝《たけだせいばつせんしょう》を祝《いわ》って山科言経《やましなときつね》に佐五局《さごのつぼね》と阿茶局《あちゃのつぼね》をつけて安土《あづち》へ下向《げこう》させたと大納言晴豊《だいなごんはるとよ》から聞《き》いた。とりあえず征夷大将軍《せいいたいしょうぐん》の官位宣下《かんいせんげ》の意向打診《いこうだしん》に遣《つか》わせたそうじゃ」

「それで譲位《じょうい》の件《けん》で御上《おかみ》は何《なん》と」

「信長《のぶなが》が官位《かんい》をおとなしく受《う》けることが先《さき》で譲位《じょうい》は御上自身《おかみじしん》が決《き》める。信長《のぶなが》に指図《さしず》される謂《いわ》れはないと仰《おお》せられたそうだ」

「左様《さよう》でございましょうな。それで勅命《ちょくめい》の話《はなし》はなされましたか」

「うむ」

前久《さきひさ》の顔《かお》も浮《う》かなかった。兼見《かねみ》は嫌《いや》な予感《よかん》がした。

「また信長《のぶなが》を討《う》つ謂《いわ》れも今《いま》はないと仰《おお》せられた」

御上《おかみ》の御心《みこころ》はもっともであった。二人《ふたり》の謀議《ぼうぎ》は暗礁《あんしょう》に乗《の》り上《あ》げていた。

「実《じつ》は光秀《みつひで》の話《はなし》では信長《のぶなが》は来月初《らいげつはじ》めには上洛《じょうらく》する予定《よてい》とか。譲位《じょうい》の話《はなし》がなくなると困《こま》りましたな」

「また何《なに》をするかわかりませんなあ。ああ恐《おそ》ろしや」

その昔《むかし》、前久《さきひさ》は十四代将軍足利義栄《じゅうよんだいしょうぐんあしかがよしひで》に付《つ》いて十五代将軍《じゅうごだいしょうぐん》になろうとした義昭《よしあき》と争《あらそ》った。しかし義昭《よしあき》が信長《のぶなが》の応援《おうえん》を得《え》て上洛《じょうらく》を果《は》たした結果《けっか》、義栄《よしひで》と前久《さきひさ》は敗《やぶ》れて都落《みやこお》ちするほかなかった。それ以来《いらい》、前久《さきひさ》にとって信長《のぶなが》は不倶戴天《ふぐたいてん》の敵《てき》となった。大坂本願寺《おおざかほんがんじ》が失火《しっか》で焼失《しょうしつ》した時《とき》にその責任《せきにん》を追及《ついきゅう》された恐怖《きょうふ》の体験《たいけん》をまた思《おも》い出《だ》していた。

あの日《ひ》のことは今《いま》でも鮮明《せんめい》に全《すべ》てを覚《おぼ》えている。大坂石山本願寺《おおざかいしやまほんがんじ》と織田信長《おだのぶなが》との十年《じゅうねん》戦争《せんそう》が本願寺側《ほんがんじがわ》の大坂《おおざか》からの撤退《てったい》で終戦《しゅうせん》となった八月二日《はちがつふつか》、朝廷代表《ちょうていだいひょう》の大納言近衛前久《だいなごんこのえさきひさ》は勧修寺晴豊《かじゅうじはるとよ》と庭田重保《にわたしげやす》を連《つ》れて終戦《しゅうせん》の儀式《ぎしき》に立《た》ち会《あ》った。織田方《おだがた》は佐久間信盛親子《さくまのぶもりおやこ》と松井《まつい》有閑《ゆうかん》であった。御堂《みどう》の中《なか》は掃除《そうじ》が隅々《すみずみ》まで行《ゆ》き届《とど》いており武具《ぶぐ》などが架《か》け並《なら》べられていた。引継《ひきつぎ》が終《お》わってから宗主顕如《そうしゅけんにょ》は門徒《もんと》たちと舟《ふね》で墨衣《すみぎぬ》のまま立《た》ち去《さ》った。持物《もちもの》は立退料《たちのきりょう》として信長《のぶなが》がくれた呉器《ごき》の一文字茶碗一《いちもんじちゃわんひと》つであった。その直後《ちょくご》に悲劇《ひげき》は起《お》きた。

空《そら》に黒雲《こくうん》が現《あら》われると西風《にしかぜ》が強《つよ》く吹《ふ》き始《はじ》め日中《にっちゅう》というのに急《きゅう》に夕暮《ゆうぐれ》のように暗《くら》くなった。本願寺内《ほんがんじない》に住《す》んでいた何万《なんまん》という宗徒《しゅうと》や町人《ちょうにん》たちは天候《てんこう》の急変《きゅうへん》を見《み》ると仏罰《ぶつばつ》があたると悲鳴《ひめい》をあげて右往左往《うおうさおう》と逃《に》げ始《はじ》めたのである。皆《みな》、家財道具《かざいどうぐ》を運《はこ》んでいたためにあっという間《ま》に周囲《しゅうい》は大混乱《だいこんらん》に落《お》ちいった。前久《さきひさ》も空《そら》を見上《みあ》げながら不安《ふあん》になっていたところに末寺《まつじ》の伽藍《がらん》から黒煙《こくえん》が上《のぼ》るとすぐに赤《あか》い炎《ほのお》が上《あ》がり、たちまち風《かぜ》にあおられて飛《と》び火《ひ》した。杞憂《きゆう》はすぐに現実《げんじつ》の悲劇《ひげき》となって三日三晩《みっかみばん》の間《あいだ》に大坂石山本願寺《おおざかいしやまほんがんじ》は御堂《みどう》を含《ふく》むすべての伽藍《がらん》や建物《たてもの》が全焼《ぜんしょう》したのである。

火《ひ》が消《き》えてからあの華麗《かれい》だった御堂《みどう》の廃墟《はいきょ》に信長《のぶなが》は佇《たたず》んでいた。その周《まわ》りを織田家《おだけ》の宿《しゅく》将《しょう》が居並《いなら》んで見詰《みつ》めているだけだった。その中心《ちゅうしん》に佐久間信盛《さくまのぶもり》がいた。

「信盛《のぶもり》、このざまを見《み》よ。余《よ》が本願寺《ほんがんじ》と渋々《しぶしぶ》にも手打《てう》ちをいたしたのはこの御堂《みどう》を焼《や》かずに手《て》に入《い》れるためぞ。そちのようなうつけの顔《かお》はもう二度《にど》と見《み》とうもない。どこぞへとも立《た》ち去《さ》れ」

信長《のぶなが》は冷《つめ》たく言《い》い放《はな》つと自筆《じひつ》の折檻状《せっかんじょう》を目《め》の前《まえ》に投《な》げ捨《す》てた。十年《じゅうねん》の歳月《さいげつ》と幾多《いくた》の将兵《しょうへい》の犠牲《ぎせい》を払《はら》った代価《だいか》が火炎《かえん》の中《なか》にむなしく消《き》え去《さ》ったことで、いかに信長《のぶなが》が悔《く》やんでいるかを激《はげ》しい怒《いか》りを前《まえ》にして全員《ぜんいん》が知《し》った。

そこへちょうど前久《さきひさ》が遅《おく》れて駆《か》けつけた。信長《のぶなが》はその顔《かお》を見《み》るや否《いな》や馬鞭《ばべん》を黒《くろ》く焼《や》けた太柱《ふとばしら》に叩《たた》きつけた。

「わごれ」

鬼《おに》のような形相《ぎょうそう》に前久《さきひさ》は斬《き》られるのではないかと恐《おそ》れ慄《おのの》いた。しかし、そのまま信長《のぶなが》は足早《あしばや》に立《た》ち去《さ》ってしまった。その様子《ようす》を間近《まぢか》に見《み》ていた光秀《みつひで》は二度《にど》と上様《うえさま》はこの本願寺《ほんがんじ》には戻《もど》ることはないだろうと思《おも》った。

兼見《かねみ》は自分《じぶん》の立場《たちば》をよくするために前久《さきひさ》に向《む》かって作《つく》り話《ばなし》を続《つづ》けていた。

「じつは光秀《みつひで》の入《い》れ知恵《ぢえ》ですが、御用商人《ごようしょうにん》の島井宗室《しまいそうしつ》が持《も》つ楢柴《ならしば》の茶入《ちゃいれ》を毛利《もうり》から信長《のぶなが》に献上《けんじょう》すれば誼《よしみ》を通《つう》じるきっかけになるのではないかと」

「されど、宗室《そうしつ》が楢柴《ならしば》をそう簡単《かんたん》に信長《のぶなが》に渡《わた》すと思《おも》うか」

「光秀《みつひで》はすでに長宗我部家《ちょうそかべけ》のために宗室《そうしつ》から鉄砲《てっぽう》を買《か》って恩義《おんぎ》を売《う》っておりまする。宗室《そうしつ》からすれば楢柴《ならしば》の茶器一《ちゃきひと》つで織田家《おだけ》と商売《しょうばい》ができれば安《やす》い物《もの》と思《おも》いますが」

「兼見《かねみ》、そなたは神官《しんかん》よりも商売人《しょうばいにん》か」

前久《さきひさ》からの他愛《たあい》のない冗談《じょうだん》が出《で》ると兼見《かねみ》も最後《さいご》は笑《わら》いこけていた。


同《おな》じ頃《ころ》、光秀《みつひで》は船《ふね》で安土城《あづちじょう》に伺候《しこう》しようとしていた。目的《もくてき》は徳川家康《とくがわいえやす》の安土訪問《あづちほうもん》に際《さい》してどのような接待《せったい》をしたらいいか上様《うえさま》に直々《じきじき》に聞《き》くためであった。

久《ひさ》しぶりに快晴《かいせい》になった琵琶湖《びわこ》を心地《ここち》よい風《かぜ》を受《う》けながら対岸《たいがん》の安土城《あづちじょう》を目指《めざ》して船《ふね》を進《すす》めていた。傍《かたわ》らで四国《しこく》から帰《かえ》ってきた利三《としみつ》が真剣《しんけん》な顔《かお》で光秀《みつひで》に話《はな》しかけた。

「元親殿《もとちかどの》より鉄砲《てっぽう》の御礼《おんれい》が参《まい》りました。ついては秀吉《ひでよし》が備中高松城《びっちゅうたかまつじょう》攻《ぜ》めで動《うご》けぬ間《あいだ》に、今《いま》ならば伊予《いよ》も讃岐《さぬき》も切《き》り取《と》り放題《ほうだい》ゆえにどちらを攻《せ》めるか、殿《との》のお考《かんが》え通《どお》りにされるとのことでした」

利三《としみつ》の言葉《ことば》は刺激的《しげきてき》だった。確《たし》かに毛利勢《もうりぜい》も備中《びっちゅう》の守《まも》りに手《て》が一杯《いっぱい》でとても四国《しこく》までは余裕《よゆう》がない、元親《もとちか》の言《い》うように今《いま》ならどこでも攻《せ》め取《と》れるだろう。

「利三《としみつ》、事《こと》は明智家《あけちけ》にとっても肝心《かんじん》な時《とき》である。元親《もとちか》には讃岐《さぬき》を先《さき》に攻《せ》めよと伝《つた》えよ」

秀吉勢《ひでよしぜい》の影響《えいきょう》が強《つよ》い淡路島《あわじしま》と讃岐国《さぬきのくに》を攻《せ》めさせることが明智《あけち》にとっては有利《ゆうり》な戦略《せんりゃく》だと思《おも》えた。しかし事《こと》は秘密《ひみつ》を要《よう》する。この調略《ちょうりゃく》が露見《ろけん》したら織田家《おだけ》への裏切《うらぎ》り者《もの》として処分《しょぶん》されるだろう。

「相分《あいわ》かりました。内密《ないみつ》に元親殿《もとちかどの》にはすぐ御伝《おつた》え申《もう》します」

利三《としみつ》はまだ仕《つか》えてくれてから日《ひ》が浅《あさ》いにもかかわらず完全《かんぜん》に光秀《みつひで》の気持《きもち》を汲《く》み取《と》ってくれていた。


安土城《あづちじょう》に着《つ》いた光秀《みつひで》は上様《うえさま》の御座《ござ》で跪《ひざまず》いた。顔《かお》を上《あ》げると久方《ひさかた》ぶりにのんびりとしたお顔《かお》が見《み》えた。

「光秀《みつひで》、家康《いえやす》と穴山《あなやま》が今月十五日《こんげつじゅうごにち》に安土城《あづちじょう》へ参《まい》ることに決《き》まった。ひとかどの馳走《ちそう》をいたせ。街道《かいどう》の大名《だいみょう》にはそれぞれ道《みち》を造《つく》らせてしかと振舞《ふるまい》をさせよ。徳川《とくがわ》の家臣《かしん》は百名《ひゃくめい》に限《かぎ》らせてある」

「いかにも承《うけたまわ》りました」

「それと四国《しこく》は信孝《のぶたか》に任《まか》せることにした。そちも秀吉《ひでよし》も忙《いそが》しかろうからな」

光秀《みつひで》は一瞬《いっしゅん》自分《じぶん》の計略《けいりゃく》が漏《も》れたのかと恐《おそ》れた。秀吉《ひでよし》が四国《しこく》に手出《てだ》しできなくなることは望《のぞ》ましかったが今度《こんど》は元親《もとちか》を織田信孝《おだのぶたか》と戦《たたか》わせることになる。つい最近《さいきん》まで上様《うえさま》はこの光秀《みつひで》に四国《しこく》の采配《さいはい》を任《まか》せると言《い》われた約束《やくそく》を忘《わす》れられたのか。しかし信孝《のぶたか》の配下《はいか》に入《はい》るこの命令《めいれい》が元親《もとちか》に伝《つた》わればいずれ織田《おだ》家《け》とは袂《たもと》を分《わ》かつに違《ちが》いない。それならば四国全土《しこくぜんど》が織田《おだ》家《け》の支配下《しはいか》に入《はい》る前《まえ》に元親《もとちか》には讃岐《さぬき》と伊予《いよ》を早《はや》く切《き》り取《と》りさせようと思《おも》った。

「上様《うえさま》、して上洛《じょうらく》はいつになされますか」

「御上《おかみ》が譲位《じょうい》なされば上洛《じょうらく》してもよいが、当分《とうぶん》は家康《いえやす》の接待《せったい》で忙《いそが》しい」

「官位《かんい》の件《けん》はいかがなされますか」

「余《よ》は朝廷《ちょうてい》の官位《かんい》などいらんぞ。天下統一《てんかとういつ》の後《あと》はこの信長《のぶなが》が与《あた》える」

上様《うえさま》が平然《へいぜん》と語《かた》るのを聞《き》いて愕然《がくぜん》として頭《こうべ》を垂《た》れた。もはや四国《しこく》や毛利《もうり》への策略《さくりゃく》など何《なん》の意味《いみ》も持《も》たない。天下統一《てんかとういつ》後《ご》は朝廷《ちょうてい》を完全《かんぜん》に蔑《ないがし》ろにするであろう。頭《あたま》が混乱《こんらん》して何《なに》も考《かんが》えられなくなり、そのまま早々《そうそう》に退出《たいしゅつ》した。

吉田兼見《よしだかねみ》が小糠雨《こぬかあめ》で濡《ぬ》れている京都《きょうと》を出《で》てから安土《あづち》に着《つ》いた頃《ころ》に日《ひ》は暮《く》れてしまっていた。光秀《みつひで》は家康《いえやす》の宿舎《しゅくしゃ》になる大宝坊《たいほうぼう》と呼《よ》ばれる寺院《じいん》で準備《じゅんび》に忙殺《ぼうさつ》されていた。兼見《かねみ》が通《とお》された部屋《へや》は金箔貼《きんぱくば》りの襖絵《ふすまえ》の部屋《へや》であった。蝋燭《ろうそく》の灯《ひ》に金箔《きんぱく》との微妙《びみょう》な彩《いろど》りに染《そ》まったあやめを見《み》ながら光秀《みつひで》に話《はな》しかけた。

「このあやめは誰《だれ》に描《か》かせたのかのう。ちょうど季節《きせつ》に合《あ》っておるわ」

「狩野永徳《かのうえいとく》を通《つう》じて手《て》に入《い》れさせた。なかなか立派《りっぱ》に描《か》けておる。兼見《かねみ》、ちょうどよいところに見《み》えた。徳川殿《とくがわどの》に食《た》べていただく献立《こんだて》を味見《あじみ》するところだった。一緒《いっしょ》にどうだ」

すぐ目《め》の前《まえ》に三十皿《さんじゅっさら》近《ちか》い料理《りょうり》が所狭《ところせま》しと運《はこ》ばれた。

「これはかたじけない。朝《あさ》から歩《ある》き続《つづ》けで腹《はら》が減《へ》っておる。さっそくご相伴《しょうばん》となるかな。ほう、これは鮒《ふな》の膾《なます》のようだな、珍味《ちんみ》じゃ。こちらは串鮑《くしあわび》かな、うまそうじゃ」

その晩《ばん》、献立《こんだて》の会記《かいき》の見立《みた》てをしながらいつしか二人《ふたり》の話《はなし》は楢柴《ならしば》に向《む》かっていた。

「宗室《そうしつ》からの知《し》らせで楢柴《ならしば》は博多《はかた》の自宅《じたく》から船《ふね》で送《おく》ったそうだ。陸路《りくろ》は秀吉《ひでよし》が途中《とちゅう》で防《ふせ》いでいるので通《とお》れないと聞《き》いたのでな」

「それは祝着《しゅうちゃく》なことだ」

「恵瓊《えけい》がそなたの話《はなし》に賛同《さんどう》して楢柴《ならしば》を献上《けんじょう》することを宗室《そうしつ》に納得《なっとく》させたようだ。その代《か》わり宗室《そうしつ》は楢柴《ならしば》を信長《のぶなが》さまに直接手渡《ちょくせつてわた》したいので、必《かなら》ずその日時《にちじ》を知《し》らせよとしつこく聞《き》いてきた」

「楢柴《ならしば》をうまく使《つか》わなければ」

「ここは前久《さきひさ》さまからうまく信長《のぶなが》さまに御話《おはな》しいただこうと思《おも》っておる。どうせその折《おり》に宗室《そうしつ》は楢柴《ならしば》の代金《だいきん》を織田《おだ》との商売《しょうばい》で見合《みあ》わせるつもりだろうが」

兼見《かねみ》も島井宗室《しまいそうしつ》を欲深《よくぶか》い商人《しょうにん》と見下《みくだ》していた。光秀《みつひで》はその話《はなし》に気乗《きの》りしない顔《かお》で、

「兼見《かねみ》、それはそうと、わしはそろそろ隠居《いんきょ》でもしようと思《おも》おてる」

急《きゅう》に光秀《みつひで》が落《お》ち込《こ》んで溜息《ためいき》をついた。

「光秀《みつひで》、どうしたのだ。まだ働《はたら》けるのにしっかりせよ」

「上様《うえさま》はもはや御上《おかみ》を必要《ひつよう》としてはおらん。だから征夷大将軍《せいいたいしょうぐん》の官位《かんい》も受《う》けぬだろう。毛利征伐《もうりせいばつ》が終《お》わった後《あと》はご自分《じぶん》で官位《かんい》を与《あた》えられるそうだ」

「なんと、それはまことか」

光秀《みつひで》は力《ちから》なく頷《うなず》いた。その姿《すがた》を見《み》て遂《つい》に話《はな》す時期《じき》が到来《とうらい》したと思《おも》った。あたりを見《み》まわしてから小声《こごえ》で話《はな》しかけた。

「光秀《みつひで》、ところで勅命《ちょくめい》があれば主君《しゅくん》でも討《う》つことができるか」

気落《きお》ちしていた光秀《みつひで》の目《め》が急《きゅう》に鋭《するど》く輝《かがや》いた。

「なんと申《もう》した、兼見《かねみ》」

「朝廷《ちょうてい》を蔑《ないがし》ろにする者《もの》を討《う》っても不忠《ふちゅう》にはなるまい」

「勅命《ちょくめい》は出《で》るのか」

兼見《かねみ》は黙《だま》って頷《うなず》いた。それきり光秀《みつひで》も話《はなし》をしなかった。燭台《しょくだい》の灯《ひ》が大《おお》きく揺《ゆ》れて襖《ふすま》のあやめも風《かぜ》に吹《ふ》かれて揺《ゆ》れているように見《み》えた。明日五月十二日《あすごがつじゅうににち》は上様《うえさま》の誕生日《たんじょうび》だ、また安土《あづち》は群衆《ぐんしゅう》で溢《あふ》れるだろう。

「朝《ちょう》に殉《じゅん》じるか、現人神《あらひとがみ》か」

と心《こころ》の中《なか》で光秀《みつひで》は呟《つぶや》いた。


天正十年五月十四日《てんしょうじゅうねんごがつじゅうよっか》、徳川家康《とくがわいえやす》は腹心《ふくしん》の石河数正《いしかわかずまさ》、酒井忠次《さかいただつぐ》、本多平八郎《ほんだへいはちろう》ら家臣百名《かしんひゃくめい》を引《ひ》き連《つ》れて関ケ原《せきがはら》の峠《とうげ》を越《こ》そうとしていた。武田征伐《たけだせいばつ》により信長公《のぶながこう》から駿河国《するがのくに》を与《あた》えられた御礼旅行《おんれいりょこう》だった。それに武田家《たけだけ》をいち早《はや》く裏切《うらぎ》って織田家《おだけ》についた穴山梅雪《あなやまばいせつ》も同行《どうこう》していた。同《おな》じく甲斐《かい》の旧領《きゅうりょう》を安堵《あんど》された御礼訪問《おんれいほうもん》でもあった。

晴《は》れ上《あ》がった空《そら》の切《き》れるところに伊吹山《いぶきさん》の雄大《ゆうだい》な姿《すがた》が聳《そび》えている。富士山《ふじさん》とは違《ちが》う雄大《ゆうだい》さがあった。織田家《おだけ》の領内《りょうない》に入《はい》ると警護《けいご》の将兵《しょうへい》が道々《みちみち》を固《かた》めており、通《とお》る道《みち》は均《なら》されてきれいに掃除《そうじ》がされていた。そして道中《どうちゅう》の一里《いちり》おきに屋台《やたい》か茶屋《ちゃや》が造《つく》られてあり一行《いっこう》には茶菓子《ちゃがし》の接待《せったい》がなされた。

家康《いえやす》は不思議《ふしぎ》な感《かん》じを持《も》った。先月《せんげつ》は駿河国拝領《するがのくにはいりょう》の御礼《おんれい》もあって下《した》にも置《お》かぬ最大級《さいだいきゅう》の接待《せったい》をしたが信長公《のぶながこう》が同《おな》じような接待《せったい》をしてくれるとは意外《いがい》であった。したがって信長公《のぶながこう》の指示《しじ》もあって今回《こんかい》はあえて馬廻《うままわり》の家臣《かしん》を忠臣百名《ちゅうしんひゃくめい》ほどに絞《しぼ》った。留守居《るすい》の本多正信《ほんだまさのぶ》は護衛《ごえい》の人数《にんずう》が少《すく》なすぎると諌《いさ》めたが、多《おお》くの手勢《てぜい》を連《つ》れて上洛《じょうらく》すれば信長公《のぶながこう》に不必要《ふひつよう》な警戒心《けいかいしん》を持《も》たせると考《かんが》えたからであった。天下統一《てんかとういつ》を間近《まぢか》にして徳川家《とくがわけ》保全《ほぜん》のためには織《お》田家《だけ》に対《たい》する忠誠心《ちゅうせいしん》をより見《み》せつける必要《ひつよう》があると信《しん》じていた。長年《ながねん》の同盟者《どうめいしゃ》として数多《かずおお》くの激戦《げきせん》を共《とも》に戦《たたか》った経験《けいけん》から信長公《のぶながこう》の先見性《せんけんせい》、洞察力《どうさつりょく》、実行力《じっこうりょく》などは己《おのれ》の力《ちから》をはるかに超《こ》えており、あまり細《こま》かくその心中《しんちゅう》を詮索《せんさく》しないようにしていた。

関ケ原《せきがはら》を越《こ》えて琵琶湖《びわこ》が見《み》えてくる頃《ころ》、近江佐和山《おうみさわやま》の領主《りょうしゅ》である丹羽長秀《にわながひで》の家臣《かしん》が迎《むか》えにきた。近江番場《おうみばんば》の館《やかた》で一夜《いちや》のもてなしをしたいとの伝言《でんごん》であった。番場《ばんば》は単《たん》なる旅籠町《はたごまち》でしかなかったのにわざわざ自分《じぶん》たちのために新《あたら》しく館《やかた》を造《つく》ったことを聞《き》いて、信長公《のぶながこう》を迎《むか》えた時《とき》には即席《そくせき》の仮小屋《かりごや》しか造《つく》らなかった己《おのれ》を恥《は》じた。

翌日《よくじつ》の夕刻近《ゆうこくちか》くになって家康一行《いえやすいっこう》は目的地《もくてきち》である安土《あづち》の大宝坊《たいほうぼう》に到着《とうちゃく》した。饗応役《きょうおうやく》の光《みつ》秀《ひで》がすぐに裃姿《かみしもすがた》の礼装《れいそう》で出迎《でむか》えた。幾度《いくど》かの合戦《かっせん》などを通《つう》じてお互《たが》いを見知《みし》ってはいたが、親《した》しく二人《ふたり》きりで話《はなし》を交《か》わすのは初《はじ》めてである。

「徳川殿《とくがわどの》には遠路《えんろ》お疲《つか》れでござったでしょう。上様《うえさま》よりご接待役《せったいやく》を承《うけたまわ》っております明智《あけち》惟任光秀《これとうみつひで》でござる。これからは何《なん》なりと某《それがし》にお申《もう》しくだされませ」

「お役目《やくめ》ご苦労《くろう》でござります。当分上方《とうぶんかみがた》に逗留《とうりゅう》することになるのでよろしくお願《ねが》い申《もう》す」

光秀《みつひで》と家康《いえやす》の二人《ふたり》は慇懃《いんぎん》に改《あらた》めて挨拶《あいさつ》を交《か》わした。

「明日十六日《あすじゅうろくにち》より二十日《はつか》まではこの安土城《あづちじょう》で上様《うえさま》がご接待《せったい》いたします。二十一日《にじゅういちにち》より家康《いえやす》殿《どの》には上洛《じょうらく》された後《あと》、大坂《おおざか》と堺《さかい》をお回《まわ》りいただく予定《よてい》でござります」

「かたじけない。織田一門《おだいちもん》の皆々《みなみな》は中国攻《ちゅうごくぜ》めでお忙《いそが》しかろう。我《われ》らは勝手《かって》に物見遊山《ものみゆさん》させていただくゆえあまり気《き》にかけずとも結構《けっこう》でござる」

その晩《ばん》は光秀自身《みつひでじしん》が一行《いっこう》を接待《せったい》した。隣《となり》の席《せき》には家康《いえやす》に姿恰好《すがたかっこう》がよく似《に》た穴山梅雪《あなやまばいせつ》が座《すわ》った。家康《いえやす》は料理《りょうり》が配膳《はいぜん》されると今晩《こんばん》の料理《りょうり》の会記《かいき》を手《て》に取《と》って読《よ》もうとした。光秀《みつひで》は質問《しつもん》に備《そな》えて懐《ふところ》に用意《ようい》してあった眼鏡《めがね》をつけて先《さき》に説明《せつめい》を始《はじ》めた。家康《いえやす》はその眼鏡《めがね》をまじまじと見《み》つめていたが、暫《しばら》くしてからおずおずと貸《か》して欲《ほ》しいと言《い》い出《だ》した。

「光秀殿《みつひでどの》、某《それがし》は最近《さいきん》とんと字《じ》が見《み》えずに参《まい》っておる」

家康《いえやす》は眼鏡《めがね》を手《て》にすると献立《こんだて》の字《じ》を見《み》ながら驚嘆《きょうたん》の声《こえ》を可愛《かわい》くあげた。

「これはよく見《み》える」

「徳川殿《とくがわどの》、その眼鏡《めがね》をお持《も》ちくだされ。長旅《ながたび》でお困《こま》りでしょう。拙者《せっしゃ》は代《か》わりの眼鏡《めがね》を持《も》っておりますので」

「それは、それはかたじけない。家康《いえやす》、恩《おん》にきる」

光秀《みつひで》はバテレンを通《つう》じて手《て》に入《い》れた愛用《あいよう》の眼鏡《めがね》を気前《きまえ》よく家康《いえやす》に与《あた》えた。まだ四十歳《よんじゅっさい》にもかかわらず老眼《ろうがん》の進《すす》みも早《はや》いようであった。眼鏡《めがね》を手《て》にしたせいか家康《いえやす》は親《した》しく光秀《みつひで》に心《こころ》を開《ひら》くようになっていった。家康《いえやす》は酒《さけ》を殆《ほとん》ど嗜《たしな》まずに淡々《たんたん》と五膳《ごぜん》の料理《りょうり》をきれいに平《たい》らげた。

食事中《しょくじちゅう》の話題《わだい》は特《とく》に織田家《おだけ》の家臣《かしん》で新《あたら》しく隣国《りんごく》の領主《りょうしゅ》となった甲斐《かい》の川尻秀隆《かわじりひでたか》、信濃《しなの》の森長可《もりながよし》、上野《こうずけ》の滝川一益《たきがわかずまさ》の人《ひと》となりを聞《き》きたがった。家康《いえやす》をはじめとして徳川《とくがわ》の家臣《かしん》たちは織田家《おだけ》の内情《ないじょう》に関《かん》して殆《ほとん》ど知《し》らないことを知《し》って意外《いがい》に感《かん》じた。戦《いくさ》にはめっぽう強《つよ》い武《ぶ》士集団《しゅうだん》だが他家《たけ》の政《まつりごと》には無関心《むかんしん》であった。

光秀《みつひで》が忙《いそが》しい一日《いちにち》を終《お》えて何気《なにげ》なく夜空《よぞら》を見上《みあ》げると青白《あおじろ》い彗星《すいせい》が長《なが》い尾《お》を引《ひ》いていた。不吉《ふきつ》な予兆《よちょう》にも思《おも》えた。

誰《だれ》しも予見《よけん》できない運命《うんめい》の日《ひ》に向《む》かって時間《じかん》は静《しず》かに動《うご》いていた。

翌日《よくじつ》から家康一行《いえやすいっこう》は安土城《あづちじょう》を訪《おとず》れると信長《のぶなが》は自《みずか》ら城《しろ》の内部《ないぶ》を自慢《じまん》げに案内《あんない》した。誰《だれ》もが腰《こし》を抜《ぬ》かすほど驚《おどろ》いたのはその五層《ごそう》の天守内部《てんしゅないぶ》の奇抜《きばつ》さと迫力《はくりょく》であった。大黒柱《だいこくばしら》のない吹《ふ》き抜《ぬ》けの空間《くうかん》がはるかな天井《てんじょう》に向《む》かって続《つづ》いていた。そして四層目《よんそうめ》には中空《ちゅうくう》に張《は》り出《だ》した能舞台《のうぶたい》まであった。各階《かくかい》の部屋《へや》には狩野一派《かのういっぱ》に描《か》かせた種々《しゅじゅ》の金碧障壁画《きんぺきしょうへきが》の見事《みごと》さに圧倒《あっとう》された。家康《いえやす》は否《いや》が応《おう》でも自分《じぶん》が三河《みかわ》の田舎大名《いなかだいみょう》であると自覚《じかく》させられ続《つづ》けた。

五月十九日《ごがつじゅうくにち》、信長《のぶなが》は家康《いえやす》の家臣一同《かしんいちどう》を労《ねぎら》うために安土城外《あづちじょうがい》の総見寺《そうけんじ》で能興行《のうこうぎょう》を催《もよお》した。舞台《ぶたい》の前方中央《ぜんぽうちゅうおう》には屋根《やね》付《つ》きの桟敷《さじき》が作《つく》られてあり、正客《しょうきゃく》の徳川家康《とくがわいえやす》の席《せき》が中央《ちゅうおう》に用意《ようい》されていた。家臣《かしん》たちは舞台《ぶたい》と桟敷《さじき》の間《あいだ》の土間《どま》で見物《けんぶつ》することになっていた。長《なが》が最後《さいご》に入場《にゅうじょう》してきて家康《いえやす》と近衛前久《このえさきひさ》の間《あいだ》に座《ざ》した。舞興行《まいこうぎょう》が始《はじ》まる前《まえ》に前久《さきひさ》が信長《のぶなが》に話《はな》しかけた。

「博多商人《はかたしょうにん》の島井宗室《しまいそうしつ》が所有《しょゆう》する楢柴《ならしば》の茶入《ちゃいれ》を上様《うえさま》に献上《けんじょう》したいと申《もう》し入《い》れがありましたが」

「楢柴《ならしば》だと、真《まこと》か」

「ただ筑前《ちくぜん》さまの中国攻《ちゅうごくぜ》めが始《はじ》まると参《まい》れぬとも申《もう》しておりました」

「左様《さよう》か、島井宗室《しまいそうしつ》はいつ上洛《じょうらく》すると申《もう》した」

「たしか六月《ろくがつ》の初《はじ》めにはと」

前久《さきひさ》は流《なが》し目《め》で信長《のぶなが》の顔色《かおいろ》を窺《うかが》った。

「相分《あいわ》かった。宗室《そうしつ》には楢柴《ならしば》を所持《しょじ》して参《まい》れと申《もう》し伝《つた》えよ。それまで戦《いくさ》は始《はじ》めぬ。その折《おり》には茶会《ちゃかい》を京都《きょうと》で開《ひら》こう」

「ありがたき仰《おお》せにてかしこまりました」

信長《のぶなが》の頭《あたま》は戦《いくさ》より茶会《ちゃかい》を優先《ゆうせん》しているようであった。これで毛利攻《もうりぜ》めを遅《おく》らせることができると前久《さきひさ》はふんだ。織田《おだ》の加勢《かせい》が遅《おく》れれば秀吉《ひでよし》は早晩毛利《そうばんもうり》に叩《たた》かれるだろう。さすれば光秀《みつひで》が上席《じょうせき》になれよう。あとは光秀《みつひで》をうまく焚《た》きつければ信長《のぶなが》を討《う》たせられると内心《ないしん》はほくそ笑《え》んだ。

その時機嫌《ときげん》の良《よ》かった信長《のぶなが》の顔《かお》に怒《いか》りの様相《ようそう》が表《あらわ》れた瞬間《しゅんかん》、腰《こし》の扇子《せんす》を抜《ぬ》いて桟敷《さじき》の欄《らん》干《かん》に思《おも》い切《き》り打《う》ちつけた。

「穴山《あなやま》、そちはどこに座《すわ》っている。陪臣《ばいしん》の席《せき》は土間《どま》だ」

怒《いか》りの矛先《ほこさき》は家康《いえやす》の隣《となり》に悠然《ゆうぜん》と座《すわ》っていた穴山梅雪《あなやまばいせつ》に向《む》けてであった。穴山《あなやま》は顔面蒼白《がんめんそうはく》になって慌《あわ》てて席《せき》を立《た》ち上《あ》がるとその場《ば》から逃《に》げ去《さ》った。家康《いえやす》はすぐに武田家《たけだけ》の裏切《うらぎ》り者《もの》を横《よこ》に侍《はべ》らせたことを軽率《けいそつ》だったと反省《はんせい》した。信長公《のぶながこう》にとっては穴山《あなやま》が裏切《うらぎ》らずとも武田家《たけだけ》を滅《ほろ》ぼせたと信《しん》じていただけに身《み》の程《ほど》を知《し》れと怒《おこ》ったに違《ちが》いなかった。

いつしか幸若大夫《こうわかたゆう》の舞《まい》が始《はじ》まっていた。演目《えんもく》は大織冠《たいしょかん》と田歌《たうた》の二番《にばん》であった。信長《のぶなが》は幸若《こうわか》の舞《まい》がうまくできたので大《おお》きな拍手《はくしゅ》をすると、それにつれて一同《いちどう》の拍手《はくしゅ》が続《つづ》いた。信長《のぶなが》は森乱丸《もりらんまる》を呼《よ》んで褒美《ほうび》の金子十枚《きんすじゅうまい》を手渡《てわた》した。そこへ長谷川《はせがわ》が一通《いっつう》の書状《しょじょう》を持参《じさん》した。家康《いえやす》が何気《なにげ》なく信長《のぶなが》の顔《かお》を見《み》ると先《さき》ほどとは打《う》って変《か》わり真剣《しんけん》そのものだった。

「光秀《みつひで》はおらんか」

信長《のぶなが》は周《まわ》りに聞《き》かれるのも構《かま》わずに大声《おおごえ》を上《あ》げた。桟敷《さじき》の二列目《にれつめ》で拝見《はいけん》していた光秀《みつひで》がすぐさま何事《なにごと》かと駆《か》けつけると軽《かろ》やかに歌《うた》われていた能《のう》の謡《うたい》が急《きゅう》に止《と》まった。梅若大夫《うめわかたゆう》はそれに驚《おどろ》いて手《て》にしていた扇子《せんす》を舞台《ぶたい》の上《うえ》に落《お》としてしまった。

「梅若《うめわか》、見苦《みぐる》しいぞ。都一番《みやこいちばん》の仕手《して》とは思《おも》えぬ。即刻《そっこく》やめい」

舞台上《ぶたいじょう》の役者《やくしゃ》と謡手《うたいて》たちはその怒声《どせい》に恐《おそ》れ慄《おのの》いて逃《に》げるように消《き》え去《さ》った。

「光秀《みつひで》、長宗我部《ちょうそかべ》が三万《さんまん》の軍勢《ぐんぜい》で阿波《あわ》の岩倉城《いわくらじょう》を攻《せ》めた。即刻《そっこく》、三好《みよし》の加勢《かせい》として津田《つだ》信澄《のぶずみ》と筒井順慶《つついじゅんけい》を大坂《おおざか》に行《い》かせて信孝《のぶたか》の指揮下《しきかい》に入《い》れよ」

「かしこまって候《そうろう》」

元親《もとちか》が切《き》り取《と》り御免《ごめん》で阿波《あわ》に侵入《しんにゅう》してくれたようだ。光秀《みつひで》の心《こころ》は上様《うえさま》の気持《きもち》が苛立《いらだ》っているのを見《み》て逆《ぎゃく》に冷静《れいせい》になっていった。背後《はいご》に控《ひか》えていた利三《としみつ》も頭《あたま》を下《さ》げながらかつての主元親《あるじもとちか》の働《はたら》きに納得《なっとく》していた。

翌五月二十日《よくごがつはつか》、家康一行《いえやすいっこう》の安土滞在最後《あづちたいざいさいご》の茶会席《ちゃかいせき》が催《もよお》された。座敷《ざしき》は湖畔《こはん》のそばにある高雲寺御殿《こううんじごてん》に用意《ようい》された。天気《てんき》は快晴《かいせい》となり座敷《ざしき》の床窓《とこまど》からは湖《みずうみ》に浮《う》かぶ釣船《つりぶね》が遠望《えんぼう》できてのんびりとした昼《ひる》を迎《むか》えていた。

茶事《ちゃじ》が始《はじ》まるや信長自《のぶながみずか》らが亭主《ていしゅ》となって膳《ぜん》を運《はこ》び家康《いえやす》の前《まえ》に据《す》えた。それをつぶさに見《み》ていた周《まわ》りの徳川家重臣《とくがわけじゅうしん》たちは一様《いちよう》に驚《おどろ》いた。そして茶会《ちゃかい》の誰《だれ》しもが亭主《ていしゅ》のもてなしに感《かん》じ入《い》った。

「家康殿《いえやすどの》、後《のち》ほど安土《あづち》の城《しろ》を再度《さいど》ご覧《らん》いただこうと思《おも》っておる。某《それがし》、六月《ろくがつ》には毛利征伐《もうりせいばつ》に参《まい》るゆえ、それまで上方《かみがた》をゆっくりと遊覧《ゆうらん》されたらよし」

「家康《いえやす》、生《せい》を受《う》けて以来《いらい》、これほど豪華《ごうか》な馳走《ちそう》を受《う》けたのは初《はじ》めてでござる。これまで生《い》きるの死《し》ぬのと血生臭《ちなまぐさ》い身《み》が久《ひさ》しぶりに洗《あら》われた気持《きもち》がいたします。この恩義《おんぎ》は一生忘《いっしょうわす》れはいたしませぬ」

信長《のぶなが》はいままで誰《だれ》にも見《み》せたことのない笑顔《えがお》で、

「正直《しょうじき》、そなたが三河《みかわ》におってくれたで今日《きょう》の信長《のぶなが》があるがや。わしもそなたには恩義《おんぎ》を感《かん》じとるんだわ」

家康《いえやす》は思《おも》いがけない優《やさ》しい信長公《のぶながこう》の尾張言葉《おわりことば》に胸《むね》が熱《あつ》くなった。これまでの人生《じんせい》を振《ふ》り返《かえ》ってみれば幼年《ようねん》の人質時代《ひとじちじだい》、桶狭間《おけはざま》の戦《いくさ》、越前姉川《えちぜんあねがわ》の死闘《しとう》、三方ヶ原《みかたがはら》の大敗《たいはい》、嫡子信康《ちゃくしのぶやす》の謀反《むほん》など、それらの悩《なや》み、苦《くる》しさ、恐怖《きょうふ》は筆舌《ひつぜつ》に尽《つ》くし難《がた》かっただけに今日《きょう》初《はじ》めて信長《のぶなが》公《こう》と真心《まごころ》が通《つう》じ合《あ》った気《き》がした。

その晩《ばん》、光秀《みつひで》は上様《うえさま》から安土城《あづちじょう》に急遽《きゅうきょ》呼ばれた。明日《あす》の徳川家《とくがわけ》上洛《じょうらく》にあたっての注意《ちゅうい》かと思《おも》って居間《いま》に参上《さんじょう》すると、

「光秀《みつひで》、博多《はかた》から島井宗室《しまいそうしつ》の楢柴《ならしば》が到着次第《とうちゃくしだい》、京都本能寺《きょうとほんのうじ》で茶会《ちゃかい》を開《ひら》く。家康《いえやす》と誠仁親王《さねひとしんのう》も招《まね》こうと思《おも》う。手配《てはい》をいたせ」

「恐《おそ》れながら某《それがし》は徳川殿《とくがわどの》と大坂《おおざか》と堺《さかい》まで同行《どうこう》する次第《しだい》につき、その儀《ぎ》は他《ほか》の者《もの》に命《めい》じられたいと存《ぞん》じますが」

「構《かま》わぬ、家康《いえやす》の面倒《めんどう》は長谷川《はせがわ》に任《まか》せる。そちは京都《きょうと》に残《のこ》って茶会《ちゃかい》の用意《ようい》をいたせ」

「わかりましてござります」
上様《うえさま》は常《つね》に合議《ごうぎ》をせず重臣《じゅうしん》には直接命令《ちょくせつめいれい》を下《くだ》した。したがって他《ほか》の織田家《おだけ》の武将《ぶしょう》にどのような指示《しじ》が出《だ》されているか受《う》けた本人以外《ほんにんいがい》にはわからない制度《せいど》であった。光秀《みつひで》はそのまま居間《いま》を立《た》ち去《さ》るしかなかった。

翌五月二十一日《よくごがつにじゅういちにち》、家康《いえやす》は安土城《あづちじょう》の御礼訪問《おんれいほうもん》が終《お》わったことで供廻《ともまわり》の人数《にんずう》を三十名《さんじゅうめい》ほどに減《へ》らした。昨日《きのう》の茶会席《ちゃかいせき》での信長公《のぶながこう》の自分《じぶん》に対《たい》する言動《げんどう》を見《み》て絶大《ぜつだい》な信頼《しんらい》を得《え》られたと思《おも》えたからだった。ゆとりが生《う》まれた家康《いえやす》はこれから本気《ほんき》で物見遊山《ものみゆさん》の旅《たび》を続《つづ》けようと考《かんが》えた。

京都《きょうと》へ行《い》く道《みち》すがら家康《いえやす》は光秀《みつひで》と馬《うま》を並《なら》べながら他愛《たあい》のない話《はなし》を続《つづ》けた。小姓《こしょう》の長谷川《はせがわ》が後《あと》に従《したが》っていた。

「光秀殿《みつひでどの》、わしは長年家《ながねんいえ》の子郎党《ころうとう》を養《やしな》い、国《くに》を広《ひろ》げることのみに腐心《ふしん》してまいった。しかし、迂闊《うかつ》にもなんら朝廷《ちょうてい》に手土産《てみやげ》を持参《じさん》してこなかったことに気《き》づいた。如何《いかが》すればよかろうか」

光秀《みつひで》は家康《いえやす》の性根《しょうね》の正直《しょうじき》さとその鷹揚《おうよう》さに驚《おどろ》くと同時《どうじ》に、三河《みかわ》、遠江《とおとうみ》、そして駿河《するが》の太《たい》守《しゅ》になった家康《いえやす》が朝廷《ちょうてい》への献上品《けんじょうひん》を何《なに》も用意《ようい》していなかったことが信《しん》じられなかった。そういえば家康《いえやす》の官位《かんい》は十五年間《じゅうごねんかん》も三河守《みかわのかみ》のままであった。徳川家《とくがわけ》の老臣《ろうしん》どもは何《なに》をしていたのか。たしか信長《のぶなが》の父信秀《ちちのぶひで》は同《おな》じ三河守《みかわのかみ》の時《とき》にすでに内裏《だいり》の修繕費《しゅうぜんひ》として四千貫《よんせんかん》もの巨額《きょがく》の銭貨《せんか》を献上《けんじょう》していた。それに比《くら》べて家康《いえやす》は何《なん》の貢献《こうけん》もしていなかったので三河守《みかわのかみ》のままで留《と》め置《お》かれて何《なん》らの叙勲《じょくん》も追贈《ついぞう》もなかった。しかも内裏《だいり》の仕来《しきた》りで従四位《じゅよんい》の官位《かんい》では参内《さんだい》したくてもできないのである。

傍《そば》で話《はなし》を聞《き》いていた酒井忠次《さかいただつぐ》と石川数正《いしかわかずまさ》は戦《いくさ》に明《あ》け暮《く》れてこれまで何《なに》も朝廷《ちょうてい》に献上《けんじょう》しなかったことを素直《すなお》に光秀《みつひで》に詫《わ》びた。

「徳川殿《とくがわどの》、前《さき》の関白近衛前久《かんぱくこのえさきひさ》さまと大納言勧修寺晴豊《だいなごんかじゅうじはるとよ》さまは私《わたし》の長年《ながねん》の知己《ちき》でもありますので、京都《きょうと》に着《つ》きましたらお引《ひ》き合《あ》わせいたしましょう」

「それはかたじけない」

家康《いえやす》は真面目《まじめ》に光秀《みつひで》に頭《あたま》を下《さ》げた。その振舞《ふるまい》を見《み》てこの人《ひと》のためなら陪臣《ばいしん》の光秀《みつひで》でも喜《よろこ》んで徳川家《とくがわけ》に協力《きょうりょく》できるように思《おも》えた。

その時《とき》、後方《こうほう》から追《お》いかけてくる騎馬《きば》の一団《いちだん》が見《み》えた。赤色《あかいろ》の母衣《ほろ》を靡《なび》かせた武将《ぶしょう》たちは間違《まちが》いなく上様《うえさま》の馬廻《うままわり》たちであった。家康《いえやす》の家臣《かしん》たちも気《き》づいて周《まわ》りに防御態勢《ぼうぎょたいせい》をしいた。先頭《せんとう》の武者《むしゃ》の顔《かお》が見《み》えてくると、それは小姓《こしょう》の堀久太郎《ほりきゅうたろう》だった。

光秀《みつひで》が不安《ふあん》げに大声《おおごえ》で問《と》いかけた。

「堀《ほり》、何事《なにごと》だ。徳川殿《とくがわどの》に失礼《しつれい》だろう」

堀《ほり》はひらりと馬《うま》から飛《と》び降《お》りると、家康《いえやす》に一礼《いちれい》してから光秀《みつひで》の馬前《ばぜん》に跪《ひざまず》いた。

「失礼《しつれい》の段《だん》ひらにお許《ゆる》しください。本日《ほんじつ》羽柴筑前守《はしばちくぜんのかみ》より加勢依頼《かせいいらい》の使《つか》いが参《まい》り、上様《うえさま》と中将信忠《ちゅうじょうのぶただ》さまは六月四日《ろくがつよっか》に中国《ちゅうごく》へ下向《げこう》されるゆえ、惟任日向守《これとうひゅうがのかみ》さまは旗下《きか》の細川《ほそかわ》、池田《いけだ》、高山《たかやま》、中川《なかがわ》、筒井勢《つついぜい》を率《ひき》いて一足先《ひとあしさき》に備中高松城《びっちゅうたかまつじょう》への後詰《ごづめ》にありたしとの御下命《ごかめい》でござります」

また上様得意《うえさまとくい》の朝令暮改《ちょうれいぼかい》の命令《めいれい》だった。

「徳川殿《とくがわどの》、お聴《き》きの通《とお》りのことで、某《それがし》は中国攻《ちゅうごくぜ》めのために残念《ざんねん》ながら京都《きょうと》でお別《わか》れせねばなりませぬ」

「なんの、なんの、わしばかり物見遊山《ものみゆさん》の旅《たび》で悪《わる》いのう。御懸念《ごけねん》なく戦《いくさ》に専念《せんねん》されよ」

「ありがたいお言葉《ことば》に存《ぞん》じる。左馬之助《さまのすけ》、一足先《ひとあしさき》に勧修寺大納言《かじゅうじだいなごん》さまにお伝《つた》え申《もう》せ。明朝《みょうちょう》徳川三河守殿《とくがわみかわのかみどの》が参内《さんだい》するからと」

左馬之助《さまのすけ》が馬首《ばしゅ》を京都《きょうと》に向《む》けようとすると、堀《ほり》も鞭《むち》を口《くち》にくわえながら馬《うま》に乗《の》った。

「それではこれにてご免《めん》。備中《びっちゅう》まで一走《ひとはし》りせねばなりませぬので」

また礼儀正《れいぎただ》しく家康《いえやす》に馬上《ばじょう》から礼《れい》をすると一気《いっき》に馬《うま》の尻《しり》に鞭《むち》を入《い》れた。十騎《じゅっき》ばかりの騎馬隊《きばたい》が後《あと》に続《つづ》き白《しろ》い砂煙《すなけむり》が道《みち》に広《ひろ》がっていく。


京都《きょうと》に入洛《にゅうらく》した徳川一行《とくがわいっこう》を宿舎《しゅくしゃ》である妙心寺《みょうしんじ》に案内《あんない》した光秀《みつひで》は長谷川《はせがわ》を寺《てら》に残《のこ》して別《わか》れることにした。家康《いえやす》と別《わか》れた後《あと》、光秀《みつひで》の足《あし》は自然《しぜん》と吉田山《よしだやま》の兼見《かねみ》のもとに向《む》かった。茶会《ちゃかい》に出席《しゅっせき》できなくなり話題《わだい》の楢柴《ならしば》が間《ま》に合《あ》うのかが気《き》になっていたからである。

「兼見《かねみ》、上様《うえさま》は楢柴《ならしば》が届《とど》き次第京都《しだいきょうと》で茶会《ちゃかい》を開《ひら》かれることに相成《あいな》った。島井宗室《しまいそうしつ》の方《ほう》はいかがか」

「宗室《そうしつ》は京都《きょうと》には着《つ》いているようだ。明日《あす》にでも楢柴《ならしば》を受《う》け取《と》れるように手配《てはい》しよう」

「間違《まちが》いなく宗室《そうしつ》は上様《うえさま》に楢柴《ならしば》を献上《けんじょう》するのだな」

「前久《さきひさ》さまからの話《はなし》では、それなりの金子《きんす》を貰《もら》えれば渡《わた》すと言《い》っているそうだ」

「そうか、それでは上様《うえさま》の中国《ちゅうごく》の前《まえ》に茶会《ちゃかい》はできそうだな」

「さようですな。光秀《みつひで》、ところで今織田《いまおだ》の主《おも》だった御家来衆《ごけらいしゅう》はどちらにおられますか」

兼見《かねみ》が思《おも》いつめたように聞《き》いてきた。

「あらたまって何事《なにごと》だ。よくわからぬが大坂表《おおざかおもて》には織田信孝《おだのぶたか》さま、それに婿《むこ》の信澄《のぶずみ》かな。近日中《きんじつちゅう》に四国《しこく》に渡海《とかい》する予定《よてい》と聞《き》いておる。秀吉《ひでよし》は備中《びっちゅう》の高松城《たかまつじょう》を攻《せ》めておるし、柴田勝《しばたかつ》家《いえ》の北国勢《ほっこくぜい》は越中松倉城《えっちゅうまつくらじょう》を囲《かこ》んでおる」

「織田信忠《おだのぶただ》さまはどちらに」

「多分岐阜城《たぶんぎふじょう》におられると思《おも》う」

「そうすると六月《ろくがつ》の茶会《ちゃかい》に出席《しゅっせき》される方《かた》は信長《のぶなが》さまだけということでござるか」

「さよう、あとは公家衆《くげしゅう》と町衆《まちしゅう》かな」

「徳川殿《とくがわどの》は」

「堺《さかい》から帰国《きこく》される前《まえ》に、茶会《ちゃかい》に出席《しゅっせき》されるはずだ」

兼見《かねみ》の顔《かお》を見《み》ると物《もの》の怪《け》につかれたように血走《ちばし》っていた。ひとしきり唸《うな》った後《あと》で光秀《みつひで》の眼《め》を見据《みす》えた。

「十兵衛《じゅうべえ》、将棋《しょうぎ》の王手飛車《おうてひしゃ》取《と》りの手《て》を知《し》っておるか。角《かく》と金《きん》取《と》りも狙《ねら》えるが」

「兼見《かねみ》、将棋《しょうぎ》の話《はなし》ではないな」

光秀《みつひで》も兼見《かねみ》が何《なに》を言《い》おうとしているか推察《すいさつ》がついた。将棋《しょうぎ》に例《たと》えてこれから起《お》きる事《じ》象《しょう》を考えれば確《たし》かに難《むずか》しくない。京都《きょうと》には王将《おうしょう》の信長《のぶなが》だけで近《ちか》くに飛車角《ひしゃかく》ともいえる家康《いえやす》がいるが護衛《ごえい》がない。金《きん》とは認《みと》めたくないが備中《びっちゅう》の秀吉《ひでよし》は毛利家《もうりけ》三枚《さんまい》の金銀《きんぎん》を使《つか》えば取《と》れる。岐阜《ぎふ》にいる信忠《のぶただ》、北陸《ほくりく》の柴田勝家《しばたかついえ》と前田利家《まえだとしいえ》の駒《こま》は玉《ぎょく》から離《はな》れ過《す》ぎていてすぐの役《やく》には立《た》たない。しかし自分《じぶん》の持《も》ち駒《ごま》は全《すべ》て将棋台《しょうぎだい》にある。細川《ほそかわ》、筒井《つつい》、長宗我部《ちょうそかべ》、津田《つだ》、池《いけ》田《だ》、高山《たかやま》、中川《なかがわ》の駒《こま》をうまく張《は》れればこの勝負《しょうぶ》勝《か》てるかもしれない。

光秀《みつひで》の頭《あたま》は冴《さ》えていた。何《なん》の恐怖《きょうふ》も焦《あせ》りの感情《かんじょう》も湧《わ》かなかった。この戦《いくさ》は時《とき》と戦法《せんぽう》さえ間違《まちが》わなければ勝《か》てる戦《いくさ》だと長年《ながねん》の経験《けいけん》で感《かん》じた。

「茶会《ちゃかい》はいつにする」

兼見《かねみ》は光秀《みつひで》の納得《なっとく》したような顔《かお》を見《み》て話題《わだい》を逸《そ》らした。

「六月一日《ろくがつついたち》ではどうか」

「それでは近衛前久《このえさきひさ》さまより正式《せいしき》に安土《あづち》へ申《もう》し入《い》れさせよう」

「わしは中国攻《ちゅうごくぜ》めの準備《じゅんび》でいったん坂本《さかもと》へ戻《もど》る。その前《まえ》に連歌会《れんがかい》でも催《もよお》そう」

光秀《みつひで》はゆっくりと立《た》ち上《あ》がると兼見《かねみ》の手《て》を取《と》って握《にぎ》った。二人《ふたり》に言葉《ことば》はいらなかった。

ただ勅命《ちょくめい》という文字《もじ》だけが光秀《みつひで》の頭《あたま》に残《のこ》っていた。

翌朝《よくあさ》、島井宗室《しまいそうしつ》が吉田兼見《よしだかねみ》の自宅《じたく》に呼《よ》ばれた。その日《ひ》、兼見《かねみ》は失敗《しっぱい》が許《ゆる》されない人生最《じんせいさい》大《だい》の博打《ばくち》を打《う》とうとしていた。

「宗室《そうしつ》、茶会《ちゃかい》は六月一日《ろくがつついたち》の夕刻《ゆうこく》より本能寺《ほんのうじ》にて行《おこな》われることになった。公家《くげ》も四《し》、五十名《ごじゅうめい》ほど出席《しゅっせき》する予定《よてい》じゃ。それで楢柴《ならしば》の茶入《ちゃいれ》は間違《まちが》いなく献上《けんじょう》できような」

日焼《ひや》けした島井《しまい》はいやらしい笑《え》みを浮《う》かべた。

「ご心配《しんぱい》には及《およ》びません。信長《のぶなが》さまよりはそれなりの金子《きんす》は頂《いただ》きますよってにな」

兼見《かねみ》は部屋《へや》の周囲《しゅうい》を見渡《みわた》しながら声《こえ》を潜《ひそ》めた。

「恵瓊《えけい》からその後《ご》なにか知《し》らせはないか」

「光秀殿《みつひでどの》がまこと信長《のぶなが》さまの中国攻《ちゅうごくぜ》めを止《と》めることができるのか、いまいち信《しん》じられぬと申《もう》しておりました」

「宗室《そうしつ》、心配《しんぱい》するな。織田《おだ》の加勢《かせい》は行《い》かぬ。いずれにしろ六月一日《ろくがつついたち》の茶会《ちゃかい》が終《お》わればわかること」

島井《しまい》は怪訝《けげん》そうに兼見《かねみ》の顔《かお》を見《み》た。

「それはどういうことです」

「わからなくても構《かま》わぬ。毛利《もうり》は織田《おだ》の後詰《ごづめ》を気《き》にせずに思《おも》うがままに戦《いくさ》をすればよいと恵瓊《えけい》に伝《つた》えてくれ」

宗室《そうしつ》は兼見《かねみ》の言葉《ことば》の裏《うら》に何《なに》かあると感《かん》じた。これだけはっきり言《い》うところを見《み》ると、織《お》田《だ》の加勢《かせい》は当分来《とうぶんこ》ないのかもしれない。

兼見《かねみ》との密談《みつだん》が終《お》わると、宗室《そうしつ》はすぐに備中《びっちゅう》にいる恵瓊宛《えけいあて》に書状《しょじょう》を早飛脚《はやひきゃく》に持《も》たせた。

「織田信長京都本能寺《おだのぶながきょうとほんのうじ》にて六月一日茶会《ろくがつついたちちゃかい》を催《もよお》すにつき織田《おだ》の加勢《かせい》は遅参《ちさん》すると推察候《すいさつそうろう》」

その書状《しょじょう》は早《はや》くも五月二十四日《ごがつにじゅうよっか》の昼頃《ひるごろ》に備中高松《びっちゅうたかまつ》にいる恵瓊《えけい》の元《もと》に届《とど》いた。それは信長《のぶなが》が発行《はっこう》した朱印状《しゅいんじょう》の特権《とっけん》を利用《りよう》したからだった。織田家《おだけ》の領内《りょうない》において所持《しょじ》するあらゆる商品《しょうひん》と持物《もちもの》を検閲《けんえつ》なしに移動《いどう》できるという特権《とっけん》である。

恵瓊《えけい》も島井《しまい》の書状《しょじょう》を読《よ》んで同《おな》じ疑問《ぎもん》を持《も》った。織田《おだ》の加勢《かせい》が遅《おく》れるとはどういう意味《いみ》なのか。瞬間的《しゅんかんてき》に何《なに》か密謀《みつぼう》が織田家《おだけ》の家中《かちゅう》で起《お》きていると推測《すいそく》した。

しかしながら、その書状《しょじょう》は織田軍《おだぐん》の関所《せきしょ》でも内密《ないみつ》に閲覧《えつらん》されて既《すで》に秀吉《ひでよし》が知《し》ることになった。加勢《かせい》の織田勢《おだぜい》が遅《おく》れれば手持《てもち》の軍勢一万五千《ぐんぜいいちまんごせん》だけでは毛利《もうり》、小早川《こばやかわ》、吉川三家《きっかわさんけ》の連合軍《れんごうぐん》には到底敵《とうていかな》わない。戦場《せんじょう》に居続《いつづ》ける秀吉《ひでよし》の直感《ちょっかん》は冴《さ》えていて別《べつ》な暗示《あんじ》を感《かん》じていた。早馬《はやうま》で備中《びっちゅう》の本陣《ほんじん》に届《とど》いた明智軍団後詰出発《あけちぐんだんごづめしゅっぱつ》の知《し》らせと、恵瓊宛《えけいあて》の島井《しまい》からの密書《みっしょ》の中《なか》身《み》の相違《そうい》に苦慮《くりょ》していたからである。織田《おだ》の加勢《かせい》は予定通《よていどお》り来《く》るのか、遅《おく》れるのか思案《しあん》のしどころだった。

今頃《いまごろ》は恵瓊《えけい》を通《つう》じて毛利家《もうりけ》にも島井《しまい》からの書状《しょじょう》は読《よ》まれているに違《ちが》いない。織田《おだ》の加勢《かせい》がもし遅《おく》れることを毛利勢《もうりぜい》が知《し》れば当然《とうぜん》この秀吉《ひでよし》を目《め》がけてすぐさま攻撃《こうげき》してくるだろう。秀吉《ひでよし》はそこまで考《かんが》えてから、その前《まえ》に先手《せんて》を打《う》って最悪《さいあく》の状態《じょうたい》を避《さ》けるために毛利《もうり》との和平《わへい》を独断《どくだん》で進《すす》めようと決断《けつだん》した。

秀吉《ひでよし》は単身《たんしん》で備中高松城《びっちゅうたかまつじょう》の水攻《みずぜ》めの本陣《ほんじん》である石井山《いしいやま》を下《くだ》って城外《じょうがい》にある妙法寺《みょうほうじ》を訪《たず》ねた。そこに毛利家《もうりけ》の使僧《しそう》である安国寺恵瓊《あんこくじえけい》が滞在《たいざい》していることを知《し》っていたからである。庫裡《くり》の座敷《ざしき》に通《とお》された秀吉《ひでよし》の前《まえ》に大柄《おおがら》な恵瓊《えけい》が澄《す》ました顔《かお》で現《あら》われた。茶坊主《ちゃぼうず》が冷《ひ》えた茶《ちゃ》を差《さ》し出《だ》すとすぐに消《き》えた。

「これは筑前守《ちくぜんのかみ》ともあろう御方《おかた》が愚僧《ぐそう》に何《なん》の御用《ごよう》でありましょうか」

「恵瓊殿《えけいどの》、頼《たの》みがある。至急毛利家《しきゅうもうりけ》と手打《てう》ちをしたい」

「筑前殿《ちくぜんどの》は水遊《みずあそ》びがお好《す》きなようでござるな。武士《ぶし》とは戦《たたか》う者《もの》でござります」

恵瓊《えけい》の言葉《ことば》には強烈《きょうれつ》な皮肉《ひにく》が込《こ》められていた。秀吉《ひでよし》は毛利方《もうりがた》の清水宗治《しみずむねはる》が立《た》て籠《こも》る高松城《たかまつじょう》を攻《せ》めあぐねて近《ちか》くの足守川《あしもりがわ》の堰《せき》を切《き》って水攻《みずぜ》めを仕掛《しか》けていたからである。

「されど、このままでは毛利勢《もうりぜい》も水《みず》の中《なか》の高松城《たかまつじょう》を助《たす》けることはできまい。貴僧《きそう》に毛利家《もうりけ》の所存《しょぞん》を聞《き》いて欲《ほ》しいのだ」

「毛利家《もうりけ》は今《いま》まで一度《いちど》も織田家《おだけ》の領土《りょうど》を切《き》り取《と》った覚《おぼ》えはありませぬ。無理《むり》を強《し》いているのは織田家《おだけ》、したがって兵《へい》を備中《びっちゅう》からお引《ひ》き頂《いただ》くこと、それができねば追《お》い出《だ》すだけでございます」

「相分《あいわ》かった。早速所領安堵《さっそくしょりょうあんど》の誓書《せいしょ》を用意《ようい》しよう」

恵瓊《えけい》は秀吉《ひでよし》の焦《あせ》りを知《し》ると茶《ちゃ》を一口《ひとくち》飲《の》んでから、

「戦国《せんごく》の世《よ》は所詮狐《しょせんきつね》と狸《たぬき》の化《ば》かし合《あ》い、出世《しゅっせ》したいのは誰《だれ》でも同《おな》じでござる。秀吉殿《ひでよしどの》だけが手柄《てがら》を立《た》てようと思《おも》えば波風《なみかぜ》が立《た》つのも道理《どうり》でござる」

「恵瓊殿《えけいどの》、はっきりと腹《はら》の中《なか》を申《もう》されよ。奥歯《おくば》に物《もの》が挟《はさ》まっていてはわかり申《もう》さぬ」

恵瓊《えけい》は素直《すなお》に笑《わら》った。次《つぎ》に真剣《しんけん》な顔《かお》で、

「秀吉殿《ひでよしどの》は運《うん》の強《つよ》い方《かた》でござるな。織田《おだ》の加勢《かせい》は参《まい》らぬようですから早々《そうそう》に引《ひ》き下《さ》がられるのは賢明《けんめい》な判断《はんだん》と申《もう》しております」

秀吉《ひでよし》はやはり自分《じぶん》の予感《よかん》が正《ただ》しかったことを知《し》った。やはり織田《おだ》の加勢《かせい》が来《く》る前《まえ》に毛利《もうり》が総攻撃《そうこうげき》をする予定《よてい》だったのだ。しかし島井宗室《しまいそうしつ》に加勢《かせい》が遅《おく》れることを知《し》らせたのは誰《だれ》なのだ。それができるのは京都《きょうと》にいる織田家《おだけ》の大名《だいみょう》しかいない。さては光秀《みつひで》なのか。

秀吉《ひでよし》は翌日《よくじつ》には主君信長《しゅくんのぶなが》に無断《むだん》で所領安堵《しょりょうあんど》の誓紙《せいし》を毛利家《もうりけ》と交《か》わした。そして即刻旗《そっこくき》下《か》の軍勢《ぐんぜい》に姫路《ひめじ》まで撤退《てったい》させることを指示《しじ》したのであった。もし自分《じぶん》の判断《はんだん》が間違《まちが》っていた時《とき》は信長公《のぶながこう》から軍律違反《ぐんりついはん》を言《い》われる前《まえ》に腹《はら》を切《き》る覚悟《かくご》であった。

信長《のぶなが》は五月二十五日《ごがつにじゅうごにち》に京都《きょうと》の公卿《くぎょう》、僧侶《そうりょ》、豪商宛《ごうしょうあ》てに大茶会《おおちゃかい》の案内状《あんないじょう》を送《おく》った。開催《かいさい》日時《にちじ》は天正十年水無月《てんしょうじゅうねんみなづき》の一日申《ついたちさる》の刻《こく》より京都《きょうと》の本能寺《ほんのうじ》に於《お》いてというものであった。連《れん》客《きゃく》は総勢五十名《そうぜいごじゅうめい》を越《こ》していた。正客《しょうきゃく》として近衛前久《このえさきひさ》、次客《じきゃく》に徳川家康《とくがわいえやす》が選《えら》ばれており、連客《れんきゃく》には勧修寺晴豊《かじゅうじはるとよ》、吉田兼見《よしだかねみ》、そして当然《とうぜん》のごとく島井宗室《しまいそうしつ》も招《まね》かれていた。信長《のぶなが》が茶会《ちゃかい》に合《あ》わせて三十種以上《さんじゅっしゅいじょう》の天下《てんか》の名物茶器《めいぶつちゃき》を安土城《あづちじょう》から運《はこ》ばせるという噂《うわさ》で京都《きょうと》は持《も》ち切《き》りだった。

本能寺《ほんのうじ》

家康《いえやす》は大坂《おおざか》を経由《けいゆ》して堺《さかい》の町《まち》に入《はい》った。宿舎《しゅくしゃ》は南宗寺《なんそうじ》であった。堺《さかい》の納屋衆《なやしゅう》は遠《とお》い東国《とうごく》からの客《きゃく》を迎《むか》えて戸惑《とまど》いがちであった。すでに信長《のぶなが》からは徳川家康《とくがわいえやす》を賓客《ひんきゃく》としてもてなすように会合衆筆頭《えごうしゅうひっとう》の今井宗久《いまいそうきゅう》には指示書《しじしょ》が届《とど》いていたが、納屋衆《なやしゅう》で面識《めんしき》があるのは昔《むかし》から徳川家《とくがわけ》と取引《とりひき》をしている茶屋四郎次郎《ちゃやしろうじろう》だけであった。

その日《ひ》の夕刻《ゆうこく》、茶屋《ちゃや》の屋敷《やしき》で茶湯《ちゃのゆ》の接待《せったい》を受《う》けた家康《いえやす》は奥座敷《おくざしき》で小坪《こつぼ》の石庭《せきてい》を見《み》ながら思《おも》いに耽《ふけ》っていた。

自分《じぶん》の半生《はんせい》は武田家《たけだけ》との抗争《こうそう》に明《あ》け暮《く》れたと言《い》っても過言《かごん》ではない。ようやく武田《たけだ》も滅《ほろ》んだが払《はら》った代償《だいしょう》も大《おお》きかった。最大《さいだい》の苦痛《くつう》は正妻《せいさい》の築山《つきやま》と嫡子信康《ちゃくしのぶやす》を武田家《たけだけ》との内通嫌《ないつうけん》疑《ぎ》で自害《じがい》させなければならなかったことであった。信長公《のぶながこう》の命令《めいれい》に反《はん》して妻子《さいし》のために武《たけ》田《だ》と同盟《どうめい》して織田家《おだけ》に歯向《はむ》かうことも一瞬脳裏《いっしゅんのうり》に過《よぎ》った。あの時《とき》、親子《おやこ》の情《じょう》に絆《ほだ》されて武田《たけだ》に寝返《ねがえ》っていたらどうであっただろう。結果《けっか》としてやはり織田家《おだけ》との契《ちぎり》は変《か》えなくてよかったとは思《おも》うが、この虚《むな》しい気持《きもち》は何故《なぜ》だろうか。あれから三年《さんねん》たった今《いま》でも心《こころ》の痛《いた》

み は癒《いや》されていなかった。

しかし、あの時《とき》の無情《むじょう》な信長公《のぶながこう》とこの上方旅行《かみがたりょこう》で会《あ》った信長公《のぶながこう》との大《おお》きな違《ちが》いは何《なん》だろうか、まるで別人《べつじん》のようだ。どちらが本当《ほんとう》の信長公《のぶながこう》なのか。それでも総見寺《そうけんじ》の能興行《のうこうぎょう》で見《み》せた穴山梅雪《あなやまばいせつ》への冷酷《れいこく》な態度《たいど》は忘《わす》れられない。あの叱責《しっせき》はひょっとすると穴山《あなやま》は織田《おだ》家《け》の陣営《じんえい》には要《い》らない、始末《しまつ》をしろという自分《じぶん》への意志表示《いしひょうじ》かもしれない。

家康《いえやす》はその時憑物《ときつきもの》が肩《かた》に落《お》ちてくる感覚《かんかく》を抱《いだ》いた。この旅行中《りょこうちゅう》に穴山《あなやま》を亡《な》き者《もの》にすれば甲斐一国《かいいっこく》は徳川家《とくがわけ》のものになるではないか。そして信長公《のぶながこう》への忠誠心《ちゅうせいしん》も表《あらわ》すことができれば一石二鳥《いっせきにちょう》だ。戦国領主《せんごくりょうしゅ》の妄想《もうそう》が頭《あたま》を駆《か》け巡《めぐ》った。

「徳川《とくがわ》さま、納屋衆《なやしゅう》たちの茶会《ちゃかい》の次第《しだい》が決《き》まりました」

茶屋《ちゃや》が笑顔《えがお》で色白《いろじろ》な顔《かお》を出《だ》した。そこで正気《しょうき》に戻《もど》った。茶屋《ちゃや》は上背《うわぜい》が六尺《ろくしゃく》ほどもある長《ちょう》身《しん》で痩《や》せぎすな男《おとこ》であった。丸顔《まるがお》で短身肥満《たんしんひまん》な家康《いえやす》とは対照的《たいしょうてき》な体形《たいけい》であった。

「明日《あす》の昼《ひる》に今井宗久《いまいそうきゅう》がこちらでおもてなしをなされます。明後日《あさって》の夜《よる》は津田宗及《つだそうぎゅう》が、明々後日《しあさって》の夜《よる》は千宗易《せんのそうえき》が趣向《しゅこう》を凝《こ》らした茶会《ちゃかい》を開《ひら》くと申《もう》されております」

宿泊《しゅくはく》している南宗寺《なんそうじ》は堺町衆《さかいまちしゅう》の茶会《ちゃかい》の席場《せきば》として頻繁《ひんぱん》に使《つか》われている臨済宗《りんざいしゅう》の大寺《おおでら》であった。しかし先《さき》ほどの念《ねん》が邪魔《じゃま》して顔《かお》は浮《う》かなかった。

「徳川《とくがわ》さま、何《なに》かご思案《しあん》ですか。少《すこ》し憂《う》さ晴《ば》らしに外《そと》へ出《で》てみませんか」

「うむ、そうだな。何《なに》か面白《おもしろ》いことでもあるかな」

「念仏踊《ねんぶつおど》りが町《まち》を練《ね》り回《まわ》っております。三河《みかわ》とはまた違《ちが》った趣向《しゅこう》かと」

「ではでかけよう。万千代《まんちよ》ついてまいれ」

家康《いえやす》は小姓《こしょう》の井伊万千代《いいまんちよ》だけを連《つ》れると湯帷子《ゆかたびら》を着《き》て気軽《きがる》な恰好《かっこう》で町《まち》に繰《く》り出《だ》した。

鐘《かね》、太鼓《たいこ》、笛《ふえ》の音《ね》につれて大勢《おおぜい》の人々《ひとびと》の囃子声《はやしごえ》と踊《おど》り声《ごえ》が聞《き》こえてきた。奇装《きそう》に身《み》を窶《やつ》した傾奇者《かぶきもの》、遊女《ゆうじょ》、傀儡《くぐつ》らが一心不乱《いっしんふらん》に踊《おど》り歌《うた》っていた。

「何《なに》せうぞ　くすんで　一期《いちご》は夢《ゆめ》よ　ただ狂《くる》えー　ただ狂《くる》えー」

家康《いえやす》はその踊《おど》りの渦《うず》の中《なか》に異様《いよう》な衣装《いしょう》を着《き》て独特《どくとく》な雰囲気《ふんいき》を漂《ただよ》わせた遊女《ゆうじょ》の集団《しゅうだん》に目《め》が向《む》いた。良《よ》く見《み》れば切髪《きりかみ》に鉢巻《はちまき》を締《し》めて、金襴緞子《きんらんどんす》の着物《きもの》に大小《だいしょう》の刀《かたな》を腰《こし》に差《さ》し、瓢箪《ひょうたん》の下《さ》げ物《もの》と南蛮渡来《なんばんとらい》の十字架《じゅうじか》を胸《むね》にかけて踊《おど》っている男装《だんそう》の女《おんな》たちであった。手《て》には琉球《りゅうきゅう》渡来《とらい》の三線《さんしん》が煽情的《せんじょうてき》な音色《ねいろ》を奏《かな》でていた。

「茶屋《ちゃや》、あの者《もの》たちは何者《なにもの》だ」

「いま上方《かみがた》で流行《はや》りの傾奇者《かぶきもの》の踊《おど》りでござります。あの先頭《せんとう》におります女性《にょしょう》は出雲《いづも》の阿国《おくに》と呼《よ》ばれています。一緒《いっしょ》に踊《おど》られますか」

茶屋《ちゃや》が茶目気《ちゃめっけ》いっぱいに家康《いえやす》に問《と》いかけた。

「うむ、腹《はら》が回《まわ》らぬ。よしておこう」

三人《さんにん》は大声《おおごえ》を出《だ》して笑《わら》いこけた。家康《いえやす》にとって大声《おおごえ》を出《だ》して笑《わら》ったのは何年《なんねん》ぶりかのことであった。いつしか踊《おど》りの群《む》れは膨《ふく》れ上《あ》がり切《き》れ目《め》が何処《どこ》にあるのか、何処《どこ》に向《む》かっているのかもわからなくなっていた。戦国《せんごく》の世《よ》に対《たい》する不満《ふまん》、恐《おそ》れ、苦《くる》しみから念仏踊《ねんぶつおど》りに陶酔《とうすい》することで全《すべ》てを忘《わす》れ去《さ》ろうとしている集団《しゅうだん》を誰《だれ》も止《と》めることができなかった。家康《いえやす》でさえも明日《あす》の運命《うんめい》をこの踊《おど》りの流《なが》れに放《はな》したくなるほどの熱気《ねっき》と狂気《きょうき》であった。

その時《とき》、踊《おど》りの群《む》れの中《なか》から一人《ひとり》の町人風《ちょうにんふう》の男《おとこ》が茶屋《ちゃや》に近《ちか》づいてきた。

「茶屋殿《ちゃやどの》、伊賀《いが》の服部半蔵《はっとりはんぞう》でござる。徳川殿《とくがわどの》に内密《ないみつ》の御話《おはなし》がありまして」

茶屋《ちゃや》は伊賀《いが》の里《さと》に鉄砲《てっぽう》を以前《いぜん》売ったことがあり、その折《おり》に服部《はっとり》を見知《みし》っていた。しまった、早《はや》く徳川殿《とくがわどの》を安全《あんぜん》な場所《ばしょ》に移《うつ》さねばならぬ。伊賀者《いがもの》は忍《しの》びや武芸《ぶげい》の立《た》つ者《もの》も多《おお》く何《なに》をするかわからない集団《しゅうだん》だった。

「此処《ここ》では人目《ひとめ》もあって話《はなし》ができませぬ。服部殿《はっとりどの》、南宗寺《なんそうじ》で御聞《おき》きしましょう」

隣《となり》にいた家康《いえやす》が警戒《けいかい》しながらも口《くち》を挟《はさ》んだ。

「いや、此処《ここ》でよい。この傾奇者《かぶきもの》たちの中《なか》なら怪《あや》しまれぬ」

家康《いえやす》は大胆《だいたん》にも服部《はっとり》を伊賀《いが》の忍《しの》びの統領《とうりょう》と知《し》って自《みずか》ら踊《おど》りの輪《わ》の中《なか》に入《はい》って行《い》った。

茶屋《ちゃや》は仕方《しかた》なく服部《はっとり》を紹介《しょうかい》した。家康《いえやす》に近《ちか》づいた服部《はっとり》は耳元《みみもと》で囁《ささや》いた。

「服部半蔵《はっとりはんぞう》と申《もう》します。緊急《きんきゅう》でご報告《ほうこく》を要《よう》することにつきこのような場所《ばしょ》で申《もう》し訳《わけ》ございませぬ。六月一日《ろくがつついたち》に京都本能寺《きょうとほんのうじ》で織田信長《おだのぶなが》さまが茶会《ちゃかい》を開《ひら》きますが、徳川殿《とくがわどの》には京都《きょうと》に参《まい》らず直接堺《ちょくせつさかい》から伊賀《いが》越《ご》えで国《くに》に御帰《おかえ》りくだされたく存《ぞん》じます。道中《どうちゅう》の警護《けいご》は私《わたし》どもが間違《まちが》いなくお護《まも》りいたしますのでご安心《あんしん》くだされ」

顔《かお》を手拭《てぬぐい》で隠《かく》した服部《はっとり》の言《い》う言葉《ことば》は奇妙《きみょう》なことに踊《おど》りの中《なか》でも明快《めいかい》に聞《き》こえていた。

「奇怪《きっかい》なことを申《もう》すな。茶会《ちゃかい》の案内状《あんないじょう》はすでに届《とど》いておる。信長公《のぶながこう》には此度《こたび》の上方旅行《かみがたりょこう》の御礼《おんれい》もせねばならぬので欠席《けっせき》するわけにはいかぬ」

「しかしながら徳川殿《とくがわどの》のお命《いのち》に関《かか》わることでござります。これ以上《いじょう》いまはお話《はな》しできませぬが今宵《こよい》はここで御免仕《ごめんつかまつ》る」

意味不明《いみふめい》なことを言《い》うと勝手《かって》に踊《おど》りの群衆《ぐんしゅう》の中《なか》に消《き》えてしまった。家康《いえやす》は意味《いみ》がわからずに服部《はっとり》の言動《げんどう》に不愉快《ふゆかい》な思《おも》いをして寺《てら》に戻《もど》ることにした。

「茶屋《ちゃや》、あの者《もの》は何《なに》しに来《き》たのか」

「申《もう》し訳《わけ》ありません。徳川殿《とくがわどの》と私《わたし》が懇意《こんい》であることを知《し》って、以前《いぜん》から伊賀者《いがもの》を徳川家《とくがわけ》に仕官《しかん》させてくれとしつこく参《まい》っておりましたので、手前《てまえ》が断《ことわ》っておりました」

「伊賀《いが》の里《さと》は織田方《おだがた》にひどく攻《せ》められて多《おお》くの民《たみ》が殺《ころ》されたと聞《き》いておるが」

「左様《さよう》です。されど徳川家《とくがわけ》に仕官《しかん》できれば必《かなら》ずお役《やく》に立《た》てるとしつこく申《もう》しておりました」

この時《とき》の伊賀《いが》の服部半蔵《はっとりはんぞう》との出会《であ》いが家康《いえやす》の運命《うんめい》を大《おお》きく変《か》えることになるとは少《すこ》しも予期《よき》できなかった。


五月二十四日《ごがつにじゅうよっか》は朝《あさ》から霧《きり》のような小糠雨《こぬかあめ》が降《ふ》っていた。光秀《みつひで》は丹波《たんば》の亀山城《かめやまじょう》から二里半《にりはん》ほど離《はな》れた愛宕山《あたごやま》に参篭《さんろう》していた。中国攻《ちゅうごくぜ》めのために坂本《さかもと》の城《しろ》よりも備中《びっちゅう》に近《ちか》い亀山城《かめやまじょう》に滞在《たいざい》していたからである。最近亀山城《さいきんかめやまじょう》に五層《ごそう》の天守《てんしゅ》を新《あら》たに増築《ぞうちく》し濠《ほり》も二重《にじゅう》に造《つく》り変《か》えて明智軍団一万五千人《あけちぐんだんいちまんごせんにん》の将兵《しょうへい》をすべて収容《しゅうよう》できるようにしていた。大《おお》きな戦《いくさ》の前《まえ》にはこの愛宕権現《あたごごんげん》の本殿《ほんでん》に祭《まつ》られている勝軍地蔵《しょうぐんじぞう》に戦勝祈願《せんしょうきがん》に来《く》る習《なら》わしだった。愛宕山《あたごやま》は比叡山《ひえいざん》よりも高《たか》く京都《きょうと》を囲《かこ》む山々《やまやま》の中《なか》では一番早《いちばんはや》く朝日《あさひ》があたるので朝日岳《あさひだけ》とも呼《よ》ばれている亀山城《かめやまじょう》の守護山《しゅござん》でもあった。五十町《ごじゅっちょう》を超《こ》す山道《さんどう》を登《のぼ》りきると太郎坊《たろうぼう》と呼《よ》ばれている大天狗《おおてんぐ》を祭《まつ》った奥《おく》の院《いん》がある。その前《まえ》には大《おお》きな樫《かし》の樹《き》がそびえていた。樹齢《じゅれい》は三百年《さんびゃくねん》を優《ゆう》に越《こ》しているように思《おも》える巨木《きょぼく》だった。その葉陰《はかげ》から三重《さんじゅう》の塔《とう》が垣間見《かいまみ》えて風《かぜ》がさわやかに光秀《みつひで》の頬《ほお》を撫《な》でていく。一刻以上《いっこくいじょう》もその樫《かし》の樹《き》の前《まえ》で一人沈思黙考《ひとりちんしもっこう》を続《つづ》けていた。

考《かんが》えたくないことではあったが、考《かんが》えなければならないことは兼見《かねみ》が口《くち》にした勅命《ちょくめい》という言葉《ことば》であった。心《こころ》は揺《ゆ》れていた。もし勅命《ちょくめい》の宣下《せんげ》がこの光秀《みつひで》に下《くだ》った時《とき》は主君《しゅくん》を殺《あや》めても許《ゆる》されるのか判断《はんだん》がつかなかった。急《きゅう》に思《おも》いついて神前《しんぜん》に置《お》かれてある御籤《みくじ》を引《ひ》こうと立《た》ち上《あ》がった。愛宕神社《あたごじんじゃ》の周囲《しゅうい》に参拝客《さんぱいきゃく》の姿《すがた》は見《み》えなかった。御籤箱《みくじばこ》に手《て》を差《さ》し入《い》れて、一枚《いちまい》を取《と》り上《あ》げ開《ひら》いてみるとそれは凶《きょう》であった。やはり考《かんが》えることではないのだろうか。それでももう一度《いちど》引《ひ》いてみようと思《おも》った。また凶《きょう》であった。

神殿《しんでん》の階段《かいだん》を上《あ》がり本殿《ほんでん》の前《まえ》で手《て》を合《あ》わせながら御上《おかみ》のことを案《あん》じた。上様《うえさま》は朝廷《ちょうてい》を蔑《ないがし》ろにしてどうするつもりなのか、彼《かれ》の目指《めざ》している新《あたら》しい世《よ》の中《なか》は少《すこ》しも見《み》えてこなかった。天下《てんか》を治《おさ》めるのは天皇以外《てんのういがい》にはおられない。この惟任日向守光秀《これとうひゅうがのかみみつひで》に勅命《ちょくめい》が下《くだ》るなら、その命《めい》に服《ふく》することは私《わたし》の逆心《ぎゃくしん》ではなくこれこそが臣《しん》の忠義《ちゅうぎ》ではないだろうか。悩《なや》みながら最後《さいご》の判断《はんだん》を愛宕権現《あたごごんげん》に任《まか》せようと思《おも》い、静《しず》かな気持《きもち》で御籤《みくじ》を引《ひ》いてみた。意外《いがい》にも大吉《だいきち》であった。

光秀《みつひで》は西之坊《にしのぼう》への帰《かえ》り道《みち》、京都《きょうと》の見《み》える山頂《さんちょう》に馬《うま》を向《む》けた。京《きょう》の町《まち》が一望《いちぼう》できる場所《ばしょ》であるが今日《きょう》は厚《あつ》い灰色《はいいろ》の雲《くも》に覆《おお》われて下界《げかい》は何《なに》も見《み》えなかった。

前夜《ぜんや》愛宕山《あたごやま》の西之坊《にしのぼう》に一泊《いっぱく》した光秀《みつひで》は連歌百韻興行《れんがひゃくいんこうぎょう》の連衆《れんじゅ》をどんよりとした曇天《どんてん》を見《み》上《あ》げながら待《ま》っていた。連衆《れんじゅ》は吉田兼見《よしだかねみ》と連歌師《れんがし》里村紹巴《さとむらじょうは》の一派《いっぱ》、愛宕威徳院《あたごいとくいん》の僧達《そうたち》、それに長男光重《ちょうなんみつしげ》を含《ふく》めての九名《きゅうめい》が参加《さんか》することになっていた。集合時間《しゅうごうじかん》は申《さる》の刻限《こくげん》だったが、いまはまだ巳《み》の刻《こく》で充分《じゅうぶん》に待《ま》ち時間《じかん》はあった。六月一日《ろくがつついたち》の茶会《ちゃかい》の世話人《せわにん》からは中国攻《ちゅうごくぜ》めの出陣《しゅつじん》のために外《はず》れたので、のんびりと連歌《れんが》と茶湯《ちゃのゆ》を楽《たの》しめる機会《きかい》が訪《おとず》れたことを感謝《かんしゃ》した。

百韻興行《ひゃくいんこうぎょう》は予定通《よていどお》りの連衆《れんじゅ》が集《あつ》まって愛宕山威徳院《あたごやまいとくいん》で始《はじ》まった。光秀《みつひで》は前《まえ》もって用意《ようい》しておいた梅雨時《つめどき》の発句《ほっく》を詠《よ》んだ。

「ときは今天《いまあま》が下《した》しる五月哉《さつきかな》」

二句《にく》は威徳院《いとくいん》の住職《じゅうしょく》である行裕《ぎょうゆう》である。

「みなかみまさる庭《にわ》の松山《まつやま》」

三句目《さんくめ》には連歌師《れんがし》の紹巴《じょうは》が続《つづ》く。

「花《はな》おつるながれの末《すえ》をせきとめて」

光秀《みつひで》は十五句《じゅうごく》の名残裏《なごりうら》で、
「縄手《なわて》の行衛《ゆくえ》ただちとはしれ」
最後《さいご》の百韻《ひゃくいん》の挙句《あげく》は光重《みつしげ》だった。
「国々《くにぐに》はなおのどかなるとき」

外《そと》はすでに闇夜《やみよ》となっていた。屋根《やね》の瓦《かわら》を五月雨《さみだれ》が強《つよ》く打ちつけ発句《ほっく》に相応《ふさわ》しい水《みず》の日《ひ》になっていた。天下《てんか》のことは天《てん》のみが知《し》ることと既《すで》に光秀《みつひで》は達観《たっかん》していた。連歌興行《れんがこうぎょう》が終《お》わって夜《よ》の更《ふ》けるまで連衆《れんじゅ》の談笑《だんしょう》が続《つづ》いた。翌日百韻《よくじつひゃくいん》の連歌《れんが》は愛宕権現《あたごごんげん》に奉納《ほうのう》された。

光秀《みつひで》は本来《ほんらい》ならば中国出陣《ちゅうごくしゅつじん》の指揮《しき》を執《と》るために亀山城《かめやまじょう》へ戻《もど》るはずであったが、何故《なぜ》か坂本城《さかもとじょう》へ行《い》こうと思《おも》った。明後日《あさって》催《もよお》される茶会《ちゃかい》の動向《どうこう》が気《き》になっていた。坂本《さかもと》からならば何《なに》が起《お》きても、何《なに》をするにもすぐに京都《きょうと》へ駆《か》けつけられる。光秀《みつひで》は明智左馬之助《あけちさまのすけ》と斎藤《さいとう》利三《としみつ》の兵三千《へいさんぜん》だけを引《ひ》き連《つ》れて坂本城《さかもとじょう》へ向《む》かった。

五月二十九日京都《ごがつにじゅうくにちきょうと》では昼過《ひるす》ぎから雨《あめ》が降《ふ》り始《はじ》めた。その夕刻《ゆうこく》、織田信長《おだのぶなが》は供廻《ともまわり》を三百《さんびゃく》人《にん》ほど連《つ》れて悠々《ゆうゆう》と四条通《しじょうどお》りの本能寺《ほんのうじ》に入《はい》った。出迎《でむか》えようとしていた公家衆《くげしゅう》は出迎《でむか》え無用《むよう》と小姓《こしょう》の乱丸《らんまる》に冷《つめ》たく伝《つた》えられて雨《あめ》に濡《ぬ》れながら戻《もど》っていった。到着後《とうちゃくご》、護衛《ごえい》の旗本《はたもと》たちは本能寺《ほんのうじ》から離《はな》れた民家《みんか》や寺《てら》に分宿《ぶんしゅく》するために二百名《にひゃくめい》ほどが本能寺《ほんのうじ》を去《さ》っていった。本能寺《ほんのうじ》の茶会《ちゃかい》は明夕刻《みょうゆうこく》から開《ひら》かれることになっていたので、その準備《じゅんび》に京都所司代《きょうとしょしだい》の村井貞勝《むらいさだかつ》をはじめ代官《だいかん》の木村次郎兵衛《きむらじろべえ》はことさら多忙《たぼう》であった。信長《のぶなが》にとっては二年《にねん》ぶりの上洛《じょうらく》であり、近侍《きんじ》たちは茶会《ちゃかい》の連客《れんきゃく》の確認《かくにん》、出迎《でむか》えの手配《てはい》、警護《けいご》など猫《ねこ》の手《て》も借《か》りたい状況《じょうきょう》であった。

奉行所《ぶぎょうしょ》で夕食《ゆうしょく》を終《お》えた木村《きむら》は乱丸《らんまる》から本能寺《ほんのうじ》へ呼《よ》び出《だ》しを受《う》けた。慌《あわ》てて駆《か》けつけると乱丸《らんまる》の顔《かお》は茶会《ちゃかい》の準備《じゅんび》で忙《いそが》しいらしく余裕《よゆう》がなかった。

「木村殿《きむらどの》、急《きゅう》な話《はなし》で申《もう》し訳《わけ》ないが、これから坂本城《さかもとじょう》におられる惟任様《これとうさま》のところまで行《い》ってはくれぬか」

「某《それがし》はとんと構《かま》わぬが、して何用《なによう》でござるか」

「明朝《みょうちょう》、朝廷《ちょうてい》の使者《ししゃ》として大納言勧修寺《だいなごんかじゅうじ》さまが此処《ここ》にお見《み》えになられる。さきほど上様《うえさま》は譲位《じょうい》の話《はなし》でなければ御所《ごしょ》を囲《かこ》んで馬揃《うまぞろえ》をせねばならぬと仰《おお》せられた。いま近在《きんざい》で兵《へい》をすぐ動《うご》かせるのは惟任《これとう》さまの軍団《ぐんだん》しかおられぬ。そこで馬揃《うまぞろえ》の手配《てはい》を先《さき》にお願《ねが》いして欲《ほ》しい」

「されば光秀殿《みつひでどの》に御所《ごしょ》での馬揃《うまぞろえ》の手配《てはい》を頼《たの》むということでよろしいのか。してその日《ひ》はいつになる。馬揃《うまぞろえ》の数《かず》はいかほどか」

「たぶん早《はや》ければ茶会《ちゃかい》の翌日《よくじつ》の六月二日《ろくがつふつか》にも、人数《にんずう》は千騎《せんき》もあれば充分《じゅうぶん》かと」

「なに、明後日《あさって》ではないか。承知《しょうち》した。これから坂本城《さかもとじょう》まで馬《うま》を飛《と》ばそう」

「ありがたい。木村殿《きむらどの》、気《き》をつけてお願《ねが》い申《もう》し上《あ》げる」

乱丸《らんまる》は素直《すなお》に頭《あたま》を下《さ》げた。聡明《そうめい》な若者《わかもの》で信長公《のぶながこう》の意志《いし》を的確《てきかく》に掴《つか》んでうまく対応《たいおう》できる稀有《けう》な人材《じんざい》だと木村《きむら》は思《おも》った。乱丸《らんまる》の父《ちち》、森長可《もりながよし》は先《さき》の武田《たけだ》攻《ぜ》めで功労《こうろう》があり、美濃《みの》の金山城《かなやまじょう》と信濃《しなの》の高遠城《たかとおじょう》を領国《りょうごく》とする二十万石《にじゅうまんごく》の大名《だいみょう》になっていた。

木村《きむら》は夜道《よみち》に愛馬《あいば》を駆《か》けさせた。昔《むかし》、高山右近《たかやまうこん》の高槻城《たかつきじょう》からこうして同《おな》じように帰《かえ》った時《とき》は荒木村重《あらきむらしげ》の謀反《むほん》が起《お》きた。この早駆《はやが》けで何《なに》かまた変事《へんじ》が起《お》きないことを祈《いの》りながら馬《うま》を急《いそ》がせた。


東《ひがし》の空《そら》が白《しら》む頃《ころ》、坂本城《さかもとじょう》の大手門《おおてもん》に辿《たど》り着《つ》いた。門番《もんばん》に信長公《のぶながこう》からの使者《ししゃ》と告《つ》げると重《おも》い金属音《きんぞくおん》と同時《どうじ》に五間《ごけん》ほどの高《たか》さもある鉄板《てっぱん》を貼《は》った大手門《おおてもん》が開《ひら》かれた。暫《しばら》く控《ひか》えの間《ま》に待《ま》たされたが思《おも》ったよりも早《はや》く光秀《みつひで》が寝間着《ねまき》に羽織《はおり》を纏《まと》って顔《かお》を出《だ》した。

「木村《きむら》、この早朝《そうちょう》に何事《なにごと》か」

光秀《みつひで》の顔《かお》は一刻《いっこく》も早《はや》く知《し》らせを聞《き》きたいという焦燥感《しょうそうかん》に溢《あふ》れていた。

「申《もう》し訳《わけ》ありませぬ。森乱丸《もりらんまる》よりの使《つか》いで上様《うえさま》のご意向《いこう》をお知《し》らせに参《まい》りました。早《はや》ければ六月二日《ろくがつふつか》に御所《ごしょ》での馬揃《うまぞろえ》を行《おこな》うとのことで、惟任《これとう》さまには一旦軍勢《いったんぐんぜい》を京都《きょうと》に向《む》かわしていただきたいとのお願《ねが》いでございました」

「左様《さよう》か、国攻《ごくぜ》めに出向《でむ》く前《まえ》でよかった。明後日《あさって》の朝《あさ》までには明智《あけち》の先鋒《せんぽう》は上洛《じょうらく》させよう。備中攻《びっちゅうぜ》めの陣揃《じんぞろえ》を上様《うえさま》にもお見《み》せすると乱丸《らんまる》に伝《つた》えてくれ」

「それでは早速《さっそく》この件《けん》を森《もり》さまにお伝《つた》え申《もう》す」

「木村《きむら》、馬《うま》も休《やす》ませねばなるまい。朝粥《あさがゆ》でも食《く》うてから帰《かえ》るがよい。すぐに手配《てはい》させる」

木村《きむら》は昔《むかし》からこの光秀《みつひで》の細《こま》やかな配慮《はいりょ》が好《す》きだった。武士《ぶし》の荒事《あらごと》には向《む》いておられぬ方《かた》と改《あらた》めて感《かん》じていた。

「馬揃《うまぞろえ》に人数《にんずう》はいかほど必要《ひつよう》か聞《き》いておるか」

「乱丸曰《らんまるいわ》く千騎《せんき》もあれば充分《じゅうぶん》かと。上様《うえさま》の供廻《ともまわり》は三百人《さんびゃくにん》ほどですが、まだ戦支度《いくさじたく》はしておらぬので馬揃《うまぞろえ》には役立《やくだ》たぬかと思《おも》います」

「そなたも大儀《たいぎ》だな。戦《いくさ》のみならず茶《ちゃ》の用立《ようだ》てもせねばならぬとは」

光秀《みつひで》は明《あか》るく笑《わら》った。兼見《かねみ》から伝《つた》えられた今回《こんかい》の宣旨《せんじ》の内容《ないよう》は織田信長《おだのぶなが》への征夷大将軍任官《せいいたいしょうぐんにんかん》のみで天皇譲位《てんのうじょうい》の話《はなし》はなかった。したがって上様《うえさま》は譲位《じょうい》を御上《おかみ》に迫《せま》るためにまた強圧的《きょうあつてき》な馬揃《うまぞろえ》を実行《じっこう》するに違《ちが》いなかった。我《わ》が軍勢《ぐんぜい》を京都《きょうと》へ動《うご》かせる千載一遇《せんざいいちぐう》の好機《こうき》が訪《おとず》れるとはこれも愛宕神社《あたごじんじゃ》のお蔭《かげ》だ。明智《あけち》の全軍《ぜんぐん》を京都《きょうと》へ向《む》かわそう。

六月一日《ろくがつついたち》の夜《よ》が明《あ》けた。運命《うんめい》の日《ひ》は朝《あさ》から風《かぜ》が強《つよ》く道《みち》は至《いた》る所《ところ》で砂埃《すなぼこり》が舞《ま》っていた。昼《ひる》になって大納言勧修寺晴豊《だいなごんかじゅうじはるとよ》と中納言甘露寺経元《ちゅうなごんかんろじつねもと》、それに同《おな》じく山科言経《やましなときつね》が正親町天皇《おおぎまちてんのう》と誠仁親王《さねひとしんのう》の勅使《ちょくし》として本能寺《ほんのうじ》に居《い》る信長《のぶなが》のもとへ輿車《こしぐるま》で向《む》かっていた。それは現在無位無《げんざいむいむ》官《かん》である信長《のぶなが》に武家《ぶけ》の最高位《さいこうい》である征夷大将軍任官《せいいたいしょうぐんにんかん》の宣下《せんげ》を正式《せいしき》に伝《つた》える勅使《ちょくし》であった。既《すで》に五月四日《ごがつよっか》には甲斐《かい》と信濃平定《しなのへいてい》の祝賀《しゅくが》として山科言経《やましなときつね》を安土《あづち》に向《む》かわせていたが未《いま》だに信長《のぶなが》からの内示《ないじ》に対《たい》する返答《へんとう》はなかった。三人《さんにん》とも牛車《ぎっしゃ》の中《なか》でこれからの信長《のぶなが》とのやりとりを考《かん》えると憂鬱《ゆううつ》な顔《かお》になっていた。

しかし本能寺《ほんのうじ》で三人《さんにん》を迎《むか》えた信長《のぶなが》の顔色《かおいろ》は意外《いがい》にも明《あか》るかった。大納言晴豊《だいなごんはるとよ》の勅任《ちょくにん》の言《こと》葉《ば》を冷静《れいせい》に聞《き》いていた信長《のぶなが》は勅語《ちょくご》が終《お》わると笑顔《えがお》を浮《う》かべながら、

「信長《のぶなが》はまだ天下統一《てんかとういつ》もしておらんのに征夷大将軍《せいいたいしょうぐん》などという官位《かんい》を戴《いただ》くわけにはいかんな。それに織田《おだ》の出自《しゅつじ》は平氏《へいし》なので恐《おそ》れながら御辞退申《ごじたいもう》す。ただ御上《おかみ》には長《なが》らくご無沙汰《ぶさた》をしておるゆえに明日《あす》は御所回《ごしょまわ》りで馬揃《うまぞろえ》をご披露《ひろう》したいと存《ぞん》じている。このことを御上《おかみ》に

よしなにお伝《つた》えくだされ」

信長《のぶなが》の言葉《ことば》は慇懃《いんぎん》ではあったが二度《にど》と意志《いし》は変《か》えないという響《ひび》きがあった。それにつけても譲位《じょうい》の件《けん》でまた馬揃《うまぞろえ》を強行《きょうこう》して御上《おかみ》を恫喝《どうかつ》するとは、三人《さんにん》は顔《かお》を見合《みあ》わせてまた暗《くら》くなるばかりであった。

「それから内裏《だいり》には今年《ことし》から朝廷《ちょうてい》の宣命暦《せんみょうごよみ》ではなく三島暦《みしまごよみ》を使《つか》うと伝《つた》えて欲《ほ》しい。従《したが》って今年《ことし》の閏月《うるうづき》は十二月《じゅうにがつ》にもあるからとな」

暦《こよみ》の閏月《うるうづき》の変更《へんこう》に関《かん》しては以前近衛前久《いぜんこのえさきひさ》が大納言《だいなごん》の時《とき》に信長《のぶなが》から同《おな》じ要請《ようせい》があったが、朝廷《ちょうてい》では「いわれざる事《こと》なり、無理《むり》なる事《こと》」として断《ことわ》った経緯《けいい》があった。それだけにまた朝廷《ちょうてい》の総意《そうい》が無視《むし》された新《あら》たな問題《もんだい》を抱《かか》えて三人《さんにん》とも気落《きお》ちした。その様子《ようす》を眺《なが》めていた信長《のぶなが》は珍《めずら》しく急《きゅう》に愛想笑《あいそうわら》いをしながら、

「それはそうと、今宵《こよい》は久《ひさ》しぶりに本能寺《ほんのうじ》で茶会《ちゃかい》を催《もよお》すによって楽《たの》しんでいくがよきゃあ。博多《はかた》から楢柴《ならしば》の名器《めいき》が来《く》るが」

信長《のぶなが》の頭《あたま》はすでに茶会《ちゃかい》のことに切《き》り替《か》わっていた。三人《さんにん》は夕刻《ゆうこく》の茶会《ちゃかい》に出直《でなお》すということで、その場《ば》を悄然《しょうぜん》として退席《たいせき》した。勅使《ちょくし》が帰《かえ》るや否《いな》や信長《のぶなが》は乱丸《らんまる》を呼《よ》ぶと明智軍千名《あけちぐんせんめい》を二日《ふつか》の早朝《そうちょう》に入洛《にゅうらく》させるよう正式《せいしき》に命令《めいれい》した。

吉田兼見《よしだかねみ》は本能寺《ほんのうじ》の茶会《ちゃかい》が始《はじ》まる前《まえ》に近衛前久《このえさきひさ》の自宅《じたく》を訪《おとず》れた。信長《のぶなが》が征夷大将軍任《せいいたいしょうぐんにん》官《かん》の拒絶《きょぜつ》と御所《ごしょ》での馬揃《うまぞろえ》、それに改暦《かいれき》の件《けん》はすぐに内裏《だいり》と公家衆《くげしゅう》の中《なか》に広《ひろ》まっていた。

「兼見《かねみ》、案《あん》の定信長《じょうのぶなが》は征夷大将軍《せいいたいしょうぐん》の任官《にんかん》を断《ことわ》ったそうだな。されど明日御所《あすごしょ》の前《まえ》で譲位《じょうい》を迫《せま》るための馬揃《うまぞろえ》をするとは何事《なにごと》や。御上《おかみ》はことのほか御気色《みけしき》がお悪《わる》いようだ」

「しかし都合《つごう》よく光秀《みつひで》に馬揃《うまぞろえ》の役目《やくめ》が回《まわ》ったそうだから明日京都《あすきょうと》の町《まち》は桔梗《ききょう》の旗《はた》で埋《う》まることだろう。逆《ぎゃく》に信長征伐《のぶながせいばつ》の勅命《ちょくめい》は大丈夫《だいじょうぶ》ですかの」

前久《さきひさ》は終始落《しゅうしお》ち着《つ》きがなく膝《ひざ》を揺《ゆ》すっていた。信長《のぶなが》はここ十年以上《じゅうねんいじょう》に亘《わた》って前久《さきひさ》の疫病《やくびょう》神《かみ》であり続《つづ》けた。永禄十一年《えいろくじゅういちねん》に尾張《おわり》の名《な》もない大名織田信長《だいみょうおだのぶなが》が上洛《じょうらく》してきた時《とき》が最初《さいしょ》の災厄《さいやく》であった。当時関白《とうじかんぱく》であった前久《さきひさ》は足利義栄将軍《あしかがよしひでしょうぐん》と三好三人衆《みよしさんにんしゅう》を支持《しじ》していたということで即刻関白《そっこくかんぱく》の位《くらい》を罷免《ひめん》された経緯《けいい》があった。ようやくこの二月《にがつ》に十五年《じゅうごねん》ぶりに太《だい》政大臣《じょうだいじん》として現役復帰《げんえきふっき》したにも拘《かか》わらず、朝廷《ちょうてい》が信長《のぶなが》に関白《かんぱく》、征夷大将軍《せいいたいしょうぐん》、太政大臣《だいじょうだいじん》の三職《さんしょく》の内《うち》のどれでも与《あた》えると決《き》めた為《ため》また僅《わず》か三ヵ月《さんかげつ》で職《しょく》を辞《じ》するしかなかった。信長《のぶなが》の存在《そんざい》は悪縁以外《あくえんいがい》の何物《なにもの》でもなかった。そして今《いま》また己《おのれ》が担当《たんとう》している朝廷《ちょうてい》の暦《こよみ》まで替《か》えるという無理難題《むりなんだい》を突《つ》きつけられた。

「関白《かんぱく》、貧乏《びんぼう》ゆすりでは信長《のぶなが》に悟《さと》られますぞ。もっと落《お》ち着《つ》きなされ」

前久《さきひさ》は関白《かんぱく》という言葉《ことば》で我《われ》に返《かえ》った。

「内々誠仁親王《ないないさねひとしんのう》を通《つう》じて、信長《のぶなが》を討《う》ちとった暁《あかつき》には間違《まちが》いなく光秀《みつひで》の征夷大将軍叙任《せいいたいしょうぐんじょにん》のお願《ねが》いをしてある」

その言葉《ことば》ですべてが成就《じょうじゅ》したかのように急《きゅう》に楽観的《らっかんてき》になった。一方《いっぽう》、兼見《かねみ》は光秀《みつひで》に勅命《ちょくめい》を受《う》けさせるための算段《さんだん》に悩《なや》んでいた。

「それではこれから光秀《みつひで》のもとに勅命内示《ちょくめいないじ》のことを伝《つた》えて参《まい》ります。関白《かんぱく》は今宵《こよい》の茶会《ちゃかい》を十分《じゅうぶん》にお楽《たの》しみくだされ。織田家《おだけ》には月例《げつれい》の神事《しんじ》があって、某《それがし》は参加《さんか》できぬと伝《つた》えてありますので」

「あいわかった」

前久《さきひさ》の返事《へんじ》はやはり大事《だいじ》を控《ひか》えてか大人《おとな》しかった。兼見《かねみ》は茶会《ちゃかい》に出《で》て殊更信長《ことさらのぶなが》の顔《かお》は見《み》たくはない。万一不審《まんいちふしん》に思《おも》われた時《とき》に上手《じょうず》に受《う》け答《こた》える自信《じしん》がなかった。

夕刻《ゆうこく》になって吉田兼見《よしだかねみ》は慣《な》れない馬《うま》に乗《の》ってようやく坂本城《さかもとじょう》に辿《たど》り着《つ》いた。すぐに光秀《みつひで》が心配《しんぱい》して現《あら》われた。

「どうした、ひどい顔《かお》をしているぞ」

「もう、馬《うま》は好《す》かん。足《あし》も尻《しり》も痛《いた》くてがたがたじゃ。おお痛《いた》た」

兼見《かねみ》はいかにも痛《いた》そうに畳《たたみ》の上《うえ》にゆっくりと尻《しり》を置《お》いた。

「何《なに》か、起《お》きたのか。兼見《かねみ》」

「光秀《みつひで》、信長《のぶなが》はやはり征夷大将軍《せいいたいしょうぐん》を断《ことわ》ったぞ。親王《しんのう》は関白《かんぱく》に朝廷《ちょうてい》をくれぐれも惟任《これとう》に頼《たの》むと申《もう》されたそうじゃ。だから明日《あす》には勅命《ちょくめい》が出《だ》されるぞ」

「そうか、よく知《し》らせてくれた」

兼見《かねみ》の言葉《ことば》は天命《てんめい》とも言《い》えた。親王《しんのう》は当然実父《とうぜんじっぷ》の天皇《てんのう》とも語《かた》り合《あ》っているに違《ちが》いない。さすれば逆心《ぎゃくしん》をしても朝廷《ちょうてい》には支持《しじ》されると思《おも》った。

「明智《あけち》の家《いえ》にも東風《こち》が吹《ふ》いてきたようだな。わしは此処《ここ》で少《すこ》し休《やす》ませてもらうぞ」

兼見《かねみ》はそう言《い》い終《お》わると大《だい》の字《じ》に身体《からだ》を伸《の》ばして座敷《ざしき》の上《うえ》に横《よこ》たわった。光秀《みつひで》は兼見《かねみ》を寝《ね》かせたまま静《しず》かにその場《ば》を立《た》ち去《さ》った。

すぐに光秀《みつひで》は主《おも》だった宿将《しゅくしょう》を坂本城《さかもとじょう》の大広間《おおひろま》に集《あつ》めた。板敷《いたじき》の大広間《おおひろま》には具足姿《ぐそくすがた》の明智《あけち》左馬之助《さまのすけ》、四王天政孝《しおうてんまさたか》、藤田伝五《ふじたでんご》、伊勢貞知《いせさだとも》、溝尾庄兵衛《みぞおしょうべえ》、明智光忠《あけちみつただ》、明智光重《あけちみつしげ》、斎藤《さいとう》利三《としみつ》、阿閉貞征《あつじさだゆき》らが左右《さゆう》に居並《いなら》んだ。床《とこ》の間《ま》を背《せ》に光秀《みつひで》はまだ直垂姿《ひたたれすがた》だった。

「今宵丑《こよいうし》の刻《こく》に上洛《じょうらく》されておる上様《うえさま》の下知《げち》により全軍京都《ぜんぐんきょうと》に向《む》けて出発《しゅっぱつ》する。明日六月二《あすろくがつふ》日《つか》に明智軍《あけちぐん》の馬揃《うまぞろえ》を御所《ごしょ》で御見《おみ》せするためである。左馬之助《さまのすけ》と利三《としみつ》は先陣《せんじん》として兵三千《へいさんぜん》を率《ひき》いて即刻出陣《そっこくしゅつじん》せよ」

四王天《しおうてん》が聞《き》いた。

「殿《との》、中国攻《ちゅうごくぜ》めはいかがなされるのか、それと配下《はいか》の細川《ほそかわ》、筒井《つつい》、高山《たかやま》らは殿《との》の下知《げち》を待《ま》たれておるが」

「全軍京都《ぜんぐんきょうと》での馬揃《うまぞろい》が終《お》わり次第中国《しだいちゅうごく》へ向《む》かう。光忠《みつただ》は亀山城《かめやまじょう》の兵六千《へいろくせん》を率《ひき》いて桂川《かつらがわ》の袂《たもと》で待機《たいき》せよ。溝尾《みぞお》は坂本城《さかもとじょう》、四王天《しおうてん》には亀山城《かめやまじょう》の留守居役《るすいやく》を命《めい》じる。また配下《はいか》の大名《だいみょう》たちには予定通《よていどお》り六月四日《ろくがつよっか》までに神戸《こうべ》に参集《さんしゅう》せよと伝《つた》えよ」

重臣《じゅうしん》たちは誰一人《だれひとり》としてその言葉《ことば》を疑《うたが》う者《もの》はいなかった。しかし光秀《みつひで》の本心《ほんしん》は内裏《だいり》から勅命《ちょくめい》が本当《ほんとう》に齎《もたら》されたらどう対応《たいおう》するかわからずに未《いま》だに揺《ゆ》れていた。

いつものことながら出陣前《しゅつじんまえ》は全《すべ》ての兵士《へいし》の気分《きぶん》は高《たか》ぶるものであった。坂本城《さかもとじょう》においても武具《ぶぐ》、兵糧《ひょうろう》を小荷駄《こにだ》に乗《の》せる作業《さぎょう》で足軽《あしがる》たちの喧騒《けんそう》の声《こえ》が満《み》ち溢《あふ》れていた。馬《うま》が嘶《いなな》き武《ぶ》将《しょう》たちの甲冑《かっちゅう》と草摺《くさずり》の音《おと》が辺《あた》り一面《いちめん》に響《ひび》いていた。

光秀《みつひで》の目前《もくぜん》には戦勝祈願《せんしょうきがん》の勝栗《かちぐり》、昆布《こんぶ》、打鮑《うちあわび》、瓶子《へいし》が置《お》いてある。各武将《かくぶしょう》の前《まえ》にも素《す》焼《やき》の盃《さかずき》が目立《めだ》たないように置《お》かれていた。

左馬之助《さまのすけ》が盃《さかずき》を持《も》って立《た》ち上《あ》がった。

「此度《こたび》の中国出陣《ちゅうごくしゅつじん》の戦勝《せんしょう》を祈願《きがん》して杯《はい》を挙《あ》げようぞ。明智家万歳《あけちけばんざい》」

勢《いきお》いよく盃《さかずき》は床《ゆか》に投《な》げられて粉々《こなごな》に砕《くだ》け散《ち》った。


光秀《みつひで》は自室《じしつ》に戻《もど》ると、朝廷《ちょうてい》に対《たい》する不忠《ふちゅう》を理由《りゆう》に織田信長討伐《おだのぶながとうばつ》の大義《たいぎ》の兵《へい》を挙《あ》げることで明智家《あけちけ》への加勢依頼《かせいいらい》の書状《しょじょう》を三通《さんつう》書《か》き記《しる》した。宛先《あてさき》は姻戚《いんせき》の大名《だいみょう》である細川與一郎《ほそかわよいちろう》、筒井順慶《つついじゅんけい》と四国《しこく》の長宗我部元親《ちょうそかべもとちか》である。書《か》き終《お》わった後《あと》で留守居役《るすいやく》の溝尾庄兵衛《みぞおしょうべえ》を呼《よ》んだ。

「よいか、これらの書状《しょじょう》を明日京都本能寺《あすきょうとほんのうじ》に桔梗《ききょう》の旗《はた》が立《た》ったら至急送《しきゅうおく》れ」

「殿《との》、よく意味《いみ》がわかりませぬ。本能寺《ほんのうじ》で何《なに》かあるのでござるか」

「明日《あす》、この光秀《みつひで》は朝廷《ちょうてい》より勅命《ちょくめい》を賜《たまわ》る予定《よてい》じゃ」

「勅命《ちょくめい》とは天子《てんし》さまからでござるか」

「左様《さよう》、天皇《てんのう》と誠仁親王《さねひとしんのう》から織田信長《おだのぶなが》を朝廷《ちょうてい》に反《はん》する逆賊《ぎゃくぞく》として、この惟任日向守光秀《これとうひゅうがのかみみつひで》に征伐《せいばつ》を命《めい》じられる」

普段何事《ふだんなにごと》にも動《どう》じない溝尾《みぞお》もさすがに驚《おどろ》いてすぐには声《こえ》を発《はっ》しなかった。軽《かる》い溜息《ためいき》をつ

いてから、

「いよいよ天下取《てんかと》りをご決断《けつだん》なされましたか。これはめでたきことでござる」

永年《ながねん》の腹心《ふくしん》は勅命《ちょくめい》という言葉《ことば》ですぐさま光秀《みつひで》の本心《ほんしん》を理解《りかい》した。

溝尾《みぞお》を去《さ》らせてから次《つぎ》に斎藤利三《さいとうとしみつ》を呼《よ》んだ。利三《としみつ》は光秀《みつひで》の顔《かお》を見《み》るなり何《なに》かその思《おも》いつめた心情《しんじょう》を察《さっ》していた。

「利三《としみつ》、これから話《はな》すことは二人《ふたり》だけの話《はなし》である」

「いかにも承《うけたまわ》る」

「明日朝廷《あすちょうてい》からこの惟任光秀《これとうみつひで》に逆臣織田信長《ぎゃくしんおだのぶなが》を討《う》てという勅命《ちょくめい》が下《くだ》る予定《よてい》だ。従《したが》ってこれより本能寺《ほんのうじ》に押《お》しかけて上様《うえさま》の首《くび》を挙《あ》げよ」

利三《としみつ》も意外《いがい》な顔《かお》をしたが、すぐに事情《じじょう》を理解《りかい》したようで、

「左右《さう》なればおめでとうござる」

と賛意《さんい》を示《しめ》した。

「しかし、殿《との》、このような大事《おおごと》は家臣《かしん》に話《はな》せば必《かなら》ず漏《も》れて信長《のぶなが》を討《う》ち逃《のが》す恐《おそ》れがあると思《おも》われますが」

「いかにもわしも同《おな》じ事《こと》を考《かんが》えた。しかし、その前《まえ》に明日《あす》の本能寺《ほんのうじ》の茶会《ちゃかい》で何《なに》か異変《いへん》が起《お》

きる気《き》がしてならぬ。武田《たけだ》攻めが終《お》わってから上様《うえさま》は変《か》わられた。これまで徳川殿《とくがわどの》にあのような浮《う》いた御世辞《おせじ》を言《い》う方《かた》ではなかった。間違《まちが》いなく何《なに》かの目的《もくてき》の為《ため》に御自分《ごじぶん》の性格《せいかく》を抑《おさ》えて演《えん》じているはずだ。単《たん》なる妄想《もうそう》かもしれないが、その目的《もくてき》は徳川殿《とくがわどの》を油断《ゆだん》させて暗《あん》殺《さつ》する為《ため》ではないかと感《かん》じている」

利三《としみつ》は思《おも》い当《あ》たったように大《おお》きく頷《うなず》いた。

「有《あ》り得《え》ますな。これまで徳川殿《とくがわどの》もよく我慢《がまん》していたと存《ぞん》じます」

信長《のぶなが》の親《おや》、兄弟《きょうだい》といえども容易《ようい》に信用《しんよう》しない性格《せいかく》を見抜《みぬ》いていた。現《げん》に御上《おかみ》までも不要《ふよう》と考《かんが》える信長《のぶなが》のことだけに、家臣《かしん》ではない同盟者《どうめいしゃ》という立場《たちば》の家康《いえやす》が利用《りよう》できなくなれば排除《はいじょ》してもおかしくない。

「さすれば本能寺《ほんのうじ》に討《う》ち入《い》る将兵《しょうへい》には徳川殿《とくがわどの》を討《う》てと命《めい》じておきましょう。万一《まんいち》、信長《のぶなが》を討《う》ち損《そん》じてもこの斎藤利三《さいとうとしみつ》、一人《ひとり》の存念《ぞんねん》で済《す》ませますので」

「あいわかった」

利三《としみつ》は光秀《みつひで》の本音《ほんね》を察知《さっち》して家康《いえやす》を討《う》つという名分《めいぶん》で本能寺《ほんのうじ》に討《う》ち入《い》ることにしようと決《き》めた。

「早速《さっそく》これより本能寺《ほんのうじ》に参《まい》ります」

「利三《としみつ》、頼《たの》むぞ。なお茶会《ちゃかい》には徳川殿《とくがわどの》も出席《しゅっせき》すると聞《き》いておる。討《う》ち入《い》ったならば先《さき》にお逃《のが》しさせよ」

利三《としみつ》は頷《うなず》いた。賽《さい》は投《な》げられて、もはや止《と》められないことを知《し》っていた。

申《さる》の刻《こく》から本能寺《ほんのうじ》で予定通《よていどお》りに大茶会《おおちゃかい》が始《はじ》まった。公家《くげ》は近衛前久《このえさきひさ》以下《いか》の五十名《ごじゅうめい》が参加《さんか》した。商人《しょうにん》では博多《はかた》から豪商島井宗室《ごうしょうしまいそうしつ》と神屋宗湛《かみやそうたん》も加《くわ》わっていた。しかし連客《れんきゃく》の一人《ひとり》であった家康《いえやす》の姿《すがた》は茶菓《ちゃか》の席《せき》が始《はじ》まっても現《あら》われなかった。その代《か》わり同《おな》じような容貌《ようぼう》の穴山《あなやま》梅雪《ばいせつ》と御用商人《ごようしょうにん》の茶屋四郎次郎《ちゃやしろうじろう》が気《き》まずそうに座敷《ざしき》の片隅《かたすみ》に座《すわ》っていた。同《おな》じく堺《さかい》から京《きょう》都《と》に一足早《ひとあしはや》く戻《もど》っていた小姓《こしょう》の長谷川竹《はせがわたけ》と森乱丸《もりらんまる》が何《なに》やら話《はなし》をしていた。終《お》わると乱丸《らんまる》が茶屋《ちゃや》に近《ちか》づいて来《き》た。

「徳川殿《とくがわどの》はまだお見《み》えにならないようだが」

「誠《まこと》に申《もう》し訳《わけ》ございません。徳川様《とくがわさま》は昨夜食中《さくやしょくあた》りになられたので大事《だいじ》を取《と》って今宵《こよい》の茶会《ちゃかい》は欠席《けっせき》されます。ただ明日《あす》の夕刻《ゆうこく》までには信長《のぶなが》さまにご挨拶《あいさつ》に伺《うかが》うと先《さき》ほど供《とも》の者《もの》から知《し》らせが参《まい》った次第《しだい》でございます」

茶屋《ちゃや》が長身《ちょうしん》の半身《はんしん》を殊更《ことさら》に折《お》り曲《ま》げて謝《あやま》った。しかし隣《となり》の穴山《あなやま》は我関《われかん》せずと頭《あたま》も下《さ》げずに平然《へいぜん》としていた。

「この次第《しだい》は上様《うえさま》にお伝《つた》え申《もう》す」

乱丸《らんまる》は不興《ふきょう》な顔立《かおだ》ちを隠《かく》さなかった。家康《いえやす》が不参《ふさん》したことで気分《きぶん》を害《がい》したのか、隣《となり》の横《おう》柄《へい》な穴山《あなやま》の態度《たいど》に苛立《いらだ》ったのかはわからなかったが、とりあえず信長公《のぶながこう》に伝《つた》えるということで茶屋《ちゃや》は安堵《あんど》した。伊賀《いが》の統領《とうりょう》である服部半蔵《はっとりはんぞう》が堺《さかい》の踊《おど》りの中《なか》で伝《つた》えた真剣《しんけん》な警告《けいこく》を無《む》視《し》するわけにはいかずに、無理《むり》やり家康《いえやす》に頼《たの》みこみ仮病《けびょう》を使《つか》ってでも参加《さんか》させなかった。京都《きょうと》に来《く》るのが一日遅《いちにちおく》れても顔《かお》を出《だ》せば問題《もんだい》はないはずと必死《ひっし》に家康《いえやす》に懇願《こんがん》したものの、何《なに》も異変《いへん》が起《お》きなければ徳川家《とくがわけ》との取引《とりひき》がなくなることも覚悟《かくご》していた。

茶会《ちゃかい》では千宗易《せんのそうえき》によって信長《のぶなが》が持参《じさん》した自慢《じまん》の茶道具《ちゃどうぐ》である勢高肩衝《せいたかかたつき》や他《ほか》の三十七種《さんじゅうななしゅ》の名器《めいき》と、宗室《そうしつ》が持参《じさん》した楢柴《ならしば》の茶入《ちゃいれ》が客人《きゃくじん》に披露《ひろう》された。濃茶《こいちゃ》を点《た》てる時《とき》になっても不審《ふしん》なことに亭主役《ていしゅやく》である信長《のぶなが》は姿《すがた》を現《あら》わさなかった。ただ信長《のぶなが》が好《この》んだポルトガルの金平糖《こんぺいとう》という小《ち》さな星型《ほしがた》の南蛮菓子《なんばんがし》だけが提供《ていきょう》された。

仕方《しかた》なく亭主不在《ていしゅふざい》の茶懐石料理《ちゃかいせきりょうり》を勝手《かって》に食《しょく》した連客《れんきゃく》たちはいつの間《ま》にか姿《すがた》を消《け》し始《はじ》めていた。前久《さきひさ》もさすがに無礼《ぶれい》な行為《こうい》と思《おも》ってはいたが文句《もんく》も言《い》えずに深夜近《しんやちか》くになって退席《たいせき》することを決《き》めた。

その晩《ばん》、信長《のぶなが》は客《きゃく》を大勢《おおぜい》待たせながら天下無双《てんかむそう》の本因坊日海《ほんいんぼうにっかい》と碁盤《ごばん》を囲《かこ》んでいた。信長《のぶなが》が全《まった》く茶席《ちゃせき》の時間《じかん》を気《き》にせずにいたので日海《にっかい》は碁《ご》を続《つづ》けなければならなかった。

すべての連客《れんきゃく》が帰宅《きたく》した頃《ころ》を見計《みはか》らっていつの間《ま》にか入洛《にゅうらく》した中将信忠《ちゅうじょうのぶただ》が信長《のぶなが》の寝所《しんじょ》にひっそりと現《あら》われた。そして半刻《はんこく》ばかり何事《なにごと》かを二人《ふたり》きりで密談《みつだん》した後《あと》、信忠《のぶただ》は宿《やど》の妙覚寺《かくじ》へ人《ひと》に知《し》られぬように戻《もど》っていった。

月《つき》が中空《ちゅうくう》に青白《あおじろ》く昇《のぼ》りきった頃《ころ》、信忠《のぶただ》が率《ひき》いてきた数千《すうせん》の軍勢《ぐんぜい》が洛外《らくがい》から西《にし》に下《くだ》って行《い》った。すでに眠《ねむ》りについていた京《きょう》の都人《みやこびと》に気《き》づく者《もの》はいなかった。

本能寺《ほんのうじ》での異例《いれい》な茶会《ちゃかい》が終《お》わってから近《ちか》くの旅籠《はたご》に戻《もど》った穴山《あなやま》と茶屋《ちゃや》はこれからのことについて話《はな》し合《あ》っていた。

「穴山《あなやま》さま、徳川《とくがわ》さまのお加減《かげん》が心配《しんぱい》ですので、某《それがし》はこれより堺《さかい》へ戻《もど》りたいと存《ぞん》じます。穴山《あなやま》さまのお世話《せわ》ができなくなり申《もう》し訳《わけ》ないのですが」

「なに、茶会《ちゃかい》も無事《ぶじ》に終《お》わったことだし構《かま》わん。この夜分《やぶん》に戻《もど》るのか」

「通《かよ》い慣《な》れた路《みち》ですのでご心配《しんぱい》には及《およ》びませぬ」

「それではわしも明朝京都《みょうちょうきょうと》を発《た》って国《くに》へ戻《もど》るとしよう。徳川殿《とくがわどの》には会《あ》えぬがよろしくお伝《つた》えくだされ」

「わかりましたでござります。穴山《あなやま》さまも道中《どうちゅう》お気《き》をつけてお帰《かえ》りくだされ」

二人《ふたり》はその夜《よ》の内《うち》にそれぞれ別《わか》れた。まさかこれが一生《いっしょう》の別《わか》れになるとは夢《ゆめ》にも思《おも》っていない。

茶屋《ちゃや》はまだ夜《よ》が明《あ》けないうちに早駕籠《はやかご》を雇《やと》って一路堺《いちろさかい》へ向《む》かった。堺《さかい》から京都《きょうと》へ出向《でむ》いてくる家康一行《いえやすいっこう》と途中《とちゅう》で落《お》ち合《あ》うつもりであった。

一方穴山《いっぽうあなやま》も一日《いちにち》も早《はや》く甲斐《かい》へ戻《もど》りたかった。大恩《だいおん》のある武田家《たけだけ》を裏切《うらぎ》った見返《みかえ》りが甲斐《かい》一国《いっこく》の安堵《あんど》ではなく以前《いぜん》の領土《りょうど》よりも大幅《おおはば》に減封《げんぷう》してしまったことで幻滅《げんめつ》していた。だから新《あた》しく甲斐《かい》の領主《りょうしゅ》となった川尻秀隆《かわじりひでたか》と今後《こんご》の経営《けいえい》に関《かん》して早急《そうきゅう》に話《はなし》をしたかった。帰《かえ》り道《みち》は信楽《しがらき》から彦根《ひこね》へ出《で》て関ケ原《せきがはら》を目指《めざ》そうと思《おも》った。

人生五十年《じんせいごじゅうねん》

子《ね》の刻《こく》が近《ちか》かった。夜半《やはん》の月《つき》は細《ほそ》く尖《とが》った弓張月《ゆみはりづき》であった。明智軍《あけちぐん》が坂本城《さかもとじょう》の大手門《おおてもん》から二重《にじゅう》の堀橋《ほりばし》を渡《わた》り粛々《しゅくしゅく》と出発《しゅっぱつ》した。先鋒《せんぽう》は明智左馬之助《あけちさまのすけ》と副将斎藤利三《ふくしょうさいとうとしみつ》が率《ひき》いる三千《さんぜん》名《めい》の精鋭《せいえい》であった。軍団《ぐんだん》は大津《おおつ》を抜《ぬ》けて山科《やましな》の里《さと》で小休止《しょうきゅうし》を軍勢《ぐんぜい》に取《と》らせ手持《ても》ちの握《にぎ》り飯《めし》を食《た》べさせた。京都《きょうと》まではもう一里《いちり》の距離《きょり》もなかった。利三《としみつ》は馬揃《うまぞろえ》の先陣《せんじん》として兵千名《へいせんめい》を率《ひき》いて賀茂川《かもがわ》の三条《さんじょう》の橋《はし》の袂《たもと》まで先着《せんちゃく》していた。東《ひがし》の空《そら》が薄《うす》く白《しら》んできて夏《なつ》の日《ひ》は晴天《せいてん》になると感《かん》じた。関所《せきしょ》の役人《やくにん》を含《ふく》めて今日《きょう》は馬揃《うまぞろえ》があると知《し》っていただけに町衆《まちしゅう》たちも洛《らく》中《ちゅう》に甲冑姿《かっちゅうすがた》の武者《むしゃ》が入《はい》ってきたことを不審《ふしん》に思《おも》っていなかった。

息子《むすこ》たちと共《とも》に賀茂川《かもがわ》を渡《わた》った利三《としみつ》は本能寺《ほんのうじ》の屋根瓦《やねがわら》が見《み》えてきた時《とき》、急《きゅう》に馬《うま》を停《と》めて命令《めいれい》した。

「存三《よしみつ》と利光《としみつ》、本能寺《ほんのうじ》に着《つ》いたら雑兵《ぞうひょう》は構《かま》わずに奥座敷《おくざしき》に向《む》かえ。勅命《ちょくめい》により逆賊《ぎゃくぞく》の織田《おだ》信長《のぶなが》を討《う》つ」

斎藤兄弟《さいとうきょうだい》は一瞬驚《いっしゅんおどろ》いたが戦場《せんじょう》では臨機応変《りんきおうへん》な対処《たいしょ》と主君《しゅくん》の命令《めいれい》を遵守《じゅんしゅ》するのが鉄則《てっそく》だっ

た。疑問《ぎもん》を持《も》って躊躇《ちゅうちょ》すれば自分《じぶん》の命《いのち》が危《あや》うくなる。今《いま》は疑《うたが》いを持《も》たずに父《ちち》の命令《めいれい》を果《は》たすことが息子《むすこ》の役目《やくめ》と考《かんが》えた。

次《つぎ》に利三《としみつ》は将兵《しょうへい》たちを振返《ふりかえ》ると命令《めいれい》を下《くだ》した。

「敵《てき》は本能寺《ほんのうじ》にあり、これより駆《か》けつけて切《き》り捨《す》てよ」

そのまま利三《としみつ》は先頭《せんとう》で馬《うま》を走《はし》らせた。斎藤家《さいとうけ》の将兵《しょうへい》は大将《たいしょう》を追《お》って駆《か》けだして行《い》く。

本能寺《ほんのうじ》の堀《ほり》を渡《わた》ると夜間《やかん》は閉《と》じている正門《せいもん》がすでに開《あ》いていた。はてなと思《おも》いながら門《もん》を入《はい》った瞬間《しゅんかん》に利三《としみつ》は異変《いへん》に気《き》がついた。夜《よ》が明《あ》けてきていたので馬上《ばじょう》から見《み》た目《め》に間違《まちが》いはなかった。数人《すうにん》の中間《ちゅうげん》が倒《たお》れて動《うご》かない。辺《あた》りに黒《くろ》くなった血痕《けっこん》が飛《と》び散《ち》っていて既《すで》に死《し》んでいるではないか。近《ちか》くには乗《の》り手《て》のいない裸馬《はだかうま》が数頭《すうとう》佇《たたず》んでいた。

「二人《ふたり》で厩《うまや》を見《み》てこい、わしは本堂《ほんどう》へ行《い》く」

斎藤兄弟《さいとうきょうだい》は庫裡《くり》の横手《よこて》にある厩《うまや》へ向《む》かった。厩《うまや》の入口《いりぐち》にはなんと二十人近《にじゅうにんちか》くの小姓《こしょう》や警《けい》護《ご》の侍《さむらい》が斬《き》り死《じ》にしている惨状《さんじょう》が目《め》の中《なか》に飛《と》び込《こ》んできた。二人《ふたり》はすぐに馬《うま》を降《お》りてから刀《かたな》を抜《ぬ》いて静《しず》かに辺《あた》りを調《しら》べ始《はじ》めた。多《おお》くの侍《さむらい》は寝間着《ねまき》のままで厩《うまや》から馬《うま》を出《だ》そうとして、そこに現《あら》われた敵《てき》と戦《たたか》ったらしくその場《ば》で憤死《ふんし》していた。首《くび》を取《と》られた者《もの》はなく、その殺《ころ》し方《かた》からみて襲《おそ》った敵《てき》はかなりの数《かず》であることと、強者《きょうしゃ》の乱波《らっぱ》の集団《しゅうだん》であることがすぐ読《よ》み取《と》れた。ただ斬《き》り死《じ》にした中《なか》の一人《ひとり》は見知《みし》っていた。信長《のぶなが》の警護隊長《けいごたいちょう》の伴太郎左衛門《ばんたろうざえもん》だった。甲賀忍《こうかしの》びの名門《めいもん》の生《う》まれで普通《ふつう》の賊《ぞく》や雑兵《ぞうひょう》では倒《たお》せない猛者《もさ》のはずであった。その時《とき》、全身《ぜんしん》が黒《くろ》い大男《おおおとこ》が白《しろ》い布《ぬの》に包《つつ》んだ小袋《こぶくろ》を片手《かたて》に抱《かか》えて裏口《うらぐち》から飛《と》び出《だ》して行《い》くのが見《み》えた。確《たし》かあの大男《おおおとこ》は信長《のぶなが》が雇《やと》った弥吉《やきち》という黒人《こくじん》の用人《ようにん》のように思《おも》えた。追《お》いかけて聞《き》く間《ま》もなくその姿《すがた》は消《き》えてしまった。

一方《いっぽう》、本堂《ほんどう》の中《なか》に入《はい》った利三《としみつ》も同《おな》じ変事《へんじ》に気《き》がついていた。辺《あた》りは物音一《ものおとひと》つしない静《せい》寂《じゃく》に包《つつ》まれた広間《ひろま》には小坊主一人《こぼうずひとり》いなかった。各部屋《かくへや》の蚊帳《かや》は吊《つ》られたままで中《なか》には誰《だれ》もいない。ようやく庫裡《くり》の小部屋《こべや》に白《しろ》い着物《きもの》を着《き》た侍女《じじょ》が一人隠《ひとりかく》れて震《ふる》えているのを発見《はっけん》した。

「女《おんな》、賊《ぞく》は何処《どこ》にいる」

侍女《じじょ》は恐怖《きょうふ》の眼《め》をしたままで話《はなし》ができずに後方《こうほう》を指《ゆび》さした。襖《ふすま》を開《あ》けると三人《さんにん》ばかりの小姓姿《こしょうすがた》の若侍《わかざむらい》が刀《かたな》を抜《ぬ》いたままで斬《き》り死《じ》にしていた。その一人《ひとり》は信長《のぶなが》の最側近《さいそっきん》の乱丸《らんまる》であった。そしてその近《ちか》くの御座《ござ》には白衣《しろきぬ》の寝間着《ねまき》が血《ち》に染《そ》まっている首《くび》のない死体《したい》が転《ころ》がっていた。その男《おとこ》だけの首《くび》が取《と》られていることでひょっとすると信長《のぶなが》の死体《したい》かもしれないと思《おも》えたが、首《くび》のない躯《からだ》だけでは判別《はんべつ》がつかなかった。それに徳川家康《とくがわいえやす》をはじめ本多平八郎《ほんだへいはちろう》などの徳川家《とくがわけ》の旗本《はたもと》たちがいないことも不審《ふしん》であった。

そこに厩《うまや》から戻《もど》った存三《よしみつ》と利光《としみつ》が慌《あわ》ただしく飛《と》び込《こ》んできた。

「厩《うまや》では二十人《にじゅうにん》ばかりが斬《き》られております。これはまさか、信長《のぶなが》ですか」

「うむ、首《くび》のない死体《したい》では誰《だれ》だかわからぬ」

第一発見者《だいいちはっけんしゃ》の利三《としみつ》もこれまで遠目《とおめ》でしか信長《のぶなが》には拝謁《はいえつ》していない。だからこの死体《したい》が本人《ほんにん》かどうかは断定《だんてい》できなかったが状況《じょうきょう》からみて信長《のぶなが》のように思《おも》えた。

寺《てら》の土塀《どべい》を越《こ》して明智《あけち》の紋所《もんどころ》である水色《みずいろ》の桔梗《ききょう》の旗指物《はたさしもの》が見《み》え始《はじ》めていた。明智《あけち》左馬之助《さまのすけ》の本隊《ほんたい》が到着《とうちゃく》したようであった。

利三《としみつ》は不慮《ふりょ》の場面《ばめん》に遭遇《そうぐう》して困惑《こんわく》していたが、今《いま》は信長暗殺《のぶながあんさつ》の下手人探《げしゅにんさが》しをしている暇《ひま》はない。

「存三《よしみつ》と利光《としみつ》、よく聞《き》け。本日勅命《ほんじつちょくめい》により逆賊織田信長《ぎゃくぞくおだのぶなが》を討《う》てとわが殿《との》に宣下《せんげ》があった。何者《なにもの》かに先《さき》んじられたがこの死体《したい》は信長《のぶなが》に違《ちが》いない。これよりすぐに殿《との》に伝《つた》えよ。逆臣《ぎゃくしん》織田信長《おだのぶなが》を討《う》ち果《は》たしたとな」

「相《あい》わかりました」

兄弟《きょうだい》に詳《くわ》しい事情《じじょう》は理解《りかい》できなかったが全速《ぜんそく》で馬《うま》を駆《か》けさせて賀茂川《かもがわ》沿《ぞ》いに駐屯《ちゅうとん》している光秀《みつひで》の本隊《ほんたい》へ戻《もど》った。息《いき》を切《き》らしながら、

「斎藤利三《さいとうとしみつ》より伝令《でんれい》でございます。本日未明《ほんじつみめい》本能寺《ほんのうじ》にて逆臣《ぎゃくしん》織田信長《おだのぶなが》を討《う》ち果《は》たしました」

光秀《みつひで》は一気《いっき》に暗雲《あんうん》が吹《ふ》き飛《と》んだ気持《きもち》になった。

「全軍《ぜんぐん》に告《つ》げよ、これより本能寺《ほんのうじ》に向《む》かえ。敵《てき》は本能寺《ほんのうじ》にあり」

光秀《みつひで》は大声《おおごえ》を発《はっ》すると同時《どうじ》に馬《うま》の尻《しり》に鞭《むち》を当《あ》てた。亀山城《かめやまじょう》から上《のぼ》ってきた明智光忠《あけちみつただ》の率《ひき》いる六千《ろくせん》の将兵《しょうへい》が桂川《かつらがわ》を、そして光秀自身《みつひでじしん》の率《ひき》いる本隊《ほんたい》の三千名《さんぜんめい》が賀茂川《かもがわ》を渡《わた》って東西《とうざい》から本能寺《ほんのうじ》に近《ちか》づいた。しかし多《おお》くの将兵《しょうへい》はまだ馬揃《うまぞろえ》のための入洛《にゅうらく》としか思《おも》っていなかった。

その朝《あさ》、京都奉行《きょうとぶぎょう》の木村次郎兵衛《きむらじろうべえ》は家《いえ》に帰《かえ》らずに織田信忠《おだのぶただ》の泊《と》まった妙覚寺《みょうかくじ》で一夜《いちや》を過《す》ごしていた。突然《とつぜん》中間《ちゅうげん》の源蔵《げんぞう》が寝所《しんじょ》に飛《と》び込《こ》んでくると、

「殿《との》、一大事《いちだいじ》でござる。本能寺《ほんのうじ》付近《ふきん》に軍勢《ぐんぜい》が集《あつ》まっております」

「うむ、明智勢《あけちぜい》が今日《きょう》の馬揃《うまぞろえ》に参《まい》っておるからであろう」

「それにしては何《なに》やら様子《ようす》がおかしいようで、明智《あけち》の兵《へい》が本能寺《ほんのうじ》の宿直《とのい》の侍《さむらい》を斬《き》り殺《ころ》したとのこと」

木村《きむら》は瞬間的《しゅんかんてき》に大殿《おおとの》が襲《おそ》われたと感《かん》じた。枕元《まくらもと》の刀《かたな》を腰《こし》に差《さ》すと鴨居《かもい》に架《か》けてある槍《やり》を掴《つか》むなり信忠《のぶただ》の寝所《しんじょ》に寝間着《ねまき》のまま走《はし》った。

「信忠殿《のぶただどの》、本能寺《ほんのうじ》で異変《いへん》が出来《しゅったい》したようです」

「何事《なにごと》か」

「明智日向守《あけちひゅうがのかみ》の別心《べっしん》かと」

「なんと、父上《ちちうえ》はいかがした」

「しかとわかりませぬ。しかし、この妙覚寺《みょうかくじ》ではいざとなれば守《まも》りきれませぬ。殿《との》、今《いま》の内《うち》に隣《となり》の二条御所《にじょうごしょ》へ御移《おうつ》りくだされ」

瞬間的《しゅんかんてき》に信忠《のぶただ》は人生最大《じんせいさいだい》の致命的《ちめいてき》な失敗《しっぱい》を犯《おか》したことに気《き》づいて青《あお》くなった。今《いま》は三位《さんい》中将《ちゅうじょう》である高位《こうい》の自分《じぶん》の警護者《けいごしゃ》が僅《わず》か百名程度《ひゃくめいていど》しかいないという冷酷《れいこく》な現実《げんじつ》だった。ただ父《ちち》からの一《ひと》つの密命《みつめい》を実行《じっこう》するために旗本三千名《はたもとさんぜんめい》を昨夜《さくや》の内《うち》に堺《さかい》へ進発《しんぱつ》させてしまった悔恨《かいこん》である。信忠《のぶただ》は父信長《ちちのぶなが》との数刻前《すうこくまえ》の密談《みつだん》を思《おも》い出《だ》した。

「父上《ちちうえ》、家康《いえやす》は今宵《こよい》の茶会《ちゃかい》に出席《しゅっせき》しなかったのでござりますか」

「左様《さよう》じゃ。家康《いえやす》が突然欠席《とつぜんけっせき》したのは食中《しょくあた》りなどではなく、闇討《やみう》ちを知《し》って逃《に》げたのかもしれぬ」

「なんと、それは由々《ゆゆ》しき事《こと》」

「されば、そなたの軍勢《ぐんぜい》を堺《さかい》に向《む》かわせ見《み》つけ次第斬《しだいき》り殺《ころ》せ」

「承知《しょうち》いたしました。それではすぐに旗本全軍《はたもとぜんぐん》に家康《いえやす》を探《さが》し討《う》つように命《めい》じます」

「よいか、家康《いえやす》を討《う》ち次第《しだい》、秀吉《ひでよし》の中国勢《ちゅうごくぜい》と光秀《みつひで》の摂津勢《せっつぜい》を率《ひき》いて三河《みかわ》に進軍《しんぐん》せよ。秀吉《ひでよし》には既《すで》に毛利《もうり》との手打《てう》ちを指示《しじ》してあるゆえ数日後《すうじつご》にはこちらに戻《もど》ってくるはずだ。それに光秀《みつひで》には馬揃《うまぞろえ》を命《めい》じてあるゆえ明朝《みょうちょう》には京都《きょうと》に彼《かれ》の軍勢《ぐんぜい》が集《あつ》まる」

「御意《ぎょい》、して父上《ちちうえ》は今宵《こよい》どちらにお泊《とま》りか」

「家康《いえやす》を此処《ここ》に泊《と》まらせるつもりであったが、移《うつ》るのは面倒故《めんどうゆえ》にわしは此処《ここ》に泊《と》まる」

本能寺《ほんのうじ》に父《ちち》を残《のこ》して信忠《のぶただ》は妙覚寺《みょうかくじ》に戻《もど》ったのであった。

本来《ほんらい》ならば今頃《いまごろ》は信忠《のぶただ》の旗本勢《はたもとぜい》が本能寺《ほんのうじ》に泊《と》まった家康《いえやす》と側近《そっきん》を一気《いっき》に抹殺《まっさつ》している筈《はず》であった。それだけに家康《いえやす》が昨夜《さくや》の茶会《ちゃかい》を唐突《とうとつ》に欠席《けっせき》した意味《いみ》をもっと深刻《しんこく》に捉《とら》えるべきだった。家康暗殺《いえやすあんさつ》のこの企《くわだ》てがどこかで漏《も》れて光秀《みつひで》と同盟《どうめい》したのであろうか。果《は》たして我《わ》が旗本《はたもと》らは家康《いえやす》を見《み》つけることができるだろうか。しかし、ここまで裏《うら》をかかれた以上《いじょう》、家康《いえやす》が易々《やすやす》と見《み》つかるとは思《おも》えなかった。それにしても光秀《みつひで》の逆心《ぎゃくしん》には迂闊《うかつ》にも全《まった》く気《き》づかなかった。今《いま》はこの信忠《のぶただ》を殺《ころ》すことなど彼《かれ》にとっては容易《たやす》いことに思《おも》えた。

とりあえず信忠《のぶただ》は五十名程《ごじゅうめいほど》しかいない家臣《かしん》を従《したが》えてすぐ近《ちか》くの二条御所《にじょうごしょ》に駆《か》け込《こ》んだ。運《うん》よく南門《みなみもん》の通用門《つうようもん》は開《ひら》いていた。信忠《のぶただ》たちが内《うち》に入《はい》るや南門《みなみもん》の閂《かんぬき》が閉《し》められた。

本能寺《ほんのうじ》に到着《とうちゃく》した左馬之助《さまのすけ》はやはり寺内《じない》の不慮《ふりょ》の事態《じたい》にどう対応《たいおう》するか迷《まよ》っていた。物見《ものみ》からは織田信忠《おだのぶただ》が宿舎《しゅくしゃ》の妙覚寺《みょうかくじ》から出《で》て二条御所《にじょうごしょ》に立《た》て籠《こも》ったとの注進《ちゅうしん》が届《とど》いていた。

「利三《としみつ》、どうする。このままでは我《われ》らが謀反人《むほんにん》になる」

「ご心配《しんぱい》なされるな。本日朝廷《ほんじつちょうてい》より逆臣織田信長討伐《ぎゃくしんおだのぶながとうばつ》の勅命《ちょくめい》が殿《との》に下《くだ》されることになっております。殿《との》よりの密命《みつめい》をこれまで内密《ないみつ》にしておりましたことをお詫《わ》びいたしますが、これからは殿《との》に天下取《てんかと》りになっていただきます」

「どういう意味《いみ》だ」

「すぐに二条御所《にじょうごしょ》にいる織田信忠《おだのぶただ》を逆賊《ぎゃくぞく》として討《う》つしかないと」

いまは左馬之助《さまのすけ》も利三《としみつ》の考《かんが》えていることを理解《りかい》していた。下手人《げしゅにん》が誰《だれ》かわからない以《い》上《じょう》、嫌疑《けんぎ》はすべて明智家《あけちけ》に及《およ》んでくるに違《ちが》いない。信忠《のぶただ》の一途《いちず》な性格《せいかく》も信長《のぶなが》によく似《に》ている。我《われ》らが親《おや》の仇《かたき》にされてしまっては将来《しょうらい》どうなるかわからない不安《ふあん》の方《ほう》が強《つよ》かった。

「利三《としみつ》、わかった、これより殿《との》を天下《てんか》取《と》りにさせよう。もしそれで殿《との》がお叱《しか》りになれば我《われ》らの一存《いちぞん》でしたことにして二人《ふたり》が腹《はら》を切《き》れば済《す》むこと」

「左馬之助殿《さまのすけどの》、左様《さよう》ですな」

二人《ふたり》は期《き》せずして高笑《たかわら》いをした。お互《たが》い下剋上《げこくじょう》が当《あ》たり前《まえ》の戦国時代《せんごくじだい》に育《そだ》っただけに腹《はら》の中《なか》で考《かんが》えることは一緒《いっしょ》であった。欺《あざむ》かれた方《ほう》が負《ま》けるという残酷《ざんこく》な現実《げんじつ》であった。

日《ひ》も高《たか》くなってから光秀《みつひで》は本能寺《ほんのうじ》にようやく駆《か》けつけた。迎《むか》えた利三《としみつ》からすべての事実《じじつ》を聴《き》いた光秀《みつひで》の第一声《だいいっせい》は、

「本能寺《ほんのうじ》をすぐに焼《や》け、何《なに》も残《のこ》すな」

だった。

今《いま》は信長《のぶなが》を殺《ころ》した下手人《げしゅにん》たちを探《さが》している時間《じかん》はなかった。首《くび》がない以上信長《いじょうのぶなが》の存否《そんぴ》は確定《かくてい》できないが第三者《だいさんしゃ》が襲撃《しゅうげき》した証拠《しょうこ》は焼《や》いて抹消《まっしょう》しよう。あとは信長《のぶなが》を勅命《ちょくめい》によってこの光秀《みつひで》が誅殺《ちゅうさつ》したという話《はなし》に仕立《した》てるのが一番《いちばん》の方法《ほうほう》だと思《おも》えた。

暫《しばら》くすると大《おお》きな爆発音《ばくはつおん》とともに本能寺《ほんのうじ》の主殿《しゅでん》の四方《しほう》から赤《あか》い炎《ほのお》が立《た》ち上《あ》がり黒煙《こくえん》とと

もに伽藍《がらん》はすぐに火炎《かえん》に包《つつ》まれた。本能寺《ほんのうじ》は織田軍《おだぐん》の京都《きょうと》における弾丸《だんがん》と火薬《かやく》の貯蔵庫《ちょぞうこ》でもあったことを明智《あけち》の武将《ぶしょう》たちもよく知《し》っていた。かつて比叡山《ひえいざん》の焼討《やきうち》を命《めい》じた主君《しゅくん》がその火付役《ひつけやく》だった光秀《みつひで》によってまた焼《や》かれる地獄図《ぢごくず》の再現《さいげん》でもあった。信長《のぶなが》の身体《からだ》は業火《ごうか》で滅却《めっきゃく》されたように骨一《ほねひと》つ遺《のこ》さずに消滅《しょうめつ》した。多《おお》くの罪《つみ》なき衆生《しゅじょう》の怨念《おんねん》の炎《ほのお》がその身体《からだ》を焼《や》き尽《つ》くしたかのようであった。光秀《みつひで》は本能寺《ほんのうじ》の火付《ひつけ》の時間《じかん》がひどく早《はや》かったことを気《き》づかずにいたが周囲《しゅうい》の兵《へい》たちもそれが不自然《ふしぜん》だとは思《おも》っていなかった。

そこへ兼見《かねみ》があわてて駆《か》けつけてきて白地《しろぢ》に日《ひ》の丸《まる》の兜《かぶと》をかぶった光秀《みつひで》を見《み》つけた。光《みつ》秀《ひで》の馬《うま》の鐙《あぶみ》を抑《おさ》えながら、

「光秀《みつひで》、勅命《ちょくめい》が出《で》たぞ。そなたはもはや天下人《てんかびと》だぞ」

「兼見《かねみ》、よくやった。近衛前久《このえさきひさ》さまにはよく礼《れい》を申《もう》してくれ」

「されど織田信忠《おだのぶただ》が誠仁親王《さねひとしんのう》のおられる二条御所《にじょうごしょ》に逃《に》げ込《こ》んだらしい。早《はや》く親王《しんのう》をお助《たす》けせねばえらいことになる」

二条御所《にじょうごしょ》の隣《となり》が前久《さきひさ》の御殿《ごてん》であった。前夜《ぜんや》から兼見《かねみ》は前久《さきひさ》の屋敷《やしき》に泊《と》まって一緒《いっしょ》に本日《ほんじつ》の成《な》り行《ゆ》きを見守《みまも》っていたために信忠《のぶただ》の一団《いちだん》が妙覚寺《みょうかくじ》から移《うつ》ったことをすぐ知《し》ることができた。光秀《みつひで》にとっても茶会《ちゃかい》に出席《しゅっせき》する予定《よてい》のなかった信忠《のぶただ》が京都《きょうと》にいたことは驚《おどろ》きだった。

「それはまずい。左馬之助《さまのすけ》、二条御所《にじょうごしょ》へ向《む》かえ。すぐに誠仁親王《さねひとしんのう》を内裏《だいり》にお移《うつ》しせよ」
法螺貝《ほらがい》が吹《ふ》かれ押《お》し太鼓《だいこ》が打《う》たれた。明智軍《あけちぐん》は二条御所《にじょうごしょ》の門《もん》に向《む》かって大喊声《だいかんせい》をあげて殺到《さっとう》した。今《いま》は明智軍《あけちぐん》の一万以上《いちまんいじょう》が二条御所《にじょうごしょ》を囲《かこ》んで織田信忠《おだのぶただ》に対抗《たいこう》する戦《いくさ》となっていた。

城《しろ》の中《なか》に立《た》て籠《こも》ったのは信忠《のぶただ》をはじめとする京都代官《きょうとだいかん》の木村次郎兵衛《きむらじろうべえ》、武田家《たけだけ》の人質《ひとじち》から戻《もど》ったばかりの信長《のぶなが》の五男《ごなん》の勝長《かつなが》、桶狭間《おけはざま》の戦《いくさ》で今川義元《いまがわよしもと》を討《う》ち取《と》った毛利新介《もうりしんすけ》らの勇士《ゆうし》だった。しかし総勢《そうぜい》は百人《ひゃくにん》にも満《み》たなかった。

二条御所《にじょうごしょ》へ逃《に》げ入《い》った木村《きむら》は何故《なぜ》だと号泣《ごうきゅう》したい気持《きもち》であった。坂本城《さかもとじょう》に馬揃《うまぞろえ》を知《し》らせた時《とき》には既《すで》に光秀《みつひで》が謀反《むほん》を決《き》めていたのかと思《おも》うと裏切《うらぎ》られたという強《つよ》い屈辱感《くつじょくかん》が込《こ》み上《あ》げてきた。木村《きむら》は光秀《みつひで》が好《す》きだった、あの細《こま》やかで知的《ちてき》な感性《かんせい》は戦国武士《せんごくぶし》にはない爽《さわ》やかさであった。しかし今《いま》は自分《じぶん》の人《ひと》の好《よ》さを恥《は》じていた。それでも光秀《みつひで》が一言思《ひとことおも》いのほどを話《はな》してくれていたらと思《おも》ったが、すべてはもはや愚痴《ぐち》に過《す》ぎなかった。自分《じぶん》が仕《つか》える主君《しゅくん》は信長公《のぶながこう》であり信忠《のぶただ》さまである。自分《じぶん》が普請《ふしん》したこの二条御所《にじょうごしょ》で命《いのち》の限《かぎ》り奮戦《ふんせん》するのも武士《ぶし》として悪《わる》くない、そう覚悟《かくご》するとあとは明智《あけち》の将兵《しょうへい》を一人《ひとり》でも多《おお》く殺《ころ》すことしか考《かんが》えなかった。

光秀《みつひで》が二条御所前《にじょうごしょまえ》に到着《とうちゃく》すると、すでに明智光忠《あけちみつただ》が率《ひき》いる精鋭《せいえい》が静《しず》かに二重三重《にじゅうさんじゅう》に取《と》り囲《かこ》んで攻撃命令《こうげきめいれい》を待《ま》っていた。星兜《ほしかぶと》をつけた光忠《みつただ》が馬《うま》を寄《よ》せてきた。

「光忠《みつただ》、二条御所《にじょうごしょ》には誠仁親王《さねひとしんのう》がおいでになられる。すぐに京都御所《きょうとごしょ》にお移《うつ》しすると信忠《のぶただ》に伝《つた》えてこい。親王《しんのう》さまに矢玉《やだま》は向《む》けられない」

「相分《あいわ》かっております」

光忠《みつただ》は丹波八上城《たんばやかみじょう》の人質救出《ひとじちきゅうしゅつ》に見《み》せたように豪胆《ごうたん》な性格《せいかく》で戦場《せんじょう》での駆《か》け引《ひ》きが得意《とくい》であった。一人大手門《ひとりおおてもん》の前《まえ》に出向《でむ》くと馬上《ばじょう》から大声《おおごえ》で口上《こうじょう》を述《の》べた。

「織田信忠《おだのぶただ》に申《もう》す。侍《さむらい》の諍《いさか》いで御所《ごしょ》を盾《たて》に籠《こも》るとは言語道断《ごんごどうだん》なり。直《ただ》ちにそこより出《で》られよ。留《とど》まって親王《しんのう》に御危害《おきがい》を与《あた》えるは不忠《ふちゅう》なり。出《で》ることを望《のぞ》まぬならば速《すみ》やかに親王《しんのう》と御一《ごいち》族《ぞく》を京都御所《きょうとごしょ》までお移《うつ》しするのが武士道《ぶしどう》と存《ぞん》じ奉《たてまつ》る。それまで我《われ》らは攻撃《こうげき》を控《ひか》えるものなり」

しばらくして大手門《おおてもん》が開《ひら》かれると輿《こし》に担《かつ》がれた誠仁親王《さねひとしんのう》と妃《きさき》、皇子《おうじ》の若宮《わかみや》、二宮《にのみや》、五宮《ごのみや》らにつき従《したが》う女房衆《にょうぼうしゅう》、侍従《じじゅう》たちが素足《すあし》のままで恐《おそ》る恐《おそ》る現《あら》われた。殺気溢《さっきあふ》れた軍勢《ぐんぜい》の目《め》の前《まえ》を通《とお》り過《す》ぎる女房《にょうぼう》たちの顔《かお》には今《いま》まで一度《いちど》も感《かん》じたことのない恐怖《きょうふ》が浮《う》かんでいた。その後《あと》を前夜《ぜんや》から当直《とうちょく》で御所《ごしょ》に泊《と》まり込《こ》んでいた権大納言《ごんだいなごん》の飛鳥井雅教《あすかいまさのり》ら十名《じゅうめい》ほどの公家《くげ》が続《つづ》いて歩《ある》いて行《い》く。

その時《とき》、親王《しんのう》の輿《こし》に恐《おそ》れずに近《ちか》づいたのは兼見《かねみ》であった。

「恐《おそ》れながら吉田神社《よしだじんじゃ》の神官吉田兼見《しんかんよしだかねみ》でござります。親王《しんのう》さまには何《なん》の御懸念《ごけねん》もなきようにと惟任光秀《これとうみつひで》さまよりのお伝《つた》えでござります」

光忠《みつただ》は親王《しんのう》の輿《こし》の一団《いちだん》を京都御所《きょうとごしょ》に先導《せんどう》するために先頭《せんとう》でゆっくりと馬《うま》を進《すす》めた。明智《あけち》の軍勢《ぐんぜい》は黙《だま》ってその行列《ぎょうれつ》を見送《みおく》っていた。最後《さいご》の列《れつ》が大手門《おおてもん》を出《で》終わるや否《いな》や、門《もん》の片隅《かたすみ》に潜《ひそ》んでいた武士《ぶし》の一団《いちだん》が御所内《ごしょない》に駆《か》け込んで行《い》った。その中《なか》には京都所司代《きょうとしょしだい》の村井貞勝《むらいさだかつ》の姿《すがた》が光秀《みつひで》には見《み》えたように思《おも》えた。所司代《しょしだい》の屋敷《やしき》は二条御所《にじょうごしょ》の隣《となり》であった。

大手門《おおてもん》がすぐに閉《し》められると法螺貝《ほらがい》と押《お》し太鼓《だいこ》がまた強《つよ》く打《う》たれた。将兵《しょうへい》は喊声《かんせい》をあげながら御所《ごしょ》の塀《へい》に取《と》り着《つ》いて登《のぼ》り始《はじ》めた。

木村《きむら》は飛《と》び込《こ》んできた所司代《しょしだい》の村井《むらい》と御所内《ごしょない》で再会《さいかい》した。二人《ふたり》とも無言《むごん》で暫《しばら》く見《み》つめ合《あ》うと、

「所司代《しょしだい》、長《なが》い間《あいだ》のご厚誼《こうぎ》を感謝申《かんしゃもう》しあげる。あの世《よ》でまたお会《あ》いしましょう」

「うむ、某《それがし》は信忠《のぶただ》さまの御座所《ござしょ》へ参《まい》る。次郎兵衛《じろべえ》、さらばじゃ」

二人《ふたり》はそれから二度《にど》と相《あい》まみえることはなかった。

木村《きむら》は大刀《たち》を腰《こし》に差《さ》すと愛用《あいよう》の一間五尺《いっけんごしゃく》の槍《やり》を右手《みぎて》に囲《かこ》い込《こ》んで前方《ぜんぽう》に現《あら》われた明智《あけち》の兵《へい》のもとへ走《はし》った。明智《あけち》の足軽四《あしがるし》、五名《ごめい》が向《む》かって来《き》ていた。素早《すばや》く槍《やり》を一回転《いっかいてん》させると、そのまま石突《いしづき》で正面《しょうめん》の足軽《あしがる》の胸板《むないた》を正確《せいかく》に突《つ》いた。武術《ぶじゅつ》の心得《こころえ》のない足軽《あしがる》に鋭《するど》い突《つ》きを避《さ》ける技《わざ》はなかった。そのままどっと仰向《あおむ》けに倒《たお》れた足軽《あしがる》の胸《むね》を足《あし》で踏《ふ》みつけると槍《やり》の穂《ほ》で喉《のど》を突《つ》き刺《さ》した。足軽《あしがる》は声《こえ》も立《た》てられずに喉《のど》から血《ち》を吹《ふ》き出《だ》して絶命《ぜつめい》した。怯《ひる》んで動《うご》きが止《と》まっていた隣《となり》の足軽《あしがる》の膝下《ひざした》を槍《やり》で払《はら》うとすぐに地面《じめん》に転《ころ》がった。今度《こんど》はその足軽《あしがる》の背《せ》を具足《ぐそく》の上《うえ》から突《つ》き刺《さ》した。しかし槍《やり》の穂《ほ》は深々《ふかぶか》と突《つ》き刺《さ》さって抜《ぬ》けなくなってしまった。まずいと思《おも》った瞬間《しゅんかん》、後《うし》ろの横腹《よこはら》に熱《あつ》い焼《や》け火箸《ひばし》を突《つ》き刺《さ》されたような痛《いた》さを感《かん》じた。槍《やり》を手放《てばな》して腰《こし》の大刀《だいとう》を抜《ぬ》いて横腹《よこはら》に刺《さ》さっていた敵《てき》の槍《やり》の柄《え》を断《た》ち切《き》った。返《かえ》す刀《かたな》でその武将《ぶしょう》に斬《き》りつけたが相手《あいて》の甲冑《かっちゅう》は木村《きむら》の刃《は》を受《う》けつけなかった。

「明智家家臣《あけちけかしん》、山崎小七郎《やまざきこしちろう》、お相手申《あいてもう》す。名乗《なの》られよ」

相手《あいて》は戦闘経験《せんとうけいけん》が豊富《ほうふ》のようで口上《こうじょう》を述《の》べながら刀《かたな》を打《う》ち返《かえ》してきた。

「織田家京奉行代官《おだけきょうぶぎょうだいかん》の木村次郎兵衛《きむらじろうべい》、お相手仕《あいてつかまつ》る」

木村《きむら》も名乗《なの》りながら、その刀身《とうしん》を必死《ひっし》に合《あ》わせて止《と》めた。しかし、その時《とき》また背後《はいご》に熱《あつ》い衝撃《しょうげき》を感《かん》じると真《ま》っ赤《か》な光《ひかり》が走《はし》って身体《からだ》の自由《じゆう》が利《き》かなくなった。ゆっくりと天地《てんち》が回《かい》転《てん》して暗《くら》い穴《あな》に向《む》かって落《お》ちていった。

半刻《はんこく》ほどの激《はげ》しい戦闘《せんとう》の後《あと》では二条御所内《にじょうごしょない》の織田家臣《おだかしん》の姿《すがた》は殆《ほとん》ど見《み》られなくなっていた。信忠《のぶただ》は死《し》を間近《まぢか》にして自分《じぶん》が何一《なにひと》つ明智光秀《あけちみつひで》という人物《じんぶつ》の実像《じつぞう》を知《し》らないことに気《き》がついた。いままで常《つね》に父信長《ちちのぶなが》の背中《せなか》しか見《み》ていなかった。なぜ織田家《おだけ》の重臣《じゅうしん》であった光秀《みつひで》という人間《にんげん》をもっと深《ふか》く観察《かんさつ》してみなかったのか。信忠《のぶただ》には光秀《みつひで》の逆心《ぎゃくしん》を怒《おこ》る前《まえ》になぜ謀反《むほん》が起《お》きたのか、その理由《りゆう》すらわからないことが最後《さいご》の悔《く》いになった。

それに今《いま》は昼《ひる》を過《す》ぎても自分《じぶん》の旗本《はたもと》が一兵《いっぺい》も助《たす》けに戻《もど》ってこない現実《げんじつ》に絶望《ぜつぼう》していた。逆《ぎゃく》に父《ちち》ならとっくに此処《ここ》から逃《に》げ去《さ》っていただろうと思《おも》うと、この時間《じかん》まで二条御所内《にじょうごしょない》で決断《けつだん》できずに逡巡《しゅんじゅん》していた自分《じぶん》に愛想《あいそ》が尽《つ》きていた。

信忠《のぶただ》は雑兵《ぞうひょう》と戦《たたか》って恥《はじ》を晒《さら》すことを避《さ》けて供侍《ともざむらい》の鎌田新介《かまたしんすけ》に命《めい》じた。

「わしは此処《ここ》で腹《はら》を切《き》るゆえ介錯《かいしゃく》せよ。この床板《ゆかいた》をはずして我《わ》が身《み》は敵《てき》に渡《わた》さずに火《ひ》をかけよ」

信忠《のぶただ》は脇差《わきざし》を抜《ぬ》くと父《ちち》の後《あと》を追《お》う不忠《ふちゅう》を詫《わ》びると同時《どうじ》に、もはやこれまでと潔《いさぎよ》く腹《はら》に刀《かたな》を立《た》てた。鎌田《かまた》は泣《な》く泣《な》く首《くび》を討《う》ち落《お》とすと約束通《やくそくどお》り死骸《しがい》を隠《かく》して火《ひ》を点《つ》けた。織田中《おだちゅう》将信忠《じょうのぶただ》、享年《きょうねん》わずか二十六歳《にじゅうろくさい》であった。その日《ひ》、二条御所《にじょうごしょ》で戦《たたか》った家臣《かしん》は悉《ことごと》く討《う》ち死《じ》にまたは自害《じがい》し果《は》てた。

すると二条御所《にじょうごしょ》も奇妙《きみょう》なことに強烈《きょうれつ》な火炎《かえん》に包《つつ》まれてあっという間《ま》に灰燼《かいじん》に帰《き》した。その火炎《かえん》は本能寺《ほんのうじ》の時《とき》と同《おな》じように信忠《のぶただ》の骨《ほね》さえも遺《のこ》さなかった。

どの人間《にんげん》にとっても正《まさ》に夢《ゆめ》にも考《かんが》えなかった天下《てんか》の一大事《いちだいじ》が起《お》きた。そしてそれは現実《げんじつ》として京都《きょうと》の町《まち》に広《ひろ》がっていった。いまや明智光秀《あけちみつひで》は武家《ぶけ》の覇者《はしゃ》であり、不死身《ふじみ》と思《おも》われた織田信長《おだのぶなが》、信忠親子《のぶただおやこ》をいとも簡単《かんたん》に討《う》ち取《と》った天下人《てんかびと》であった。

光秀《みつひで》は本能寺《ほんのうじ》と二条御所《にじょうごしょ》の炎《ほのお》の競演《きょうえん》が終《お》わった頃《ころ》、改《あらた》めて信長親子《のぶながおやこ》の遺体探《いたいさが》しと織田家《おだけ》の落武者《おちむしゃ》狩《が》りを全軍《ぜんぐん》の武将《ぶしょう》たちに命《めい》じた。万《まん》が一《いち》にも二人《ふたり》が火炎《かえん》の中《なか》から脱出《だっしゅつ》しているかもしれないと案《あん》じたからである。それは明智《あけち》の各武将《かくぶしょう》とも同《おな》じ思《おも》いであった。

明智軍《あけちぐん》による織田残党《おだざんとう》の捜索《そうさく》は峻烈《しゅんれつ》を極《きわ》めた。明智《あけち》の兵《へい》たちは思《おも》い思《おも》いに近《ちか》くの民家《みんか》、寺《てら》に押《お》し入《い》り前夜織田《ぜんやおだ》の兵《へい》たちが分散宿泊《ぶんさんしゅくはく》していた場所《ばしょ》の探索《たんさく》と略奪《りゃくだつ》を始《はじ》めた。抵抗《ていこう》した侍《さむらい》や町衆《まちしゅう》はすべて殺気《さっき》だった明智《あけち》の兵《へい》に斬《き》り殺《ころ》された。特《とく》に二条御所《にじょうごしょ》の戦闘《せんとう》で寄手《よせて》大将《たいしょう》の光忠《みつただ》が鉄砲玉《てっぽうだま》を右腕《みぎうで》に受《う》けて負傷《ふしょう》しただけに、その家来《けらい》たちの残虐《ざんぎゃく》さは殊更《ことさら》であった。

町《まち》の通《とお》りには斬《き》られた首《くび》と死体《したい》が辺《あた》り一面《いちめん》に散《ち》らばった。織田一門《おだいちもん》の遺体《いたい》は一様《いちよう》に斬《き》り刻《きざ》まれて首《くび》は全《すべ》て取《と》られていた。多《おお》くの京《きょう》の町衆《まちしゅう》にとっては地獄図《ぢごくず》の再来《さいらい》であった。

光秀自身《みつひでじしん》がいま起《お》きている地獄《ぢごく》の競演《きょうえん》が終《お》わった頃《ころ》になってもまだ現実《げんじつ》が信《しん》じられなかった。本能寺《ほんのうじ》の焼《や》け跡《あと》の中《なか》を信長《のぶなが》と親《した》しかった阿弥陀寺《あみだじ》の清玉《せいぎょく》と二十名《にじゅうめい》ほどの僧侶《そうりょ》が懸命《けんめい》に遺骨《いこつ》を探《さが》していた。しかし運《うん》よく見《み》つかったのは半分焼《はんぶんや》けた勢高肩衝《せいたかかたつき》の茶器《ちゃき》だけであった。光秀《みつひで》は安土城《あづちじょう》へ行《い》こうと思《おも》った。安土城《あづちじょう》をこの手《て》にしない限《かぎ》り信長《のぶなが》との戦《いくさ》はまだ終《お》わらない。

六月二日《ろくがつふつか》の早朝《そうちょう》、何《なに》も知《し》らない家康一行《いえやすいっこう》は堺《さかい》の町《まち》を出立《しゅったつ》して信長公《のぶながこう》のいる京都《きょうと》へ向《む》かっていた。今回《こんかい》の上方遊覧《かみがたゆうらん》の謝礼《しゃれい》をしてから帰国《きこく》する予定《よてい》だった。国許《くにもと》を出《で》てから随分長《ずいぶんなが》く上方《かみがた》に滞在《たいざい》している気分《きぶん》なので正直一日《しょうじきいちにち》も早《はや》く三河《みかわ》へ帰《かえ》りたかった。新領地《しんりょうち》である駿河《するが》の経営《けいえい》と武田家《たけだけ》の旧臣《きゅうしん》の処遇《しょぐう》などすることが山《やま》のようにあった。しかし胸中《きょうちゅう》は昨夜《さくや》の本能寺《ほんのうじ》の茶会《ちゃかい》を欠礼《けつれい》したことを気《き》にしていた。ひょっとすると信長公《のぶながこう》には仮病《けびょう》の言《い》い訳《わけ》などは利《き》かずに叱《しか》られるかもしれないことを恐《おそ》れた。実際《じっさい》は茶屋《ちゃや》があまりにもしつこく仮病《けびょう》を使《つか》ってでも茶会《ちゃかい》に出席《しゅっせき》しないことを懇願《こんがん》したためであった。服部半蔵《はっとりはんぞう》の忠告《ちゅうこく》を無視《むし》して取《と》り返《かえ》しのつかない危地《きち》にわざわざ行《い》くことはないと自分《じぶん》を再度納得《さいどなっとく》させていた。

天気《てんき》は快晴《かいせい》だった。雲《くも》のない空《そら》はどこまでも青《あお》く家康《いえやす》は領国《りょうごく》の三遠駿《さんえんすん》の空《そら》を思《おも》い出《だ》すと気分《きぶん》が爽快《そうかい》になってきた。二刻《ふたこく》ほどで早《はや》くも生駒《いこま》を過《す》ぎて飯盛山《いいもりやま》の麓《ふもと》まで辿《たど》り着《つ》いた。腹《はら》が減《へ》って昼飯《ひるめし》を食《た》べようかと迷《まよ》っていた時《とき》に前方《ぜんぽう》から四人《よにん》の人足《にんそく》が担《かつ》いだ早駕籠《はやかご》が近《ちか》づいて来《き》た。本多平八郎《ほんだへいはちろう》がすぐに駕籠《かご》を止《と》めさせた。

「本多《ほんだ》さま、茶屋四郎次郎《ちゃやしろうじろう》です。京都《きょうと》より徳川《とくがわ》さまをお迎《むか》えに参《まい》りました」

中《なか》から聞《き》こえてきたのは茶屋《ちゃや》の声《こえ》であった。駕籠《かご》から出《で》てきた茶屋《ちゃや》の姿《すがた》を見《み》て安心《あんしん》した家康《いえやす》の顔《かお》が少《すこ》し綻《ほころ》んだ。

「茶屋《ちゃや》、わざわざ出迎《でむか》えご苦労《くろう》だった。して茶会《ちゃかい》はどうだった」

「はい、これからの道中《どうちゅう》でゆっくりお話《はな》ししますが、穴山殿《あなやまどの》は京都《きょうと》より直接帰国《ちょくせつきこく》なされるということで昨夜《さくや》お別《わか》れしました」

家康《いえやす》はそれを聞《き》いて少《すこ》し不愉快《ふゆかい》な気分《きぶん》になった。武田《たけだ》攻《ぜ》めに功《こう》があったとしても、所詮《しょせん》主君《しゅくん》を裏切《うらぎ》った行為《こうい》は褒《ほ》められることではなく信長公《のぶながこう》への取《と》り成《な》しをした自分《じぶん》を無視《むし》して帰国《きこく》する所業《しょぎょう》は面白《おもしろ》くなかった。

「殿《との》、よろしからぬ噂《うわさ》が服部半蔵《はっとりはんぞう》から手前《てまえ》に入《はい》って参《まい》りました為《ため》、一昨日《いっさくじつ》は殿《との》の京都行《きょうとい》きを無理《むり》やりお止《と》めしたことをお許《ゆる》しくだされ」

「いかような噂《うわさ》だ。構《かま》わぬから話《はな》せ」

「それでは此処《ここ》だけのお話《はなし》と思《おも》ってくだされ。手前《てまえ》の話《はなし》を聞《き》かれた後《あと》で京都《きょうと》へこのまま行《い》くか、或《あ》いは国許《くにもと》へ御戻《おもど》りになるかはお決《き》めください」

家康《いえやす》は沈黙《ちんもく》した。

「服部半蔵《はっとりはんぞう》く昨晩《さくばん》の茶会《ちゃかい》は徳川《とくがわ》さまがお出《い》でになり、本能寺《ほんのうじ》にその晩《ばん》お泊《とま》りになることですべてが進《すす》んでおりました」

「それがどうした」

「茶会《ちゃかい》を口実《こうじつ》に徳川《とくがわ》さまを京都《きょうと》にお呼《よ》びした訳《わけ》は、信長《のぶなが》さまは恐《おそ》れ多《おお》くも殿様《とのさま》を亡《な》き者《もの》にする為《ため》でございました。昨日東《さくじつひがし》からは織田信忠《おだのぶただ》の軍勢《ぐんぜい》が、西《にし》からは明智光秀《あけちみつひで》の軍勢《ぐんぜい》が馬揃《うまぞろえ》を理由《りゆう》に洛外《らくがい》に待機《たいき》しておりました」

家康《いえやす》はそれ以上《いじょう》聞《き》かなくても今《いま》は全《すべ》てを理解《りかい》した。僅《わず》か数十人《すうじゅうにん》の供《とも》で本能寺《ほんのうじ》に行《い》くことが如何《いか》に無謀《むぼう》だったか、普段《ふだん》は慎重《しんちょう》なはずの己《おのれ》を責《せ》めていた。危《あや》うく一日違《いちにちちが》いでその白刃《はくじん》を逃《のが》れたわけだった。自分《じぶん》と穴山《あなやま》がいなくなれば三河《みかわ》、遠江《とおとうみ》、駿河《するが》、甲斐《かい》の全《すべ》てが苦《く》も無く織田《おだ》家のものになるという自明《じめい》の理《り》だった。今思《いまおも》えば信長公《のぶながこう》が優《やさ》しすぎておかしいと感《かん》じたのはその為《ため》であったのか。

暫《しばら》くして今度《こんど》は前方《ぜんぽう》から十騎《じゅっき》ほどの騎馬《きば》の一団《いちだん》が走《はし》って来《く》るのが見《み》えた。全員黒装束《ぜんいんくろしょうぞく》に身《み》を包《つつ》んでいる。すぐさま本多《ほんだ》と井伊《いい》が腰《こし》の大刀《だいとう》に手《て》をかけて家康《いえやす》の前《まえ》に立《た》ちはだかった。先頭《せんとう》の統領《とうりょう》と目《もく》される男《おとこ》が馬《うま》から降《お》りて家康《いえやす》の面前《めんぜん》で平伏《へいふく》した。

「服部半蔵《はっとりはんぞう》でござります。一大事《いちだいじ》が出来《しゅったい》いたしました。本早朝《ほんそうちょう》に織田信長《おだのぶなが》は本能寺《ほんのうじ》で何者《なにもの》かに襲《おそ》われて落命《らくめい》いたしました」

一瞬家康《いっしゅんいえやす》は服部《はっとり》が血迷《ちまよ》ったのかと思《おも》った。次《つぎ》の瞬間《しゅんかん》、自分《じぶん》でも顔《かお》から血《ち》の気《け》が引《ひ》くのがはっきりと感《かん》じ取《と》れた。

「今一度申《いまいちどもう》してみよ。何《なん》と申《もう》した、服部《はっとり》」

「本日卯《ほんじつう》の刻《こく》に信長《のぶなが》は不審《ふしん》な乱波《らっぱ》の襲撃《しゅうげき》により相果《あいは》てた次第《しだい》でござります。したがってこの服部半蔵《はっとりはんぞう》、伊賀《いが》の一族《いちぞく》をあげて徳川殿《とくがわどの》をお守《まも》りするため参上仕《さんじょうつかまつ》りました」

信《しん》じられなかった。あの信長公《のぶながこう》が既《すで》にこの世《よ》におられぬとは、あまり物事《ものごと》に動《どう》じない家《いえ》康《やす》も今回《こんかい》ばかりは気《き》が動転《どうてん》した。二十数年前《にじゅうすうねんまえ》にこれと同《おな》じ感覚《かんかく》を味《あじ》わったことを思《おも》い出《だ》した。まだ三河《みかわ》で松平元康《まつだいらもとやす》と名乗《なの》っていた頃《ころ》、駿河《するが》の今川義元《いまがわよしもと》が上洛中《じょうらくちゅう》に桶狭間《おけはざま》で織田信《おだのぶ》長《なが》に討《う》ち取《と》られたと聞《き》いた時《とき》と同《おな》じような感覚《かんかく》に陥《おちい》ったが今回《こんかい》はそれ以上《いじょう》の衝撃《しょうげき》であった。

「服部《はっとり》、そなた確《たし》か堺《さかい》で不審《ふしん》なことを申《もう》しておったが、此度《こたび》のことを知《し》っていての発言《はつげん》だったのか」

「信長《のぶなが》に恨《うら》みを持《も》つ者《もの》は多《おお》ければ、このようなことも驚《おどろ》くことではございませぬ。慢心《まんしん》のあまり僅《わず》か五十人《ごじゅうにん》ほどの供《とも》で無防備《むぼうび》な寺《てら》に泊《と》まったことが信長《のぶなが》の失態《しったい》でありました。いまだ下手人《げしゅにん》はわかりませんが、信長《のぶなが》の警護隊長《けいごたいちょう》である甲賀《こうか》の伴太郎左衛門《ばんたろうざえもん》を易々《やすやす》と倒《たお》せるのは同《おな》じ忍《しの》びの連中《れんちゅう》に違《ちが》いありません」

「それでは襲《おそ》ったのは、そなたが率《ひき》いる伊賀者《いがもの》ではないのか」

「恐《おそ》れながら棟梁《とうりょう》の私《わたし》を無視《むし》して勝手《かって》に動《うご》く伊賀者《いがもの》はおりませぬ。多分甲賀《たぶんこうか》の忍《しの》びかと」

「奇《き》っ怪《かい》な話《はなし》じゃ。甲賀同士《こうかどうし》が戦《たたか》ったというのか」

「いま暫《しばら》く時間《じかん》をくだされ。下手人《げしゅにん》は必《かなら》ず探《さが》してみせます」

服部《はっとり》の言葉《ことば》に嘘《うそ》はないようであった。家康《いえやす》にとっても全《まった》く予想《よそう》できないことの連続《れんぞく》であった。

「徳川殿《とくがわどの》、ここは一先《ひとま》ず同《おな》じ乱波《らっぱ》が殿《との》を狙《ねら》っておるかもしれませぬ。一刻《いっこく》も早《はや》くこれより伊賀《いが》を越《こ》えて白子《しらこ》から海路《かいろ》で岡崎《おかざき》までお帰《かえ》りになるのが上策《じょうさく》かと思《おも》います」

今《いま》は本能寺《ほんのうじ》の茶会《ちゃかい》に出席《しゅっせき》した穴山梅雪《あなやまばいせつ》の消息《しょうそく》が心配《しんぱい》になっていた。昨夜《さくや》は京都《きょうと》に泊《と》まったはずなので災難《さいなん》に遭《あ》わなければと念《ねん》じた。家康《いえやす》は路上《ろじょう》で腕組《うでぐみ》をしたまま沈思黙考《ちんしもっこう》していたが、暫《しばら》くしてから、

「服部半蔵《はっとりはんぞう》、これよりそちを徳川《とくがわ》の家臣《かしん》とする。我《われ》らはこの地《ち》には不案内《ふあんない》、汝《なんじ》を信《しん》じるが故《ゆえ》に帰《かえ》り道《みち》を先導《せんどう》せよ」

「はは、有難《ありがた》き幸《しあわ》せ。この服部半蔵《はっとりはんぞう》、身命《しんめい》を賭《と》してご奉公申《ほうこうもう》す」

しかし、この場《ば》にいる全員《ぜんいん》が織田信忠《おだのぶただ》までが命《いのち》を落《お》としたことはまだ知《し》らずにいた。

「半蔵《はんぞう》とやらこれから道《みち》はどう行《い》くのだ」

地理不案内《ちりふあんない》な本多《ほんだ》が心配気《しんぱいげ》で聞《き》いた。

「まずこれから木津川《きづがわ》を渡《わた》り宇治田原《うじだわら》まで一気《いっき》に参《まい》ります。そこからは伊賀《いが》の山《やま》が続《つづ》いて少々《しょうしょう》きつうござりますが、伊賀上野《いがこうずけ》に着《つ》けば我《われ》らが味方《みかた》も大勢《おおぜい》おりますので安心《あんしん》でござります。三日後《みっかご》には白子《しらこ》の浜《はま》に着《つ》きましょう」

「路銀《ろぎん》として此処《ここ》に銀子《ぎんす》が八十枚《はちじゅうまい》ほどございますので、某《それがし》が先《さき》に山《やま》に入《はい》って村人《むらびと》に案内《あんない》の手配《てはい》をさせて参《まい》ります」

茶屋《ちゃや》はこのような時《とき》には村人《むらびと》が変《へん》じて野盗《やとう》になる場合《ばあい》が多《おお》く頼《たよ》りになるのは金子《きんす》を充分《じゅうぶん》に払《はら》うことだと長年《ながねん》の経験《けいけん》で知《し》っていた。

「あいわかった。服部《はっとり》と茶屋《ちゃや》は先導《せんどう》せよ。皆《みな》の者《もの》、従《したが》うがよい」

家康《いえやす》の鶴《つる》の一声《ひとこえ》で一行《いっこう》は伊賀越《いがご》えをすることになった。徳川家臣《とくがわかしん》の誰《だれ》しもが伊賀《いが》の山中《さんちゅう》で服部半蔵《はっとりはんぞう》に裏切《うらぎ》られたらと思《おも》うと不安《ふあん》が先《さき》だった。しかし、いまは彼《か》の者《もの》を信《しん》じる以外《いがい》に取《と》る道《みち》はないと思《おも》えた。木津川《きづがわ》から見《み》える伊賀《いが》の山々《やまやま》は深《ふか》く高《たか》く連《つら》なっていた。

一行《いっこう》が木津川《きづがわ》添いに伊賀国《いがのくに》を目指《めざ》して歩《ある》き始《はじ》めてから、今度《こんど》は後方《こうほう》から騎馬《きば》の音《おと》が地鳴《ちな》りのように聞《き》こえてきた。振《ふ》り返《かえ》ると土煙《つちけむり》が上《あ》がっている。間違《まちが》いなく数百《すうひゃく》を超《こ》す騎馬《きば》軍団《ぐんだん》であることを全員《ぜんいん》が瞬間的《しゅんかんてき》に感《かん》じた。いくら歴戦《れきせん》の勇猛《ゆうもう》な徳川武士《とくがわぶし》であっても三十名《さんじゅうめい》に満《み》たない人数《にんずう》では戦《たたか》っても勝《か》ち目《め》はない。家康《いえやす》はもはやこれまでかと諦《あきら》めた。

「殿《との》、あの旗指物《はたさしもの》は明智《あけち》家の斎藤利三《さいとうとしみつ》の騎馬《きば》と思《おも》われます」

井伊万千代《いいまんちよ》が家康《いえやす》を護衛《ごえい》しながら叫《さけ》んだ。さすがに若《わか》い井伊《いい》の記憶力《きおくりょく》は鋭《するど》かった。

光秀《みつひで》が安土城《あづちじょう》で家康《いえやす》を迎《むか》えた時《とき》に、その背後《はいご》にいた利三《としみつ》の二頭立波《ふたがしらたつなみ》の家紋《かもん》を覚《おぼ》えていたのである。

利三《としみつ》は安土城《あづちじょう》と周辺《しゅうへん》の織田家宿将《おだけしゅくしょう》の居城《きょじょう》を攻略《こうりゃく》するために先駆《さきが》けで向《む》かっている途中《とちゅう》であった。騎馬軍団《きばぐんだん》の先頭《せんとう》で馬《うま》を走《はし》らせていたが前方《ぜんぽう》に異様《いよう》な武士《ぶし》の一団《いちだん》を目《め》ざとく見《み》つけたので手《て》を挙《あ》げて早駆《はやが》けを止《と》めさせた。その集団《しゅうだん》が野武士《のぶし》や土豪《どごう》の一団《いちだん》ではないことは防御《ぼうぎょ》の円陣《えんじん》を見《み》れば瞭然《りょうぜん》で歴戦《れきせん》の侍《さむらい》たちだと知《し》った。すぐに円陣《えんじん》の中心《ちゅうしん》にいた羽織《はおり》を着《き》た小太《こぶと》りの侍《さむらい》が見知《みし》った家康《いえやす》であることに気《き》づき馬《うま》から飛《と》び降《お》りると片膝《かたひざ》をついて一礼《いちれい》をした。

「某《それがし》は明智家《あけちけ》の家臣斎藤内蔵助利三《かしんさいとうくらのすけとしみつ》でござる。そちらにおわすは徳川家康殿《とくがわいえやすどの》とご一党《いっとう》さまとお見受《みう》けしました。この付近《ふきん》は野盗《やとう》や一揆《いっき》が多《おお》く危険《きけん》でござります。我《われ》ら一身《いっしん》にかけてお護《まも》りしますゆえご安心《あんしん》くだされ」

「斎藤《さいとう》、信長公《のぶながこう》が襲《おそ》われて亡《な》くなられたのは真《まこと》か」

「はい、我《わ》が主《あるじ》、明智惟任日向守光秀《あけちこれとうひゅうがのかみみつひで》は朝廷《ちょうてい》より天皇《てんのう》を廃《はい》せんとする逆賊《ぎゃくぞく》の織田信長《おだのぶなが》、信《のぶ》忠親子《ただおやこ》を誅《ちゅう》する勅命《ちょくめい》を賜《たまわ》って、今朝《けさ》ほど二人《ふたり》を京都《きょうと》にて誅《ちゅう》した次第《しだい》でござります。私怨《しえん》による戦《たたかい》では一切《いっさい》ござりませぬ。従《したが》いまして何《なに》をもっても徳川殿《とくがわどの》を悴者《かさもの》どもよりお護《まも》りせよとの主光秀《あるじみつひで》よりの命《めい》でござります」

家康《いえやす》には利三《としみつ》の発《はっ》する言葉《ことば》の全《すべ》てが考《かんが》えられない驚《おどろ》きの連続《れんぞく》であった。まさか信長親子《のぶながおやこ》を討《う》つ勅命《ちょくめい》が朝廷《ちょうてい》から発《はっ》せられていたとは信《しん》じられなかった。服部《はっとり》も信長暗殺《のぶながあんさつ》の背後《はいご》に秘《ひ》められた謀計《ぼうけい》を知《し》って衝撃《しょうげき》を受《う》けた表情《ひょうじょう》を隠《かく》せなかった。京都《きょうと》に展開《てんかい》された光秀《みつひで》の軍隊《ぐんたい》は馬揃《うまぞろえ》のためと信《しん》じきっていたからである。

「光秀殿《みつひでどの》は勅命《ちょくめい》によって信長公《のぶながこう》を討《う》ったというのか」

「徳川殿《とくがわどの》、左様《さよう》でござります。折《おり》よくこの場所《ばしょ》はわが殿《との》の親戚《しんせき》である筒井順慶《つついじゅんけい》さまの地元《じもと》であればご安心《あんしん》くだされ。利光《としみつ》、そなた御一行《ごいっこう》をお護《まも》りして甲賀《こうか》の多羅尾《たらお》さまの所《ところ》までお送《おく》りせよ」

次男《じなん》の利光《としみつ》は父親《ちちおや》に似《に》て機敏《きびん》な動《うご》きをみせた。自分《じぶん》の馬《うま》の手綱《たづな》を引《ひ》きながら家康《いえやす》の前《まえ》で跪《ひざまず》いた。

「多羅尾家《たらおけ》は筒井家《つついけ》とは特別《とくべつ》の仲《なか》ゆえ間違《まちが》いなく徳川殿《とくがわどの》にお味方仕《みかたつかまつ》ると存《ぞん》じます。これよりは私《わたし》がご案内《あんない》いたします」

すぐに馬廻《うままわり》の百名《ひゃくめい》ほどの将兵《しょうへい》が従《したが》った。多羅尾家《たらおけ》は近在《きんざい》の甲賀五十五家《こうかごじゅうごけ》を束《たば》ねる有力《ゆうりょく》武家《ぶけ》である。服部《はっとり》も利光《としみつ》が率《ひき》いる百名《ひゃくめい》の明智騎馬団《あけちきばだん》の応援《おうえん》に一安心《ひとあんしん》した。正直自分《しょうじきじぶん》の部下《ぶか》を伊賀《いが》から手配《てはい》するのにまだ半日《はんにち》の時間《じかん》が必要《ひつよう》であった。

家康《いえやす》は利光《としみつ》が差《さ》し出《だ》した馬《うま》に騎乗《きじょう》すると深《ふか》く頭《あたま》を下《さ》げた。

「斎藤利三《さいとうとしみつ》、家康《いえやす》はこの恩《おん》を生涯忘《しょうがいわす》れまい。明智殿《あけちどの》にはよしなにお伝《つた》えくだされ。武運長《ぶうんちょう》久《きゅう》を祈《いの》るとな」

家康《いえやす》は気《き》を取《と》り直《なお》すと信長公《のぶながこう》がこの世《よ》にもはや存在《そんざい》しないということで、悲《かな》しみを感《かん》じるより何《なに》か肩《かた》の重《おも》しが消《き》えたような奇妙《きみょう》な感《かん》じであった。いまは素直《すなお》に利三《としみつ》の好意《こうい》に甘《あま》えることができた。


その頃《ころ》、一里《いちり》ほど先《さき》の信楽沿《しがらきぞ》いの山裾《やますそ》で黒《くろ》い鳥《とり》の集団《しゅうだん》が丸《まる》く円《えん》を描《えが》いていた。その下《した》には道《みち》なりに人《ひと》の死骸《しがい》が十体《じゅったい》ほどどす黒《ぐろ》くなった血《ち》を浴《あ》びて転《ころ》がっている。身《み》ぐるみ剥《は》がされた下着《したぎ》の白《しろ》さと血《ち》の赤黒《あかぐろ》さが格子模様《こうしもよう》のように混《ま》じり合い陰惨《いんさん》な光景《こうけい》であった。どの骸《むくろ》も侍《さむらい》でありながら腰《こし》の太刀《たち》は鞘《さや》ごと消《き》えていた。別《わか》れた穴山梅雪一行《あなやまばいせつ いっこう》の非業《ひごう》の姿《すがた》であった。

襲撃《しゅうげき》した一味《いちみ》は野盗《やとう》なのか、家康《いえやす》と間違《まちが》えた織田信忠《おだのぶただ》の討手《うって》か、或《あ》いは信長《のぶなが》を襲《おそ》った乱波《らっぱ》の一党《いっとう》なのか天《てん》のみが知《し》ることとなった。

安土《あづち》の天子《てんし》

運命《うんめい》の日《ひ》が終《お》わり夕刻《ゆうこく》になってから雨《あめ》が降《ふ》り始《はじ》めた。光秀《みつひで》は京都《きょうと》から坂本城《さかもとじょう》へ戻《もど》ったものの余《あま》りにも色々《いろいろ》な事《こと》が起《お》き過《す》ぎていて何《なに》も考《かんが》えられなかった。翌日《よくじつ》の三日《みっか》は雨《あめ》も上《あ》がって晴天《せいてん》となった。眠《ねむ》れない夜《よる》を過《す》ごした光秀《みつひで》は夜《よ》が明《あ》けるなり旗本三千《はたもとさんぜん》の兵《へい》を伴《ともな》って安土城《あづちじょう》へ向《む》かった。

午《うま》の刻《こく》には安土城《あづちじょう》と総見寺《そうけんじ》が見《み》える位置《いち》まで達《たっ》した。主《あるじ》のいない安土城《あづちじょう》が何事《なにごと》もなく佇《たたず》んでいるのを見《み》ると、ここ数日《すうじつ》の出来事《できごと》は夢《ゆめ》を見《み》ているのではないかと錯覚《さっかく》するようであった。あの安土城《あづちじょう》の天守《てんしゅ》に入《はい》れば上様《うえさま》がいつものお顔《かお》を出《だ》すような気《き》がしてならなかった。

大手門《おおてもん》の入口《いりぐち》で先着《せんちゃく》していた左馬之助《さまのすけ》と利三《としみつ》ら郎党《ろうとう》が笑顔《えがお》で光秀《みつひで》を迎《むか》えてくれた。城《しろ》の留守居役《るすいやく》の蒲生賢秀《がもうかたひで》は既《すで》に逃《に》げ出《だ》していて織田勢《おだぜい》は皆無《かいむ》だった。利三《としみつ》から丹羽長秀《にわながひで》の居《きょ》城《じょう》である佐和山城《さわやまじょう》と羽柴秀吉《はしばひでよし》の長浜城《ながはまじょう》もまた無血占領《むけつせんりょう》したことを知《し》らされた。大手門《おおてもん》を騎《き》乗《じょう》のまま通《とお》り抜《ぬ》けて二百段《にひゃくだん》ほど続《つづ》いている石段《いしだん》をゆっくりと進《すす》ませた。馬《うま》の息《いき》が切れる頃《ころ》に安土城《あづちじょう》の天守《てんしゅ》の入口《いりぐち》に着《つ》いた。

天守《てんしゅ》の大《おお》きく口《くち》を空《あ》けた吹《ふ》き抜《ぬ》けの地階《ちかい》に置《お》かれてある巨大《きょだい》な宝塔《ほうとう》の灯《ひ》は消《き》えていたので、昼《ひる》にも拘《かか》わらず辺《あた》りは夜《よる》のような闇《やみ》が支配《しはい》していた。光秀《みつひで》は一階《いっかい》にある信長《のぶなが》の寝所《しんじょ》に土足《どそく》のまま入《はい》った。主《あるじ》のいない部屋《へや》は暗《くら》く、周囲《しゅうい》を取《と》り巻《ま》いている梅《うめ》の墨絵《すみえ》も不吉《ふきつ》な感《かん》じであった。しかし調度品《ちょうどひん》は主人《しゅじん》を待《ま》つかのように整然《せいぜん》と置《お》かれていた。

光秀《みつひで》は重《おも》い気持《きもち》を払《はら》い去《さ》るかのように天守《てんしゅ》の最上階《さいじょうかい》に向《む》かって歩《あゆ》みを一気《いっき》に進《すす》めた。以《い》前案内《ぜんあんない》されたことがあったので、そこには釈迦十大弟子《しゃかじゅうだいでし》と三皇五帝《さんこうごてい》や七賢人《しちけんじん》の絵画《かいが》があることを知《し》っていた。しかし吹《ふ》き抜《ぬ》けの空中《くうちゅう》に張《は》り出《だ》した四階《よんかい》の小部屋《こべや》は唐戸《からと》で締《し》め切《き》られていたので中《なか》を見《み》たことはなかった。供侍《ともざむらい》にその戸《と》を開《あ》けることを命《めい》ずると鍵《かぎ》もなく難《なん》なく開《あ》けることができた。案《あん》の定《じょう》そこは宝物殿《ほうもつでん》であった。棚《たな》には所狭《ところせま》しと数寄物《すきもの》の名品《めいひん》が置《お》かれてあり、一番奥《いちばんおく》まった場所《ばしょ》には全国《ぜんこく》の大名《だいみょう》から贈《おく》られた豪華《ごうか》な調度品《ちょうどひん》が山積《やまづ》みになっていた。

光秀《みつひで》は留守居役《るすいやく》や妻女《さいじょ》たちが何《なに》も手《て》をつけずに立《た》ち去《さ》ったことを見《み》て推察《すいさつ》した。上様《うえさま》が万一生《まんいちい》き延《の》びている時《とき》のことを誰《だれ》しもが考《かんが》えたに違《ちが》いない。一品《いっぴん》でも欠《か》けていたらその時《とき》の極刑《きょくけい》は避《さ》けられないと思《おも》ったのであろう。光秀《みつひで》は地下《ちか》の金蔵《かねぐら》から全《すべ》ての財宝《ざいほう》を一階《いっかい》の大《おお》広間《ひろま》に運《はこ》ぶように命《めい》じた。夕食時《ゆうしょくじ》に主《おも》だった重臣《じゅうしん》にその全《すべ》てを分配《ぶんぱい》して今《いま》までの功《こう》に報《むく》いるつもりであった。しかし光秀自身《みつひでじしん》はその天下《てんか》の名品《めいひん》や金品《きんぴん》を欲《ほ》しいという感情《かんじょう》が少《すこ》しも起《お》きなかった。

同《おな》じ夕刻《ゆうこく》、吉田山《よしだやま》の兼見《かねみ》の自宅《じたく》では近衛前久《このえさきひさ》を迎《むか》えて明《あか》るく談笑《だんしょう》が続《つづ》いていた。

「いや、めでたい。何度考《なんどかんが》えてもこれほどめでたいことはない。のう、関白《かんぱく》さま」

兼見《かねみ》は上機嫌《じょうきげん》で飲《の》み過《す》ぎてかなり酩酊《めいてい》していた。瓶子《へいし》がいくつも座敷《ざしき》に転《ころ》がっている。

その日《ひ》、兼見《かねみ》にとっては何十年《なんじゅうねん》かぶりの嬉《うれ》しい酒《さけ》であった。そのめでたさは光秀《みつひで》が信長親《のぶながおや》子《こ》を討《う》ったこともあったが、誠仁親王《さねひとしんのう》から内々従三位《ないないじゅさんい》に叙《じょ》することを告《つ》げられた喜《よろこ》びの方《ほう》が大《おお》きかった。代々吉田家《だいだいよしだけ》では三十代《さんじゅうだい》で従三位《じゅさんい》の公卿《くぎょう》に昇任《しょうにん》するのが通弊《つうへい》であったが、兼《かね》見《み》は当年六十歳《とうねんろくじゅっさい》になっても禁裏《きんり》に昇殿《しょうでん》できない下級公家《かきゅうくげ》としていつも肩身《かたみ》の狭《せま》い思《おも》いをしていたからである。

「関白《かんぱく》、本日大納言晴豊《ほんじつだいなごんはるとよ》さまからのお呼《よ》びで参内《さんだい》いたしました。有難《ありがた》いことに親王《しんのう》さまからのご内意《ないい》も頂戴《ちょうだい》いたしました。某《それがし》が勅使《ちょくし》として明日安土城《あすあづちじょう》の明智惟任日向守《あけちこれとうひゅうがのかみ》の所《ところ》に下向《げこう》するよう仰《おお》せられました」

「親王《しんのう》は何《なん》と仰《おお》せられたのか」

「惟任日向守《これとうひゅうがのかみ》には京都《きょうと》の治安《ちあん》に万全《ばんぜん》を尽《つ》くしてもらいたいとの御意向《ごいこう》でござりました」

「さようか、いよいよ光秀《みつひで》も天下人《てんかびと》やな」

前久《さきひさ》は大仰《おおぎょう》に口髭《くちひげ》を撫《な》でながら盃《さかずき》に口《くち》をつけた。兼見《かねみ》が妻《つま》の伊也《いや》に向《む》かって急《きゅう》に大声《おおごえ》をかけた。

「伊也《いや》、父上《ちちうえ》や兄上《あにうえ》に手紙《てがみ》は書《か》いたか。早《はよ》う加勢《かせい》に来《く》るように頼《たの》んだか」

「はい、明智《あけち》さまにお味方《みかた》するよう父《ちち》には文《ふみ》を書《か》きました」

伊也《いや》は丹後《たんご》の宮津城《みやづじょう》にいる父細川與一郎《ちちほそかわよいちろう》に一連《いちれん》の京都《きょうと》の変事《へんじ》の状況《じょうきょう》を詳《くわ》しく書《か》き送《おく》っていた。しかし世情《せじょう》の動《うご》きに何《なに》かもっと大《おお》きな出来事《できごと》が起《お》こる不安《ふあん》を消《け》せなかった。特《とく》に義父《ぎふ》にあたる光秀《みつひで》がこのまま素直《すなお》に天下人《てんかびと》になれるとは思《おも》えないことを正直《しょうじき》に記《しる》していた。

六月四日《ろくがつよっか》の早朝《そうちょう》に兼見《かねみ》は京都《きょうと》を出立《しゅったつ》すると早《はや》くも昼時《ひるどき》には安土城《あづちじょう》に到着《とうちゃく》した。すぐに新《あたら》しく天下人《てんかびと》になった明智光秀《あけちみつひで》に勅使《ちょくし》として面会《めんかい》した。朝廷《ちょうてい》からの下賜品《かちょうひん》として緞子一巻《どんすいっかん》を持参《じさん》していた。年甲斐《としがい》もなく緊張《きんちょう》していたのは勅使《ちょくし》の大役《たいやく》は生《う》まれて初《はじ》めての経験《けいけん》であったからである。

「天皇《てんのう》および親王《しんのう》よりの勅命《ちょくめい》を申《もう》し渡《わた》す。臣《しん》、明智惟任日向守光秀《あけちこれとうひゅうがのかみみつひで》は京都《きょうと》の儀《ぎ》、別儀《べつぎ》なきよう堅《かた》く申《もう》しつくとの勅諚《ちょくじょう》である。なお、これは天子《てんし》さまからの下賜品《かちょうひん》である」

「忝《かたじけな》し、臣光秀《しんみつひで》、謹《つつし》んでお受《う》け申《もう》す」

光秀《みつひで》はさしたる緊張《きんちょう》もなく緞子《どんす》を恭《うやうや》しく押《お》し戴《いただ》いた。

夕方《ゆうがた》になってから二人《ふたり》は因縁《いんねん》の御幸《みゆき》の間《ま》で膳《ぜん》を囲《かこ》んだ。その時《とき》、兼見《かねみ》は黄金《おうごん》の部屋《へや》の意味《いみ》を初《はじ》めて知《し》った。蝋燭《ろうそく》の灯《ひ》が四方《しほう》に貼《は》られた金箔《きんぱく》に反射《はんしゃ》して真昼《まひる》のような雰囲気《ふんいき》をもたらしていた。食器《しょっき》までも金色《こんじき》の光線《こうせん》が届《とど》いていた。

「光秀《みつひで》、大儀《たいぎ》であったな。さぞかし疲《つか》れたのではないか」

「うむ」

「何《なに》か、かぬ顔《かお》つきだが」

「兼見《かねみ》、此処《ここ》だけの話《はなし》だが、この光秀《みつひで》は本能寺《ほんのうじ》に居《お》られた上様《うえさま》には直接手《ちょくせつて》を下《くだ》してはいないのだ」

「何《なに》を言《い》うか、白昼堂々《はくちゅうどうどう》と信長親子《のぶながおやこ》を討《う》ったではないか」

「先手《せんて》の斎藤利三《さいとうとしみつ》が本能寺《ほんのうじ》に着《つ》いた時《とき》には既《すで》に何者《なにもの》かに襲撃《しゅうげき》されていて信長《のぶなが》の首《くび》は取《と》られていた。下手人《げしゅにん》がわからない以上《いじょう》、わしが上様《うえさま》を討《う》ち果《は》たしたことになった」

兼見《かねみ》の顔《かお》が青白《あおじろ》く醒《さ》めていった。自分《じぶん》と同《おな》じことを考《かんが》えていた者《もの》が他《ほか》にも居《い》たという恐怖感《きょうふかん》からであった。

「光秀《みつひで》、ということはそなたが濡衣《ぬれぎぬ》を着《き》たということなのか」

「兼見《かねみ》だけには真実《しんじつ》を知《し》っておいて欲《ほ》しかったのでな。しかし信忠《のぶただ》を討《う》った後《あと》では主殺《しゅごろ》しは間違《まちが》いない」

「うむ、まさか本能寺《ほんのうじ》へ先《さき》に抜《ぬ》け駆《が》けした者《もの》がいたとは信《しん》じられない。勅命《ちょくめい》がなかったら単《たん》なる主殺《しゅごろ》しになっていたということか」

「そうなるかな。されど誠仁親王《さねひとしんのう》には危害《きがい》があってはならぬと思《おも》って二条御所《にじょうごしょ》から御移《おうつ》しできてよかった。それにしても信忠《のぶただ》の馬廻《うままわり》は何故《なぜ》助《たす》けに戻《もど》ってこなかったのか、よくわからぬ」

「そうだな。とにかく明日京都《あすきょうと》へ戻《もど》ったら内裏《だいり》にはうまく話《はなし》をしておこう。明後日《あさって》にはそなたが参内《さんだい》して礼《れい》を述《の》べるがよい。朝廷《ちょうてい》から正式《せいしき》に宣旨《せんじ》を賜《たまわ》れば自然《しぜん》と諸国《しょこく》の大名《だいみょう》はそなたに靡《なび》いてこよう」

「かたじけない。兼見《かねみ》、これから軍議《ぐんぎ》を行《おこな》うので、此処《ここ》では落《お》ち着《つ》かぬだろうから城外《じょうがい》に宿《やど》を手配《てはい》しておいた」

　勅命《ちょくめい》を受《う》けても光秀《みつひで》の顔《かお》に浮《う》いたところはなかった。兼見《かねみ》は食事《しょくじ》も早々《そうそう》に切《き》り上《あ》げさせられて安土城《あづちじょう》の麓《ふもと》にある大名《だいみょう》の屋敷《やしき》に案内《あんない》された。名《な》だたる織田家宿将《おだけしゅくしょう》の屋敷《やしき》だと思《おも》われたが敢《あ》えて知《し》ろうとはしなかった。疲《つか》れた身体《からだ》を布団《ふとん》に横《よこ》たえてみたが目《め》が冴《さ》えて寝《ね》つかれない。表《おもて》の路地《ろぢ》を多《おお》くの軍馬《ぐんば》が通《とお》り過《す》ぎて行《い》く音《おと》が深夜《しんや》まで消《き》える気配《けはい》はなかった。そして兼見《かねみ》の胸《むね》の上《うえ》には何《なに》かわからない黒衣《こくい》の者《もの》が澱《よど》んだ重《おも》しのように乗《の》っていた。

　光秀《みつひで》も森閑《しんかん》として物音一《ものおとひと》つしない安土城《あづちじょう》の中《なか》で寝《ね》られないでいた。部屋《へや》も静《しず》かだったが、周囲《しゅうい》の状況《じょうきょう》も静《しず》か過《す》ぎた。一番先《いちばんさき》に何《なに》か言《い》ってくるべきの細川親子《ほそかわおやこ》や筒井順慶《つついじゅんけい》からの知《し》らせもまだなかった。不安感《ふあんかん》は拭《ぬぐ》えなかった。皆《みな》、信長《のぶなが》と一緒《いっしょ》に消《き》えてしまったように思《おも》えた。この孤独《こどく》さには耐《た》えられない。もはや安土城《あづちじょう》には何《なん》の魅力《みりょく》も感《かん》じなくなっていた。

　ほとんど一睡《いっすい》もせずに朝陽《あさひ》を迎《むか》えると本能寺《ほんのうじ》の日《ひ》から早《はや》くも五日《いつか》が経過《けいか》していた。改《あらた》めて中国《ちゅうごく》での秀吉勢《ひでよしぜい》と毛利《もうり》の戦《いくさ》がどう進展《しんてん》しているかを知《し》らないことに気《き》づいた。それに織《お》田信孝《だのぶたか》が率《ひき》いる四国攻《しこくぜ》めの軍勢《ぐんぜい》や軍船《ぐんせん》はどこへ行《い》ったのだろう。分《わ》からないことが多《おお》すぎる。居《い》たたまれなくなって床《とこ》から起《お》き上《あ》がるとすぐに左馬之助《さまのすけ》を呼《よ》んだ。

「これから一旦坂本城《いったんさかもとじょう》へ戻《もど》る。そちにはこの安土城《あづちじょう》の留守居《るすい》をまかせる」

「いかにも、こちらは心《こころ》おきなくお立《た》ちくだされ」

光秀《みつひで》は軽《かる》く頷《うなず》くと草摺《くさずり》の鎧《よろい》の音《おと》を立《た》てながら船着場《ふなつきば》へ向《む》かった。陽《ひ》が供揃《ともぞろえ》の武士《ぶし》たちの兜《かぶと》や槍《やり》の刃《は》に当《あ》たってきらきらと光《ひか》っていた。

六月九日《ろくがつここのか》の京都《きょうと》は雲一《くもひと》つなく晴《は》れ上《あ》がった。近衛前久《このえさきひさ》と吉田兼見《よしだかねみ》は正式《せいしき》な衣冠《いかん》に身《み》を包《つつ》んで九条《くじょう》や一条《いちじょう》の公家《くげ》たちと白川口《しらかわぐち》で坂本城《さかもとじょう》から山中越《やまなかご》えで上洛《じょうらく》してくる明智惟任日向守《あけちこれとうひゅうがのかみ》光秀《みつひで》を心待《こころまち》にしていた。水色《みずいろ》の桔梗《ききょう》の吹流《ふきなが》しと幟《のぼり》が夏風《なつかぜ》に心地《ここち》よく風《かぜ》を孕《はら》んでいるのが山間《さんかん》に見《み》えると、やがて木々《きぎ》の青葉《あおば》の間《あいだ》に赤《あか》、紺《こん》、黒《くろ》、紫縅《むらさきおどし》の甲冑《かっちゅう》が揺《ゆ》れ動《うご》いてきた。騎馬武将《きばぶしょう》の兜《かぶと》や足軽《あしがる》の持《も》つ長槍《ながやり》、薙刀《なぎなた》などの穂《ほ》が陽《ひ》に映《は》えてまるで絵巻物《えまきもの》を見《み》るような光景《こうけい》であった。天下人《てんかびと》になった明智光秀《あけちみつひで》の上洛《じょうらく》だった。

それに反《はん》して光秀《みつひで》の心《こころ》は少《すこ》しも晴《は》れていなかった。前夜坂本城《ぜんやさかもとじょう》に届《とど》いた細川與一郎《ほそかわよいちろう》からの書状《しょじょう》は驚《おどろ》くべきことに、細川親子《ほそかわおやこ》が丹後宮津城《たんごみやづじょう》で髻《もとどり》を払《はら》って喪《も》に伏《ふ》して謹慎《きんしん》しているという内容《ないよう》であった。娘玉子《むすめたまこ》の夫忠興《おっとただおき》と義父《ぎふ》が味方《みかた》しないと知《し》って我《わ》が頭《あたま》を斧《おの》で強打《きょうだ》されたような衝撃《しょうげき》を受《う》けた。與一郎《よいちろう》の返書《へんしょ》では光秀《みつひで》が朝廷《ちょうてい》の公家衆《くげしゅう》に唆《そそのか》されて衝動的《しょうどうてき》に信長《のぶなが》誅殺《ちゅうさつ》に動《うご》いてしまったとしか解釈《かいしゃく》していないようであった。

光秀一行《みつひでいっこう》は公家衆《くげしゅう》の迎《むか》えを受《う》けた後《あと》、一旦吉田山《いったんよしだやま》の兼見《かねみ》の自宅《じたく》で休息《きゅうそく》することにした。

そこで甲冑《かっちゅう》を脱《ぬ》いで内裏《だいり》に参内《さんだい》するために肩衣《かたぎぬ》に着替《きか》えた。用意《ようい》した献上品《けんじょうひん》は安土城《あづちじょう》の金蔵《かねぐら》に収《おさ》められていた銀《ぎん》の板棒《いたぼう》である。前年歳暮《ぜんねんせいぼ》として秀吉《ひでよし》が剛毅《ごうき》にも信長《のぶなが》に贈《おく》った千枚《せんまい》の銀《ぎん》をそのまま使用《しよう》した。もはや誰《だれ》に分《わ》け与《あた》えても惜《お》しくない金子《きんす》であった。

朝廷《ちょうてい》に五百枚《ごひゃくまい》、都《と》五山《ござん》に百枚《ひゃくまい》、大徳寺《だいとくじ》にも百枚《ひゃくまい》、そして友人《ゆうじん》の兼見《かねみ》の貢献《こうけん》に対《たい》して銀《ぎん》五十枚《ごじゅうまい》を贈《おく》る予定《よてい》にしていた。合《あ》わせて京都中《きょうとじゅう》の地子銭《ぢしせん》を免除《めんじょ》する布令《ふれい》を出《だ》させた。何事《なにごと》も世事《せじ》に感《かん》な京町衆《きょうまちしゅう》の人気《にんき》を考《かんが》えてのことだった。

信長《のぶなが》を毛嫌《けぎら》いしていた朝廷《ちょうてい》や町衆《まちしゅう》は光秀《みつひで》の施政《しせい》にすぐに歓迎《かんげい》の意《い》を表《ひょう》した。主殺《しゅごろ》しなどと表《おもて》だって非難《ひなん》する者《もの》はいなかった。光秀《みつひで》は内裏《だいり》に参内後《さんだいご》、吉田山《よしだやま》の兼見《かねみ》の屋敷《やしき》でまだ日《ひ》の明《あか》るい内《うち》から夕餉《ゆうげ》が始《はじ》まった。祝《いわい》の相伴《しょうばん》には気《き》のおけない連衆《れんじゅ》の里村紹巴《さとむらじょうは》と津田宗及《つだそうぎゅう》らも参加《さんか》した。会食《かいしょく》に参加《さんか》した全員《ぜんいん》が信長《のぶなが》のいない世界《せかい》の解放感《かいほうかん》に浸《ひた》っていた。

食事《しょくじ》の途中《とちゅう》、急《きゅう》に使番《つかいばん》が甲冑姿《かっちゅうすがた》で来室《らいしつ》して光秀《みつひで》の耳元《みみもと》に何《なに》やら囁《ささや》いた。すると光秀《みつひで》の顔《かお》が急《きゅう》に険《けわ》しくなった。周囲《しゅうい》に自分《じぶん》の表情《ひょうじょう》の急変《きゅうへん》を隠《かく》せないと思《おも》ったのか、

「これより出陣《しゅつじん》せねばならなくなった。御一同《ごいちどう》、途中《とちゅう》で失礼《しつれい》つかまつる」

兼見《かねみ》が心配《しんぱい》そうに、

「惟任《これとう》、織田《おだ》との戦《いくさ》か」

光秀《みつひで》はそれには答《こた》えずに軽《かる》く会釈《えしゃく》して部屋《へや》を出《で》ていった。残《のこ》された三人《さんにん》は不安《ふあん》になったまま目《め》の前《まえ》の膳《ぜん》を見《み》つめていた。光秀《みつひで》は陣羽織《じんばおり》だけを羽織《はお》ると馬《うま》を上鳥羽《かみとば》に向《む》けて走《はし》らせた。勝龍寺城《しょうりゅうじじょう》からの伝令《でんれい》は秀吉《ひでよし》が既《すで》に姫路城《ひめじじょう》に戻《もど》っているという信《しん》じられない内容《ないよう》であった。

光秀《みつひで》は自問自答《じもんじとう》していた。織田《おだ》の加勢《かせい》のない秀吉軍《ひでよしぐん》が毛利軍《もうりぐん》の包囲《ほうい》を解《と》いて備中《びっちゅう》から帰《かえ》れるとはどうしても信《しん》じられなかった。毛利《もうり》はなぜ秀吉《ひでよし》を追《お》わなかったのだ。上様《うえさま》の命令《めいれい》がなくて毛利《もうり》と手打《てう》ちすることは考《かんが》えられない。多分《たぶん》、秀吉近習《ひでよしきんじゅう》だけが戻《もど》ったに違《ちが》いない。そう自分《じぶん》を納得《なっとく》させることで苛《いら》ついた気持《きもち》を安心《あんしん》させるしかなかった。

上鳥羽《かみとば》で明智光忠《あけちみつただ》の軍勢《ぐんぜい》と合流《ごうりゅう》した。しかし肝心《かんじん》の大将光忠《たいしょうみつただ》の姿《すがた》は見《み》えなかった。二条《にじょう》御所《ごしょ》で織田信忠《おだのぶただ》を攻《せ》めた時《とき》に受《う》けた右腕《みぎうで》の銃創《じゅうそう》の傷《きず》が思《おも》ったより悪化《あっか》したために、急遽《きゅうきょ》京都《きょうと》の知恩院《ちおんいん》へ治療《ちりょう》を受《う》けに行《い》ったとのことであった。仕方《しかた》なく藤田伝五《ふじたでんご》が滞陣《たいじん》している下鳥羽《しもとば》へ向《む》かった。大和《やまと》の筒井順慶《つついじゅんけい》とそこで落《お》ち合《あ》う約束《やくそく》と聞《き》いていたためである。闇《やみ》夜《よ》の上鳥羽《かみとば》を出《で》る頃《ころ》から雨《あめ》が降《ふ》り出《だ》してきた、冷《つめ》たい雨《あめ》であった。ようやく下鳥羽《しもとば》に着《つ》いたが藤田《ふじた》も筒井《つつい》もいなかった。藤田《ふじた》は二里《にり》ほど離《はな》れた洞ヶ峠《ほらがとうげ》で郡山城《こおりやまじょう》から上《のぼ》ってくる筒井《つつい》軍《ぐん》を一足早《ひとあしはや》く待《ま》ち受《う》けるために出《で》かけてしまっていた。光秀《みつひで》は下鳥羽《しもとば》の南殿《なんでん》に明智軍《あけちぐん》の本陣《ほんじん》を置《お》くように命《めい》じた。

その頃《ころ》、大和《やまと》の郡山城《こおりやまじょう》では城主筒井順慶《じょうしゅつついじゅんけい》と家中第一《かちゅうだいいち》の侍大将《さむらいだいしょう》の島左近《しまさこん》が顔《かお》を突《つ》き合《あ》わせて密談《みつだん》を謀《はか》っていた。順慶《じゅんけい》は二年前《にねんまえ》に信長《のぶなが》から大和一国《やまといっこく》を任《まか》された。その折《おり》に武勇知略《ぶゆうちりゃく》に優《すぐ》れた島《しま》を一万石《いちまんごく》の高給《こうきゅう》で召《め》し抱《かか》えたのである。順慶《じゅんけい》はもともと大和筒井城主《やまとつついじょうしゅ》の筒井《つつい》順昭《じゅんしょう》の息子《むすこ》であったが、幼《おさな》くして父《ちち》を亡《な》くしたために家臣《かしん》の松永久秀《まつながひさひで》に城《しろ》を乗《の》っ取《と》られてしまう。落《お》ち延《の》びた順慶《じゅんけい》は興福寺《こうふくじ》で得度《とくど》して名《な》を藤政《ふじまさ》から順慶《じゅんけい》と改《あらた》めた時、幸運《こううん》にも光秀《みつひで》が仇《かたき》の松永《まつなが》を討《う》ってくれたために家督《かとく》を継《つ》ぐことができた。そこで恩人《おんじん》である光秀《みつひで》の五女《ごじょ》とも子《こ》を息子定次《むすこさだつぐ》の嫁《よめ》にとり、次男光慶《じなんみつよし》を養子《ようし》にとるほどの親《した》しい姻戚関係《いんせきかんけい》になっていた。

順慶《じゅんけい》は侍大名《さむらいだいみょう》というより僧装束《そうしょうぞく》がよく似合《にあ》う城主《じょうしゅ》であった。一方《いっぽう》の島《しま》の厳《いか》つい身体《からだ》と比《くら》べると対照的《たいしょうてき》に女性的《じょせいてき》で繊細《せんさい》だった。

「左近《さこん》、いかがしよう。明智《あけち》の使者《ししゃ》の藤田伝五《ふじたでんご》という者《もの》が参《まい》っておる。秀吉《ひでよし》からはこのような書状《しょじょう》が参《まい》っておるが」

島《しま》が見《み》せられた六月五日付《ろくがついつかづけ》の『信長公御存命《のぶながこうごぞんめい》につき所領安堵《しょりょうあんど》する』という短《みじか》い書状《しょじょう》には

羽柴筑前守秀吉《はしばちくぜんのかみひでよし》の花押《かおう》が書かれていた。

「これは真《まこと》でしょうか。信長《のぶなが》さまがご無事《ぶじ》であるとは」

「わからぬ、誰《だれ》も信長《のぶなが》さまの首《くび》を見《み》ておらぬからな」

「秀吉《ひでよし》のこの書付《かきつけ》は姫路《ひめじ》から届《とど》いたそうですな。そうすると毛利勢《もうりぜい》とは既《すで》に手打《てうち》ができていることになりますが」

「事《こと》の真実《しんじつ》がよくわからぬ。しかし光秀殿《みつひでどの》に加勢《かせい》せぬ訳《わけ》にもいかんし弱《よわ》ったな」

「河内《かわち》におられた織田信孝《おだのぶたか》が津田信澄《つだのぶずみ》を手打《てうち》にされて、その首《くび》を謀反人《むほんにん》の一味《いちみ》として堺《さかい》の町《まち》に晒《さら》したとも聞《き》いております。いずれにしろここ暫《しばら》くは日和見《ひよりみ》がお家《いえ》のためと存《ぞん》じますが」

信澄《のぶずみ》の父信行《ちちのぶゆき》は信長《のぶなが》の弟《おとうと》でありながら兄《あに》に謀殺《ぼうさつ》された。織田家《おだけ》の家系《かけい》は兄弟親戚《きょうだいしんせき》が多《おお》く、それぞれ仲《なか》が悪《わる》いことは有名《ゆうめい》だった。

「仕方《しかた》あるまい。兵《へい》をこの郡山城《こおりやまじょう》に戻《もど》そう。それからとも子《こ》と一緒《いっしょ》に光慶《みつよし》は光秀殿《みつひでどの》の所《ところ》に返《かえ》そう。さすれば当面《とうめん》の義理《ぎり》は立《た》つ」

順慶《じゅんけい》は二者択一《にしゃたくいつ》の場合《ばあい》、常《つね》に戦《たたか》わない選択《せんたく》をした。長年《ながねん》の仏教《ぶっきょう》の修行《しゅぎょう》で自然《しぜん》と殺生《せっしょう》を避《さ》けていたのかもしれない。島《しま》は頷《うなず》いただけで何《なに》も言《い》わなかった。

秀吉《ひでよし》が出《だ》した信長生存説《のぶながせいぞんせつ》の書状《しょじょう》は織田家《おだけ》の各大名《かくだいみょう》の向背《こうはい》を制《せい》するには不確実《ふかくじつ》でも有効《ゆうこう》だった。万一信長《まんいちのぶなが》が死《し》なずに何処《どこ》かに隠《かく》れているかもしれないと想像《そうぞう》した時《とき》、誰《だれ》もが光秀《みつひで》に味方《みかた》することを逡巡《しゅんじゅん》した。

山崎《やまざき》の戦《いくさ》

六月十日《ろくがつとおか》は朝《あさ》から本降《ほんぶ》りの雨《あめ》になっていた。淀川《よどがわ》の川面《かわも》に白《しろ》く靄《もや》がかかり川岸《かわぎし》の蘆原《あしはら》を通《とお》しても洞ヶ峠《ほらがとうげ》の方向《ほうこう》には何《なに》も見《み》えなかった。光秀《みつひで》は不安《ふあん》のまま本陣《ほんじん》の床几《しょうぎ》に座《すわ》って筒井《つつい》軍《ぐん》を待《ま》ち続《つづ》けた。しかし相変《あいか》わらず何《なん》の先触《さきぶ》れも誰《だれ》の参陣《さんじん》もなかった。奇妙《きみょう》な静寂《せいじゃく》が周《まわ》りを覆《おお》っていた。光秀《みつひで》は考《かんが》えたくない考《かんが》えをせざるを得《え》なかった。この自分《じぶん》に誰《だれ》も加勢《かせい》してこないという事実《じじつ》であった。

夕刻前《ゆうこくまえ》に藤田《ふじた》が蒼白《そうはく》な顔《かお》をして光秀《みつひで》の陣所《じんしょ》に現《あら》われた。背後《はいご》には下《お》ろし立《た》ての鎧兜《よろいかぶと》に身《み》を纏《まと》った一人《ひとり》の若武者《わかむしゃ》が立《た》っていた。それはなんと筒井家《つついけ》に養子《ようし》に出《だ》した光慶《みつよし》の姿《すがた》だった。しかし光慶《みつよし》の供侍《ともざむらい》以外《いがい》に筒井家《つついけ》の侍《さむらい》はいなかった。黒兜《くろかぶと》の藤田《ふじた》の悲痛《ひつう》な顔《かお》を見《み》た光秀《みつひで》は彼《かれ》の言《い》うことの察《さっ》しはついた。

「殿《との》、筒井殿《つついどの》は覚悟《かくご》を変《か》えられたかもしれません。不審《ふしん》にも郡山城《こおりやまじょう》へ塩《しお》、米《こめ》を運《はこ》んで籠城《ろうじょう》の用意《ようい》をなされております。某《それがし》の問合《といあ》わせにもいずれ兵《へい》を出《だ》すと要領《ようりょう》を得《え》ませせぬ。山城《やましろ》の先鋒隊《せんぽうたい》もなぜか大和《やまと》に引《ひ》き返《かえ》しておりまする」

藤田《ふじた》は郡山城《こおりやまじょう》で筒井家《つついけ》への説得《せっとく》を朝《あさ》まで続《つづ》けてくれていただけに光秀《みつひで》は仕方《しかた》なく覚悟《かくご》を決《き》めた。覚悟《かくご》は他家《たけ》に応援《おうえん》を求《もと》めることはできないという現実《げんじつ》であった。

「ご苦労《くろう》であった。早々《そうそう》に淀城《よどじょう》を固《かた》めてくれ。秀吉《ひでよし》が姫路《ひめじ》を発《た》ったという」

藤田《ふじた》は返事《へんじ》をせずに頭《こうべ》を垂《た》れたまま退散《たいさん》した。

「光慶《みつよし》、立派《りっぱ》になったな。兵五十人《へいごじゅうにん》を与《あた》える。このまま我《わ》がもとに居《い》よ」

光慶《みつよし》は義父順慶《ぎふじゅんけい》の心変《こころが》わりを既《すで》に察《さっ》していたが恨《うら》むよりこのまま父《ちち》と共《とも》に戦《たたか》う気持《きもち》を固《かた》めていた。

「いかにも、御指図《おさしず》のままに」

気《き》を取《と》り直《なお》した光秀《みつひで》は使番《つかいばん》を走《はし》らせた。安土城《あづちじょう》を守《まも》っている左馬之助《さまのすけ》を除《のぞ》いた全《すべ》ての明智《あけち》の軍勢《ぐんぜい》に下鳥羽《しもとば》へ集結《しゅうけつ》するように命《めい》じた。

六月十一日《ろくがつじゅういちにち》、霖雨《りんう》がまだ続《つづ》いていた。明智《あけち》の諸将《しょしょう》が三々五々《さんさんごご》集《あつ》まって来《き》ていた。総勢《そうぜい》は一万《いちまん》を少《すこ》し超《こ》す程度《ていど》と思《おも》われた。どの部隊《ぶたい》の旗指物《はたさしもの》も雨《あめ》に濡《ぬ》れて竿《さお》に巻《ま》きつき何《なん》となく旗《はた》色《いろ》の悪《わる》さを象徴《しょうちょう》していた。溝尾《みぞお》と藤田《ふじた》はそれぞれ淀川対岸《よどがわたいがん》の勝龍寺城《しょうりゅうじじょう》と淀城《よどじょう》の守備《しゅび》に就《つ》いたので二人《ふたり》の顔《かお》は見《み》えない。光秀《みつひで》は一縷《いちる》の望《のぞ》みを持《も》って利三《としみつ》を呼《よ》んだ。

「利三《としみつ》、長宗我部《ちょうそかべ》は間《ま》に合《あ》わぬか」

「恐《おそ》れながら、一両日《いちりょうじつ》の戦《いくさ》にはとても間《ま》に合《あ》いませぬ」

「そうだろうな」

光秀《みつひで》は軽《かる》く頷《うなず》いたままそれ以上《いじょう》は何《なに》も聞《き》かなかった。こんなことなら何《なん》としても上洛《じょうらく》した折《おり》に誠仁親王《さねひとしんのう》の女房奉書《にょうぼうほうしょ》ではなく天皇《てんのう》の勅書《ちょくしょ》をもらうべきだと悔《く》やんだ。詔《みことのり》がない限《かぎ》り主殺《しゅごろ》しの汚名《おめい》を着《き》なければならない。秀吉《ひでよし》の軍勢《ぐんぜい》に比《くら》べて不利《ふり》であった。

利三《としみつ》は信長《のぶなが》を討《う》った後《あと》は天下取《てんかと》りの戦《いくさ》を考《かんが》えていた。それは四国《しこく》の長宗我部元親《ちょうそかべもとちか》と東国《とうごく》の徳川家康《とくがわいえやす》を味方《みかた》につけることであった。しかし秀吉《ひでよし》の中国地方《ちゅうごくちほう》からの反転《はんてん》がこれほど早《はや》いとは計算《けいさん》できなかった。早《はや》すぎる、何《なに》か事前《じぜん》の策略《さくりゃく》がない限《かぎ》り毛利勢《もうりぜい》を目前《もくぜん》にして撤退《てったい》は絶対《ぜったい》にできないはずだ。しかしながら今は秀吉《ひでよし》の調略《ちょうりゃく》を探索《たんさく》している余裕《よゆう》はなかった。

あと十日《とおか》もあれば何《なん》とでもできるのにと利三《としみつ》は臍《ほぞ》を噛《か》んだ。

夕方申《ゆうがたさる》の刻《こく》から光秀《みつひで》は評定《ひょうじょう》を始《はじ》めた。物見《ものみ》からの知《し》らせで秀吉《ひでよし》の軍勢《ぐんぜい》がすでに尼崎《あまがさき》に到着《とうちゃく》していることを知《し》った。敵《てき》の兵力《へいりょく》は与力《よりき》の摂津勢《せっつぜい》を入《い》れると二万《にまん》を越《こ》しているものと報告《ほうこく》された。いまだに秀吉《ひでよし》が目《め》の先《さき》の尼崎《あまがさき》にいると聞《き》かされても信《しん》じられなかった。できることなら今《いま》からでも恵瓊《えけい》に会《あ》いに行《い》って毛利方《もうりがた》の真相《しんそう》を聞《き》きたい気持《きもち》であった。

評定《ひょうじょう》の結果《けっか》、勝龍寺城《しょうりゅうじじょう》と淀川《よどがわ》を挟《はさ》んだ淀城《よどじょう》との間《あいだ》の平地《へいち》に明智《あけち》の全軍《ぜんぐん》を待機《たいき》させることにした。その前面《ぜんめん》には円明寺川《えんめいじがわ》が流《なが》れている。敵《てき》は天王山《てんのうざん》と男山《おとこやま》に挟《はさ》まれた淀川《よどがわ》沿《ぞ》いにある山崎《やまざき》の里《さと》と呼《よ》ばれる狭間部《きょうかんぶ》を通過《つうか》しなければならないので、この山崎《やまざき》で決戦《けっせん》を挑《いど》もうと考《かんが》えた。味方《みかた》の寡勢《かせい》を補《おぎな》える場所《ばしょ》は此処《ここ》しかなかった。

六月十二日辰《ろくがつじゅうににちたつ》の刻《こく》になって秀吉《ひでよし》のいる尼崎《あまがさき》の本陣《ほんじん》に十日前《とおかまえ》までは光秀《みつひで》の配下《はいか》の軍団《ぐんだん》であった摂津勢《せっつぜい》が集合《しゅうごう》した。中川瀬兵衛《なかがわせべえ》が率《ひき》いる二千五百《にせんごひゃく》の兵《へい》、高山右近《たかやまうこん》の二千人《にせんにん》、それに池《いけ》田勝三郎《だかつさぶろう》が率《ひき》いる七千五百人《ななせんごひゃくにん》の精鋭《せいえい》であった。寄騎《よりき》することを依頼《いらい》した秀吉《ひでよし》は満面《まんめん》の笑《え》みで三人《さんにん》を迎《むか》えた。

「信長《のぶなが》さまと信秀《のぶひで》さまが光秀《みつひで》によって討《う》たれたことを備中高松《びっちゅうたかまつ》で知《し》って昼夜兼行《ちゅうやけんこう》で帰《かえ》って参《まい》った次第《しだい》である。我《われ》らの軍勢《ぐんぜい》は一万五千名《いちまんごせんめい》あるが中国《ちゅうごく》からはまだ全員《ぜんいん》が戻《もど》っておらず、それに疲《つか》れておるのでうまく戦《いくさ》ができるかどうかが不安《ふあん》である。それだけに貴殿《きでん》らの合力《ごうりき》がこの戦《いくさ》にはどうしても必要《ひつよう》でござる。高山右近殿《たかやまうこんどの》、いかがなお考《かんが》えかな」

「某《それがし》はかつて荒木村重《あらきむらしげ》について謀反《むほん》した時《とき》に、信長公《のぶながこう》にはわが命《いのち》と親族《しんぞく》を助《たす》けていただいた恩義《おんぎ》がございます。此度《こたび》は喜《よろこ》んで上様《うえさま》の弔《とむら》い合戦《がっせん》にお味方《みかた》申《もう》す所存《しょぞん》。何《なん》なりとお申《もう》しつけくだされ」

秀吉《ひでよし》はなぜか最初《さいしょ》に高山《たかやま》に意見《いけん》を聞《き》いた。四年前《よねんまえ》の荒木村重《あらきむらしげ》の謀反《むほん》の時《とき》、荒木軍《あらきぐん》についたキリシタン大名《だいみょう》の高山《たかやま》を一番先《いちばんさき》に翻意《ほんい》させた信長《のぶなが》の対応《たいおう》をよく覚《おぼ》えていた。それだけ摂津勢《せっつぜい》の中《なか》では彼《かれ》の力《ちから》と人望《じんぼう》があることをよく知《し》っていた。秀吉《ひでよし》はあえて洗礼名《せんれいめい》で答《こた》えた。

「ジュスト殿《どの》、有難《ありがた》い。光秀《みつひで》は上様《うえさま》のお首《くび》は取《と》ってはおらぬようだ。だから上様《うえさま》はひょっとすると何処《どこ》かに身《み》をめておられるかもしれません」

三人《さんにん》とも意外《いがい》な秀吉《ひでよし》の告白《こくはく》に驚《おどろ》いた。信長公《のぶながこう》の首《くび》が見《み》つからないことをなぜ知《し》っているかという素朴《そぼく》な疑問《ぎもん》だった。それに毛利家《もうりけ》とこれほど早《はや》く和睦《わぼく》して戻《もど》ってきたことも大《おお》きな驚《おどろ》きであった。

「されど浪人《ろうにん》あがりの光秀《みつひで》が信長公《のぶながこう》と信忠殿《のぶただどの》を手《て》にかけたことはどうあっても許《ゆる》せぬ」

信長《のぶなが》の乳兄弟《ちきょうだい》であった池田《いけだ》が悲《かな》しみと憤怒《ふんど》の思《おも》いで言《い》い切《き》った。続《つづ》いて中川《なかがわ》が大声《おおごえ》で怒《ど》鳴《な》った。

「わしはどちらの配下《はいか》にもならぬ。胸糞悪《むなくそわる》い。しかし信長《のぶなが》には命《いのち》を助《たす》けてもらった義理《ぎり》がある。弔《とむら》い合戦《がっせん》にはこの瀬兵衛《せべえ》の腕前《うでまえ》を香典《こうでん》代《が》わりに大《おお》いに見《み》せてやろうではないか、のう、筑前《ちくぜん》」

中川《なかがわ》は刀《かたな》も槍《やり》も使《つか》えぬ秀吉《ひでよし》を侍《さむらい》ではないと内心小馬鹿《ないしんこばか》にしていた。秀吉《ひでよし》は秀吉《ひでよし》で、中川《なかがわ》を戦《いくさ》に使《つか》える駒《こま》としか見《み》ていなかったが寄騎《よりき》の三家《さんけ》を合《あ》わせると兵数《へいすう》が少《すく》なくとも一万《いちまん》は増《ふ》えるので今《いま》は耐《た》えるのみと割《わ》り切《き》った。あとは大和《やまと》の筒井順慶《つついじゅんけい》が明智《あけち》につくことを思《おも》い止《とど》ませれば戦《いくさ》の勝利《しょうり》は間違《まちが》いない。我《われ》に味方《みかた》せずとも兵《へい》を動《うご》かさなければ所領安堵《しょりょうあんど》するという誓書《せいしょ》を筒井家《つついけ》には送《おく》っていた。当然丹後《とうぜんたんご》の細川家《ほそかわけ》にも同《おな》じ誓書《せいしょ》を送《おく》った。しかし秀吉《ひでよし》自身《じしん》は信長公《のぶながこう》の急死《きゅうし》から間一髪《かんいっぱつ》で毛利《もうり》との和平《わへい》をまとめられた幸運《こううん》を身《み》に染《し》みて感《かん》じていた。もし上様《うえさま》から事前《じぜん》の内示《ないじ》がなければ今頃《いまごろ》は毛利勢《もうりぜい》と戦《たたか》っている最中《さいちゅう》に違《ちが》いなかったからである。

光秀《みつひで》の本陣《ほんじん》でも最後《さいご》の戦評定《いくさひょうじょう》が開《ひら》かれていた。敵数《てきすう》は明智《あけち》の二倍《にばい》である。正攻法《せいこうほう》では勝《か》てない、しかし戦局《せんきょく》が不利《ふり》でもこの戦《いくさ》に勝《か》たない限《かぎ》り天下《てんか》は取《と》れないと明智家《あけちけ》のどの武《ぶ》将《しょう》も自覚《じかく》していた。それ故《ゆえ》に誰《だれ》からも引《ひ》くという言葉《ことば》は出《で》なかった。

天正十年六月十三日《てんしょうじゅうねんろくがつじゅうさんにち》、運命《うんめい》を制《せい》する夏《なつ》の一番長《いちばんなが》い日《ひ》が山崎《やまざき》の葦原《あしはら》に始《はじ》まった。円明寺《えんめいじ》川《がわ》を挟《はさ》んで明智《あけち》と羽柴両軍《はしばりょうぐん》が集結《しゅうけつ》していた。光秀《みつひで》が本陣《ほんじん》を置《お》いた御坊塚《ごぼうづか》から見《み》える旗《はた》指物《さしもの》の紋所《もんどころ》はどれもよく知《し》り過《す》ぎていた。左翼《さよく》に見《み》えるのは池田《いけだ》の木瓜《ぼけ》の旗《はた》であり、中央《ちゅうおう》には高山《たかやま》の赤白段々《あかしろだんだん》に十字《じゅうじ》と中川《なかがわ》の柏《かしわ》の旗《はた》が靡《なび》いていた。子飼《こが》いの彼《かれ》らが自分《じぶん》に味方《みかた》してくれていれば秀吉《ひでよし》には万《まん》に一《ひと》つも負《ま》けぬのにと悔《くや》しかった。

どこかで道《みち》を間違《まちが》えた。やはり上様《うえさま》を討《う》ったことは許《ゆる》されないことであったのだろうか。

そう自問自答《じもんじとう》しているうちに円明寺川《えんめいじがわ》の方《ほう》から鬨《とき》の声《こえ》と寄《よ》せ太鼓《だいこ》の音《おと》が聞《き》こえてきた。鉄砲《てっぽう》の音《おと》も激《はげ》しく乱射《らんしゃ》されている。明智軍《あけちぐん》の松田《まつだ》と並河《なみかわ》の侍大将《さむらいだいしょう》が率《ひき》いる中入《なかい》りの部隊《ぶたい》が敵《てき》の左翼《さよく》の背後《はいご》に回《まわ》って攻撃《こうげき》を始《はじ》めたようだ。光秀《みつひで》が号令《ごうれい》した。

「右翼勢《うよくぜい》は川《かわ》を渡《わた》って中川《なかがわ》の軍《ぐん》にかかれ」

御牧《みまき》と伊勢《いせ》が率《ひき》いる三千名《さんぜんめい》が中入《なかい》り隊《たい》に加勢《かせい》するために円明寺川《えんめいじがわ》を渡《わた》って黒《くろ》い塊《かたまり》となって突進《とっしん》していく。騎馬《きば》の馬蹄《ばてい》、足軽《あしがる》の足音《あしおと》、甲冑《かっちゅう》、草摺《くさずり》の擂《す》れる音《おと》、太鼓《たいこ》、法螺貝《ほらがい》、死《し》を賭《か》けた男《おとこ》たちの雄叫《おたけ》びなどが一《ひと》つの音《おと》となって形容《けいよう》しがたい恐怖《きょうふ》と興奮《こうふん》が戦場《せんじょう》を覆《おお》っていた。

秀吉連合軍《ひでよしれんごうぐん》の左翼《さよく》に位置《いち》していた中川《なかがわ》と高山《たかやま》の軍勢《ぐんぜい》が明智勢《あけちぜい》に押《お》されて五町《ごちょう》ほど後退《こうたい》して行《い》く。戦《いくさ》をまだ傍観《ぼうかん》している他《ほか》の秀吉勢《ひでよしぜい》は明智軍強《あけちぐんつよ》しと背筋《せすじ》が冷《つめ》たくなっていた。まだ戦《いくさ》は始《はじ》まったばかりで秀吉軍《ひでよしぐん》の中央《ちゅうおう》と右翼《うよく》の部隊《ぶたい》は共《とも》に武者奮《むしゃぶる》いを堪《こら》えて動《うご》かなかった。

次《つぎ》に動《うご》いたのは秀吉《ひでよし》に加勢《かせい》した池田軍《いけだぐん》で明智軍《あけちぐん》の中央《ちゅうおう》を固《かた》めている斎藤利三《さいとうとしみつ》の部隊《ぶたい》に総《そう》掛《が》かりを命《めい》じた。しかし鉄砲《てっぽう》と三間半《さんげんはん》の長槍《ながやり》で守備《しゅび》している斎藤勢《さいとうぜい》の堅《かた》い守備陣《しゅびじん》を崩《くず》せずに多《おお》くの池田側《いけだがわ》の武将《ぶしょう》が川岸《かわぎし》で打《う》ち倒《たお》された。

その時《とき》、法螺貝《ほらがい》の音《おと》と同時《どうじ》に金色《こんじき》の瓢箪《ひょうたん》の幟《のぼり》が右手側《みぎてがわ》の天王山《てんのうざん》から降《お》りて押《お》しかけてきた。明智《あけち》の足軽《あしがる》の誰《だれ》かが「秀吉《ひでよし》が来《く》る」と叫《さけ》んだ。

秀吉《ひでよし》は本陣《ほんじん》を天王山《てんのうざん》の中腹《ちゅうふく》に宝積寺《ほうしゃくじ》に置《お》いていたが、加勢《かせい》に来《き》たのは傍《そば》に控《ひか》えていた秀《ひで》吉《よし》の弟《おとうと》の羽柴秀長《はしばひでなが》の軍勢《ぐんぜい》であったが、明智側《あけちがわ》は秀吉《ひでよし》の本隊《ほんたい》が向《む》かってくると見間違《みまちが》えた。戦場《せんじょう》の雑兵《ぞうひょう》たちは敏感《びんかん》である。大将以上《たいしょういじょう》に戦《いくさ》の流《なが》れを感《かん》じる能力《のうりょく》を持《も》っている。その瞬《しゅん》間《かん》、堰《せき》を切《き》ったように明智軍《あけちぐん》の右翼《うよく》の雑兵《ぞうひょう》たちが逃《に》げ始《はじ》めた。合戦《かっせん》は恐怖《きょうふ》と恐怖《きょうふ》の我慢比《がまんくら》べである。死《し》の恐怖《きょうふ》をより感《かん》じた方《ほう》が負《ま》けるのである。必《かなら》ずしも兵《へい》の強弱《きょうじゃく》や大小《だいしょう》で戦《いくさ》の勝《しょう》負《ぶ》が決《き》まるわけではない。対立《たいりつ》の限界《げんかい》に負《ま》けた明智軍《あけちぐん》の恐怖《きょうふ》は津波《つなみ》のように右翼《うよく》から伝播《でんぱ》していった。

その時《とき》、秀吉軍《ひでよしぐん》の右翼《うよく》の二千名《にせんめい》の軍勢《ぐんぜい》が喊声《かんせい》をあげて円明寺川《えんめいじがわ》を渡《わた》って明智軍《あけちぐん》の左翼《さよく》に突撃《とつげき》を開始《かいし》した。左翼《さよく》を守《まも》っている阿閉貞征《あつじさだゆき》の部隊《ぶたい》は鉄砲《てっぽう》の持《も》ち数《かず》が一番少《いちばんすく》なく守備《しゅび》が脆《もろ》かった。戦《いくさ》らしい戦《いくさ》をせずに後退《こうたい》を続《つづ》けた。そのために戦《いくさ》が始《はじ》まって半刻《はんこく》も経《た》たずに明智軍《あけちぐん》の左翼《さよく》が崩《くず》れ始《はじ》めた。利三《としみつ》が率《ひき》いる中央《ちゅうおう》の部隊《ぶたい》はよく戦《たたか》い一歩《いっぽ》も引《ひ》かなかったが、徐々《じょじょ》に押《お》し返《かえ》された右翼《うよく》の部隊《ぶたい》とともに秀吉勢《ひでよしぜい》に包囲《ほうい》される形《かたち》になった。

いまや合戦《かっせん》は混戦《こんせん》となり敵味方《てきみかた》入《い》り乱《みだ》れた最後《さいご》の局面《きょくめん》に入《はい》っていた。明智《あけち》の将兵《しょうへい》の誰《だれ》しもが負《ま》け戦《いくさ》を覚悟《かくご》していた。なぜなら秀吉本陣《ひでよしほんじん》の一万以上《いちまんいじょう》の部隊《ぶたい》がまだ参戦《さんせん》せずに後方《こうほう》で待機《たいき》していたからである。秀吉《ひでよし》が詰《つ》めの時期《じき》を間違《まちが》うはずがなかった。母衣武者達《ほろむしゃたち》が慌《あわ》ただしく動《うご》くと本陣《ほんじん》の紅《くれない》の吹貫《ふきぬき》に金色《こんじき》の軍配《ぐんばい》の馬標《うまじるし》が寄《よ》せ太鼓《だいこ》の音《おと》と同時《どうじ》に天王山《てんのうざん》を下《くだ》り始《はじ》めた。その音《おと》を合図《あいず》に黒津波《くろつなみ》のような騎馬集団《きばしゅうだん》が血《ち》みどろの格闘《かくとう》を続《つづ》けている河原《かわら》に向《む》かって突進《とっしん》して行《い》く。

今《いま》は光秀《みつひで》も秀吉《ひでよし》の本陣《ほんじん》の動《うご》きを見《み》て旗本千名《はたもとせんめい》に攻撃《こうげき》を命《めい》じた。どこまでこの千名《せんめい》で支《ささ》えられるか心《こころ》は暗《くら》かった。泥《どろ》まみれの使番《つかいばん》が悲報《ひほう》を伝《つた》え始《はじ》めた。

「松田政近《まつだまさちか》さまと並河掃部《なみかわかもん》さま、ご両名《りょうめい》討《う》ち死《じ》にー」

「伊勢貞知《いせさだとも》さまお討《う》ち死《じ》にー」

「御牧三左衛門《みまきさんざえもん》さま討《う》ち死《じ》にされました」

そこに手勢百名《てぜいひゃくめい》ほどを率《ひき》いて柴田勝定《しばたかつさだ》が本陣《ほんじん》に戻《もど》ってきた。

「殿《との》、残念《ざんねん》ながら負《ま》け戦《いくさ》でござる。某《それがし》が此処《ここ》で殿《しんがり》を務《つと》めますので一刻《いっこく》も早《はや》く勝龍寺城《しょうりゅうじじょう》まで引《ひ》き下《さ》がられよ」

柴田《しばた》の死《し》を覚悟《かくご》した諫言《かんげん》に光秀《みつひで》は抗弁《こうべん》できなかった。これが今生《こんじょう》の別《わか》れと柴田《しばた》の目《め》を見《み》つめてからゆっくりと頷《うなず》いた。

「殿《との》、早《はや》く乗《の》られよ。勝龍寺城《しょうりゅうじじょう》にはまだ千名《せんめい》の新手《あらて》が残《のこ》っております。まだ一戦《ひといくさ》はできます」

そこに馬《うま》を引《ひ》いてきたのは勝龍寺城《しょうりゅうじじょう》から駆《か》けつけた溝尾庄兵衛《みぞおしょうべえ》であった。日《ひ》はようやく暮《く》れ始《はじ》めていた。馬《うま》に乗《の》った光秀《みつひで》は鞭《むち》を入《い》れると背後《はいご》を見《み》ずに城《しろ》を目指《めざ》した。

斎藤利三《さいとうとしみつ》の部隊《ぶたい》は四方《しほう》を敵《てき》に囲《かこ》まれながらも、誰《だれ》も引《ひ》かずに身体《からだ》の動《うご》かなくなるまで渾身《こんしん》の力《ちから》を絞《しぼ》って槍《やり》や刀《かたな》を暗《くら》くなり始《はじ》めた葦原《あしはら》の中《なか》で振《ふ》り回《まわ》していた。乱戦《らんせん》の中《なか》で利三《としみつ》は次男《じなん》の利光《としみつ》を呼《よ》んだ。

「利光《としみつ》、兄《あに》と一緒《いっしょ》に此処《ここ》から落《お》ち延《の》びよ」

「父上《ちちうえ》は如何《いかが》なされる」

「まもなく日《ひ》が暮《く》れる。闇《やみ》にまぎれて坂本《さかもと》まで戻《もど》る」

近《ちか》くでやはり奮戦《ふんせん》していた兄《あに》の存三《よしみつ》が大声《おおごえ》で返《かえ》した。

「一足《ひとあし》お先《さき》に、殿《との》を坂本城《さかもとじょう》までお連《つ》れします」

存三《よしみつ》と利光《としみつ》兄弟《きょうだい》は馬《うま》に跨《また》ると腹《はら》を蹴《け》った。光秀《みつひで》の本陣《ほんじん》を示《しめ》す白紙《はくし》の馬印《うまじるし》が動《うご》き始《はじ》めて勝龍寺城《しょうりゅうじじょう》へ戻《もど》ろうとしていた。いまや全線《ぜんせん》で明智軍《あけちぐん》は敗走《はいそう》し始《はじ》めている。

藤田伝五《ふじたでんご》は全身《ぜんしん》に刀傷《かたなきず》を受《う》けていた。どこを斬《き》られているかわからなかったが痛《いた》みと血《ち》の温《あたた》かさが不思議《ふしぎ》な感覚《かんかく》をもたらしていた。子息《しそく》の伝兵衛《でんべえ》が歩《ある》けなくなった藤田《ふじた》を背中《せなか》に担《かつ》いで馬《うま》に乗《の》った。とりあえず淀城《よどじょう》まで逃《に》げるつもりであった。

殿《しんがり》を受《う》け持《も》った柴田隊《しばたたい》は残《のこ》っている四《し》、五百名《ごひゃくめい》の兵《へい》を纏《まと》めると最後《さいご》の突撃《とつげき》を中央《ちゅうおう》から進《すす》んでくる中川《なかがわ》、高山《たかやま》、池田勢《いけだぜい》の三隊《さんたい》に敢行《かんこう》した。暗闇《くらやみ》での戦《いくさ》の中《なか》にもはや阿鼻叫喚《あびきょうかん》の怒《ど》声《せい》はなかった。静寂《せいじゃく》の中《なか》では陰惨《いんさん》な人殺《ひとごろ》しが行《おこな》われていた。奇妙《きみょう》なことに殺《ころ》す方《ほう》も殺《ころ》される方《ほう》も声《こえ》を発《はっ》しなかった。疲《つか》れすぎて声《こえ》が出《で》なくなっていた。

光秀《みつひで》の本陣勢《ほんじんぜい》は東西二町《とうざいにちょう》、南北五十間《なんぼくごじゅっけん》の濠《ほり》と土塀《どべい》に囲《かこ》まれた五稜形《ごりょうけい》の勝龍寺城《しょうりゅうじじょう》に入《はい》ることができた。此処《ここ》は数年前《すうねんまえ》まで細川親子《ほそかわおやこ》が居住《きょじゅう》していた城《しろ》であった。娘玉子《むすめたまこ》と忠興《ただおき》の祝言《しゅうげん》もこの城《しろ》で挙《あ》げただけに思《おも》い出深《でぶか》い城《しろ》でもあった。

しかし今《いま》は城内《じょうない》の灯《ひ》は消《け》されて誰《だれ》がいるのか見当《けんとう》がつかないほどの暗《くら》い寂《さび》しい城《しろ》に変《か》わり果《は》てていた。近《ちか》くにいるのは長男《ちょうなん》の光重《みつしげ》と溝尾《みぞお》のみで他《ほか》の重臣《じゅうしん》たちの行方《ゆくえ》は知《し》れなくなっていた。光秀《みつひで》は皆《みな》が死《し》なずに落《お》ち延《の》びてくれることだけを切《せつ》に祈《いの》っていた。

城代《じょうだい》の三宅藤兵衛《みやけとうべえ》が粥《かゆ》を一椀《ひとわん》持参《じさん》した。一息《ひといき》で冷《ひ》えた粥《かゆ》を腹《はら》に詰《つ》め込《こ》むと旨《うま》かった。負《ま》け戦《いくさ》の大将《たいしょう》がまだ粥《かゆ》に拘《こだわ》っていたかと思《おも》うと情《なさ》けなかった。戦死《せんし》した家臣《かしん》たちがどう思《おも》うかと考《かんが》えている内《うち》に溝尾《みぞお》の声《こえ》で現実《げんじつ》に引《ひ》き戻《もど》された。

「殿《との》、秀吉《ひでよし》は兵《へい》を纏《まと》め次第《しだい》、此処《ここ》に押《お》しかけて参《まい》るでしょう。これより坂本城《さかもとじょう》まで落《お》ち延《の》びるのが良《よ》いと存《ぞん》じるが」

「うむ、相分《あいわ》かった」

立《た》ち上《あ》がろうとした身体《からだ》はひどく重《おも》かった。できることなら今暫《いましばら》くこの城《しろ》に居《い》たかったが遅《おく》れればこの城《しろ》からも抜《ぬ》けることができなくなる。無情《むじょう》に虫《むし》の音《ね》が甲高《かんだか》かった。円明寺《えんめいじ》川《がわ》に沿《そ》って無数《むすう》の蛍《ほたる》のような篝火《かがりび》が見《み》える。音《おと》が聞《き》こえてこなくても勝《か》ち戦《いくさ》の酒《さけ》を飲《の》み交《か》わしている秀吉軍《ひでよしぐん》の姿《すがた》が思《おも》い起《お》こせた。城《しろ》の北側《きたがわ》はまだ漆黒《しっこく》の闇夜《やみよ》が続《つづ》いている。城《しろ》を抜《ぬ》け出《だ》すには頃合《ころあ》いであった。

三宅《みやけ》は黙《だま》って光秀一行《みつひでいっこう》を裏門《うらもん》から送《おく》り出《だ》した。早《はや》かれ遅《おそ》かれ明朝《みょうちょう》には死《し》と対面《たいめん》しなければならないその顔《かお》は無表情《むひょうじょう》であった。光秀《みつひで》につき従《したが》う家臣《かしん》は三十騎《さんじゅっき》ほどの旗本《はたもと》のみであった。こんな時《とき》には馬術《ばじゅつ》が得意《とくい》な左馬之助《さまのすけ》が横《よこ》にいてくれたらと願《ねが》った。何《なに》も見《み》えない夜道《よみち》を光秀《みつひで》は思《おも》い切《き》って馬《うま》を走《はし》らせた。

逃亡《とうぼう》

淀川《よどがわ》を渡《わた》る風《かぜ》が山崎《やまざき》の里《さと》に強《つよ》く吹《ふ》き始《はじ》めていた。黒《くろ》く高《たか》く聳《そび》えたつ竹藪《たけやぶ》の奥《おく》からせせらぎのような音《おと》が流《なが》れてくる。光秀一行《みつひでいっこう》は勝龍寺城《しょうりゅうじじょう》を出《で》てから淀川《よどがわ》を渡《わた》った。川沿《かわぞ》いに馬《うま》を走《はし》らせて小栗栖《おぐるす》から山科《やましな》、大津《おおつ》を抜《ぬ》けて坂本城《さかもとじょう》へ帰《かえ》る予定《よてい》だった。

馬《うま》が一頭《いっとう》しか走《はし》れない細《ほそ》い道《みち》の前方《ぜんぽう》から何本《なんほん》かの松明《たいまつ》の火《ひ》が近《ちか》づいてくるのが見《み》えた。火《ひ》の動《うご》きが速《はや》いところを見《み》ると相手方《あいてがた》も馬《うま》を走《はし》らせているようであった。全員《ぜんいん》が敵《てき》と感《かん》じた。

相手《あいて》の騎馬姿《きばすがた》が見《み》えてくると夜目《よめ》がきく斎藤利光《さいとうとしみつ》が驚《おどろ》きの声《こえ》を挙《あ》げた。

「味方《みかた》だ、明智《あけち》の者《もの》です」

五十騎《ごじゅっき》ばかりの背中《せなか》に明智《あけち》の白《しろ》い桔梗紋《ききょうもん》が確《たし》かに見《み》えた。溝尾《みぞお》は目《め》ざとく中央《ちゅうおう》の侍《さむらい》大将《だいしょう》のかぶっている星兜《ほしかぶと》の形《かたち》に気《き》がついた。

「なんと、明智光忠殿《あけちみつただどの》ではござらぬか」

その大声《おおごえ》で相手《あいて》の騎馬団《きばだん》が急停止《きゅうていし》した。光忠《みつただ》は京都《きょうと》の知恩院《ちおんいん》で鉄砲傷《てっぽうきず》を治《なお》していたが戦《いくさ》が始《はじ》まることを知《し》って山崎《やまざき》に向《む》かう途中《とちゅう》であった。具足《ぐそく》の下《した》から右腕《みぎうで》を包帯《ほうたい》で吊《つ》った光忠《みつただ》はまだ明智軍《あけちぐん》が秀吉勢《ひでよしぜい》に負《ま》けたことを知《し》らなかった。

「光忠《みつただ》、残念《ざんねん》ながら戦《いくさ》に負《ま》けた。これより坂本《さかもと》へ戻《もど》り再起《さいき》を計《はか》ろうと思《おも》う。同道《どうどう》せよ」

光秀《みつひで》は地獄《ぢごく》で仏《ほとけ》に出会《であ》ったような気持《きもち》で話《はな》しかけた。光忠《みつただ》は暗闇《くらやみ》を通《とお》して聞《き》き慣《な》れた主君《しゅくん》の声《こえ》であると知《し》って驚《おどろ》いた。

「殿《との》、戦《いくさ》に間《ま》に合《あ》わず申《もう》し訳《わけ》ございませぬ」

光秀《みつひで》の精彩《せいさい》のない姿《すがた》を見《み》て急《きゅう》に胸《むね》が熱《あつ》くなって声《こえ》が詰《つ》まっていた。

「追手《おって》がまいります」

後方《こうほう》から無数《むすう》の小《ちい》さな灯《あかり》の列《れつ》が闇《やみ》の中《なか》を動《うご》いてくるのに利光《としみつ》が気《き》づいた。間違《まちが》いなく秀《ひで》吉勢《よしぜい》の追手《おって》であった。

「殿《との》、此処《ここ》は某《それがし》が引《ひ》き受《う》けます。早《はや》くお逃《に》げくだされ」

光忠《みつただ》が力強《ちからづよ》く促《うなが》した。

「光重《みつしげ》、よいか、殿《との》をお守《まも》りして坂本城《さかもとじょう》へお連《つ》れするのだ。わしは此処《ここ》で殿《との》の身代《みが》わりになり時間《じかん》を稼《かせ》ぐ。殿《との》、早《はや》く行《い》かれよ」

全員《ぜんいん》が一瞬《いっしゅん》の内《うち》に事態《じたい》の推移《すいい》を察《さっ》していた。暗闇《くらやみ》で光忠《みつただ》の表情《ひょうじょう》はわからなかったが、万《ばん》

感《かん》の思《おも》いで、

「光忠《みつただ》、頼《たの》むぞ」

　すべての思《おも》いを断《た》ち切《き》って光秀《みつひで》は馬《うま》の尻《しり》に鞭《むち》をあてた。

　光秀《みつひで》を追《お》って秀吉勢《ひでよしぜい》の先頭《せんとう》を切《き》っているのが元明智家臣《もとあけちかしん》の脇坂甚内《わきさかじんない》であった。今は秀吉《ひでよし》の馬廻《うままわり》として五百石《ごひゃくごく》の禄《ろく》をもらう身分《みぶん》に出世《しゅっせ》していた。戦《せん》の世《よ》は理屈《りくつ》や義理人情《ぎりにんじょう》を超《こ》えて武力《ぶりょく》が全《すべ》てを制《せい》することを誰《だれ》よりも自覚《じかく》していた。ここで自分《じぶん》を評価《ひょうか》してくれなかった光秀《みつひで》を討《う》てば大名《だいみょう》に出世《しゅっせ》できることを夢《ゆめ》見《み》ながら馬《うま》を走《はし》らせていた。

　前方《ぜんぽう》に黒《くろ》い集団《しゅうだん》が近《ちか》づいてくるのを知《し》ると強烈《きょうれつ》な殺気《さっき》を感《かん》じた。

「そこにおられるは明智《あけち》の大将光秀殿《たいしょうみつひでどの》か。某《それがし》は羽柴筑前守秀吉《はしばちくぜんのかみひでよし》の馬廻《うままわり》、脇坂甚内《わきさかじんない》なり、見《けん》参《ざん》」

　秀吉勢《ひでよしぜい》の足軽《あしがる》の数百名《すうひゃくめい》も喊声《かんせい》を挙《あ》げて追《お》いついてきたが誰《だれ》も明智《あけち》の騎馬軍《きばぐん》の刃《やいば》が触《ふ》れる距離《きょり》までは近《ちか》づかなかった。死《し》を覚悟《かくご》した敵《てき》の強《つよ》さをよく知《し》っていたからである。暗闇《くらやみ》の中《なか》で武者同士《むしゃどうし》の死闘《しとう》が始《はじ》まった。血《ち》の匂《にお》いと吐息《といき》で相手《あいて》に手傷《てきず》を負《お》わせたかどうか判断《はんだん》しなければならなかった。明智《あけち》の武将《ぶしょう》たちは皆強《みなつよ》く決《けっ》して死《し》に急《いそ》がなかった。脇坂《わきさか》は数人《すうにん》の侍《さむらい》と槍《やり》を突《つ》き合《あ》わしているうちに光秀《みつひで》と思《おも》われる大将《たいしょう》を暗夜《あんや》の中《なか》に見失《みうしな》ってしまった。

合戦《かっせん》は騎馬武者《きばむしゃ》が雑兵《ぞうひょう》や下人《げにん》を指揮《しき》して行《おこな》われる。しかし主人《しゅじん》に最後《さいご》まで忠誠《ちゅうせい》を誓《ちか》う足軽《あしがる》は一割《いちわり》にも満《み》たない。その多《おお》くは傭兵《ようへい》であり戦《いくさ》が始《はじ》まれば切《き》り取《と》り強盗《ごうとう》に容易《たやす》く変身《へんしん》してしまう。山崎《やまざき》の里《さと》の周辺《しゅうへん》にはいつしか溢《あぶ》れ者《もの》、盗賊《とうぞく》が蛆《うじ》の湧《わ》くように至《いた》る所《ところ》に出現《しゅつげん》していた。

一刻《いっこく》ほどしてから小栗栖《おぐるす》の孟宗竹林《もうそうちくりん》の中《なか》を二頭《にとう》の騎馬武者《きばむしゃ》が並足《なみあし》で馬《うま》を走《はし》らせていた。いずれも手傷《てきず》を負《お》っているらしく肩《かた》で大《おお》きく息《いき》をしている。彼《かれ》らは秀吉勢《ひでよしぜい》の追撃《ついげき》を巻《ま》いて逃《のが》れてきた明智光忠《あけちみつただ》と溝尾庄兵衛《みぞおしょうべえ》の二人《ふたり》であった。急《きゅう》に光忠《みつただ》の馬《うま》が何《なに》かに怯《おび》えて止《と》まった。

その時《とき》、胴鎧《どうよろい》と左腰《ひだりこし》の草摺《くさずり》の隙間《すきま》に熱《あつ》い火箸《ひばし》を差《さ》し込《こ》まれたような激痛《げきつう》が走《はし》った。右手《みぎて》の使《つか》えない光忠《みつただ》は左手《ひだりて》でようやく小刀《こがたな》を抜《ぬ》いて腹《はら》に刺《さ》さった竹槍《たけやり》を切《き》り落《お》とした。馬上《ばじょう》の光忠《みつただ》はそのまま暫《しばら》く走《はし》り続《つづ》けたものの激痛《げきつう》は耐《た》え難《がた》く、馬《うま》の鞍《くら》にしがみつくことさえできなくなって地上《ちじょう》に崩《くず》れ落《お》ちた。

「光忠殿《みつただどの》、いかがした」

溝尾《みぞお》が馬《うま》から飛《と》び降《お》りて抱《だ》き起《お》こすと光忠《みつただ》の体《からだ》は掴《つか》みようもないほどの血糊《ちのり》に濡《ぬ》れてい

た。顔《かお》は夜目《よめ》にもわかるほど蒼白《そうはく》だった。

「庄兵衛《しょうべえ》、わしの首《くび》を落《お》とせ。首《くび》は夜盗《やとう》に渡《わた》すな、坂本《さかもと》へ」

息《いき》も途切《とぎ》れ途切《とぎ》れに呟《つぶや》くと首《くび》をがくっと落《お》とした。溝尾《みぞお》は滑《すべ》る手《て》で鎧通《よろいどお》しの短刀《たんとう》を抜《ぬ》くと首筋《くびすじ》に刃《は》を置《お》いた。竹林《ちくりん》を風《かぜ》が一段《いちだん》と強《つよ》い音《おと》を立《た》てて吹《ふ》き抜《ぬ》けていった。光忠《みつただ》の魂《たましい》が体《からだ》から抜《ぬ》けたことを感《かん》じた。

黒《くろ》い空間《くうかん》を飛《と》んでいる感覚《かんかく》であった。光秀《みつひで》はただ馬《うま》の背《せ》にしがみついていた。横《よこ》を並走《へいそう》している利光《としみつ》が自分《じぶん》の手綱《たづな》を握《にぎ》ってくれていることだけは自覚《じかく》していた。急《きゅう》に馬《うま》が止《と》まった。

「此処《ここ》は何処《いずこ》だ」

利光《としみつ》が前方《ぜんぽう》を注視《ちゅうし》しながら、

「此処《ここ》は山科《やましな》の付近《ふきん》でござりますが、いま前方《ぜんぽう》に不審《ふしん》な者《もの》が見《み》えたものですから」

辺《あた》りは森閑《しんかん》として物音《ものおと》一《ひと》つ聞《き》こえない、時刻《じこく》は寅《とら》の刻《こく》を過《す》ぎているようであった。

その時《とき》、光秀《みつひで》を黒《くろ》い集団《しゅうだん》が静《しず》かに取《と》り囲《かこ》んだ。全員《ぜんいん》が見構《みがま》えた瞬間《しゅんかん》、

「明智惟任光秀殿《あけちこれとうみつひでどの》とお見受《みう》けした。某《それがし》は伊賀《いが》の服部半蔵《はっとりはんぞう》でござる。このまま坂本《さかもと》へ行《い》かれるのは危険《きけん》でござる。すでに秀吉《ひでよし》の軍勢《ぐんぜい》が道《みち》を塞《ふさ》いでおります。ここはひとまず高野山《こうやさん》に

お逃《に》げくださるのがよろしいかと」

「服部殿《はっとりどの》か、斎藤利光《さいとうとしみつ》でござる。先般《せんぱん》宇治《うじ》で徳川家康殿《とくがわいえやすどの》の警護《けいご》を仕《つかまつ》った者《もの》なり」

「おう、それは好都合《こうつごう》。拙者《せっしゃ》を知《し》っている者《もの》がおられたか」

「服部《はっとり》、徳川殿《とくがわどの》は御無事《ごぶじ》か」

光秀《みつひで》が問《と》いを発《はっ》した。

「すでに岡崎《おかざき》へ無事《ぶじ》戻《もど》られて、本日兵三千《ほんじつへいさんぜん》を連《つ》れて上方《かみがた》に向《む》けて出立《しゅったつ》されております」

三河《みかわ》の兵三千《へいさんぜん》はいまの光秀《みつひで》には三万《さんまん》の強兵《きょうへい》に匹敵《ひってき》すると思《おも》えた。あと四《し》、五日《ごにち》あれば、このような無様《ぶざま》な姿《すがた》にはならなかったと溜息《ためいき》をついた。

「光秀殿《みつひでどの》、この際《さい》は徳川殿《とくがわどの》をお頼《たよ》りになられてはどうでしょう。家康殿《いえやすどの》は伊賀《いが》で助《たす》けられたことを恩義《おんぎ》に感《かん》じております」

光秀《みつひで》の心《こころ》は逡巡《しゅんじゅん》していた。このまま一族郎党《いちぞくろうとう》を捨《す》てて一人《ひとり》で逃《に》げることが許《ゆる》されるものかどうかわからなかった。

「父上《ちちうえ》、ここは一刻《いっこく》も早《はや》く服部半蔵《はっとりはんぞう》とお逃《に》げくだされ。私《わたし》はこれより安土城《あづちじょう》の左馬之助《さまのすけ》の所《ところ》へ加勢《かせい》に参《まい》ります。存三《よしみつ》、そちは我《われ》と一緒《いっしょ》に参《まい》れ。利光《としみつ》は殿《との》を最後《さいご》まで御守《おまも》りせよ」

嫡男《ちゃくなん》の光重《みつしげ》にとって父光秀《ちちみつひで》なき明智家《あけちけ》は考《かんが》えられなかった。父《ちち》さえ生《い》きてくれれば自分《じぶん》の命《いのち》は喜《よろこ》んで捨《す》てられると思《おも》った。
「服部《はっとり》、お主《ぬし》に我《わ》が身《み》を任《まか》せよう。徳川殿《とくがわどの》のところへ案内《あんない》せよ」
暗闇《くらやみ》の中《なか》で明智親子《あけちおやこ》と斎藤兄弟《さいとうきょうだい》がそれぞれに分《わ》かれることとなった。誰《だれ》しもが明日《あす》の定《さだ》めはわからずとも互《たが》いにこの世《よ》で再《ふたた》び会《あ》うことはないと覚悟《かくご》した。

六月十四日《ろくがつじゅうよっか》、伊吹山山頂《いぶきさんさんちょう》の雲《くも》が朝日《あさひ》に赤《あか》く染《そ》められてくると、その雲《くも》の下《した》に安土城《あづちじょう》が悠然《ゆうぜん》と音《おと》もなく佇《たたず》んでいた。城《しろ》の西側《にしがわ》の船泊《ふなどまり》は明智兵《あけちへい》の甲冑姿《かっちゅうすがた》で満《み》ち溢《あふ》れていた。明智光重《あけちみつしげ》から山崎《やまざき》の戦《いくさ》の一部始終《いちぶしじゅう》を聞《き》いた左馬之助《さまのすけ》は坂本城《さかもとじょう》へ向《む》かう船《ふね》に乗《の》り込《こ》む前《まえ》に背後《はいご》の安土城《あづちじょう》の天守《てんしゅ》を振《ふ》り向《む》いた。わずか十日間《とおかかん》の滞在《たいざい》でもまるで一生《いっしょう》のような長《なが》さに感《かん》じられた。疲労困憊《ひろうこんぱい》して船首《せんしゅ》で既《すで》に眠《ねむ》りこけている光重《みつしげ》と存三《よしみつ》を見《み》るとあどけない若《わか》さを感《かん》じた。心中《しんちゅう》、この安土城《あづちじょう》は所詮明智家《しょせんあけちけ》には縁《えん》なき城《しろ》と浄《きよ》く捨《す》て切《き》っていた。この上《うえ》は一刻《いっこく》も早《はや》く坂本城《さかもとじょう》で秀吉《ひでよし》を迎《むか》え討《う》とう。それに山崎《やまざき》の負《ま》け戦《いくさ》は既《すで》に全員《ぜんいん》が知《し》るところとなり、足軽《あしがる》の多《おお》くは逃亡《とうぼう》してしまって残《のこ》った将兵《しょうへい》は僅《わず》か三百人《さんびゃくにん》にも満《み》たなかった。

琵琶湖《びわこ》の水上《すいじょう》はまだ明智家臣《あけちかしん》の猪飼野一党《いかのいっとう》が固《かた》く押《お》さえてくれているので陸路《りくろ》を行《い》くよりもはるかに安全《あんぜん》であった。もう暫《しばら》くすれば妻《つま》の範子《のりこ》に再会《さいかい》できるかと思《おも》うと左馬之助《さまのすけ》は兵数《へいすう》の少《すく》なさも然程気《さほどき》にならなかった。

同《おな》じ日《ひ》の明《あ》け方《がた》、秀吉《ひでよし》に与力《よりき》した高山右近《たかやまうこん》は先鋒部隊《せんぽうぶたい》となる五百人《ごひゃくにん》を率《ひき》いて琵琶湖《びわこ》と大津《おおつ》の見《み》える山中峠《やまなかとうげ》の山頂《さんちょう》に達《たっ》していた。明智《あけち》の落武者《おちむしゃ》にも構《かま》わずに徹夜《てつや》で坂本城《さかもとじょう》に向《む》かって兵《へい》を走《はし》らせた結果《けっか》であった。高山《たかやま》は一番槍《いちばんやり》の恩賞《おんしょう》よりも光秀《みつひで》を無駄死《むだじ》にさせたくなかった。

本能寺《ほんのうじ》の変《へん》はデウスの神《かみ》が光秀《みつひで》をして信長《のぶなが》を殺《あや》めさしたと信《しん》じていた。大《おお》いなる神《かみ》の恩《おん》寵《ちょう》が何《なに》を目指《めざ》して信長《のぶなが》をこの世《よ》から抹殺《まっさつ》したのか。その意味《いみ》はまだ理解《りかい》できなかったが、これから起《お》こると思《おも》われる明智家《あけちけ》の悲劇《ひげき》を素直《すなお》に受《う》け入《い》れることはできなかった。高山《たかやま》は光秀《みつひで》をこの国《くに》の乱世《らんせい》を終《お》わらせる有為《ゆうい》な武将《ぶしょう》の一人《ひとり》だと以前《いぜん》から考《かんが》えていた。できることなら荒木村重《あらきむらしげ》のように生《い》き恥《はじ》を掻《か》いてでも城《しろ》から落《お》として生《い》き延《の》びさせたかった。

運《うん》よく他《ほか》の秀吉傘下《ひでよしさんか》の武将《ぶしょう》たちはまだ此処《ここ》には到着《とうちゃく》していなかった。眼下《がんか》に坂本城《さかもとじょう》を見《み》ながら高山《たかやま》は一筆《いっぴつ》の書状《しょじょう》を記《しる》した。そこには光秀《みつひで》が城《しろ》から落《お》ち延《の》びるまで自分《じぶん》が秀吉勢《ひでよしぜい》の攻撃《こうげき》を控《ひか》えさせることを大胆《だいたん》にも提案《ていあん》していた。もしこの書状《しょじょう》が秀吉《ひでよし》に見《み》つかれば高山《たかやま》も明智《あけち》の味方《みかた》ということで仕置《しおき》されるはずだが、自分《じぶん》の行為《こうい》は神《かみ》からの使命《しめい》と素直《すなお》に信《しん》じていた高山《たかやま》は何《なん》の恐《おそ》れも抱《いだ》かなかった。

午後《ごご》になって左馬之助《さまのすけ》は使者《ししゃ》として遣《つか》わされた内藤忠俊《ないとうただとし》を城内《じょうない》に迎《むか》え入《い》れた。

「内藤殿《ないとうどの》、高山右近《たかやまうこん》さまのご厚意《こうい》は身《み》に沁《し》みて感謝申《かんしゃもう》しあげる。しかしながら我《わ》が主君光《しゅくんみつ》秀《ひで》は山崎《やまざき》から未《いま》だ此処《ここ》へは帰《かえ》ってきておりませぬ。我《われ》らはこれよりこの城《しろ》を枕《まくら》に冥土《めいど》に参《まい》る所存《しょぞん》」

「左様《さよう》でござるか。明朝《みょうちょう》の総掛《そうが》かりまでに女子供《おんなこども》はどうぞお逃《のが》しくだされ。身《み》どもはこれにて失礼仕《しつれいつかまつ》る」

内藤《ないとう》は甲冑《かっちゅう》が重《おも》そうに腰《こし》を上《あ》げた。

「内藤殿《ないとうどの》、暫《しば》し待《ま》たれよ。殿《との》が好《この》んで使《つか》った新田肩衝《にったかたつき》や多数《たすう》の茶器《ちゃき》がこの城《しろ》にはございます。土《つち》に返《かえ》すよりも高山殿《たかやまどの》に使《つか》って頂《いただ》ければ殿《との》も喜《よろこ》ぶと思《おも》いますのでお持《も》ち帰《かえ》りくだされぬか」

「よろしいとも、この内藤忠俊《ないとうただとし》が確《しか》とお預《あず》かり申《もう》す」

数寄《すき》を知《し》る者《もの》の目利《めき》きは間違《まちが》いなかった。内藤《ないとう》の快諾《かいだく》に左馬之助《さまのすけ》は安堵《あんど》の表情《ひょうじょう》を浮《う》かべた。そして傍《かたわ》らの大刀《だいとう》を取《と》って膝前《ひざまえ》に置《お》いた。

「この太刀《たち》は国行《くにゆき》でござる。道具《どうぐ》とはいえ、此処《ここ》で滅《めっ》するのも不憫《ふびん》と思《おも》っております。よろしければこれもお持《も》ちくだされ」

左馬之助《さまのすけ》はほっと安堵《あんど》して立《た》ち上《あ》がると茶器《ちゃき》を取《と》りに別室《べっしつ》に去《さ》った。


その晩《ばん》、坂本城《さかもとじょう》の大広間《おおひろま》では明智家《あけちけ》最後《さいご》の別《わか》れの宴《えん》が開《ひら》かれようとしていた。これまで光秀《みつひで》が座《すわ》った床《とこ》の間《ま》には長男《ちょうなん》の光重《みつしげ》が座《すわ》った。左右《さゆう》に明智左馬之助《あけちさまのすけ》と妻範子《つまのりこ》、斎藤存三《さいとうよしみつ》、光秀《みつひで》の妻煕子《つまひろこ》の兄《あに》である妻木藤右衛門《つまきとうえもん》、筒井定次《つついさだつぐ》の妻《つま》とも子《こ》、津田信澄《つだのぶずみ》の妻芳子《つまよしこ》らの残《のこ》された家族《かぞく》が寂《さび》しく席《せき》についた。誰《だれ》もが無言《むごん》で光秀《みつひで》をはじめとする明智家譜代《あけちけふだい》の家臣《かしん》たちが今《いま》にも姿《すがた》を現《あら》わしてくれるのではないかと戸口《とぐち》を見《み》つめていた。いつしか全員《ぜんいん》がこれまでと覚悟《かくご》を決《き》めて水杯《みずさかずき》を交《か》わすと、先《さき》に逝《い》った者《もの》たちを追《お》うために広間《ひろま》を後《あと》にした。

左馬之助《さまのすけ》は最後《さいご》の時《とき》を新妻《にいづま》の範子《のりこ》と共《とも》に天守《てんしゅ》で過《す》ごしていた。琵琶湖《びわこ》は何事《なにごと》もないように月波《げっぱ》に煌《きら》めいている。

「左馬之助《さまのすけ》さま、あなたさまが琵琶湖《びわこ》を渡《わた》ってお帰《かえ》りになったことで、もはや思《おも》い残《のこ》すことはありませぬ」

「わしが馬《うま》に乗《の》って泳《およ》いでいる姿《すがた》を範子《のりこ》には見《み》せたかった」

左馬之助《さまのすけ》は肩衣《かたぎぬ》の上《うえ》に陣羽織《じんばおり》を羽織《はお》っただけで武骨《ぶこつ》な甲冑《かっちゅう》はつけていなかった。無言《むごん》で範子《のりこ》を強《つよ》く抱《だ》きしめた。範子《のりこ》は眼《め》を閉《と》じたまま左馬之助《さまのすけ》の胸《むね》にもたれかかった。

左馬之助《さまのすけ》は素早《すばや》く腰《こし》の吉光《よしみつ》の脇差《わきざし》を抜《ぬ》くと左手《ひだりて》で小袖《こそで》の胸《むね》の襟《えり》を開《ひら》いた。そのまま脇差《わきざし》を白《しろ》い胸元《むねもと》に向《む》かって無造作《むぞうさ》に突《つ》き刺《さ》すと琵琶湖《びわこ》を渡《わた》る風《かぜ》が一段《いちだん》と強《つよ》い音《おと》を立《た》てて吹《ふ》き抜《ぬ》けていった。

深夜琵琶湖《しんやびわこ》から安土山《あづちやま》に向《む》かって松《まつ》の枝樹《えだき》を大《おお》きく揺《ゆ》する強風《きょうふう》が吹《ふ》いていた。黒装束《くろしょうぞく》の一団《いちだん》が足早《あしばや》に安土城《あづちじょう》の天守《てんしゅ》に向《む》かって走《はし》っている。人気《ひとけ》のない大手門《おおてもん》を潜《くぐ》り抜《ぬ》けて二百《にひゃく》段《だん》の石段《いしだん》を登《のぼ》り詰《つ》めてから本丸《ほんまる》に近《ちか》づくと、大柄《おおがら》な男《おとこ》が痩《や》せぎすな男《おとこ》に語《かた》りかけた。

「新五郎《しんごろう》さま、これで長年《ながねん》の恨《うら》みも晴《は》らせますな」

「平太夫《へいだゆう》、まさか本能寺《ほんのうじ》のみならず、この安土城《あづちじょう》までかように容易《たやす》く焼《や》き払《はら》えようとは夢《ゆめ》にも思《おも》わなんだ」

「いかにも、それにしても伊賀者《いがもの》はようやりますな」

「父《ちち》もこの場《ば》に居《お》られれば喜《よろこ》んだものを」

二人《ふたり》は荒木村重《あらきむらしげ》の嫡男新五郎《ちゃくなんしんごろう》と忠臣《ちゅうしん》の荒木平太夫《あらきへいだゆう》であった。二人《ふたり》が引《ひ》き連《つ》れた伊賀《いが》の百《もも》地丹波《ちたんば》が率《ひき》いる一団《いちだん》は人影《ひとかげ》がないのを見《み》ると天守《てんしゅ》の中《なか》へ飛《と》び込《こ》んだ。数刻後《すうこくご》、安土城《あづちじょう》の天守《てんしゅ》、本丸《ほんまる》、二ノ丸《にのまる》から一斉《いっせい》に赤《あか》い火花《ひばな》が飛《と》び上《あ》がった。それはまるで漆黒《しっこく》の夜空《よぞら》に打《う》ち上《あ》がる連続花火《れんぞくはなび》のように思《おも》えた。真紅《しんく》の火炎《かえん》が天守《てんしゅ》の壁面《へきめん》をなめるように上《あ》がって行《い》くと間《ま》もなく安土城全体《あづちじょうぜんたい》が火炎《かえん》の大輪《たいりん》に包《つつ》まれた。

新五郎《しんごろう》と平太夫《へいだゆう》も無言《むごん》のままに、これで信長《のぶなが》に処刑《しょけい》された荒木家《あらきけ》の縁者《えんじゃ》たちも成仏《じょうぶつ》できると確信《かくしん》した。

翌十五日《よくじゅうごにち》には信長《のぶなが》の馬廻《うままわり》だった堀久太郎《ほりきゅうたろう》の軍勢三千名《ぐんぜいさんぜんめい》が坂本城《さかもとじょう》を取《と》り囲《かこ》んだ。前夜《ぜんや》安土城《あづちじょう》が完全《かんぜん》に焼失《しょうしつ》したことを知《し》らされた堀《ほり》は明智家《あけちけ》の仕業《しわざ》と信《しん》じて目《め》の前《まえ》の坂本城《さかもとじょう》を焼《や》き尽《つ》くすことを誓《ちか》っていた。織田軍《おだぐん》の総攻撃《そうこうげき》が始《はじ》まってから坂本城《さかもとじょう》の華麗《かれい》な天守《てんしゅ》が火炎《かえん》に包《つつ》まれるのに然程《さほど》の時間《じかん》は要《よう》しなかった。明智一門《あけちいちもん》は思《おも》い思《おも》いの生涯《しょうがい》を城《しろ》と共《とも》に閉《と》じた。本能寺《ほんのうじ》の変《へん》から全《すべ》てが終《お》わるまでは僅《わず》か十五日間《じゅうごにちかん》の事《こと》であった。

六月十六日《ろくがつじゅうろくにち》は朝《あさ》から明智一族《あけちいちぞく》の涙雨《なみだあめ》のような小雨《こさめ》が降《ふ》っていた。しかし山崎《やまざき》の戦《いくさ》で光秀《みつひで》を破《やぶ》った秀吉《ひでよし》は意気揚々《いきようよう》と凱旋上洛《がいせんじょうらく》した。桂川《かつらがわ》を渡《わた》った橋《はし》の袂《たもと》には雨《あめ》に打《う》たれたままで衣冠《いかん》を正《ただ》した公家数人《くげすうにん》が待《ま》っていた。それは機《き》を見《み》るに敏《びん》な大納言勧修寺晴豊《だいなごんかじゅうじはるとよ》が考《かんが》えた武《ぶ》家《け》の棟梁《とうりょう》を明智光秀《あけちみつひで》から羽柴秀吉《はしばひでよし》に朝廷《ちょうてい》が変《か》える儀式《ぎしき》だった。

迎《むか》えに出《で》た権中納言広橋《ごんちゅうなごんひろはし》は誠仁親王《さねひとしんのう》の代理《だいり》として秀吉《ひでよし》に太刀《たち》を授《さず》けた。ここに至《いた》っては朝廷《ちょうてい》と親王《しんのう》は信長暗殺《のぶながあんさつ》の謀略《ぼうりゃく》に加担《かたん》していたという疑《うたが》いを払拭《ふっしょく》しなければならなかった。

京都《きょうと》の本能寺付近《ほんのうじふきん》は魚《さかな》の腐《くさ》ったような耐《た》えられない死臭《ししゅう》が漂《ただよ》っていた。遺児織田信孝《いじおだのぶたか》の命令《めいれい》で明智《あけち》の将兵並《しょうへいなら》びに味方《みかた》した反逆者《はんぎゃくしゃ》の首級《しゅきゅう》を本能寺跡《ほんのうじあと》に持参《じさん》するように触《ふ》れ渡《わた》っていたからであった。焼《や》け跡《あと》には真黒《まっくろ》に変色《へんしょく》した首《くび》、眼玉《めだま》が腐《くさ》って垂《た》れ落《お》ちている首《くび》、蛆虫《うじむし》のこびり付《つ》いている首《くび》、縄《なわ》に通《とお》されて数珠繋《じゅずつな》ぎになった首《くび》など千差万別《せんさばんべつ》の首《くび》が地上《ちじょう》に曝《さら》されていた。無数《むすう》の黒《くろ》い大《おお》きな蠅《はえ》がそれらの首《くび》にまとわりついても誰《だれ》も追《お》い払《はら》おうとはしなかった。

それらの首級《しゅきゅう》の横《よこ》に一際白木《ひときわしらき》の香《か》が匂《にお》う高札《こうさつ》が青空《あおぞら》に向《む》かって立《た》っていた。そこには墨《すみ》字《じ》もまだ新《あたら》しく、

「前大納言近衛前久《さきのだいなごんこのえさきひさ》は織田信孝《おだのぶたか》より成敗《せいばい》あるべき旨洛中《むねらくちゅう》に布令《ふれ》るものなり」

と書《か》かれてた。

本能寺《ほんのうじ》の変以降《へんいこう》、前久《さきひさ》は剃髪《ていはつ》して龍山《りゅうざん》と号《ごう》して嵯峨野《さがの》に潜《ひそ》んだ。すでに信孝《のぶたか》と秀吉《ひでよし》は今《こん》

回《かい》の本能寺《ほんのうじ》の変《へん》の黒幕《くろまく》を前久《さきひさ》であると見抜《みぬ》いていたため、前久《さきひさ》は二人《ふたり》が入洛《にゅうらく》するや身《み》の危険《きけん》を察《さっ》して一足早《ひとあしはや》く醍醐《だいご》に出奔《しゅっぽん》する用意《ようい》をしていた。そして二《ふた》つの茶入《ちゃいれ》を目《め》の前《まえ》に名物《めいぶつ》裂《ぎれ》の仕覆《しふく》で慌《あわ》てて入《い》れ結《むす》びながら独《ひと》り言《ごと》を呟《つぶや》いていた。

一《ひと》つは島井宗室《しまいそうしつ》が所有《しょゆう》していた肩衝《かたつき》の楢柴《ならしば》と、いま一《ひと》つは信長《のぶなが》が本能寺《ほんのうじ》に持参《じさん》した愛蔵《あいぞう》の初花《はつはな》の肩衝《かたつき》であった。初花《はつはな》は天下三肩衝《てんかさんかたつき》の一《ひと》つと言《い》われる唐物名物《からものめいぶつ》の茶入《ちゃいれ》である。

「千宗易《せんのそうえき》が楢柴《ならしば》とこの初花《はつはな》を麿《まろ》に預《あず》けると頼《たの》むからこんなややこしい話《はなし》になるのや」

本能寺《ほんのうじ》の茶会《ちゃかい》の終《お》わり際《ぎわ》に、千《せん》はなぜか信長公《のぶながこう》の頼《たの》みで天下《てんか》の名物《めいぶつ》に万一《まんいち》のことがあるといけないので一晩預《ひとばんあず》かってくれと言《い》った。前久《さきひさ》はこんな機会《きかい》は二度《にど》とないと喜《よろこ》んで自宅《じたく》へ持《も》ち帰《かえ》ったのであった。預《あず》かったことで茶入《ちゃいれ》は運《うん》よく助《たす》かったものの逆《ぎゃく》に茶器《ちゃき》を盗《ぬす》んだ嫌疑《けんぎ》がかけられることになったことを愚痴《ぐち》っていた。

前久《さきひさ》は京都周辺《きょうとしゅうへん》では身《み》の危険《きけん》があると察《さっ》して、これから遠《とお》く東国《とうごく》へ逃《に》げようと考《かんが》えていた。できれば徳川家康《とくがわいえやす》にこの茶入《ちゃいれ》を贈呈《ぞうてい》することで保護《ほご》してもらうつもりでいた。

そしていま一人《ひとり》の首謀者《しゅぼうしゃ》である吉田兼見《よしだかねみ》は自宅《じたく》で近衛前久《このえさきひさ》の逃《に》げ足《あし》の速《はや》さを愚痴《ぐち》りながら一日《いちにち》と欠《か》かしたことのない日記《にっき》を震《ふる》える手《て》で破《やぶ》り捨《す》てていた。ここに至《いた》っては謀反人《むほんにん》の証拠《しょうこ》となる光秀《みつひで》と前久《さきひさ》との談合記録《だんごうきろく》をすべて焼却《しょうきゃく》しなければならなかった。そして奇妙《きみょう》にもその晩《ばん》、本能寺《ほんのうじ》の前《まえ》に捨《す》て置《お》かれた明智《あけち》の武将《ぶしょう》たちの兜首《かぶとくび》は忽然《こつぜん》と消《き》えてしまっていた。

その頃《ころ》、家康《いえやす》は上方《かみがた》からひどく苦労《くろう》した逃避行《とうひこう》を終《お》えて岡崎城《おかざきじょう》に戻《もど》っていた。すぐに明智光秀《あけちみつひで》を応援《おうえん》するために兵三千《へいさんぜん》を上方《かみがた》へ向《む》かわしたものの、その将兵《しょうへい》をまた呼《よ》び戻《もど》していた。それは本能寺《ほんのうじ》の変《へん》が起《お》きた一部始終《いちぶしじゅう》の真相《しんそう》を服部半蔵《はっとりはんぞう》から聞《き》いた結果《けっか》であった。

「御屋形様《おやかたさま》、六月二日《ろくがつふつか》の本能寺襲撃《ほんのうじしゅうげき》の一味《いちみ》が判明《はんめい》いたしました。実《じつ》は甲賀《こうか》の忍《しの》びの一団《いちだん》が信長《のぶなが》を殺《ころ》したと思《おも》われます」

「なんとな、信長公《のぶながこう》の護衛《ごえい》はたしか甲賀者《こうかもの》ではなかったか」

「いかにも、襲《おそ》った甲賀《こうか》の一団《いちだん》は信長《のぶなが》を御屋形様《おやかたさま》と間違《まちが》えて討《う》ったようでござります」

「わしと間違《まちが》えていたと」

「左様《さよう》です。本能寺《ほんのうじ》に御屋形様《おやかたさま》が不在《ふざい》であるにも拘《かか》わらず、信長《のぶなが》から襲撃中止《しゅうげきちゅうし》の指示《しじ》が遅《おく》れたために乱波《らっぱ》の一団《いちだん》が討《う》ち入《い》って仕舞《しま》ったと思《おも》われます」

家康《いえやす》はあまりの予想外《よそうがい》の真実《しんじつ》に呆然《ぼうぜん》としていた。

「ならば光秀《みつひで》は主殺《しゅごろ》しではなかったのか」

「正《ただ》しく申《もう》せば、御門《みかど》と親王《しんのう》による勅命《ちょくめい》のご意向《いこう》にうために信長誅殺《のぶながちゅうさつ》の兵《へい》を本能寺《ほんのうじ》に向《む》けたのでありますが、甲賀者《こうかもの》に一歩先《いっぽさき》を越《こ》されたということであります」

家康《いえやす》は大《おお》きく溜息《ためいき》をついた。

「されど、信忠《のぶただ》を討《う》ったのは何故《なにゆえ》か」

「それは二条御所《にじょうごしょ》に閉《と》じ込《こ》められた誠仁親王《さねひとしんのう》をお助《たす》けするためでありました。信忠《のぶただ》は隠密裡《おんみつり》に京都《きょうと》へ来《き》ておりました。御屋形様《おやかたさま》を間違《まちが》いなく亡《な》き者《もの》にする為《ため》でございます」

家康自身《いえやすじしん》が堺《さかい》で穴山梅雪《あなやまばいせつ》を闇討《やみう》ちにする妄想《もうそう》に取《と》り憑《つ》かれたように、信長《のぶなが》はこの家康《いえやす》が失《う》せれば天下《てんか》は全《すべ》て自分《じぶん》の物《もの》になると囁《ささや》く悪霊《あくりょう》に取《と》り憑《つ》かれたように感《かん》じた。これからは山崎《やまざき》の戦《いくさ》に勝《か》った秀吉《ひでよし》が信長《のぶなが》の怨霊《おんりょう》に取《と》り憑《つ》かれていくのかもしれない。

暫《しばら》くは領国《りょうごく》にいて天下《てんか》の様子《ようす》を冷静《れいせい》に見《み》ようと思《おも》った。

「それにしても腑《ふ》に落《お》ちぬことは、秀吉《ひでよし》は信長公《のぶながこう》が生《い》きているなどという廻状《かいじょう》をなぜ送《おく》ったのか」

「それこそ秀吉《ひでよし》が此度《こたび》の密計《みっけい》を事前《じぜん》に知《し》っていた証《あか》しと思《おも》われます。中国《ちゅうごく》から急《いそ》ぎ戻《もど》ってきた秀吉《ひでよし》は殺《ころ》されたのが御屋形様《おやかたさま》ではなく、信長《のぶなが》だと知《し》って人一倍驚《ひといちばいおどろ》き嘆《なげ》き悲《かな》しんだと聞《き》いております。あまりにも思《おも》いがけなかったことだけに、嘘《うそ》でも諸国《しょこく》の大名《だいみょう》を我《わ》が手《て》に引《ひ》き留《と》めようと信長《のぶなが》が生《い》きているとの書状《しょじょう》を出《だ》したのでしょう」

「なるほど、それですべてが納得《なっとく》できる。服部《はっとり》、よう調《しら》べた」

「お褒めの言葉有難《ことばありが》たく存《ぞん》じます。しかし、これから秀吉《ひでよし》は間違《まちが》いなく御屋形様《おやかたさま》を逆恨《さかうら》みするはず、特《とく》に甲賀《こうか》の乱波《らっぱ》にはご注意《ちゅうい》くださるようお願《ねが》い致《いた》します」

戦国乱世《せんごくらんせい》の修羅《しゅら》の世界《せかい》が如何《いか》に人《ひと》を狂《くる》わせるのかと家康《いえやす》は改《あらた》めて自戒《じかい》したのであった。数日前《すうじつまえ》を振《ふ》り返《かえ》ってみれば穴山梅雪《あなやまばいせつ》は自分《じぶん》の身代《みが》わりになって殺《ころ》された。それに斎藤利三《さいとうとしみつ》の一党《いっとう》と伊賀《いが》で出会《であ》わなかったら多分信忠《たぶんのぶただ》の討手《うって》なり、甲賀《こうか》の忍《しの》びによって殺《ころ》されていたかもしれないと思《おも》うと改《あらた》めて今《いま》は亡《な》き利三《としみつ》の好意《こうい》に感謝《かんしゃ》した。残《のこ》された利三《としみつ》の妻《つま》と娘《むすめ》の福《ふく》は四国《しこく》から自分《じぶん》の手許《てもと》に呼《よ》んで面倒《めんどう》をみてやりたいと考《かんが》えた。


人《ひと》の悲鳴《ひめい》のような声《こえ》が絶《た》え間《ま》なく聞《き》こえてくる。雨戸《あまど》を今《いま》にも押《お》し破《やぶ》るような雨風《あめかぜ》の音《おと》であった。細川玉子《ほそかわたまこ》は湿《しめ》った布団《ふとん》を顔《かお》の上《うえ》に引《ひ》き上《あ》げた。暗《くら》い、何《なに》も見《み》えない。部屋《へや》は夏《なつ》でも布団《ふとん》を被《かぶ》らなければならないほど冷《つめ》たかった。此処《ここ》の冬《ふゆ》はきっと耐《た》えられないほど寒《さむ》いに違《ちが》いない。冬《ふゆ》まで奥丹後《おくたんご》には居《い》たくない。腹《はら》の子《こ》がきっと寒《さむ》がるに違《ちが》いない。

この夜寒《よさむ》で宮津城《みやづじょう》に残《のこ》してきたお長《ちょう》と熊千代《くまちよ》は風邪《かぜ》を引《ひ》かないだろうかと心配《しんぱい》だ。玉子《たまこ》はここ十日間《とおかかん》ばかりの慌《あわ》ただしさに何《なに》もわからずに流《なが》されていた。いま一人《ひとり》になってみて明智家《あけちけ》の中《なか》で自分《じぶん》だけが取《と》り残《のこ》されてしまったことを改《あらた》めて意識《いしき》した。悲《かな》しさよりもなぜ父《ちち》の光秀《みつひで》や兄弟《きょうだい》、姉妹《しまい》がこの世《よ》から突然《とつぜん》消《き》え去《さ》ってしまったのか納得《なっとく》できなかった。

あの日《ひ》、夫《おっと》の細川忠興《ほそかわただおき》は備中高松《びっちゅうたかまつ》への出陣《しゅつじん》を中止《ちゅうし》して急遽宮津城《きゅうきょみやづじょう》へ帰《かえ》ってきたが、すぐに舅《しゅうと》の與一郎《よいちろう》の部屋《へや》に長時間籠《ちょうじかんこも》ったまま出《で》てこなかった。日暮《ひぐ》れ前《まえ》になってようやく自室《じしつ》に戻《もど》ってくると突然《とつぜん》、

「玉子《たまこ》、今朝《けさ》御父上《おちちうえ》の光秀殿《みつひでどの》が信長《のぶなが》、信忠《のぶただ》さま親子《おやこ》を京都本能寺《きょうとほんのうじ》でお討《う》ちになられた。何故《なぜ》なのかその理由《りゆう》はわからぬ。されど父《ちち》は残念《ざんねん》ながら明智家《あけちけ》に味方《みかた》せぬという。しかし、わしはそなたと別《わか》れたくない。そこで事《こと》が一段落《いちだんらく》するまで奥丹後《おくたんご》の御殿《みどの》で待《ま》っていて欲《ほ》しい。必《かなら》ず迎《むか》えに参《まい》る」

忠興《ただおき》は興奮《こうふん》した顔《かお》で一気《いっき》に捲《まく》し立《た》てると急《きゅう》に玉子《たまこ》を抱《だ》きしめた。あまりの凶事《きょうじ》に何《なに》も考《かんが》えられずに黙《だま》ったまま抱《だ》かれていた。それでも別《わか》れないという夫《おっと》の純愛《じゅんあい》さを愛《いと》しいと感《かん》じた。すべての不安《ふあん》と恐《おそ》れを消《け》して夫《おっと》に任《まか》せよう。

若狭湾《わかさわん》に面《めん》した宮津城《みやづじょう》の堀《ほり》の先《さき》には大手川《おおてがわ》が流《なが》れていて海《うみ》に繋《つな》がっていた。日没後《にちぼつご》、玉《たま》

子《こ》は密《ひそ》やかに小船《こぶね》に乗《の》せられた。付《つ》き従《したが》う供《とも》は侍女《じじょ》のおいと霜《しも》の二人《ふたり》だけで、男《おとこ》は輿入《こしい》れに従《したが》ってきた元明智家臣《もとあけちかしん》の二人《ふたり》であった。

御殿《みどの》までの道《みち》は船《ふね》で対岸《たいがん》の日置《ひおき》まで行《い》き、そこから四里《より》の山道《やまみち》を登《のぼ》って行《い》かなければならない丹後《たんご》の山奥《やまおく》のまた奥《おく》であった。その御殿《みどの》の隠家《かくれが》で父光秀《ちちみつひで》と明智一族《あけちいちぞく》が山崎《やまざき》で戦《たたか》って敗《やぶ》れたことを聞《き》いたのは十日《とおか》ほど後《あと》のことであった。全《すべ》てが信《しん》じられなかった。そして何《なに》よりも悲《かな》しかったことは我《わ》が家《や》の細川家《ほそかわけ》も、妹《いもうと》のとも子《こ》が嫁《とつ》いだ筒井家《つついけ》も誰一人《だれひとり》として明智《あけち》の本家《ほんけ》を応援《おうえん》しなかったことだった。

父《ちち》は一人《ひとり》で戦《たたか》い一人《ひとり》で負《ま》けた。戦《いくさ》に負《ま》けたことよりも誰《だれ》も親戚《しんせき》が戦場《せんじょう》に顔《かお》を見《み》せなかったことが父《ちち》には悲《かな》しかったのではないだろうか。落胆《らくたん》した父《ちち》の悲《かな》しい声《こえ》が聞《き》こえたような気《き》がした。自分《じぶん》も明智《あけち》の娘《むすめ》として死《し》にたかった。でも家族《かぞく》で一人《ひとり》だけ残《のこ》った自分《じぶん》がいま子《こ》供《ども》たちを見捨《みす》てて死《し》んでしまってはあの世《よ》で父《ちち》から叱《しか》られるような気《き》がした。それに何故《なぜ》か一縷《いちる》の望《のぞ》みを捨《す》てられなかった。父《ちち》や兄弟《きょうだい》たちが本当《ほんとう》に死《し》んだとは思《おも》えなかったからである。玉子《たまこ》は父《ちち》の死《し》が納得《なっとく》できるまで生《い》きようと布団《ふとん》の中《なか》で侍女《じじょ》がくれたキリシタンの十字架《じゅうじか》を握《にぎ》りながら覚悟《かくご》を決《き》めた。

坂本城《さかもとじょう》が落城《らくじょう》した後《あと》で細川家《ほそかわけ》の供侍《ともざむらい》が暗《あん》に自害《じがい》を勧《すす》めにきたが、この際《さい》はなんと思《おも》われようと父《ちち》の汚名《おめい》を拭《ぬぐ》うためにも改《あらた》めて生《い》き続《つづ》ける決心《けっしん》をした。玉子《たまこ》は自分《じぶん》の決意《けつい》を歌《うた》に託《たく》した。

『散《ち》りぬべき時《とき》しりてこそ　世《よ》の中《なか》の花《はな》も花《はな》なれ人《ひと》も人《ひと》なれ』

完

あとがき

　この小説は日本人なら誰もが知っている織田信長と彼を本能寺で暗殺したとされる明智光秀を主人公にした歴史推理小説である。できるだけ史実に基づいて起きた事象を辿って本能寺で実際は何が起きたのか、また信長を殺した真犯人は誰だったのかを推理してみた。

　歴史的事実として織田信長を討ったのは明智光秀であるが、この小説では光秀は一人の容疑者でしかない。それでは真犯人は誰かという疑問を読者は抱かれると思う。確かに信長は天正十年（一五八二）旧暦の六月二日の未明に殺されている。しかし明智光秀を本当の実行犯だったと断定するには証拠不十分なのである。

　その理由は一連の本能寺の変を白紙にして見直してみると多くの疑問点が浮かんでくるからである。当時の資料は確かに残されているが、その殆どは山崎の戦で勝利した羽柴秀吉側により書かれた文献であって、敗者の光秀またその犠牲となった信長サイドからの歴史的資料は皆無といってもいい。裁判で言えば被告の証言記録はおろか物的証拠もなくて裁判を受けたようなものである。結果は原告つまり秀吉サイドのワンサイドゲームの勝利宣言書が歴史として現代まで残された。

歴史という言葉の定義は絶対的な事実より相対的な事実関係の記録として捉えた方が客観的に正しいように思われる。なぜならば真の事実は事後において勝者や時の権力者によって簡単に修正、歪曲、誤記されてしまう。逆に言えば真実より歪曲された事柄の方が歴史として多く残ってしまっているのではないだろうか。新聞、テレビで報道されたからと言ってそれが絶対的な真実であるとは決して言えないように、事実という直進する光の多くは独裁者や大衆というレンズを通ることによって偏向されてしまうのが通弊である。

したがって後世の人間が真実を探りだそう、或いは知りたいと考えた場合には大胆な推理力が必要とされる。私が考える推理力とは、人間の営みや行動の原点は太古の時代から基本的には変わっていないと仮定することで、明智光秀という人間がなした行動原理は現代人が考えるものとさほど違っていなかったと推理することである。つまり考古学的な方法論に置き換えれば四百年前に割れた茶碗の残った破片を組み合わせて元の形状を知ろうという作業に等しい。

光秀という人物は当時一流の文武両道を兼ねた人徳ある武将であったことは間違いない。そして若くして主家が滅亡したために浪人の身となった光秀を登用したのは紛れもなく遠戚でもある信長であった。したがって光秀にとって大恩ある信長を弑逆したということであれば巷間伝わっている私的な怨恨が原因とは到底思えない。

この小説は平成十二年に上梓した「遠く永い夢」の明智光秀の部分だけを抜粋して、それに新しい視点を追加して推理小説風に創作してみた。もしこの小説の如く光秀の心中を解き明かせれば、それは日本歴史の真実の解明に繋がるだろう。

本能寺の変は結論的には複合的な同時多発テロ事件ではなかったかというのが著者としての答えである。近年のアメリカケネディ大統領の射殺事件に類似しているような気がする。織田信長暗殺の真犯人は未だ闇の中であるが、私の仮説が正しいかどうかは読者の真実を知ろうとする推理力と好奇心にお任せしたいと思っている。

令和元年　　茶屋二郎

天上《てんじょう》の麒麟《きりん》 光秀《みつひで》に啼《な》く　～誰《だれ》が織田《おだ》信長《のぶなが》を殺《ころ》したのか？～

発行日　2019年10月1日

著　者　茶屋二郎《ちゃやじろう》

発行元　山科誠
makoto.yamashina@gmail.com

発売元　ボイジャー・プレス
〒150-0001 東京都渋谷区神宮前5-41-14
電話　03-5467-7070
FAX　03-5467-7080
rmsupport@voyager.co.jp

装丁デザイン　添田一平

Published in Japan
ISBN978-4-86239-924-3